說岳全傳

书名题字／周兴禄

* 插图本 *

中国古典小说藏本

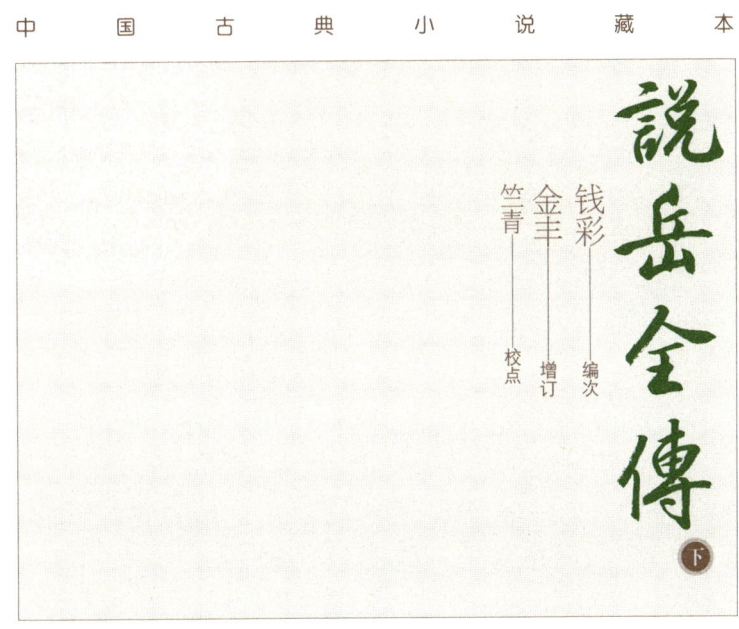

说岳全传 下

钱彩 编次
金丰 增订
竺青 校点

人民文学出版社

第五十三回・杨再兴误走小商河
第五十五回・陆殿下单身战五将

第五十七回·演钩连大破连环马　射箭书潜避铁浮陀
第五十八回·再放报仇箭戚方丧命　大破金龙阵关铃逞能

第五十九回・召回兵矯詔發金牌
第六十回・勘冤獄周三畏挂冠

第六十三回・兴风浪忠魂显圣　投古井烈女殉身

第六十五回·小弟兄偷祭岳王坟　吕巡检梦婢闹乌镇
第六十九回·打擂台二祭岳王坟　愤冤情哭诉潮神庙

第七十回·灵隐寺进香疯僧游戏　众安桥行刺义士捐躯
第七十一回·苗王洞岳霖入赘　东南山何立见佛

第七十二回·黑蛮龙三祭岳王坟　秦丞相嚼舌归阴府

第七十四回·赦罪封功御祭岳王坟 勘奸定罪正法栖霞岭
第七十五回·万人口张俊应誓 杀奸属王彪报仇

第四十五回

掘通老鹳河兀朮逃生　　迁都临安郡岳飞归里

诗曰：

两番败厄黄天荡，一夕渠成走建康。

岂是书生多妙策，只缘天意佑金邦！

却说兀朮请问秀才："有何奇计，可以出得黄天荡，使某家归国，必当重报。"那秀才道："此间望北十余里就是老鹳河，旧有河道可通，今日久淤塞。何不令军士掘开泥沙，引秦淮水通河？可直达建康大路也！"兀朮闻言大喜，命左右将金帛送与秀才。秀才不受，也不肯说出姓名，飘然而去。这也是天意，兀朮不该绝于此地，故遇着此等异人也。当下兀朮传下号令，掘土引水。这二三万番兵俱想逃命，一齐动手，只一夜工夫，掘开三十里，通到老鹳河中，把战船抛了，大队人马，上岸望建康而去。

这里韩元帅水兵在江口守到十来日，见金兵不动不变，烟火俱无，往前探听，才晓得漏网脱逃，慌忙报知元帅。元帅暴跳如雷道："罢了！罢了！不道道悦锦囊偈语，每句头上按着'老鹳河走'四字。果然是天机已定，这番奴命不该绝也！"梁夫人道："虽然天意，只是将军骄惰玩寇，不为无罪。"世忠心中愤愤，传令大军一齐起行，往汉阳河口驻扎。上表自劾，待罪不表。

再说兀朮由建康一路逃至天长关，哈哈大笑道："岳南蛮、韩南蛮用兵，也只如此！若于此地伏下一枝人马，某家就插翅也难过去！"话还未毕，只听得一声炮响，三千人马一字儿摆开。马上簇拥出一员小将，年方一十三岁，头戴束发紫金冠，身穿可体烂银铠；坐下赤兔宝驹，手提两柄银锤，大喝一声："小将军在此已等候多时！快快下马受缚！"兀朮道："小蛮子，自古赶人不要赶上。某家与你决一死战罢！"举起金雀斧，劈面砍来。岳云把锤往上一架，"呛"的一声，那兀朮招架不住，早被岳公子拦腰一把擒过马来。那些番兵亡命冲出关去。可怜兀朮几十万人马进中原，此时只剩得三百六十骑逃回本国！且按下不提。

且说岳元帅那日升帐，探子来报："兀朮在长江内被韩元帅杀得大败，逃入黄天荡，掘通了老鹳河，逃往建康。韩元帅回兵驻扎汉阳江口去了。"岳元帅把脚一蹬道："兀朮逃去，正乃天意也！"言之未已，又有探子来报："公子拿了兀朮回兵。"元帅大喜。不一会，只见岳云进营禀道："孩儿奉令把守天长关，果然兀朮败兵至此，被孩儿生擒来见爹爹缴令。"岳爷喝一声："推进来！"两边一声答应"嗄"，早把兀朮推至帐前，那兀朮立而不跪。岳爷往下一看，原来不是兀朮，大喝一声："你是何人？敢假充兀朮来替死么？"那个假兀朮道："俺乃四太子帐下小元帅高太保是也！受狼主厚恩，无以报答，故尔今日舍身代狼主之难。要砍便砍，不必多言！"岳爷传令："绑去砍了！"两边一声答应，登时献上首级。岳爷对公子道："你这无用的畜生！你在牛头山上多时，岂不认得兀朮？怎么反擒了他的副将，被他逃去?"叫左右:"绑去砍了!"军士没奈何,只得将岳云绑起,推出营来。

恰遇着韩元帅来见岳元帅,要约同往行在见驾。到了营前,见绑着一员小将,韩元帅便问道:"此是何人?犯何军令?"军士禀道:"这是岳元帅的大公子岳云。奉令把守天长关,因拿了一个假兀朮,故此绑在这里要处斩。"韩元帅道:"刀下留人!不许动手!待本帅去见了你家元帅,自有区处。"即忙来对传宣官道:"说我韩世忠要见。"传宣进去禀过元帅,元帅即忙出来迎接进帐。见礼已毕坐定,世忠道:"大元戎果然有挽回天地之力,重整江山之手!若不是元戎大才,天子怎得回都?"岳元帅道:"老元戎何出此言?这乃是朝廷洪福,众大臣诸将之力,三军之勇,非岳飞之能也。"韩世忠道:"下官方才进谒,见令公子绑在营前,不知犯何军令?"岳元帅道:"本帅命他把守天长关擒拿兀朮,不想他拿了一个假兀朮,错过这一个好机会,故此将他斩首。"韩元帅道:"下官驻兵镇江,那日上金山去问道悦和尚指迷。那和尚赠我偈言四句,谁知藏头诗,按着'老鹳河走'四个字在头上。后来谅他必登金山探看我的营寨,也差小儿埋伏擒他,谁知也拿了个假兀朮。一则金人多诈,二则总是天意不该绝他,非令郎之罪也。乞大元戎恕之!"岳爷道"老元戎既如此说",吩咐左右:"将公子放了。"岳云进帐,谢了韩元帅。

韩元帅与岳元帅谈了一回戎事,约定岳爷一齐班师。世忠由大江水路;岳爷把兵分作三路,由旱路进发。不一日,早到金陵,三军扎营城外。岳元帅率领大小众将进午门候旨。高宗宣进,朝见已毕,即着光禄寺安排御筵,便殿赐宴。当日慰劳多端,不必多叙。

过了两日，有临安节度使苗傅、总兵刘正彦，差官送奏本入朝，因临安宫殿完工，请驾迁都。高宗准奏，传旨整备车驾，择日迁都。百官有言："金陵楼橹残破，城郭空虚，迁都为妙。"有的说："金陵乃六朝建都之地，有长江之险，可战可守，易图恢复。"纷纷议论不一。李纲听得，慌忙进宫奏道："自古中兴之主，俱起于西北，故关中为上。今都建康虽是中策，尚可以号召四方，以图恢复。若迁往临安，不过是惧敌退避之意，真是下下之计！愿陛下勿降此旨，摇动民心。臣不胜惶恐之至！"高宗道："老卿家不知，金陵已被兀朮残破，人民离散，只剩得空城，难以久守。临安南通闽、广，北近江、淮，民多鱼盐之利，足以休兵养马。待兵精粮足，然后再图恢复，方得万全。卿家何必阻朕？"李纲见高宗主意已决，料难挽回，便奏道："既然如此，臣已年老，乞圣恩放臣还乡，偷安岁月，实圣上之所赐也！"高宗本是个庸主，巴不得他要去，省得耳跟前聒噪，遂即准奏。李纲也不通知众朝臣，连夜出京，回乡去了。

次日，岳飞闻得此言，慌忙同众将入朝奏道："兀朮新败，陛下宜安守旧都，选将挑兵，控扼要害之地；积草屯粮，召集四方勤王兵马，直捣黄龙府，迎还二圣，以报中原之恨。岂可迁都苟安，以失民心？况临安僻近海滨，四面受敌之地。苗傅、齐正彦乃奸佞之徒，不可被其蛊惑！望陛下三思！"高宗道："金兵入寇，连年征战，生民涂炭，将士劳心。今幸兀朮败去，孤家欲遣使议和，少息民力，再图恢复。主意已定，卿家不必多虑。"岳飞道："陛下既已决定圣意，今天下粗定，臣已离家日久，老母现在抱病垂危，望陛下赐臣还乡，少遂乌鸟私

情。"高宗准奏。众将一齐启奏,俱各乞恩省亲省墓。高宗各赐金帛还乡。岳飞和众将一齐谢恩退出。诗曰:

盖世奇才运不逢,心怀国愤矢孤忠。

飞熊暂别归田里,且向江潭作困龙。

高宗又传旨封韩世忠为咸安郡王,留守润州,不必来京。那高宗恐怕韩世忠到京,谏他迁都,故此差官沿途迎去,省了一番说话之意也。遂传旨择了吉日,起驾南迁。这一日,天子宫眷起程,百官纷纷保驾,百姓多有跟去的。不一日,到了临安,苗傅、刘正彦二人来迎接圣驾入城,送进新造的宫殿。高宗观看,造得精巧,十分欢喜。传旨改为绍兴元年,封苗、刘二人为左右都督,不表。

且说那兀朮,逃回本国,进黄龙府来,见了父王,俯伏阶下。老狼主道:"某家闻说大王儿死在中原,王孙金弹子阵亡,你将七十万雄兵尽丧中原,还有何面目来见某家!"吩咐:"与我绑出去'哈喇'了罢!"那时众番官把兀朮绑了,正要推出,当有军师哈迷蚩跪上奏道:"狼主!不是四太子无能,实系岳南蛮足智多谋。"将八盘山如何战败,青龙山如何战败,渡黄河至爱华山如何战败,"被岳南蛮追至长江,死了多少兵将,逃命过江,回守河间府。直待岳南蛮兵往湖广,定计五路进中原。臣同四太子兵到黄河,有刘豫、曹荣等来献了长江。兵到金陵,追康王等七人七骑,直追至杭州。他们君臣下海,四太子大兵直追至湖广,将康王君臣围在牛头山。有岳飞、韩世忠、张浚、刘琦四元帅,领大兵来救驾,也有三十余万兵马。与他大战,败至汉阳江上;又无船可渡,我兵尽被南蛮杀尽。亏得杜吉、曹荣二人败下,将船来救殿下。方要过江,又被韩世忠水战,败进黄天荡。幸有神明相救,挑开沙土,出老鹳河逃生。没有黄柄奴、高太保二人代死,四殿下亦不能归国矣!要求狼主开恩,怜而赦之!"老狼主闻言,传旨放回兀朮,兀朮谢了恩。众番将尽皆无罪,辞驾出朝,各各回府。

兀朮在府内日日想到中原。这一日,令哈迷蚩来计议道:"某家初入中原,势如破竹,囚康王于国内,陷二帝于沙漠。因出了这岳飞,某家大败数阵,全师尽丧,逃命而归,却是为何?"军师道:"狼主前日之功,所亏者,宋朝奸臣之力。狼主动不动只喜的是忠臣,恼的是奸臣,将张邦昌等杀了,如何抢得中原?"兀朮想了一回道:"军师说的不差,某家前番进兵,果亏了一班奸臣。如今要这样的奸臣,往那里去寻?"哈迷蚩道:"奸臣是还有一个在这里。当初何卓等共是五个人,跟随二帝到此。那四个俱是铁铮铮不屈,俱死了;惟有秦桧乞哀求活,狼主将他驱逐出来,流落在此。我看此人乃是个大奸臣,但不知目下在何处。狼主可差人去寻他来,养在府中,加些恩惠与他,养他一年半载,必然感激。然后多将些金银送他,放他回国,叫他做个奸细。这宋室江山,管叫轻轻的送与狼主受用,岂不是好?"

兀朮听了道:"真个好计策!"随即差小番四处去寻觅秦桧下落。正是:

落魄无心求富贵,运通富贵逼人来。

不知后事如何,且听下回分解。

第四十六回

兀朮施恩养秦桧　　苗傅衔怨杀王渊

诗曰：

铮铮义不帝邦昌，一过燕山转病狂。

臣妾自南君自北，莫寻闲事到沙场。

却说那秦桧夫妻二人，自从被掳到金邦，那些同来的大臣死的死了，杀的杀了，独有秦桧再四哀求，被老狼主赶他到贺兰山边草营内，服侍看马的小番。后来小番死了，他夫妻两个就流落在山下，住在一顶破牛皮帐房内，饮食全无措办，只靠王氏与这些小番们缝补缝补，浆洗浆洗，觅些来糊口。亏得那王氏生得俊俏，又有那些小番与他勾搭上了，送些牛肉羊肉与他，混帐过日。

也是他命里应该发迹，忽然那一日，兀朮坐在府中，心头闷闷不乐，即领了一众小番，骑马带箭，驾着鹰，牵着犬，往山前山后打围取乐。一路上也拿了几个獐儿兔儿，刚要回府，看看来到贺兰山脚下，远远望见一个南装妇人，慌慌张张的躲入林子里去。兀朮向前，命小番往林子里去搜检，不一会，拿出一个妇人来。兀朮举眼观看，但见那妇人星眸带露，俏眼含情。也是命数该然，那兀朮本是个不贪女色的好汉，不知为什么见了这个妇人，身子就酥了半边，就叫小番："那里来这南边妇人？且带他回府去审问。"小番一声答应，不由分说，把那妇人一把抱来,横在马上,跟了兀朮一同回到王府。

兀朮进了内堂,叫那妇人到跟前来问道:"你是何处人氏?因何在我北地?"那妇人便战兢兢的跪下,启一点朱唇,吐出娇滴滴的声音:"禀上大王,奴家王氏;丈夫秦桧乃宋朝状元,随着上皇圣驾到此。狼主将二帝迁往五国城去,奴家与丈夫两个流落在此。方才往树林中去拾些枯枝当柴火炊爨,不知狼主到来,多有冒犯,望乞饶恕!"兀朮听了,大喜道:"连日着小番寻访秦桧,不道今无意中得之!"正叫做:

踏破铁鞋无觅处,得来全不费工夫。

兀朮便叫:"娘子请起。我久闻你丈夫博学多才,正要请他做个参谋。"就命小番:"速速备马去请了秦老爷来!"小番领命而去。这里兀朮就携了王氏的手,同进后房,成其好事。王氏见兀朮雄壮,心中亦甚欢喜。两个恩恩爱爱,说了一回。

早有小番进来报说:"秦老爷已请到了。"兀朮同王氏出堂。秦桧参见了,兀朮道:"卿家且请坐了。"秦桧逊道:"狼主在上,秦桧焉敢坐?"兀朮道:"卿家大才,某家久慕。一向因出兵在外,不得与卿家相叙。今日偶然遇见,某家这里缺少一个参谋,正好住在府中,朝夕请教。"秦桧拜谢了。当夜就与他夫妻二人换了衣服,收拾一间书房,与他夫妻居住。每日牛酒供待,十分丰盛。王氏常常进来与兀朮相叙,秦桧也眼开眼闭,只做不知。兀朮又常常送些衣服金银与他夫妻两个。

不知不觉,过了一载有余。忽一日,兀朮问道:"卿家可想回家去么?"秦桧夫妻二人道:"蒙狼主十分抬举,况臣如此受用,怎么还想回家?"兀朮道:"古人有言:'树高千丈,叶落归根。'卿家若然思念家乡,某家差人送你回国。"秦桧道:"若能使秦桧回去一拜祖坟,实为恩德。但是不好启齿。"兀朮道:"这有何难!但是你须要往五国城去讨了二圣的诏书,才进得中原关口。"秦桧大喜,别了兀朮,径往五国城去。那兀朮与王氏二人因要分别,十分不舍,两个立誓:"若得中原,立尔为贵妃。"

且说秦桧来至五国城,寻着了二帝,参拜已毕,将纸墨笔砚放下井中道:"臣秦桧要回本国,求二圣诏书。"二圣就书诏与秦桧。秦桧辞驾回至王府,与兀朮说知。当日大排筵宴饯行。次日,兀朮带领一众文武送他夫妻回国,三十里一营,五十里一寨,迎接秦桧夫妻安歇。在路也非止一日,看看望见潞州,小番报与兀朮。兀朮请二人在帐中摆酒送别,酒毕,秦桧告辞起身。兀朮道:"卿家进中原去,若得了富贵,休忘了某家!"秦桧道:"臣夫妻二人若得了好日,情愿把宋室江山送与狼主。"兀朮道:"卿家果有此心,何不对天立下一誓?某家方信爱卿之真心也。"秦桧跪下道:"上有皇天,下有后土,我秦桧若忘了狼主恩德,不把宋朝天下送与狼主,后患背疽而死!"兀朮道:"卿家何必如此认真。卿家日后若有要紧事情,命人来通知某家,定当照应。某家今日不能远送了!"秦桧夫妻拜别上马,往潞州而来。

夫妻二人来至关下,与守关军士说明。军士去报与守关总兵,总兵一一问了来历,然后放他二人进关,又差人送他往临安而来。不一日,到了临安,至午门候旨。高宗传旨宣进金銮殿,秦桧道:"二圣有诏书与陛下。"高宗闻言，连忙接了诏书。然后秦桧朝见，高宗降旨道："今得卿家还朝，得知二圣消息，更得一佳士，甚是可喜。况爱卿保二圣在外有年，患难不改，今封为礼部尚书之职，妻王氏封二品夫人。"秦桧谢恩退朝，就进礼部衙门上任。此是绍兴四年初秋之事也。诗曰：

　　高宗素志在偷安，欣逢奸佞列鸳班。
　　从此山河成破碎，蒙尘二帝不能还！

却说其时乃是大元帅王渊执掌重兵。那王元帅虽则年过九旬，却是忠心尽力保扶社稷。那日升帐，聚集众将，传令道："明日乃是霜降节期，在朝诸将俱往教场祭旗，操练兵卒，不可有误。"众将领令。到了次日五鼓，各将俱到教场伺候。王渊查点诸将皆齐，只有左都督苗傅、右都督刘正彦不到。王元帅又差官催请。不一时，差官回报说："两位都督奉旨往西山打围，不能前来伺候。"王元帅也只得罢了。自己同众将等祭旗已毕，操演了一回人马，打道回衙。行至众安桥，恰遇着苗、刘二人，吃得醉醺醺，带着几名家将骑马而来。二人要回避也来不及，只得下了马，低了头，立在人家门首。王渊在马上见了，吩咐唤那二人过来。二人无奈，走到王元帅马前，打躬站立。王渊道："好大胆的匹夫！你说天子旨意，命你西山打围，为何反在此处？明明藐视本帅。难道打你不得么？"吩咐："将这厮扯下去各打二十！"二人慌忙跪下道："小将一时冒犯虎威，求元帅看平日之面，饶恕罢！"王渊道："你仗着天子宠幸，侮蔑大臣，本该重处！姑且饶你。若再有无礼，必要奏明天子，斩你的驴头！"王元帅将二人大骂了一场,打道自回去了。

二人满面羞惭,无处伸诉。苗傅道:"刘兄,不想我二人今日受这一场羞辱!且同到小弟衙门,别有话说。"二人上马,同至苗傅衙门,下马进去。到内衙坐定,苗傅道:"王渊老贼,将我们当街出丑,此恨怎消!况今岳飞已退居林下,韩世忠远在镇江,满朝之中还怕那个?我意欲点齐你我部下,杀了王渊老贼,以泄此恨。然后杀进宫中,捉了康王,不怕在朝文武不服;与兄平分天下,共享富贵。不知尊意若何?"刘正彦道:"此计甚妙!事不宜迟,出其不意,今晚约定点齐人马,俱在王渊门首取齐。不可走漏消息,误了大事!"二人商议已定,再四叮咛。

刘正彦辞了苗傅,上马回衙,暗传号令,令本部兵卒准备器械,饱餐战饭。到了三更时分,二人率领众兵,点起灯球火把,蜂拥一般来到王渊门首,呐声喊,杀入府中。可怜王元帅不曾防备得,一门九十多口,尽皆杀害,家财尽被抢劫。二人领兵转身,竟往午门而来。早有一班御林军将拦住,都被杀死,直至大殿。那些内臣太监,慌忙报进宫中。高宗吓得满身发抖,惊慌无措,躲入深宫。二人又杀入宫来,恰遇着刘妃带领宫娥出来迎接,——那刘妃乃是刘正彦的堂侄女,新近进与康王,康王收为正妃,见了苗傅道:"将军不可惊了圣驾!"苗、刘二人问道:"康王在那里?"刘妃道:"将军差矣!王渊恃功,欺藐天子,众大臣多有不平者。那康王昏昧不明,亦难主宰天下,此举正合我意。你今若是拿了天子,倘四方勤王兵到,众寡不敌,深为可虑。况岳飞现在汤阴,他手下兵将十分了得,倘若闻风而来,如之奈何？依我主见，不如且将康王留在宫中，逼他传位与太子。换了新君，岳飞必来朝贺。那时先将他斩了，以绝后患，然后听凭你二位作何主见，高枕无忧，天下大事，俱在你二位掌握中矣。"苗、刘二贼听了此一番言语，大喜道："此言深为有理！"苗傅对刘正彦道："事成和你平分天下，令侄女我必封他为正宫皇后也！"刘正彦笑道："贤侄婿且休闲讲，料理正事要紧！"二人出宫，来到殿上坐下，吩咐家将收了王家一门尸首，将财帛分赐众人。又拨心腹家将去各衙门把守，不许闲人私自出入。假写诏书一道，说是康王传位太子，召岳飞还朝扶助社稷，去哄骗岳飞来京。

且说那尚书仆射朱胜非，见刘、苗二人如此行为，遂修书一封，悄悄差家人朱义，星夜往汤阴报知岳元帅，请他速来救驾。

且说那岳元帅，自从归乡以来，即差人到巩家庄，迎取了巩氏小姐到来，与岳云完聚了，一门共享家庭之福。不意太太老病日增，服药无效，忽然归天。岳元帅悲伤哭泣，尽心葬祭，日夕哀痛，废寝忘餐，弄得骨瘦如柴。众弟兄多方劝慰，方才少进饮食。在家守孝，足迹不出门户。光阴易过，孝服已满，众弟兄皆在汤阴娶了妻小，生儿生女的往往来来，十分快活。这一日，岳爷同了众弟兄正在郊外打围，忽见家将引了朱义到围场上来见岳爷，将朱胜非的书札呈上。岳爷拆开看了，吃了一大惊，连忙散围回府，细细写了回书，交与朱义道："你回去多多拜上你家老爷，说照此书中行事。须要小心，不可泄漏！"叫家人取过二十两银子，与朱义为盘费。朱义叩谢了岳爷，自回临安报信不表。

且说岳爷修书一封,唤过牛皋、吉青二人道:"你二人可将此书到润州去见了韩元帅,然后到临安去。只消如此如此,二贼可擒矣。"牛皋道:"大哥,我们在此安安逸逸、自由自在不好?管他娘什么闲事,我不去!"岳爷道:"贤弟!我岂不知。但是已曾食过君禄,天下皆知我们是朝廷的臣子。如今有难,不去救他,后人只说我们是不忠不义之人了!你二人可快快前去。若除得苗、刘二人,圣上留你,你二位就在临安保驾便了。"牛皋道:"既是大哥要我们去,成了功也就回来,终日与众兄弟们聚会快活不好?那个要做什么官!"二人辞了岳爷,上马飞奔往润州而来。真个是:

    一心忙似箭,双马走如云。

不一日,到了润州,来到帅府门首。其时韩元帅已封了咸安郡王,十分威武,凡有各路文书,须先要到中军衙门递了脚色手本,方得禀见。这牛皋、吉青那里晓得,走到辕门上对旗牌道:"快去通报,说我牛老爷同吉老爷,有事要见元帅。"那旗牌道:"好大来头!随你羊老爷、猪老爷,也不在我心上!"佯的走开去了。牛皋大怒道:"你这该死的狗头!你不去报,我就打进去!"一声吆喝,辕门外多少军士,一齐喧嚷起来。正是:

    未向朝中擒叛逆,忽然祸变起萧墙。

不知后事如何,且听下回分解。

第四十七回

擒叛臣虎将勤王　召良帅贤后赐旗

诗曰：

中兴功业岂难收，为报君王莫重忧。

此去好提三尺剑，管教斩却贼臣头。

却说牛皋、吉青二人，正待发作，辕门外一时喧嚷起来。不道惊动了韩元帅，在后堂听得了，即着家将出来查问。那家将领命出来，见了牛皋、吉青，便问道："你两个是何人？敢在这里喧嚷！"牛皋道："俺们两个乃是岳元帅帐前的统制官，奉令来见元帅，有机密大事。叵耐这狗头不肯与我通报。"那家将听得是岳爷差来的将官，况有机密事，不敢怠慢，便道："二位将军请息怒！旗牌不晓得是将军，多有得罪！且请少待，待小将们进去通报便了。"牛皋道："还是你好说话，便宜了这狗头一顿拳头。"那家将慌忙进内报知，韩元帅即命请进来相见。二人直至后堂，参见已毕，将书呈上。韩元帅拆开看毕，十分吃惊，说道："既有此变，你二位先行，照计行事。本帅即起兵，随后就来便了。"

二人别了韩元帅，飞奔望临安一路而来。将近城不多远，牛皋对吉青道："待我先去，吉哥你随后就来。"牛皋拍马来至城下，高叫道："俺乃岳元帅手下牛皋，有要紧事要见刘、苗二位王爷的。"那苗、刘二人正在城上巡城,见牛皋来叫门,况是单身匹马,便令军士开城放进。牛皋见了苗、刘说道:"乞退左右,小将有言奉告。"二贼道:"我左右俱是心腹将士,有话但说不妨。"牛皋道:"岳元帅叫小将多多拜上二位王爷说,我家元帅立了多少大功,杀退金兵,那康王全无封赏,反将他黜退闲居;那些无功之人反在朝中大俸大禄价快活,心中实是不平。今二位王爷何不将康王贬入冷宫?太子三四岁的孩子,那里做得皇帝!二位王爷何不将天下平分?我元帅情愿小助一臂。"苗、刘二人听了,大喜道:"若得你家元帅肯来助我,我就封他王位,同享富贵,决不食言!"随带了牛皋来至午门,进大殿坐下,牛皋站在旁边,商议写书报复岳元帅。忽见军士来报:"城外有一姓吉的青脸将军叫门,候二位王爷发令。"牛皋道:"这是我的兄弟。因康王不用他,逃在太行山落草,是我前日写书叫他来的。"苗、刘二贼道:"既如此,放他进来。"不一时,吉青来至午门下马,进大殿来朝见了,站在旁边。又一会,又有军士来报道:"韩世忠带领人马已到城下,口口声声要拿二位王爷。"二贼听报,正在惊慌,又有军士来报:"仆射朱胜非已去开城迎接韩世忠了。"二人大惊道:"谁与我先去拿了朱胜非来?"牛皋应声:"待我来拿!"上前一步,伸手一把把苗傅拿住;吉青也上前把刘正彦拿下。

两边众军正待动手来救,牛皋、吉青大喝一声:"那个敢上来讨死!"牛皋一手举锏就打。吉青一手把刘正彦夹在肩膀下,一手拔出腰刀,大喊:"那个敢上来,我先杀了刘贼,也休想要活一个!"众军士正在两难之间,那殿后早有一班值宿禁军,晓得拿住了苗、刘二贼,一齐杀将出来。那苗、刘手下这班军士看得势头不好，一哄的都下殿逃走去了。牛皋、吉青拿了二贼也下殿来，外边韩元帅兵马已至午门，正遇着牛皋、吉青，献上二贼。韩元帅吩咐立刻斩首，领兵分往二人家中，将两家人口尽行抄灭。一面搜捕余党，一面聚集文武百官，请高宗登殿。

众朝臣请安已毕，高宗降旨道："朕遭此二贼之害，几乎不保！韩世忠勤王有功，加封为蕲王，钦赐金帛，仍回镇江。牛皋、吉青力擒逆贼，即封为左右二都督，随朝保驾。"牛皋道："你这个皇帝老儿！不听我大哥之言，致有此祸！本不该来救你，因奉了哥哥之令，故此才来。今二贼已诛，俺们两个要去回复大哥缴令，那个要做什么官！"说完，竟自出朝，上马回汤阴去了。高宗传旨，将二贼首级祭奠王元帅，钦赐御葬。韩元帅在临安耽搁了两日，也辞驾仍回润州不表。

再说高宗天子复登大宝，太平无事。到了绍兴七年春月，有兵部告急本章入朝启奏道："山东九龙山杨再兴作乱。"又报："湖州太湖水贼戚方、罗纲、郝先，聚众谋反，十分猖獗。"又奏："湖广洞庭湖中杨幺，抢州夺府，杀了王宣抚，好生厉害。"接连几道告急本章，弄得高宗仓惶无措，便问众公卿，有何良计剿除诸寇。当有太师赵鼎奏道："诸寇猖狂，非是岳飞，他人恐不能当此重任。"高宗道："前已差官去召他来京受职，被他手下牛皋、吉青等打回，又将旨意扯碎。朕念他前擒刘、苗二贼有功，故尔不究。如今若再去召他，恐他不肯奉诏，如之奈何？"当时诸臣计议，并无良策。高宗传旨退朝，明日再议。各官退班,天子回驾入宫。

魏氏娘娘上前接驾坐定,娘娘见高宗面带忧容,闷闷不乐,便上前启奏道:"万岁今日升殿,有何事故,龙颜不悦?"高宗遂道:"众寇作乱,太师赵鼎保奏岳飞方能平服。朕今要召岳飞入朝,命他征剿众寇,恐他不肯应召到此,故尔忧闷。"娘娘听了奏道:"臣妾为万岁绣成一对龙凤旌旗,如今中间再绣成'精忠报国'四字。主公差官赐与岳飞,或者肯来,亦未可知。"天子大喜,即命娘娘绣成四字,差官赍旨,并娘娘懿旨龙凤旌旗一对,往汤阴县宣召岳飞,即日进京。差官领旨出京,星夜赶到汤阴。岳爷闻知,连忙出接,迎到大堂,摆列香案,俯伏在地。钦差开读圣旨道:

"奉天承运皇帝诏曰:岁寒知松柏之心,国难见忠贞之节。朕以渺躬,谬膺大宝。迩者获罪于天,国事多艰,以致胡马长驱,干戈鼎沸。赖尔岳飞,竭力勤王,尽心捍御,得以偏安一隅,深惭二帝蒙尘,狼烟暂息,兵燹重兴。今杨再兴称兵于九龙山畔,杨幺据湖广之洞庭,戚方虽幺魔小寇,罗纲实蛊国奸民。正国家多事之秋,宜臣子枕戈待旦之日也。岂宜高卧北山,坐观荆棘?皇后亲绣龙凤旌旗,用表'精忠报国'。尔其火速来京,起复旧职,统领熊罴之将,再驱虎豹之师,殄灭群凶,奠安社稷。朕不吝茅土之封,预开麟阁以待。钦哉!谢恩!"

岳元帅谢恩已毕,款待钦差。钦差辞别,先自回京复旨。

岳爷一面打点行装,一面去邀众兄弟一齐到来。岳爷道:"圣上特旨,差官来召我们出兵剿寇。皇后又亲绣一对龙凤旗,并赐'精忠报国'四字,只得奉诏进京去。特请众弟兄们同去面圣。"牛皋道:"我是不去的。那个瘟皇帝,太平无事,不用我们;动起刀兵来,就来寻着我们替他去厮杀,他却在宫里快活。"岳爷道:"贤弟休如此说!自古'君要臣死,臣不敢不死'。你我已经食过君禄,况为人在世,须要烈烈轰轰做一番事业,显祖扬名,岂肯老死蓬蒿!我们此去,必要迎还二圣,恢复中原,方遂我一生大愿。贤弟们可将家眷各各送归家乡故里,好放心前去干功立业,方不负此一世!"众人齐声道:"大哥言之有理。"众弟兄们即便辞出,回到家中,各将家眷送回家去,陆续来至帅府,伺候岳爷起身。李氏夫人与媳妇巩氏,置酒与岳爷父子送行。岳爷饮酒中间,吩咐些家务,即刻起身。那些地方官俱来送行。岳爷相见谢道:"不敢劳动各位大人,只是家下还求照拂!"众官一齐躬身答道:"当得效劳。"众官辞别起身。岳爷别了夫人,即同众弟兄发扛起程,望临安而来。正是:

绣旗丹诏召忠臣,虎将宁辞汗马勋。

匡时定难男儿事,好去朝天谒圣君。

话休絮烦。单说岳爷一路来至润州,会见了韩元帅。两人说些国家之事,即便辞行。韩元帅送了一程,两人分手而别。岳爷到了临安,进朝见驾。天子大喜,封岳飞官复旧职,待平寇之后,再行升赏。岳元帅谢了恩。天子传旨,命兵部发兵十万,户部支拨粮草。岳元帅辞驾,就要祭旗发兵。高宗问道:"元帅此行,先平何寇?"岳飞奏道:"先平了九龙山杨再兴,次平太湖,后平洞庭。"高宗闻奏大喜,即赐御酒三杯,以壮行色。

岳元帅谢了恩，出朝到营中，令牛皋带兵三千为先行。又命公子岳云趱催粮草军前应用，吩咐道："粮乃三军重事，可晓得军中一日无粮，三军就要鼓噪。不可视为儿戏！"岳公子领令而去，元帅大兵随后起行。一路上，但见：

滚滚人行如泄水，滔滔马走似狻猊。

风声吹动金铙壮，云影飘扬圣赐旗。

先说牛皋，一路上穿州过府而来，到了山东九龙山，军士报道："前面是九龙山了。"牛皋道："抢了九龙山，然后扎营。"军士领命，一齐至九龙山下呐喊。那边喽罗报上山来，说道："有宋将在山前讨战，请令定夺。"杨再兴闻报，随即带领喽罗下山来，一字排开，便叫一声："那里来的毛贼，敢到此地来寻死？"牛皋大喝道："你这狗强盗！见了俺牛老爷，还不下马受缚？"杨再兴道："吓！你就是牛皋么？不是我的对手，且等岳飞来会我罢。"牛皋大怒，提起铜便打，杨再兴抢枪招架。战有十二三个回合，牛皋战他不过，只得败下阵来。再兴也不追赶，回山去了。

且说牛皋败下来，传令三军，离山数里下营，候元帅大兵到来。不一日，岳元帅大兵已到。牛皋出营迎接元帅，元帅问道："牛皋，你曾会战么？"牛皋说道："有一个贼子，白马银枪，战有十五六个回合，小将败了，他又不来追我，故此不曾再战。"众将听了，都微微笑道："如此说，牛哥打了败仗了！"元帅又问道："那人叫甚名字？"牛皋道："这却不曾问他。"岳爷道："牛兄弟！你随我出兵多年，还是这等冒失，连姓名也不问，就与他动手。倘然立了功，那功劳簿上怎么样个写法？下次交战，必须要问了姓名，然后打仗。可记得当年你在汴京小教场中会的杨再兴？你前日会见的，可是他么？"牛皋连连点头道："小弟一时却忘了，正是此人。"元帅大笑道："既然是他，你那里是他的对手！待我明日亲自出马，劝他归顺了，岂不是好？"

到了次日，天尚未明，元帅吩咐："擂鼓，点齐众将，随我出阵。"众将上前禀道："杀鸡焉用牛刀！谅一草寇，待末将等前去拿来，何劳元帅亲自出马？"岳爷道："列位有所不知，非我今日要立功。只因这个杨再兴乃是一员虎将，本帅亲自出马去，收降这个英雄来做个臂膀，相助国家，故尔要亲自出马。还有一说，为兄的今日出战，若我胜了他，也不要贤弟们上前；为兄的打了败仗，也不要列位们上前。违令定按军法。"众将齐应一声："得令！"又有上前来禀道："元帅可带末将等去看看，元帅怎么样一个战法。"元帅道："既如此，皆可同去，只不要上前帮助就是。"说毕，竟出大营，来到九龙山下讨战。众将俱随在后头观看。

那边喽啰飞报上山，杨再兴领兵下山来会岳飞。岳爷抬头观看，那杨再兴怎生打扮？但见：

<blockquote>头戴凤翅银盔，身穿鱼鳞细铠；手执滚银枪，腰悬竹节铜；衬一件白战袍，跨一匹银骢马。面白唇红，微须三绺；腰圆膀阔，头大声洪。真个是：英雄盖世无双将，百万军中第一人！</blockquote>

岳元帅拍马上前道："杨将军，别来无恙？"杨再兴听了，便道："岳飞，休得扯谎！我和你在何处会过，今日在此讲这鬼话？"岳爷道："将军难道忘记了么？曾在汴京小教场中，与将军会过一次？"再兴想了一

想道："吓！你可就是那枪挑小梁王的岳飞么？"元帅道："然也！我有一言奉告，将军乃将门之后，武艺超群，为何失身于绿林？岂不有玷祖宗，万年遗臭！况将军负此文武全才，何不归顺朝廷，与国家出力，扫平金虏，迎还二圣？那时名垂竹帛，岂不美哉！"杨再兴呵呵笑道："岳飞，你且住口！我杨再兴岂是不知道理之人？当日徽宗皇帝，任用蔡京、童贯等一班奸佞。梁师成督造艮岳，大兴工役；朱勔采办花石纲，竭尽民膏。又听奸臣与金人约会攻辽，以致金人入寇，传位钦宗，懦弱无能，俱被掳去。若果有中兴之主，用贤去奸，奋志恢复，何难报仇雪愤，奠安百姓？无奈当今皇帝，只图偏安一隅，全无大志；不听忠言，信任奸邪，将一座锦绣江山弄得粉碎！岂是有为之君！你不若同我在山东举义，先取了宋室，再复中原，共享富贵。何苦辅此昏君！你若不听我言，只怕将来死无葬身之地，懊悔无及也！"岳爷道："将军差矣！为臣尽忠，为子死孝。生于大宋，即为宋臣。况你杨门世代忠良，岂可甘为叛逆，玷辱祖宗！若不听我良言，只得与你决一胜负。"再兴道："岳飞，你岂不知男子不能流芳百世，亦当遗臭万年？我是好言相劝。既然不听，不必多言，放马过来！"岳爷道："住着！我和你各把兵将退后，只我一个对你一个，各显手段。"再兴道："如此甚好！"即命众喽罗退回山寨。岳爷亦传令众将退后，不许上前。二人两马催开，双枪并举。但见：

　　岳爷爷枪舞梨花，分心便刺；杨再兴矛分八叉，照顶来挑。这个枪来，犹如丹一簇；那个枪去，好似雪花飘。真个是绞作一团，不分胜负；杀做一处，难定输赢。

二人大战三百余合,不分胜负。看看天色已晚,各自收兵回营,约定明日再战。

到了次日天明,岳元帅带领众将又至阵前,杨再兴早已等候。岳元帅吩咐众将,退下三箭之地观看,如有上来者斩。两个登开战马,抡枪交战。一个前披后縻,一个左勾右挑,好似:

两条龙夺食,一对虎争餐。

二人正在大战,不分胜败。不道那岳云公子解了兵粮,来到营门交割,那军士回禀公子:"元帅不在营中,亲自与杨再兴交战去了。"岳云即叫军士们看守粮草,便一马跑到阵前来看,但见父亲与那员贼将厮杀,众位叔父一齐远远的观看。牛皋一眼看见是岳云,便道:"侄儿,你来得正好!快些上去帮助你父亲,拿了这个强盗,就完了事了!"岳云不知就里,便应声"晓得",把马一催,出到阵前,叫道:"爹爹少歇,待孩儿来拿这逆贼!"那杨再兴喝声:"住着!岳飞,你军令不严,还做什么元帅?我不与你战了!"拍转马竟自回山。

岳爷红着脸,只得收兵回营。到帐中坐定,岳云上来交令。元帅大怒,喝叫左右:"与我把这逆子绑去砍了!"岳云茫然不知缘故。众将心中是明白的,连忙一齐跪下,苦苦求饶,说道:"公子解粮才到,不知就里,故此犯了军令。求元帅开恩!"元帅道:"众将讨饶,放他转来。死罪饶了,活罪难免,与我捆打四十!"军士只得把公子捆翻,打到二十棍,牛皋在旁想道:"这个明明是我害他打的。"连忙上前禀道:"牛皋代侄儿打二十,求元帅恩准!"岳爷道:"既是兄弟说了,看你面上,免打放起。"叫张保:"你可将岳云背到山前,对杨再兴说:

'公子运粮初到，不知有这军令在先，故此莽撞。本要斩首，因众将讨饶免死，打了二十大棍，送来验伤请罪。'"张保得令，背了公子往九龙山来，到了山前，将公子放下，对守山喽罗说知。喽罗上山报知大王。杨再兴下山来看，只见张保跪下禀道："这是公子岳云。为因解粮才到，不知有这个军令，故尔冒犯了大王。元帅回营，要将公子斩首，以正军法。众将再四讨饶，故此打了二十大棍，送来验伤请罪。"再兴道："如此还像个元帅。你回去，可约你元帅明日再来会战。"张保答应一声，依先背了公子，回营来见元帅，把杨再兴相约交战的话禀明。

这日天色已晚，元帅退至后营，岳云、张宪两边站立。元帅回转头来，见那岳云泪流满面。岳爷道："为父的就打了你这几下，怎么敢如此怀恨，这时候还在流泪么？"岳云道："孩儿怎敢怨恨爹爹。只因想起太太若在时，闻得孩儿受刑，必定要与孩儿讨饶。一时动念，故此流下泪来。"岳爷听了此言，不觉伤心起来，便道："你去安歇了罢。"岳云答应，遂与张宪一齐退出后营。岳爷独自一人坐在那里，心头纳闷，就靠在桌子上朦胧睡去。忽见小校来报："杨老爷来拜。"岳爷思想："那个什么杨老爷？"正待要问，只见外边走进一位将官来，头戴金盔，身穿金甲；面方耳大，五绺髭须；威风凛凛，雄气昂昂。岳爷即便起身迎接。正是：

人生异地无相识，大海浮萍何处来？

毕竟不知那人是谁，且听下回分解。

第四十八回

杨景梦授杀手锏　王佐计设金兰宴

诗曰：

金兰会上气如霜，杯酒生春频举觞。

奸雄空使鸿门计，闯宴将军勇力强。

却说岳爷打了岳云，又战不下杨再兴，心中闷闷不乐，就在帐中靠在桌上朦胧睡去。忽见小校报说："杨老爷来拜。"随后就走进一位将官。岳爷连忙出位迎接，进帐见礼，分宾主坐定。那人便道："我乃杨景是也。因我玄孙再兴在此落草，特来奉托元帅，恳乞收在部下立功，得以扬名显亲，不胜感激！"岳爷道："小将久有此心。奈他本事高强，战了几日胜他不得，难以收服。"杨景道："这个是'杨家枪'，只有'杀手锏'可以胜得。待我传你，包管降他便了。"杨景说罢起身，抡枪在手，岳爷也把枪拿在手中。二人大战数合，那杨景拔步败去，岳爷在后赶上去。那杨景左手持枪，回转身分心便刺；岳爷才把枪招架，杨景右手举锏，叫一声"牢记此法"，把锏在岳爷背上一捺，岳爷一交跌倒，矍然醒来，却是一梦。岳爷暗暗称奇，私下把枪锏之法演熟。

过了两日，岳元帅依旧出兵来讨战，再兴也领兵下山。二人也不打话，各举兵器，大战十数合，岳爷佯输败走。杨再兴笑道："今日你为何不济?"随后赶来。岳爷回马转来,左手持枪便刺;再兴忙把枪杆架住,不提防岳爷右手将银锏在再兴背上轻轻这一捺;再兴坐不住鞍鞒,跌下马来。岳爷慌忙跳下马来,双手来扶,叫声:"将军请起。本帅有罪了! 可起来上马再战。"正是:

从今掬尽湘江水,难洗从前满面羞。

杨再兴满面羞惭,跪在地下,叫声:"元帅,小将已知元帅本领,甘心服输,情愿归降。"岳爷道:"将军若肯同扶宋室江山,愿与将军结为兄弟。"再兴道:"愿随鞭镫足矣! 焉敢过分?"岳爷不允,就在地下对拜了八拜,结为弟兄。再兴道:"元帅先请回营,待小将上山去收拾了人马粮草,来见元帅。"元帅回转大营。

再兴回山收拾了人马粮草,放火烧了山寨,来见岳元帅。元帅十分大喜,吩咐摆酒,合营将士做庆贺筵席。到了次日,传下号令,起兵入朝奏凯。众兵将一个个鞭敲金镫,齐和凯歌。一路来到瓜州口上,韩元帅早已备齐船只,请岳爷大兵渡过大江。相见已毕,留岳爷歇马三日,作别回京。一路无话。早到临安相近,探军来报:"水寇戚方,领兵来犯临安甚急,特来报知。"元帅就传令扎营在夹地巷口,即命杨再兴带领三千人马,速去救应。

再兴领令出营,带了人马上前,一路行去,正遇着戚方领了大队喽罗,蜂拥而来。杨再兴也不等他人马屯扎,就挺枪杀去。那边戚方也持枪迎住,大叫一声:"来将何人?"再兴道:"强盗! 要知我的姓名武艺么? 我乃岳元帅麾下大将杨再兴是也! 贼将快通名来,功劳簿上好记你的名字。"戚方道:"俺乃太湖水寨赛霸王戚方是也! 俺劝你不如早早投降,免受诛戮!"再兴大喝一声:"贼将休得胡言!照你爷爷的枪罢!"一枪刺来。戚方接住厮杀。双枪并举,两马齐登,战了二十来合,再兴拦住枪,扯出铜来一铜,戚方闪得快,一个马头打得粉碎。戚方慌了手脚,早被再兴擒过马来,摔在地下,命军士绑了。对阵罗纲见再兴擒了戚方,心中大怒,拍马上前,也不打话,举刀便砍。再兴拦开罗纲的刀,轻舒猿臂,也便擒了过来,叫军士绑了,解往元帅大营去报功。郝先在后压阵,听得戚、罗二人被擒,慌慌的飞马冲来,见了杨再兴,不分皂白,抡刀就砍。再兴枭开刀,一连几枪,杀得郝先浑身是汗,招架不住,被再兴伸手过来,夹腰一把,抓过马去,叫军士绑了。众喽罗被这三千兵卒大杀一阵,杀的杀了,逃的逃了,一哄而散。

再兴方始收兵,回到元帅营前下马,进见报功。元帅道:"贤弟日擒三寇,深为可喜,真乃盖世英雄!何愁金人不灭,二圣不还乎?"再兴连称:"不敢!此乃元帅的虎威,何干小将之功?"传令把这三贼推进来,当面跪下。元帅道:"尔等既被我将擒来,有何话说?何不归顺宋朝,立功之后,封妻荫子?"三人一齐说道:"蒙元帅不杀之恩,愿投麾下,少助元帅之力。"岳爷道"既如此",吩咐左右放了绑,"本帅与三位将军结为兄弟。"三人一齐推辞道:"怎敢冒犯元帅?"岳爷道:"不必推辞。凡我帐下诸将,都是结拜过的了。"三人只得依允,同元帅结拜过了,然后与诸将见礼,相见毕,回去收拾粮草人马来见元帅。元帅吩咐将人马收入本营,军政司收了粮草。一面申奏朝廷。将人马屯扎在城外安顿。

元帅入朝,来至午门下马。进殿见驾,三呼已毕,奏道:"杨再兴、戚方、罗纲、郝先,俱已平服投顺。"高宗闻奏大喜,即封杨再兴为御前都统制,戚方等且暂居统制之职,日后有功,再行升赏。各人谢恩已毕。高宗问岳爷道:"卿家可晓得洞庭湖杨幺猖獗?地方官告急本章连进,卿家可速整人马,前往征剿,以救生民倒悬之苦。"岳爷领旨,辞驾出朝。高宗传旨,命兵部速发兵符火牌,调齐各路人马,拨在岳飞营中听用;又命户部给发粮草钱粮。

　　诸事齐备,岳元帅整顿人马,择日祭旗发兵。三军浩浩荡荡,离了临安,望澶州而来。一路地方官员馈送礼物,岳爷丝毫不受,鸡犬不惊,只是吩咐他们学做好官,须要爱民如子,无负朝廷。所过地方,秋毫无犯。各处百姓,无不顶戴。行非一日,到了澶州不远。那澶州节度使姓徐名仁,乃是汤阴县升任在此。那日闻报岳元帅兵到,随即领了总兵与地方官,一齐出城迎接岳元帅。岳爷因徐爷是恩师,不便相见,吩咐另日请见;其余地方官,俱各相见。进了澶州,三军安营已毕,岳元帅进入帅府住下。当日无话。

　　次日,各各上堂参谒已毕,便问总兵张明道:"那水寇目下如何?"张明禀道:"目下比前大不相同了,他在这洞庭湖中君山上起造宫殿,自称为王。他有个亲弟,名唤小霸王杨凡,有万夫不当之勇。有军师屈元公。元帅雷亨,他有五子,名叫雷仁、雷义、雷礼、雷智、雷信,称为'雷家五虎',十分骁勇。又有太尉花普方。还有水军元帅高老虎与兄弟高老龙。更有东耳木寨东圣侯王佐,西耳木寨西圣侯严奇。又有澶州王钟孝、王钟义,德州王崔庆、兄弟崔安,军师余尚文,副军师余尚敬,元帅伍尚志,长沙王罗延庆。有喽兵数十万,战将千员。粮草甚多,大小船只,不计其数。十分猖獗。前者王宣抚领兵剿捕,被他杀得大败;若大老爷再不来时,连这澶州也被他抢去了!"岳爷叹道:"数载工夫,不道养成如此大患!"便叫总兵来至面前,岳爷附耳说如此如此。张明领令而去。岳爷差下兵将,紧守城门不表。

次日,岳爷升帐,诸将两边站立。元帅便命张保前去东耳木寨下请帖。张保领令出了城,绕湖而去,行了三十余里,来至东耳木寨,便向军士道:"相烦通报一声,岳元帅那边下书人要见。"军士便进去禀知王佐。王佐道:"着他进来。"张保进寨跪下,将书呈上。王佐接来观看,方知是岳飞来请赴宴的。王佐看罢,便叫:"张头目,耳房便饭,待我商议回复。"张保自到耳房去用酒饭。却说王佐心中想道:"当年之事,不过是进步之策,怎么当起真来?他这封书不打紧,倘若大王得知,岂不害我?"遂拿了这封书出寨来,至水口下舡,直至大寨前上岸,来到端门外候旨。杨幺传旨宣入。王佐进内,参拜已毕,奏道:"今有岳飞差人送请帖来,请臣进澶州赴宴。臣不敢自专,伏候我主定夺。"说罢,将书呈上。杨幺看了书,便对军师道:"此事如何?"屈元公道:"可令东圣侯进澶州去赴宴。回来时,臣自然有计。"杨幺对王佐说道:"贤卿,你可去赴宴,回来军师自有计策。"王佐领旨,出来下船。不一刻,来到营中,便叫过张保来,赏了十二两银子,说道:"你回去拜上你家元帅,说我明日来赴宴便了。"张保谢了,辞出营门,一径回来。进了城门,来见了元帅禀道:"王佐说明日准来赴宴。"元帅即忙吩咐地方官,连夜准备酒席。当日诸事不表。

到了次日巳牌光景,守城军士来禀:"王佐已到城下。"元帅即便率领众将,来至城外迎接。两人会了面,元帅便问道:"贤弟久违了!"王佐道:"一别数年,不想今日又得相会。"岳爷吩咐抬过八人大轿,便将王佐抬进城来。王佐在轿里边看见众百姓的门首,家家点烛,户户焚香,十分齐整。直至辕门,抬到大堂下轿,与岳爷重新见礼,分宾主坐下,送上茶来。岳爷便叫摆酒,推王佐首坐。饮过数巡,王佐道:"仁兄,我主今日的事业,三分已归其二。"岳爷接口说道:"今日奉屈,不过为昔日之情,聚谈聚谈。古云:'吃酒不言公务事。'非是为兄的拦阻贤弟之口,因我帐下皆是忠义之将,恐有唐突,倒是愚兄的不是了。"王佐听了,不敢再说。饮至午后,王佐便起身告辞道:"犹恐大王得知见罪,小弟告辞了。"岳爷道:"既如此说,为兄的也不敢强留了。"遂请王佐上轿,送出城外而别。元帅回府不提。

且说王佐跟来的人,个个欢喜道:"岳元帅待人甚好。"说说话话,看看来到本寨,便下了船,上殿来复旨。杨幺闻知王佐回来,即刻宣召进见。王佐奏道:"今日臣去赴会,回来复旨。"杨幺便问屈元公道:"军师,如今计将安出?"屈元公奏道:"臣已定下一计在此。明日大王可命王佐差人前去请岳飞来赴席,那岳飞无有不来的。他若来时,就在席上令好武艺者,命他舞家伙作乐,可斩岳飞之首。如此计不成,再埋伏四百名标枪手,令王佐掷杯为号,四百名标枪手一齐杀出,那岳飞双拳难敌四手,纵有通天本事,只怕也难逃此厄。那东耳木寨头门、二门两边,皆是军房,屋内可多放桌凳什物。他若逃出来,可将桌凳一齐抛出,阻住他的行路;再叫军士一齐上屋,将瓦片打下。

再令雷家五虎将带兵五千,截住他的归路。岳飞虽然勇猛,到这地步,就是脚生双翅,也飞不进潭州去矣!"杨幺闻言大喜,遂命王佐依计而行。

王佐领旨出来,到山下水口下船,回到本寨,心中想道:"岳飞,你甚么要紧,却害了自己性命!"到了次日,差家将王德往潭州去见岳飞,下请帖。王德领命,来到潭州城下叫门。守城军士问明,进帅府禀知元帅,元帅令他进来。王德进帅府来,叩见元帅禀道:"奉主人之命,特送书帖到来,请元帅去赴金兰筵宴。"岳爷吩咐张保引王德去吃酒饭。张保答应一声,便同王德耳房去用酒饭。岳爷看了来书,知是王佐答席。王德吃过酒饭,来谢了元帅。元帅道:"我也不写回书了。你去回复你家老爷,说我明日准来赴席便了。"又叫张保取了二十四两银子,赏了王德。王德叩谢了元帅,回去禀复王佐不表。

且说众将齐问岳爷道:"那王佐差人送书帖前来,为着何事?"岳爷道:"他特来请我去赴席。"众将道:"元帅允也不允?"元帅道:"好朋友相请,那有不去之理?"牛皋道:"小将的俸银可有么?"岳爷道:"贤弟的俸银不曾支动,问他怎么?"牛皋道:"拿五十两出来。"岳爷道:"要他何用?"牛皋道:"待我备一桌好酒来请了元帅,劝元帅不要王佐那边去吃罢。常言道'筵无好筵,会无好会'也。要使小将们耽惊受吓!"元帅道:"贤弟,为兄的岂是贪图酒食?要与国家商议大事。既许了他,岂肯失信!"牛皋道:"元帅必要去,可带了我同往。"岳爷道:"这倒使得。"当日诸将各自归营。

次日,元帅升帐,穿了文官服色。众将上前叩见已毕,元帅传令,汤怀、施全二人暂掌帅印,牛皋同去。命杨再兴路上接应,再兴答应而去。又向岳云道:"你可在途中接应为父的。"岳云领令前往。元帅便同牛皋上马,张保在后跟随,众将送出城外,竟往东耳木寨而来。

再说王佐得报岳爷前来,连忙出寨,迎接进至二寨门首,岳爷下马。来至大营,行礼坐下,献茶上来。岳爷说道:"多蒙见招,只是不当之至!"王佐道:"无物可敬,略表寸心。"即忙吩咐摆酒,二人坐下饮酒不表。

且说牛皋对张保说道:"你在此好生看守马匹要紧,待我进去保元帅。"张保答应。那牛皋走到里边,大声叫道:"要犒劳哩!"王佐看见,却不认得是牛皋,心下想道:"好一条大汉!"牛皋走上堂来,岳爷道:"这是家将牛皋,生性粗鲁,贤弟休计较他。"王佐吩咐手下,取酒肉与他吃。家将答应一声,登时取了酒肉点心出来。牛皋看见道:"就在这里吃罢!"王佐道:"就在这里也罢。"牛皋便将酒肉点心,一齐吃个干净,就立在岳爷的身边。元帅开言道:"愚兄的酒量甚小,要告辞了。"王佐道:"岂有此理!酒尚未饮,正还要奉敬。小弟这边有一人使得好狼牙棒,叫他上来使一回,与兄下酒如何?"岳爷道:"如此甚好,可唤他上来使一回。"王佐吩咐:"叫温奇来。"那温奇见唤,即忙上来叩了一个头。王佐道:"岳元帅要你舞一回狼牙棒佐酒。好生使来,重重有赏!"温奇道:"既要小将舞棒,求元帅爷将桌子略移开些,小将方使得开。"王佐对岳爷道:"哥哥,他倒也说得是,恐地方狭小,使不开来。"岳爷道:"贤弟之言有理。"遂命左右将酒席撇在一边。那温奇就把狼牙棒使将起来,看看使到岳爷的跟前,那牛皋是拿着两条铁锏,紧紧站在元帅跟前,便喝一声:"下去些!"那温奇只得下去。少停又舞上来,被牛皋一连喝退几次。那温奇收住了棒道:"你这个将军,好不知事务!只管的吆五喝六,叫我如何使得出这盘头盖顶么?"牛皋道:"'单丝不成线,独木不成林'。你一个舞终久不好看,待俺来和你对舞。"不等说完,扯出锏,走将下来,架着温奇的棒。温奇巴不得的将牛皋一棒打杀,劈脸的盖将下来;牛皋枭开了狼牙棒,一锏把温奇打死。

王佐看见,即将酒杯望地下一掷,往后便跑;那些标枪手一齐杀出。霎时间:

筵前戈戟如麻乱,一派军声蜂拥来。

毕竟不知岳爷怎生脱得此难,且听下回分解。

第四十九回

杨钦暗献地理图　世忠计破藏金窟

诗曰：

烽烟戈甲正重重,血战将军漂杵红。

拟向围场尽狐兔,博取天山早挂弓。

话说那些标枪手,一齐杀将出来。牛皋便叫:"元帅快走!待我断后!"岳爷忙向腰间拔出宝剑,望外杀出。牛皋舞动双锏,且战且走。来到二门,只见张保手执佩刀,保住马匹,大叫:"元帅!牛将军!快请上马,好让小人挡住后头!"岳爷、牛皋慌忙上马,不期前面丢下板凳家伙,横满一地;后面标枪手又追来。张保一刀砍死一个,夺过一杆枪来,连挑几人;牛皋回马又打死十来个。那些枪手不敢上前。张保把枪将板凳条桌挑开,三人方出一层,两边屋上瓦片如雨点一般打下来。三人俱打得头青脸肿,冒着险,拼命跑出大门。外边雷家五将左右杀来。

岳爷三人正在招架厮杀,忽听得呐喊声响,杨再兴一马冲来,手起一枪,把雷仁挑下马来。雷义举起铁锤打来,杨再兴架开锤,回手一枪,正中雷义心窝,翻身落马。恰好岳云飞马上来,先保了元帅三人出寨,杨再兴在后跟着。那雷家三弟兄,使刀的使刀,举叉的举叉,带领兵卒追上来。杨再兴大怒,拨回马,使开这杆滚银枪,左飞右舞,一连把三将挑死;再把众兵大杀一阵,方才收兵,赶上岳爷,一同回转澶州。进了城,来到帅府,众将俱来请安。元帅命纪录官记了杨将军、牛皋、张保三人的功劳。又命牛皋、张保到后营调养不表。

再说王佐来见杨幺,将岳飞逃回之事奏明。杨幺好生懊恼,用计不成,反折了雷家五将,命王佐且自回营,"待孤家另思别计便了。"当时王佐辞了杨幺,自回寨中。

且说岳元帅升帐,有军士来报:"启上大老爷,今有韩世忠元帅,带领水军十万,大小战船,已在水口扎成水寨,特来报知。"岳元帅大喜,即忙带了张保,前往水寨拜候。军士报进水寨,韩元帅大开寨门,迎接进寨。二人见礼坐定,韩元帅问道:"大元戎到此,与杨幺打过几仗了?"岳元帅道:"不知虚实,尚未与他交兵。若定战期,还仗老元戎相助一臂!"韩元帅连称"不敢",吩咐摆宴款待。二人上席对饮,谈论了一回。看那天色已晚将下来,岳爷辞别,韩元帅送出水寨。

岳爷上了马,沿湖这一路探看那洞庭湖,真个波涛万顷,水天一色。远远望见那君山上宫殿巍峨,旗幡密密,十分雄壮。正在观看,忽见水面上一只小船,使着双桨,望着岸边荡来。张保看见后首有一带茂林,便叫元帅:"那边有只小船来了,且进林子里躲一躲。"岳爷忙进林中,张保也走了进来窥看。只见那只小舡直抵湖岸,艄子把船拢好。舡舱里走出一个人来,四面张望,口中自言自语的道:"我明明看见有两个人在此,怎么不见了?"张保见那人手无军器,便提棍走出林中,大喝一声:"那里来的奸细,到此窥探?"那人道:"我那里是奸细?要见岳元帅干一件功劳的。"张保道:"既要见元帅,却好在此,你且跟我来。"那人就随着张保走进林中。张保指着岳爷道:"这就是元帅。不知有何事?"那人便向岳爷跪下道:"小人乃是杨幺的族弟,名唤杨钦。因逆兄不知天命,妄行叛逆,小人要保全祖宗血食,无门可见元帅。方才有事过湖,见元帅独骑而行,意是宋朝将官,欲投托求见。不意天幸,得遇元帅。元帅若不见疑,可于明日晚间,约准到此一会,小人献一计,可灭逆兄。万勿失信!"元帅道:"你既知顺逆来归,何不就同本帅归宋,反要明日再见?"杨钦道:"元帅身为大将,岂不知机事不密,决无成功? 小人既是以身许国,岂不能早投大寨? 但小人手无缚鸡之力,又未修习行兵之道,于事何益。只有一隐情,必须秘密之故。倘少有泄漏,不独无功,反多周折也!"岳爷道:"既如此说,准于明日到此领教便了。"杨钦叩头辞别了元帅,下船而去。

岳爷同张保回城,安歇了一夜。到次日下午,岳爷暗暗的命张宪、杨再兴、岳云、王贵四将,各带三千人马,在于湖边四处埋伏。但看流星为号,即杀出救应;若安然无事,听炮声回营。四将领令,各自埋伏去了。到了临晚,元帅唤过张保来吩咐道:"你可独自前去,见机而行。倘有意外之变,可将流星放起,自有救应。"张保道:"不妨。小人走得快,若是不搭对,我自跑了回来就是。"岳爷道:"须要小心!"张保辞了岳爷,出城来至林中,等了一会,果然见一只小船拢岸。杨钦走上岸来,张保走出林子外叫声:"杨将军来了么?"杨钦道:"元帅在那里?"张保道:"元帅偶染小恙,故命我到此等候。"杨钦道:"既如此,我有一物,相烦面呈元帅。切不可被一人知觉!"就在身边取出一个小小册子,封固甚密,递与张保,再四叮咛,辞别下船。张保收了册子,拔步回城,进帅府来。岳爷正在帐中,坐在灯下观书等信。忽见张保回营来见,将杨钦之言禀明,把册子呈上。岳爷拆开细看,心中暗喜,随命张保出营,施放号炮,令埋伏四将回营。

到了次日,岳爷带了册子,出城到水寨来见韩元帅。行礼坐定,岳爷请韩元帅屏去左右,好商量机密事情。韩元帅道:"为将者,全在上下同心。我手下将士如自己一般,有话不妨竟说。"岳爷即将册子送过道:"有一功劳,特送与元帅。"韩元帅接来一看,原来是一幅地理图,分注得清清白白,大喜道:"承让此功,何以为谢?"岳爷道:"都是为朝廷出力,何出此言?"韩元帅道:"还恳元帅麾下拨几位统制帮助帮助。"岳爷道:"少停便送来。"辞别起身,一竟回转帅府,即点汤怀、王贵、牛皋、赵云、周青、梁兴、张显、吉青八员统制,去助韩元帅。又吩咐道:"诸位将军,到韩元帅那里,须要小心!若犯了军法,无人解救。"众将答应一声,齐上马出城,来见韩元帅。参见已毕,韩爷大喜,遂命大公子韩尚德,同着曹成、曹亮等看守水寨,自己同二公子韩彦直,率领八员统制,带领精兵五千,直到蛇盘山。离山十余里,安下营盘。早有喽罗报上蛇盘山去。

看官不知,这蛇盘山在于千万山深处,一路都是乱山高岭,深篁密箐,路径丛杂,极难识认。山中有一洞,名为藏金窟,乃是杨幺的巢穴。杨幺的父亲杨枭,同着第三子杨宾、五子杨会,伪设护山丞相邬天美、镇国元帅燕必显、辅国元帅燕必达、左卫将军管师彦、右卫将军沈铁肩,还有护山太保二十名,护山勇士二千名,聚集喽兵万余保守。

出入不常，人迹罕到。所以已前官兵来剿，往往失利。不意被杨钦将路径细细画成此册，献与岳爷，因此韩元帅得近山下扎营。

当时杨幺闻报，吃惊道："宋兵怎能到得此间？必然我儿身边有了奸细了！"杨宾、杨会一齐上前禀道："父王且捉了宋将，再查察奸臣便了。"杨幺便问："谁人下山去打听宋兵虚实？"当有元帅燕必显，上前领令愿往。杨幺即命杨宾同去擒捉宋将。二人得令，一同上马，带领喽兵下山，直到宋营讨战。

小校报进营中，韩元帅即命二公子出营迎敌。二公子应声"得令"，上马领兵出营，来到阵前，大喝道："贼将何名？天兵到此，还不下马受缚？"燕必显道："我乃杨大王驾前镇国大元帅燕必显是也！你是何人，擅敢到此寻死？"韩彦直道："我乃韩元帅二公子韩彦直的便是！汝等逆天谋叛，特来擒你！"燕必显大怒，提起八十二斤合扇刀，望韩彦直当头盖来；韩彦直舞动那杆虎头枪架住。一场厮杀：

> 燕必显虎头爆眼，韩彦直齿白唇红。虎头枪欺霜傲雪，合扇刀掣电飞虹。那个真是离山猛虎，这个分明出海游龙。一个怒声若雷吼，一个火发气填胸。你杀我，捐躯马革何曾惜；我杀你，愿与皇家建大功。

两个战到三十余合，韩公子卖个破绽，回马诈败，燕必显拍马赶上。韩公子在腰间拔出金鞭，回转马头"耍"的一鞭，正中燕必显的左臂；燕必显叫声"不好"，把身一扭，回马便走。二公子赶上，将勒甲绦一把，轻轻提过来，横在马上。那边杨宾本是个无用之人，看见燕必显被擒，欲待向前来抢，又恐敌不过；欲要退后，又恐人笑，只指点众喽罗:"快杀上去救元帅!"众喽兵因是三大王指挥,又不敢不上前;欲待上前,料来怎生敌得过宋家兵将,只得假意呐喊,进了一步,倒退了两步。二公子见此光景,便把燕必显掷下,叫军士绑了,解往营中,自己回马摇枪,飞一般的冲去。那些喽罗,已挑死了几十。杨宾正待逃走,二公子一马已到面前,挺枪直刺;杨宾战抖抖的,举起手中这杆看样方天画戟来招架。二公子把枪枭开画戟,拦腰一把,已将杨宾擒过马来。众喽罗俱各没命的跑回山上去报信了。

二公子掌着得胜鼓,回营来见父亲缴令。元帅命将二贼推过来。军士得令,将燕必显、杨宾二人推至帐前。杨宾垂头丧气的跪下,那燕必显立而不跪。韩元帅大喝道:"你这贼子!既被擒来,怎敢不跪?"燕必显道:"大丈夫被擒,要杀就杀,岂肯跪你!"元帅看见二人光景,便喝小校:"且将他二人监禁后营。待我破了他的巢穴,捉了杨幺,一同斩首。"小校得令,将二人推至后营。元帅又令两个军士,暗暗吩咐如此如此。军士得令行事不表。

且说燕必显、杨宾两个锁禁在营中,却是每人一间囚房,紧紧对着。各人四名军士看守,不容说话。到了晚间,那杨宾已是饿得肚里鬼叫,瞪着两只眼睛空望,却见两个小军,一个托着一盘不知什么菜蔬;一个提着一大瓶,大约是酒,一手一箩,大约是饭,走进对门房中去了。直至更深,也有一个小军,托着一碗粗饭,一碗冷不冷、热不热的一碗白汤,来叫杨宾吃。那四个守军,却是自家去取些酒饭,四个自吃。杨宾看了,又气又恼,看了那碗粗饭,反吃不下了,只把那汤来呷了一口。又被那四个守军,絮絮叨叨的骂了几句:"刀口里的东西！还使什么气质？终不然,老爷们反来供奉你这杀坯不成？且紧紧的缚一缚,好让老爷们睡觉。"那四个守军,又加上一条大铁链,将杨宾捆在柱上,各自去睡了。杨宾没奈何,死又不能死,活又不能活,止不住流下泪来。熬至一更时分,只听得外边脚步响。杨宾侧着耳朵细听,恰像三四个人走入对门囚房里去。好一会,又听得有人出来,口内轻轻的只说得一句:"都在小将身上。"听他们仍出后营去了,杨宾心里好不疑惑。

到得天明,韩元帅暗暗令赵云、梁兴、吉青、周青四将,如此如此;又写密书一封,差人到澶州城内去见岳元帅。岳元帅看了来书,打发来人外边酒饭。命军士到牢中,吊出应死囚犯一名,来到后堂跪下。岳爷问道:"你叫甚名字?所犯何罪?"那犯人回禀道:"小人蔡勋,因醉后失手打死了人,故问死罪。"岳爷道:"酒醉误伤,只应问军,不该死罪。今本帅有一事,你若干得来,不独无罪,而且有功。"那犯人听了,便叩头道:"若蒙大老爷免死,就叫小人水里火里去也是情愿。"岳爷道:"本帅有一马后王横,甚是得用。不意韩元帅闻知其名,今差人来要此人。本帅怎肯放他前去?若回绝了他,又恐韩元帅见怪。你今可假扮装束,冒名王横,前往韩元帅营中,必然重用。但是不可泄漏。你可去得么?"那囚犯好不快活,连连叩头:"感谢元帅抬举!小人怎敢泄漏?只认真做个王横就是了。"元帅即命军士将衣甲与他换了。随即升帐,传韩元帅差人进见,差人跪下候令。岳爷吩咐后营:"唤王横听令!"军士一声答应,即时唤出假王横来,跪在帐前。岳爷对着来人道:"元帅来书,要王横去伏侍。但此人乃本帅得力之人，若非元帅来书恳切，决不能从命。今暂同你去，叫他伏侍元帅，待平贼之后，须当还我，不可失信。"来人唯唯答应。岳爷即命王横："且同来人去见韩元帅，须要小心服役，不可怠惰！"

王横领令，遂同了差人叩辞了元帅，出城上路。来到营中，正值韩元帅升帐。差人同了假王横，跪下缴令。韩元帅便问："你就是王横么？"假王横叩头应道："小人便是马后王横，并无第二个。"元帅道："本帅久闻岳元帅有个马前张保，马后王横，十分得力。今暂着你做个队长，掌管一百名军士。倘有功劳，再行升赏。"假王横叩头谢了，站过一边。元帅又命军士："将杨宾、燕必显二贼推来！"军士答应一声"吓"，不一会，将二人推至帐前。元帅拍案怒道："你二人既被擒来，料难飞去。还是降与不降？"燕必显睁着两眼大叫道："宁可一刀，决不降你！"韩元帅道"既不肯降"，叫军士："与我绑出营门，枭首号令！"军士答应一声，正待将二人推下阶去，忽见一员将官在韩元帅耳边轻轻说了两句。韩爷又命推转来，吩咐将燕必显仍禁后营，叫过王横来道："这杨宾非比别将，乃是杨幺兄弟，理当解上临安献俘。你可领兵四名，将他解送岳元帅处，听他处分。须要小心！"

王横得令，就辞了韩元帅，将杨宾推入囚车，带了这四名解军出营，望着澶州一路而来。不道那四个解军，走了两步，倒退了一步。王横坐在马上，喝叫："快走！休得慢腾腾的误了公事！"那四个解军自言自语，只管抱怨："你是岳元帅身边一个使唤的人，反如此大样。我们辛辛苦苦，没一些好处，还要呼喝人！"王横听了，好不动怒，就甩下马来，倒转鞭杆来打："你这狗头！不见天色黑将下来了？进城还有一二十里！要紧重犯，倘有差处，可是当耍的！"一个军士上前叫声："将爷，不要动气。我们今日因帅爷升帐得早，没有吃得饱饭，其实走不动，你是骑着马的，那里晓得？"又一个道："你不见前面是灵官庙了？我们赶一步，到那庙里，问道士回些酒饭吃饱了，赶快些走就是了。"王横道："既是这等说，快些前去。"随即上马，押着四个军士推着囚车，一程赶到灵官庙里。

军士将囚车推放廊下，一个跟着王横走到殿上，喊道："有道士走几个出来！"喊声未毕，只见殿后走出两个中年道士来，问道："什么人在此大呼小叫？"军士喝道："该死的贼道！我们是韩元帅差来的将官，押送钦犯进城去的，肚里饿了，要问你回些酒饭吃。你们却躲在后头，不是吃酒，就是赌钱，全不来招接。明日待我们禀过元帅，叫你这贼道不要慌！"那两个道士陪着笑脸，叫道："将爷们不要恼。本庙向来香火极盛，近日皆因兵乱荒荒，十分清淡。今日乃是灵官老爷升天之日，本庙道众各凑得些钱钞，到城中买得些三牲福物，祭赛了老爷，本庙有的是窨下的陈酒。道众俱在后头散福，故此有失迎接。这位将爷若不弃嫌，就请到后殿同饮一杯。各位将爷是有犯人干系，我们叫道人送出来与各位享用罢。"那假王横原是个贪杯无赖之徒，看见道士十分恭敬，甚是喜欢，便道："只是生受你们不当！"道士说："将来正要将爷们照顾，小道们理当孝顺的。"王横同了道士到后殿来，却见七八个道士，摆着两席丰盛酒肴，尚未坐席；见了王横，一齐迎接施礼，请王横上面坐定。众道你斟我奉，好不凑趣。

那四个军士押着杨宾在外边廊下，清清冷冷，等了半日，只见一个老道人端着几碗蔬菜,一箩饭,放上几副碗箸,走来道:"里边这位将官说,叫众位吃了饭,好快些趱路。"放下自去了。那四个军士十分焦躁,侧耳听那后边,欢呼畅饮,好不闹热。一个军士叫声:"哥!我想王横这狗头,本是岳元帅跟马之人,不如我们的出身。今日韩元帅抬举他做个百总,就这等大模大样,把我们不当人。若然他将来得了功,还不知怎样哩!"一个道:"我们本是韩元帅手下兵丁,也不甘心去伏侍这狗男女。明日回去,拼得退了这分粮,我们各自去别做个生理罢了。"一个道:"交兵之际,那个准你退粮?只好逃往金国去,投降了四太子,或者倒挣得个出身。"四个军士你一句我一句,都愤愤不平。那杨宾在囚车内听得明明白白,便接口道:"我看你四人容貌雄伟,决非久困之人,今日何苦受那小人之气?何不同去投了我家大王,必然重用,岂不是好?"四人道:"王爷若肯保我们做个小小职分,我们拼着性命对付了那厮,就放了王爷同去何如?"杨宾道:"你四位果然有心,我就保奏你四人俱为殿前统制。"四人大喜道:"事不宜迟,我们作速动手。"就将囚车打开,放出杨宾。四人拔出腰刀,同着杨宾抢入后殿来。那几个道士见了,俱奔入后面,把屏门紧紧的闭上。王横坐在上边,醉眼眯眯,才立起身来,早被四个军士上前一顿乱刀砍死。拥了杨宾,一齐出了庙门,将王横的马与杨宾骑了,抄着小路,一同望蛇盘山后山而来。

到得山边,已是定更时分。喽罗见是三大王回来,连忙开关。杨宾同了四人一直到藏金窟,正值杨幺在殿上和五王爷杨会、元帅燕必达,商议退兵救子之计。忽见杨宾回来,好生欢喜,便问:"我儿怎得回来？燕元帅已怎么了？"杨宾将两日之事，细细禀明。杨幺便叫那四人上殿问道："你四人姓甚名谁？"那四人跪下禀道："小人一名江彩，一名山凤，一名水和，一名石鸣。"杨幺道："难得你们好心，救了我儿。就封为统制之职，分拨在三王爷名下。"四人谢了恩，一时改换盔袍，好不荣耀。杨幺便对燕必达道："令兄尚在韩营，如何得出？你可悄然从后山到湖口水路，上洞庭去见大王，速发救兵到此，共擒韩世忠，好救令兄。"燕必达得令，连夜单骑往洞庭湖去不提。

再说韩元帅，已有探军来报，说："四个军士将王横杀死，同杨宾一同逃去。"便吩咐将燕必显推来问道："本帅看你堂堂一表，像个英雄，故不将你解去。何不降顺，以立功名？"燕必显道："胡说！我弟燕必达现为辅国大元帅，各有家小在山，我怎肯贪生，遗害一家骨肉？"元帅道："如此说来，虽然谋叛之徒，倒也忠义可嘉。本帅仁义之师，何愁杨幺不灭。"叫小校："可将燕将军马匹军器还他，放他上山。待本帅擒了杨幺父子，再行招抚便了。"当时军士得令，将燕必显推出营门，交还了衣甲兵器马匹。

燕必显独自一人到山下叫关，关上喽啰见是自家元帅，连忙开了关栅，放上山来。燕必显来到殿上，见了杨幺。杨幺便问："你怎得回来？"燕必显将前后事情细细禀明。杨幺大怒道："胡说！你既不降，自然斩首，或者解往澶州，怎能就轻放了你？你的隐情，我已洞知，必是你先降顺了他，故此独把我儿解往城中，今日想要来骗取家小。"喝叫左右："与我绑去砍了！"两边刀斧手正要动手，旁边闪过五公子杨会，上前禀道："请父王息怒。孩儿见他素有忠义之心，今日之事，未见真假，岂可就杀一员大将？不如暂且将他监禁，探听的实，方可施行。"杨幺道"既是我儿讲情"，命左右将燕必显收监，又对杨宾道："今燕必达前往洞庭去请救兵，恐他变生异心。你可带领四统制一路迎去，接应山上救兵，直捣他后寨，便可放火为号，我即下山夹攻。不可有误！"杨宾领命，随即同了四员新来统制，也从后山抄出小路，望湖口一路迎来。

且说韩元帅差探子打听明白，暗暗差人送书知会岳元帅，发兵截杀湖口救兵。一面传令牛皋、王贵、汤怀、张显四将，各带人马，在蛇盘山半路四下埋伏。岳元帅接书，亦命杨再兴、徐庆、金彪三人，带领人马，埋伏青云山下不提。

再说那燕必达，奉着杨幺之命，从后山抄小路来至湖门下船。上了洞庭君山，进殿朝见杨幺已毕，将老大王的书送上。杨幺看毕，十分着忙，递与军师屈元公观看。屈元公道："主公朝内必有奸细。若不然，韩世忠何以得知藏金窟地方屯扎之处？且发兵去解了蛇盘山之围再处。"杨幺即命奇王钟义同燕元帅领兵五千，速去救应。奇王得令，点起人马，同了燕必达，渡过洞庭湖。刚至湖口，恰遇着杨宾同着四个统制迎着。两边相见，遂齐往大路火速前来。行至青云山下，忽听得一声炮响，两边伏兵齐出，马上一员大将大叫："我杨再兴奉岳元帅将令，特来拿你，快快下马受缚！"奇王也不及通名问姓，举刀便砍；再兴摇枪接战，不上十来合，拦腰一把，把奇王生擒过来，交与徐庆；拍马来捉杨宾。杨宾见势不好，不敢交锋，回马便走。后边转过四员统制，高叫："杨宾不必惊慌，我等在此，叫你好处去。"四人一齐上前,把杨宾拿下。再兴举眼看时,却原来是赵云、周青、吉青、梁兴。原来他四人奉着韩元帅的军令,假装解军,杀了假王横,放了杨宾,投入藏金窟,今日得此大功。当时杨再兴将杨宾交与金彪,对徐庆、金彪道:"二位贤弟,将二贼带回城中缴令。我去帮助韩元帅也。"二人领命,飞马自回澶州而去。这里杨再兴同着赵云等四人,将五千喽罗追杀一阵,一半逃去,一半尽做刀头之鬼。杨再兴带领三军,径至韩元帅营中。

赵云、梁兴等四人,飞马来至蛇盘山叫关。守山军士见是四人,放上山来,见了杨枭道:"燕元帅果然已投往澶州城去。今三大王同奇王领兵来捣韩营,举火为号,大王可即领兵下山,前后夹攻,擒拿韩世忠。"言未毕,忽见喽罗来报:"山下火光冲天,喊杀不绝,想是救兵到了。"杨枭即命五公子同了左卫将军管师彦、右卫将军沈铁肩,带领三千喽兵下山接应。

三人领令下山,杀奔韩营。行不到几里,四边山坳里金鼓齐鸣。一声炮响,牛皋等四将伏兵一齐杀出,将杨会等三人截住乱杀。当有喽罗报上山去。杨枭道:"不好了,中了他伏兵之计了!"遂对伪护国丞相邬天美道:"贤卿好生保守山寨,待孤家自去救应。"随即点齐二十名护山太保,率领了这二千名护山喽兵,上马提刀,慌忙下山。但听得前面喊声震地,正在混战。杨枭拍马摇刀,杀入阵中助战。四将正在难分胜败之际,忽听得一声喊,一骑马冲入重围,乃是杨再兴,把枪挑开了杨枭的刀,生擒过马,竟回澶州。杨会拍马欲待冲出,被牛皋一锏打下马来,军士用挠钩搭去。管师彦正在惊慌,鼓声响处,韩二公子冲进阵来，手起一枪，将管师彦挑于马下；乱马一踏，踹为肉泥。沈铁肩正没处逃命，被吉青一棒打碎脑盖，死于马下。韩元帅催动人马，直杀至蛇盘山下。那山上有燕必显手下众家将，保了燕氏一门家小，放出燕必显。燕必显谅来决撒，正在迟疑，那四将叫声："燕将军，你令弟现在澶州，今杨幺已被擒，何不投顺宋朝，以保令弟之命？"燕必显道："事已至此，索性拿了杨氏一门，好去献功。"遂同了四将，一齐动手，将杨氏一门良贱百余口，尽皆拿下，献了蛇盘山寨。韩元帅同众将上山，收拾金帛粮草，装载车上；把杨幺家口尽上囚车，放火烧了山寨，拔寨回兵。将粮草贼犯解至澶州，到岳元帅营中交纳。

韩爷进营与岳元帅相见，各把前后事一叙，各皆欢喜。岳爷传令，将杨幺一门一百余口，尽皆绑下；燕必显前既被擒不降，直至势促，方献山寨，非出本心，一并斩首。将人头装在桶内，差兵护送，解上临安报捷。韩元帅辞了岳爷，仍往水口水寨不表。

且说探子报上洞庭山，说是燕必显献了蛇盘山，一门家口尽被宋将拿去澶州，斩首号令，解往临安去了。杨幺听了，放声大哭。文武众臣，亦各悲伤。就命合山挂孝遥祭。又吩咐众军："二大王杨凡现病在府中，恐他闻知此信，病体加重，不许走漏消息。"一面与军师商议发兵与岳飞决战，与父母、兄弟报仇。屈元公道："我军初败，心尚未定。且调齐各处人马，然后直捣澶州，与他决战不迟。"杨幺准奏，遂传旨各处去调齐人马不表。

再说岳爷的差官，将人头解至临安，进上本章。高宗大喜，传旨将首级交刑部号令都城。再命户部颁发粮草彩缎,工部发出御酒三百坛,着礼部加封,差出内臣田思忠,解往澶州岳爷军前,犒赏三军。

不因内臣发这三百坛御酒,到礼部秦尚书衙门内来加封,险些儿使那些:冲锋军卒,几作含冤怨鬼;陷阵将军,反来办道修行。

毕竟后事如何,且听下回分解。

第五十回

打酒坛福将遇神仙　探冒山元戎遭厄难

词曰：

御酒犒军前，鸩毒染，有谁参？幸然福将有仙缘，打破冤牵，暂避茅庵。　　岳侯冒险浑身胆，翻身入虎窟龙潭，愿把命儿拼。

——右调《黄莺儿》

古人有言："青竹蛇儿口，黄蜂尾上针；两般不算毒，最毒妇人心。"那男子汉狠杀，有时或起一点不忍之心；惟有那妇人，禀了天地间纯阴之气，所以起了毒意，再无回往之心。那田思忠奉着圣旨，将三百坛御酒发到秦桧衙门，叫他加封，送往岳爷军前去。恰值秦桧在兵部衙门议事未回。这王氏夫人暗暗叫心腹家将，将毒药每坛里放上一把。他的心上，思想药死了岳飞并那一班将士，好让四太子来取宋朝天下。你想这等心肠，岂非比蛇蜂更毒么？到了次日，秦桧也不知就里，将三百坛御酒坛坛加上封皮，交与田思忠。田思忠领了御酒并粮草等物，带领人夫，一路来至澶州。

岳元帅得报，急差人到水口，请韩元帅进城，一同接旨。将御酒等物送往教场中去，一面叫军士去买民间的酒来冲和这御酒，方够犒散。不道那牛皋听见了，想道："不知有多少御酒，待我去看看。"就独自来到教场,走到车子跟前,觉得有些酒香。牛皋道:"妙吓!待我打开一坛来看,不知御酒是怎样的。"便去将一坛的泥头打开,忽然一阵酒气冲入脑门头里,霎时疼痛起来。牛皋道:"咦!这酒有些诧异!"回转头来,看见那车夫立在后边,牛皋道:"你可要酒吃么?"车夫道:"若是老爷肯赏小人,极妙的了!"牛皋道:"只是没有家伙。"车夫道:"小人有个瓢在此。"牛皋接了瓢,便去坛里兜了一瓢,递与车夫道:"快些吃了,再赏你一瓢。"这车夫是个贪杯的,说道:"多谢老爷!"接过来,两三口就吃完了。不吃犹可,这酒下了肚,霎时间一交跌倒,满地乱滚,不多时,七窍流血而死。牛皋见了大惊,喊道:"我等干此多少大功,这昏君反将药酒来害我们!"拿起两条锏来,将这三百坛御酒尽皆打碎。

军士着急,忙来报知岳元帅。岳元帅吩咐令牛皋上来。牛皋走上来大叫道:"元帅先把钦差杀了,然后进都面圣,他为甚么将药酒来药死我们?"岳爷问道:"何以晓得是药酒?"牛皋道:"车夫吃了登时七窍流血而死,所以小将忿怒,将御酒打碎了!"岳爷道:"还剩多少囫囵的在么?"牛皋道:"没有!都打碎了!"岳爷听了大怒,喝叫左右:"把牛皋绑去砍了!"韩爷吩咐:"且慢!"向岳爷道:"若不是牛将军打碎酒坛,我等尽遭其害矣!"钦差道:"不要说元帅受害,就是下官亦难逃此难。牛将军非但无罪,抑且有功。求元帅赦了!"岳爷道"既然二位说情",吩咐:"与我把牛皋赶出去!"牛皋道:"我是要跟随元帅,不到别处去的!"岳爷道:"我这里用你不着,快快走出去!"牛皋再三恳求,岳爷只是不留,牛皋只得上马去了。元帅就问钦差道:

"这酒是何衙门造的?"田思忠道:"这酒是工部官儿制造的,解到礼部衙门加封。因秦大人有事,放在堂上一夜。次日,秦大人加了封,下官领出,一路解来,并无差迟。"岳爷道:"钦差大人先请回京复旨,待本帅平了洞庭贼,即时回京面圣,查究奸臣,以靖国法,再去扫北便了。"那钦差辞别起身不表。

再说岳元帅差人去追赶牛皋。那些人四下去寻,并无消息,只得转来回复元帅。岳爷心中甚是不舍。

且说那牛皋,被岳爷赶了出来,一路下来行了数十里,不觉肚中饥饿。来到一座树林中,见一个道童立在林中,牛皋叫声:"小哥,这山上可有寺院么?"道童道:"此山名唤碧云山,并无寺院。只有我师父在此山中修炼,道法精通,有呼风唤雨之能,撒豆成兵之术。"牛皋道:"你家师父姓甚么?叫做什么名字?"道童道:"我家老祖姓鲍名方,早上对我说道:'你可下山去,有一骑马将军叫做牛皋,你可引他来见我。'将军,你可姓牛么?"牛皋道:"我正是牛皋。你可领我上山去见你师父。"道童道:"如此跟了我来。"

牛皋只为肚中饥饿,没奈何,只得跟了道童,一步步走上山来。进了洞门,见了老祖道:"我肚中饥饿,可有酒饭,拿些来与我充饥。"老祖叫道童拿出些素饭来与牛皋吃。老祖道:"将军有何事到此荒山?"牛皋将打碎酒坛被岳元帅赶出之事,说了一遍。老祖道:"原来为此。将军今欲何往?"牛皋道:"无处可居。"老祖道:"如此何不随贫道出家,倒也逍遥快活。"牛皋暗想:"我与大哥立下许多功劳,昏君反要将药酒来害我们。不如在此出了家,无拘无束,倒也罢了。"

想定主意,连忙跪下道:"弟子情愿跟着师父出家。"老祖道:"你既愿出家,一要戒酒,二要除荤,三要戒性,方可出家。"牛皋道:"弟子一一皆依。略略吃些酒罢!"老祖道:"既要吃酒,快到别处去罢。"牛皋道:"不吃不吃,件件依你。"老祖道:"既然依得,可跟我来。"牛皋跟了老祖来到山下,老祖便叫牛皋将马笼头鞍辔卸下,大喝一声,那马飞也似上山去了。又命牛皋卸下盔甲,至一井边,叫牛皋把盔甲鞍辔都放下去。然后同牛皋转到洞内来,收为徒弟,取名"悟性",换了道袍。牛皋把身上一看,哈哈大笑道:"如今弄得我像一个火烧道人了!"自此牛皋在碧云山做了道人,且按下慢表。

再说那杨幺,这一日与屈元公商议,军师奏道:"臣有一计,再命王佐去请岳飞来看冒山,只说有路好上宫殿。他若来时,四面放火,将那岳飞、王佐一总烧死,内外大患尽除。倘王佐推托,即将他家小监了,他自然肯去。"杨幺大喜,传旨宣王佐上殿。王佐来至殿下,杨幺将此计说与王佐。王佐奏道:"前者岳飞赴会,被他走脱;如今再去骗他,如何肯信?"杨幺道:"你明明与他相好,不肯前往。"吩咐:"把他家小监了!"

王佐只得依允,坐船来至澶州城下,对守城军士说知,进了城,来到帅府。军士报进营中,岳飞出来迎接进帐。见礼毕,王佐道:"前日之事,皆屈元公所作,小弟其实不知。今日一来请罪,二来有事通知。"拿出洞庭湖图画与岳爷观看。王佐道:"今夜大哥同小弟上冒山观看,湖内有条暗路可上宫殿。若大哥看明此路,杨幺指日可破。"岳爷应允。王佐辞去。众统制齐来禀道:"王佐来请私看冒山,决非好意,元帅不可轻往!"岳爷道:"已曾许过,岂可失信?"一面写书送与韩元帅,约他前来接应。又命张保、张宪、岳云、杨虎同去。五人骑马出了澶州,来至东耳木寨。

王佐出来迎着,同往冒山而来。行至七里桥,岳爷对杨虎道:"你在此把守此桥,以防贼人偷桥。"杨虎领令守住,岳爷往冒山而去。那杨虎心中暗想道:"如此大桥,怎么偷得?我且躲在石碑之后,看有何人来偷此桥。"将身往石碑后躲了,一眼观看,果然那边副元帅高老虎,驾了一只小船,望桥边而来。上了岸,靠那石碑坐着,吩咐军士们一齐动手,将桥拆毁。杨虎道:"原来如此偷法!"轻轻掩至背后,手起一鞭,将高老虎打死。众喽罗见主将打死,,忙下船逃命去了。

再说岳爷同王佐众人上了冒山,正在偷看之间,只见四面火箭齐发,冒山左右前后,预先堆满干柴枯草,火箭落下,登时烈焰腾腾,冲天火起。岳爷和众人都在烟火之中。正是:

樊笼穷鸟谁相救,烈焰飞蛾怎脱逃?

毕竟不知岳爷和众将等性命如何,且听下回分解。

第五十一回

伍尚志计摆火牛阵　鲍方祖赠宝破妖人

诗曰：

昔日田单曾保齐，今朝尚志效驰驱。

千牛奔突如风扫，宋将安知备不虞？

却说岳元帅和众将顾不得性命，冒烟突火，冲下山来。岳云在烟雾里遇着王佐，认做是父亲，一把抱住，当先走马前行。可怜众人都烧得焦头烂额！逃至水口，只见杨虎赶来，遇见了众人道："那边去不得！桥已被他们拆断了！"正在危急，忽见韩二公子驾船来接应，上船，送过断桥那边上岸。来至王佐寨门首，岳爷道："我儿放王叔父下来。"岳云把王佐放下。元帅道："贤弟请回寨罢！为兄的去了。"王佐拜别回寨，想道："又是岳飞好相与，如此两次害他，并无害我之意。那杨幺我如此待他，他反如此待我！"心中恨恨不平。

且说岳爷回城，进帅府坐定，吩咐众人各自回去将养不提。

那王佐来见杨幺，说："火烧冒山，又被岳飞逃去。"杨幺道："你领了家小回去，记你功劳便了。"王佐领了家小回寨不提。

再说杨幺见此计不成，心中不悦，忽见喽罗来报："启上大王，今有德州王崔庆奉旨带兵前来。"杨幺道："崔庆既到，令伍尚志去打澶州。"伍尚志得令，就领喽兵来至澶州城下讨战。军士报进帅府。岳爷闻报，带领众将出城，摆成阵势。但见伍尚志威风凛凛，相貌堂堂，手抢方天戟，坐下银鬃马，大声叫道："来将莫非岳飞么？"元帅道："然也。你是何人？"尚志道："我乃通圣大王麾下官拜大元帅伍尚志是也！"岳爷道："看你相貌魁梧，像个好汉，何故甘心事贼？何不改邪归正，建立功名？倘不知悔过，一旦有失，岂不可惜！"伍尚志道："岳飞，休要摇唇鼓舌，且来认我手段！"说罢，举起画杆方天戟，劈面刺来。岳爷摆动沥泉枪架开戟，两个一场好杀！但见：

> 二将阵前生杀气，跑开战马赌生死。岳侯枪发龙舒爪，尚志戟刺蛇信起。枪去不离胸左右，戟来只向心窝里。三军擂鼓把旗摇，两边呐喊江潮沸。自来见过多少将军战，不似今番无底止。

两人战到百十余合，不分胜败，天色已晚，各自收兵。

伍尚志回山来，见了杨幺奏道："岳飞本事高强，不可力敌，只可计取。臣有一计：要水牛三百只，用松香沥青浇在牛尾上，牛角上缚了利刃。临阵之时，将牛尾烧着，牛痛，自然往前飞奔冲出。岳飞总有十分本事，焉能对敌？必然擒获。"杨幺闻言大喜，即传旨取齐水牛，交与尚志。尚志带了水牛回营，当晚准备停当。次日，将火牛藏于阵内，一马当先，至城下讨战。城内岳元帅率领众将出城。尚未交锋，伍尚志将火牛烧着，那牛疼痛，便望宋阵中冲来，势不可当。元帅看见，大叫："众将快退！"众将一齐回马。那水牛负痛，乱撞乱冲，如山崩倒海一般。这些军士但恨爹娘少生了两只脚，飞奔入城，将城门闭上。人马被火牛冲死不计其数，元帅心中忧闷。伍尚志见岳爷大败进城,鸣金收军。

过了一夜,又至城下来讨战。岳爷吩咐且将"免战牌"挂出,再思退敌之计。当时伍尚志见了,哈哈大笑:"岳飞真乃无能之辈!只一阵就不敢再战,也要做什么元帅!"随命军士拔寨收兵,上山来见杨幺,将火牛之事奏闻:"今岳飞闭了城门,挂起'免战牌'不敢出战,请旨定夺。"杨幺大喜道:"元帅辛苦,且暂停兵。孤家另思破城之策。孤家有一公主,招卿为驸马,可于今晚成亲。"伍尚志叩头谢恩。

当日于殿上挂灯结彩。命宫女扶公主出来,就在殿上拜了杨幺,然后与伍尚志交拜。送进宫中合卺,花烛已毕。杨幺又赐众臣喜宴筵席,伍尚志陪饮至更深方散,回转宫中,只指望:

秦晋同休,成两姓绸缪之好;朱陈媲美,缔百年燕婉之欢。

那知这位公主,双眉含怨,俏眼珠流。伍尚志那知就里,只道是娇羞怕丑,叫侍女们俱回避了,就上前去,温存低语叫道:"公主!夜已深了,请安寝罢!"那公主蓦地向胸前扯出一把佩刀来,把在手中,指着伍尚志道:"你休想无礼!我非杨幺之女,若要成亲,须要我哥哥作主;若不然,就拼个你死我活!"伍尚志大惊道:"不知令兄是谁?小将如何晓得?我和你既为夫妇,自然听从。且请放下凶器,慢慢的与小将说明便了。"那公主两泪交流道:"妾家姓姚。杨幺将我父母兄弟一门杀尽,劫抢家财。那时妾身年方三岁,杨幺将我抚为己女。我只有一姑母之子,表兄岳飞,现为宋朝元帅。须得见他与我报了杀父之仇,方雪我恨!今你堂堂一表,不思报国立功,情愿屈身叛逆。妾身宁死,决不从你,骂名万代也!"伍尚志听了这番言语,低头一想,便道："公主之言，果是不差。我想杨幺贪残暴虐，谅不能成大事。但今令兄现为敌国，如何好去见他？既是公主如此说，小将焉敢冒犯？且名为夫妇，各自安寝，瞒过杨幺，待小将觑便行计便了。"公主谢了，各自去安歇不提。

且说一日杨幺升殿，聚集众官，商议去打澶州。伍尚志奏道："岳飞守住城郭，不肯交战，一时难以取胜。不如遣人议和，两下罢兵息战，再看机会何如？"旁边闪出余尚文奏道："臣有一计，可破澶州。大王可传旨，着人在于七星山上搭起一台，待臣前去作起'五雷法'来，召遣天将，进城去取了岳飞之首，其余就不足虑也。"杨幺准奏，即刻传旨，在七星山搭起一座高台。余尚文辞了杨幺，前往台上作法。

再说牛皋在碧云山上出家，你道他这个人那里受得这般凄凉？这一日瞒了师父，偷下山来闲走。走了一回，进林子中去，拣块石上坐下歇息。忽见一只水牛奔进林来，牛皋看时，只见牛角上扎缚着利刀。原来是伍尚志的火牛逃走来的。牛皋上前一把拿住，想道："我每日吃素，实是难熬。今日天赐此牛来，想是与我受用的；若不然，为什么角上带了刀来？"就将角上的刀解下来，把牛杀了，就在石中敲出火种，拾些枯树，把牛煨得半生不熟的。正吃得饱，忽见道童走来叫道："师兄，师父在那里唤你，快去快去！"

牛皋上山，进洞来见了老祖。老祖道："牛皋，你既出家，怎的瞒我开荤？我这里用你不着，你依旧下山去助岳飞擒捉杨幺罢。"牛皋叫声："师父！徒弟去不成了！"老祖道："却是为何？"牛皋道："我的盔甲鞍辔兵器,都已放在井里;那匹马又是师父放去,叫我如何上阵?"老祖道:"你且随我来。"牛皋跟着老祖,来至山前井边。老祖向井中喝一声:"快将牛皋的兵器等件送上来!"言未毕,忽见井中跳出一个似龙非龙、像人非人的物事来,将牛皋的盔甲鞍辔双锏一齐送上。老祖叫牛皋收了,那物仍旧跳入井中。牛皋道:"原来师父养着看守物件的!"老祖又将手向山顶上一招,那匹马长哨一声,飞奔而来。

牛皋把盔甲穿好,又把鞍辔放在马背上,复身跪下道:"弟子前去上阵,求老师父赐几件法宝,也不枉在这里修行一番!"老祖向袖中取出一枝小小箭儿,递与牛皋。牛皋接过来看了,便道:"师父,这样一枝小箭,要他何用?"老祖道:"我不说,你也不知,此箭名为'穿云箭',倘遇妖人会驾云的,只要将此箭抛去,百发百中。"牛皋道:"这一件不够,求师父再添几件,装装门面。"老祖又向袖中取出一双草鞋来付与牛皋。牛皋笑道:"徒弟上阵穿着靴子不好?又不去挑脚,要这草鞋何用?"老祖道:"牛皋,你休轻看了这草鞋!这鞋名为'破浪履',穿在脚上踏水如登平地。那杨幺乃是天上水兽下凡,非此宝不能擒他。"牛皋道:"这等说起来,又是宝贝了。求师父索性再赐几件好些的与弟子。"老祖道:"我也没有别的宝贝,还有两丸丹药你可拿去,一丸可救岳飞性命,留着一丸日后自有用处。"即在袖中取出一个小小葫芦,倾出两颗丸药,付与牛皋。

牛皋收了,便道:"弟子不认得路径,求师父叫个小道童引我一引。"老祖道:"这也不消。你且上了马,闭了眼睛。"牛皋依言上马,将双眼闭了,老祖喝声"起",那马忽然腾空而起,耳跟前但听见"飕飕"风响,约有半个时辰,那马就慢了。只听见耳边叫道:"值日功曹丁甲神将速降坛前,听我法令!"又听见不住的劈拍之声。牛皋睁开眼睛一看,那马就落下山前,却见一个道人在台上作法。牛皋下马,走上台来,那余尚文见一个黑脸的,认做了是召来的黑虎赵玄坛,便将令牌一拍道:"神将速进澶州城去把岳飞首级取来,不得有违!"牛皋应道:"领法旨!"一锏打去,正中脑门,取了首级下台,上马往澶州而去。那台下的喽罗听得声响,上台来看,却见余尚文死在台上,又没了头,慌忙报知杨幺。杨幺好生不悦,传旨收尸盛殓,暗暗察访奸细不表。

且说牛皋到了澶州,进帅府来见了岳爷,把路遇余尚文作法打死之事,说了一遍。岳爷就命将首级号令,便问牛皋一向在何处安身。牛皋道:"东游西荡,没有定处,故此复来。"岳爷心中疑惑,便写书一封,命牛皋:"去暂时帮助韩元帅,另日再来取你。"

牛皋接了书,辞了岳爷,上马来至水口,见了韩元帅。参见已毕,将书呈上。韩元帅接过看了,却是岳爷要他探出牛皋这几时的行藏。韩元帅即命摆酒接风。过了一日,韩爷对牛皋道:"我观将军英雄义气,本帅欲与将军结为兄弟,万勿推却!"牛皋道:"小将怎敢!"韩爷道:"你与岳元帅原是弟兄,本帅亦然,休得谦逊!"遂吩咐左右摆下香案,与牛皋结为弟兄,入席畅饮。饮酒中间,牛皋说起打碎御酒坛被岳爷赶出之后,遇着神仙,收为徒弟,直至杀牛开戒,赠宝下山之事,尽情说出。韩爷道:"为兄的不信,可试与我看看。"牛皋就取出草鞋来穿了,一同韩爷出寨,跳下水去,果然在水面上行走如登平地一般。韩爷大喜,暗想:"我家有此异人,何愁杨幺不破?"遂暗暗修书回复岳元帅不表。

次日将晚,牛皋来禀韩元帅道:"小将到此,并无功劳,闲坐不过,今夜愿去巡湖。"韩爷应允。当夜牛皋驾着一号小船,出湖巡哨,恰遇杨幺手下的水军元帅高老龙,也驾着三四号小战船来巡湖。牛皋见了,便叫水手:"且慢行!"却穿上草鞋,踏在水面上,走到贼船边。高老龙看见,只道是湖神显圣,就跪在船头上叩头道:"弟子高老龙,明日设祭,仰望神明护佑!"牛皋道:"快摆香案!"随走上船来,这一锏,将高老龙打死;回身又将船上水手,尽皆打落水中。后面这几只小船,飞也似逃回去了。牛皋扯了战船,回寨报功。韩元帅记了功劳簿,差人报知岳元帅。岳爷寻思:"倘被贼人放炮打死,如何是好!"忙传令到水寨,命牛皋回进澶州。

那边巡湖水卒,逃回山去报知杨幺:"高元帅巡湖,被宋将打死。"杨幺好生焦躁:"宋朝出此异人,如何是好!"旁边闪过副军师余尚敬,奏道:"臣能驾云之法,待臣今夜飞进澶州,必要取岳飞之首,一来分主公之忧,二则报杀兄之仇。"杨幺准奏。当夜余尚敬将一方绸帕铺在地上,喷上一口法水,将身踏在帕上,念念有词;忽然腾空飞起,竟往澶州城中。来到帅府,正值黄昏。恰好牛皋在韩营回来,元帅正坐帐中,盘问牛皋说话,众将两边侍立。余尚敬见下边人多,不好下手,只在半天里如风筝一般,飘来飘去。却被牛皋一眼看见,说道:"诧异!是什么东西?不要是师父所说的那话儿吓!待我来试试箭看。"就将那枝穿云箭,望空抛去。但见"哄咙"一声响,半天里掉下个人来,牛皋一把拿住,取了穿云箭,将那人绑了,来见元帅。元帅审问明白,却是余尚敬。元帅吩咐即时斩首,号令在城上。

那边探子报知杨幺,杨幺十分惊慌,就与众臣商议。屈元公奏请再去调长沙王罗延庆,"臣已练一阵图,等齐了就与岳飞决一雌雄。"杨幺准奏,即去调兵发马不提。

再说那王佐,自从领了家口回寨之后,只管感念岳元帅的义气:"如今不若到西耳木寨去,邀了严奇,一同归顺岳元帅,以报他之恩义,岂不是好?"主意定了,即来见严奇,说:"岳飞如此义气英雄,况杨幺这般行为,必非对手。愚意欲与兄同去归顺,未知尊意若何?"严奇道:"我想杨幺终非成大事之人。久闻岳侯忠义,礼贤下士。若承契带,实为万幸!"话还未绝,旁边走过一员小将,乃是严奇之子,名唤严成方,年方十四,使一对八棱紫金锤,猛勇非常,上前叫道:"爹爹不可听信王叔叔之言,长他人的志气。孩儿闻得岳飞有一子,名唤岳云,也使两柄银锤,有万夫不当之勇。待孩儿明日与他比比武艺,若果然胜得孩儿,情愿归降;若胜不得孩儿,叫岳飞早早收兵回去,休教杀个片甲不回!"严奇对王佐道:"我儿之言,亦甚有理,免得被他们看轻了。"

王佐只得辞别回寨,悄悄地来至澧州城下,对守城军士说知,要见岳元帅。军士报进帅府,牛皋在旁听得,大骂道:"这个狗头!几次三番来哄骗我们,今日又来做什么?待我去拿他来,砍他七八段,方泄我胸中之气!"提了双锏,怒哄哄的去杀那王佐。正合着常言道：

　　恨小非君子，无毒不丈夫。

　　不知王佐逃得性命否，且听下回分解。

第五十二回

严成方较锤结义　戚统制暗箭报仇

词曰：

年少英雄相遇，双锤比较相同。情投意合喜相逢，愿得百年长共。　　祸福皆由天数，暗地毒箭何功？冤家徒结总成空，到后方知春梦。

——右调《西江月》

话说牛皋怒气冲天提锏出营，要杀王佐。岳爷连忙唤转，叫声："贤弟，为兄的两次险遭大难，皆为要他降顺。他虽使恶意，我全不计较。人非草木，岂有不知？今日他来见我，必有好音。且放他进来，看他有何话说。"随叫军士："请王将军相见。"牛皋不敢则声，窍着嘴，咽哎个不了。

不一会，军士引着王佐进帅府来，见了岳爷，跪下道："两次哄骗元帅受惊，不赐斧诛，反蒙恩赦，实该万死！"岳爷道："贤弟请起。此乃各为其主，理所当然，何罪之有？但不知贤弟今日此来，有何见谕，莫非还有别计么？"王佐道："人非禽兽，岂无人意？蒙元帅大恩，无以为报。有西耳木寨严奇，小将已约他同来归顺。不道他儿子严成方，年纪虽小，十分骁勇，负气不服。他闻得公子英雄，单要与公子比个手段，若能胜他，方肯来降，因此特来报知。"岳爷道："既如此，贤弟且请回。明日叫小儿出城来与他比试便了。"王佐辞别出城,悄悄自回寨去。

次日,岳爷命岳云领兵出城,等候严成方比武,相机行事,不可有误。旁边闪出统制戚方,上前禀道:"王佐几次暗施毒计,恐有变动。小将愿去略阵。"岳爷应允。戚方遂同了公子出城来,安下营寨,专等严成方来比武。那里晓得杨幺在水寨操兵,严成方不能脱身来与岳云比武。这里岳云已等了两日。王佐恐岳云性急,就命儿子王成亮前去通知操兵之事。王成亮领命,上马提枪,来至宋营门口,对军士道:"我乃东耳木寨东圣侯大公子便是。快请岳公子出来会话。"军士报进营中。戚方道:"待小将去看来。"戚方提刀上马,走出营前。王成亮道:"来将何名?"戚方道:"我乃岳元帅麾下统制戚方是也。尔乃何人?"成亮道:"我乃东圣侯长子王成亮是也。因严成方在水寨操兵未回,家父特命我来通知岳公子休要回兵,须再等一两日。"这几句话还未说完,不提防戚方手起一刀,将成亮砍于马下,取了首级,回营来见岳云道:"来将乃是王佐之子,名唤王成亮,被我砍了首级在此。"岳云大惊道:"戚老叔为何杀了他?爹爹知道,必要将我斩首,如何是好!"戚方道:"他父亲屡屡哄骗,要杀元帅,焉知今日又不是何鬼计?杀了他,有罪在我,公子不必惊慌。"岳云忙命军士,把成亮首级送去还他。王佐大哭一场,不知何故被杀,只得收了尸骸不表。

却说岳公子收兵回城,进帅府来见了元帅道:"爹爹该斩孩儿之首。"元帅问道:"尔却为着何事?莫非战不过严成方么?"岳云道:

"孩儿奉命扎营在路旁等候严成方,两日不来。今日王佐命儿子王成亮来报成方在水寨操兵之事,却被戚老叔杀了。孩儿理该斩首。"元帅道:"既是戚方所杀,与你无罪。"吩咐将戚方重责三十棍。两边军士一声答应,将戚方重责三十大棍。岳元帅叫张保:"你可将戚方送到东耳木寨王老爷那边去说:'统制戚方误伤了公子,被家爷重打三十,送来验伤请罪。'"张保领令,同了戚方,一直来到东耳木寨。军士进寨,细细禀明。王佐吩咐叫张保进寨道:"你去禀上你家元帅,吾儿命该如此,与戚将军何干?那人有事未回,原请公子等候,料此事必成。"张保辞别出寨,同戚方回城缴令。岳爷道:"本帅一次金兰会,二次探冒山,皆因要降王佐之心。今日方得成功,被尔如此,岂不把前功尽弃!幸得今日说明。你且回营将养。"戚方领令回营。元帅又命岳云原往城外下营去等。

这严成方在水寨内,直到十日方回。严奇道:"为你操兵不回,岳云等候已久,王叔父恐他回城,命王成亮去通知,被戚方误伤了性命。你今快快去与岳云见个高下,好定行止。"成方领了父命,提锤上马,领兵来到岳云营前,高叫道:"快报去!说我严成方在此,快叫岳云出来与我比武!"小校忙报进营来。岳公子听报,随即上马提锤,来到阵前,看那严成方,怎生打扮?但见:

束发金冠雉尾双,鱼鳞砌就甲生光。

金锤八棱扬威武,恰似天神降下方。

那严成方对阵看那岳公子:

头上银冠双凤飞,猙狞宝甲衬征衣。

身骑赤兔胭脂马,气宇轩昂貌出奇。

两人在对阵,你看我,威风凛凛;我看你,雄气赳赳,各自暗暗欢喜。

严成方出马来道:"小弟久闻公子英雄无敌,特来请教。"岳云道:"领教便了。"两个各摆双锤,交手来战。一个舞动寒星万点,一个使出瑞彩千条。战到八十余合,不分胜负。岳云卖个破绽,跳出圈子,叫道:"果然好锤,战你不过,饶你去罢!"诈败落荒而走。严成方道:"那里走?若不拿你下马,也算不得好汉!"拍马追来。赶下十余里路,岳云使个"流星赶月"的解数,回马一锤,照着严成方的锤上打去,将严成方的虎口震开,把锤打落于地。严成方跳落马下,把那柄锤也弃了,跪下道:"公子英雄,名不虚传!小弟情愿归降,望公子收录!"岳云也跳下马来,双手扶起道:"久闻严公子大名,今日幸得相会!公子若肯归降,共扶社稷,小弟情愿与公子结为弟兄,不知尊意允否?"严成方道:"小弟亦有此心,只是不敢仰攀。"岳云道:"既同心意,何必太谦?"两个就在地下撮土为香。岳云年长一岁为兄,成方为弟,誓同骨肉。对拜已毕,各自上马回营。

成方来至东耳木寨见了王佐,将与岳云结拜之事说明。王佐大喜,随同严成方来至西耳木寨见了严奇,暗暗各自同心计议不提。

那岳公子回城,也将前事说了一遍,岳爷喜之不胜。忽见小校来报:"有长沙王罗延庆在城外讨战。"杨再兴听见,便上前来禀道:"罗延庆和小将最是相好,待我去说他来归降。"岳爷就令再兴出马。再兴领令,上马提枪,领兵出城来到阵前,大叫一声:"杨再兴在此,谁人敢来会我!"忽见对阵中一声炮响,门旗开处,一将出马,见是杨再兴,便把眼色一丢,喝道:"来将休得逞能,俺罗延庆来也!"摆动錾金枪,当胸就刺。杨再兴举起滚银枪,劈面交加。两个在战场之上假战了十余合,杨再兴卖个破绽,回马败下,落荒而走。延庆拍马赶来,有四五里远近,到一树林之间,再兴见四下无人,便回马叫声:"兄弟,久不相见,却原来在这里!为兄的已归顺岳元帅,圣上亲封我为御前都统制。与岳元帅结为弟兄,蒙他十分义气相待。兄弟何不弃邪归正,投顺宋朝?日后立功,决不失封侯之位也!"罗延庆道:"兄长之言,敢不如命?小弟情愿做个内应,待交兵之日,小弟杀贼立功,以作进见之礼便了。"再兴大喜道:"既如此,愚兄仍旧败回,好掩人耳目。"说罢,便转马奔回。延庆在后追至战场上,又假战了四五合,再兴假败,逃回城去,罗延庆也鸣金收军回营。

再兴进城见了岳元帅,将罗延庆归降内助之事,细细禀明。岳元帅大喜,记了功劳簿不题。

且说那屈元公调齐各路人马,演习五方阵势,要与岳飞决战。这里探子报知岳元帅。岳元帅到了晚间命张保跟随,私自出城来探看。到一树林中,岳爷爬上树顶,偷看贼营动静。正看之间,只听得弓弦响处,不知那里一箭射将上来;元帅叫声"不好",肋上早中了一箭,幸得把树枝抱住,不曾跌下。张保连忙上树扶下,只见岳爷面如白纸。张保慌慌的背了元帅,黑暗之中,不辨高低,如飞进城。到了帅府放下,卧在床上,人事不醒。吓得岳云魂魄俱无,连忙将箭头取出来。众将士闻知,齐集大营来看,但见箭眼中流出黑血,口吐白沫,箭伤甚重,命在顷刻。公子与众将俱各大哭。牛皋道:"你们不要哭,一哭我就没有了主意了。我是有仙丹救得元帅的。"众将听了,俱各揩干了眼泪,来问牛皋。牛皋道:"不要慌,可取些滚汤来。"旁边家将忙忙的倒了一碗滚水来。牛皋在身边左摸右摸,摸出一丸丹药来,将滚水调开,灌在元帅口中。不多一会,只见元帅大叫一声:"痛死我也!"这颗仙丹,果然有起死回生之妙,顷刻之间,岳元帅一轱辘坐起,众将好不欢喜。牛皋道:"这箭不是敌人所射,乃是本营将官放的。且看箭上可有记号。"元帅把箭一看道:"没有字号。"牛皋道:"把众将的箭都拿来比看。若有那个的箭,与此箭一般样的,就是此人射的。"众将齐称有理。元帅就将箭来折为两段,插在靴统内,说道:"你们不必穷究,待他悔过自新便了。"众将道:"元帅如此仁德待人,但此贼的心肠太狠,便宜了他!"牛皋气忿忿的,又摸出这丸丹药来道:"元帅收着,倘日后再被他射一箭还好医治,第三回却没有了!"元帅道:"凡事总由天命,贤弟何必着恼?贤弟们请各自回营,准备与朝廷出力便了。"众将辞别,各自散去。

元帅自进后堂来,公子问道:"爹爹,孩儿已明知此人,何不将他正法?"岳爷道:"我儿,你那里晓得?他道我赏罚不明,因而怀恨,致有此举。今我以仁德化之,彼必然追悔也。"岳云伏侍元帅安寝不提。

且说杨幺一日升殿,对屈元公道:"各路大兵虽到,但胜败亦未可邃定,当作何万全之计?"屈元公奏道:"臣的阵势已经演熟。大王可传旨,命王佐前去诱敌,待岳飞兵来,就命王佐截住他的归路。再令崔庆、崔安居左,罗延庆、严成方在右,二大王杨凡统领中军,四面夹攻。先命花普方驾着战船,去与韩世忠交战,以防他来救应。饶那岳飞通天本事,亦必就擒也。"杨幺听了这番言语大喜,即命:"军师照计而行便了。"屈元公领旨,自去整备。旁边闪出杨钦上前奏道:"军师妙计虽好,但是岳飞手下将士,俱是智勇兼全之辈,亦未可轻忽。臣愿拼身入虎穴,到潭州城去,与岳飞讲和。若肯两下罢兵息战,不独安然无事,又省了无数钱粮。"杨幺道:"御弟前去讲和甚妙。若肯退兵,情愿送他些金帛,免得厮杀亦好。"杨钦正要领旨出班,只见伍尚志闪出奏道:"单丝不成线,臣愿与王叔同往宋营讲和。"杨幺道:"驸马同去,孤家更是放心。"杨钦心下想道:"我有心事,特谋此差。不道驸马也要同去,如何是好?"无可奈何,只得和驸马一同退朝。

出来到水口,下了船,开到对岸。二人上马来至城下,对城上军士说道:"相烦通报元帅,说杨钦、伍尚志特来求见元帅。"军士连忙报进帅府。岳爷传令,请进帅府相见。军士得令出来,开了城门,放他二人进城。来到帅府,进内见了元帅,口称:"小将杨钦,同伍尚志奉主公之命,特来与元帅讲和。若肯罢兵息战,情愿备办粮草犒军等物,每年进纳贡奉,免得人民涂炭。未知元帅允否?"岳爷大怒,喝道:"那杨幺早晚就擒,洞庭灭在旦夕,何得多言!"叫左右:"将二人分开,两处拘禁,待我捉了杨幺,一同斩首。"左右一声答应,将二人各房拘禁。

元帅暗暗叫军士将酒饭传送。到得初更时分,叫张保悄悄的去请了杨钦,来到后营,重新见礼。元帅逊他坐了客位,问道:"适才冒犯！在诸将面前不得不如此，幸乞恕罪！不知将军此来，有何指教？"杨钦道："今屈元公调集各路兵马，摆一'五方阵'，前后左右俱有埋伏，特来报知元帅，以便整备破敌之计。但恐元帅大兵到时，玉石不分，要求元帅保全家口，感德无涯！"元帅道："前承将军美意，破了蛇盘山。本帅还要奏明封赠，岂敢有犯？"即命家丁取过小旗一面，递与杨钦道："倘大兵到日，将此旗插于门上，诸军自不敢进门。"杨钦接了旗收好，谢了元帅。

元帅仍命张保送回房中安歇，又叫王横："你去好好的请那伍尚志来。"王横领令出去。不一时，尚志已到，见了元帅跪下道："前者有犯虎威，望元帅恕罪！"元帅用手扶起请坐，便道："将军大才，实为可敬。但所事非人，实为可惜！不知将军今日此来，有何主见？"尚志就将得胜回营、招为驸马之事说了一遍，"那公主虽与小将做了花烛，却不肯成亲，要求元帅作主，方成连理。"元帅闻言，哈哈大笑道："杨幺招驸马，怎么要本帅作主起来？岂非胡说？"伍尚志道："有个缘故，那公主并非杨幺之女，乃澶州澶村人氏，父亲姚平章，一门俱被杨幺杀死。其时公主年幼，杨幺认为己女。"岳爷吃惊，心中想道："姚平章是吾母舅，那公主是我表妹了！""如今却待怎么？"尚志道："公主说，一则有父母之仇，二来元帅乃公主之兄。所以谋得此差，来见元帅请命，以安公主之心。"元帅闻言，即忙站起来道："这等说来，是我的妹丈了！"遂传命，请公子来见礼，便道："这是我儿岳云。"岳云见了礼。

元帅吩咐家将："去请杨老爷来。"伍尚志吃惊道："小将在此，不便相见。"岳爷道:"不妨。他也有事到此。"不一会,杨钦走进来,见了伍尚志,甚是慌张。元帅笑把从前之事,说了一遍。二人大笑起来。当夜重整酒席,饮了一番,遂一处安歇。

次日,送至水口下船,回寨见了杨幺,一同奏道:"岳飞有允和之意,奈众将不肯,故留在驿中过了一夜。众将请命要斩臣二人,又是岳飞道:'两国相争,不斩来使。'放臣二人回来缴旨。"杨幺闻奏,心甚不悦,起身回宫。那伍尚志进宫见了公主道:"今日见过令兄,将公主之言一一道达令兄。待等平了杨幺,令兄作主与公主成婚也。"公主谢道:"郎君若得与我父母报仇,感德不尽!"这边闲话,且按下慢表。

再说岳元帅调齐人马,约定韩元帅水陆会剿,分拨杨虎、阮良、耿明初、耿明达、牛皋,共是五人,来助韩元帅,由水路进发;自同众将出了澶州城,安下大营,整备与杨幺决战。

不因此番开兵,有分教:

江水澄清翻作赤,湖波荡漾变成红。

毕竟不知谁胜谁负,且听下回分解。

第五十三回

岳元帅大破五方阵　杨再兴误走小商河

诗曰：

万骑飞腾出阵云，澶州战胜拥回军。

小商桥畔将星坠，凄凉夜半泣孤魂！

前言不表，闲话慢提。单说到岳元帅带领大兵，齐出澶州城外，扎下大营。是日元帅升帐，聚集一班众将，参见已毕。元帅开言道："今屈元公调齐人马，摆下此阵，名为'五方阵'，按金、木、水、火、土各路埋伏，前后左右，俱有救应。各宜努力向前，擒拿杨幺在此一举！违令怠玩者，必按军法！"众将齐声道："愿听指挥！"元帅即命余化龙听令，余化龙答应上前。元帅道："与你红旗一面，率领周青、赵云，带领三千人马，从正西杀入阵去。我自有接应。"余化龙得令去了。又点何元庆同吉青、施全，领兵三千，黑旗黑甲，从正南上杀进，取水克火之义。三将一声"嘎"，领令去了。又唤岳云："你可同王贵、张显，领兵三千，都是黄旗黄甲，从北方杀入接应。"岳云领令去了。又命张宪同郑怀、张奎，领三千人马，白旗白甲，杀入正东阵内，取金克木之义。张宪领令下去。元帅又命杨再兴带领青甲兵三千，左首张用，右首张立，一齐冲入中央，砍倒他的"帅"字旗。元帅自领大兵，在后接应五方兵将不提。

再说韩元帅已得了岳元帅会剿日期,即命杨虎、阮良、耿明初、耿明达各驾小船,往来截杀。牛皋在水面上救应。自己带领二位公子并各副将,摆开大战船杀来。那日杨幺闻报,说岳飞来破"五方阵",韩世忠又在水路杀来,即忙命杨钦把守洞庭宫殿,伍尚志保住家眷,自与太尉花普方等,驾着大小战船,向前去迎敌韩世忠不表。

先说那岳营众将依次冲入"五方阵"内,虽有严成方、罗延庆了得,已怀归顺之心,自然不肯出力。只有小霸王杨凡,这杆枪十分厉害,在阵内抵挡各路兵将。那王佐来见岳元帅,献了东耳木寨。岳爷命王佐收拾寨中之物,速进澶州,不可迟延。王佐领命而去。不一会,又见伍尚志差心腹家将,驾船来到岸边,请元帅上山。元帅令三军上了战船,带领张保、王横下船,直至杨幺水寨,逢人便杀,遇将便砍,四面放起火来。众喽啰飞奔逃命。岳爷杀上山来,早有杨钦接着,指引军兵,将杨幺合门诛戮。伍尚志领了公主下山,放起一把火来,将大小宫殿营寨烧个干净。

早有小喽啰逃得命的,飞报与杨幺知道:"大王不好了!驸马伍尚志与御弟杨钦,献了水寨,放火烧了宫殿,大王眷属都被岳飞杀尽了!"杨幺听了,大叫一声:"罢了,罢了!谁知二贼如此丧心,将我满门杀绝,此恨怎消!拿住二人碎尸万段,方泄我恨!"传令众将奋力杀上去,擒了韩世忠,再作道理。众将得令,正把战船驶上,只见牛皋在水面上走来,见了花普方,叫声:"贤弟,此时不降,更待何时!"花普方叫声:"哥哥,小弟来也!"将船一摆,跟着牛皋归往宋营去了。杨幺见花普方归宋,心中又慌又恼,只得勉强上前,与韩元帅战船打仗。

　　说话的、做小说的人,没有两张嘴,且把杨幺敌住韩元帅交战之事,略停一停。且先说那岳元帅烧了洞庭山宫殿,下船来,依旧上岸屯住。早有牛皋带领花普方来投降,岳爷大喜,用好言抚慰。忽然又有探子来报道:"启上元帅,今有金邦四太子兀朮,调领六国三川各岛人马,共有二百余万,来犯中原,将近朱仙镇了。请令定夺。"岳元帅听了此报,吃了一惊,吩咐探子再去打听。这个方去,那个又来,一连七八报。元帅好不着急,想:"那杨幺未擒,金人又到,奈何奈何!"慌忙传令军政司:"点起七队人马,每队五千,候本帅发令。"军政司连忙点齐,专等元帅调用。岳爷又发文书,差官往各路总兵节度,在朱仙镇取齐,星飞投递去了。

　　且说那"五方阵"内,余化龙率领周青、赵云杀入正西阵内,正遇着崔庆,大战数十合,被余化龙拦开刀,一枪刺于马下。那何元庆同着吉青、施全领兵从正南杀来,早有崔安接任厮杀,不上五六合,崔安正待逃走,被何元庆一锤,打得脑浆迸出,死于马下。岳云、王贵、张显三个从北方杀入阵中,贼将金飞虎使两条狼牙棒上前迎敌,被岳云枭开棒,只一锤,打作两截。再杀过去,恰遇着余化龙、何元庆两边杀来。三枝兵合做一处,恶龙搅海的一般,那里挡得住!不道东边阵上喊杀连天,乃是张宪同着郑怀、张奎领兵杀进来,正遇周伦,舞动双鞭来敌张宪,未及交锋,被郑怀从斜里一棍打死。恰好杨再兴从中杀进阵内,正遇三大王杨凡。两个大战,正是棋逢敌手,将遇良材。正在难解难分,严成方见杨再兴战不下杨凡,便把双锤一摆,大叫一声:

"严成方来助战也!"一马跑上前来。杨凡只道他来帮助,那里防他马到锤落,把杨凡打落马下,再兴取了首级。罗延庆见了把枪一摆,连挑几员偏将,大叫道:"俺罗爷已归顺岳元帅去了!尔等愿降者,都随我来投顺,免受诛戮!"那阵内人马见主将已降,俱各四散逃生。

早有军士飞报屈元公道:"王佐、罗延庆俱投降了宋朝。严成方把三大王打死,也归宋朝去了。阵势已破,三军尽逃散了。"屈元公正在惊慌,又有探子来报道:"伍尚志与杨钦献了水寨,放火烧毁宫殿,大王一门家眷尽被宋兵杀尽了。"说犹未了,又有探子来报:"牛皋招降了花普方。大王被韩世忠围困,十分危急,候军师速去救驾!"屈元公一连听了几报,弄得手足无措,仰天大叫道:"铁桶般的山河,一旦丧于诸贼之手,岂不可恨!"遂拔剑自刎而死。这一回叫做:"大破'五方阵',逼死屈元公。"

岳元帅正在调拨人马,早有探子来报:"韩元帅大破了杨幺,杨幺弃船下水。杨虎、阮良等一齐下水追拿去了。"岳元帅吩咐再去打听。不多一会,早有杨再兴进营缴令。岳爷道:"贤弟来得正好。方才得报,说金兵二百万,又进中原,将近朱仙镇。贤弟可领兵五千为第一队先行,速速去救朱仙镇。小心前去!"杨再兴领令出营,带兵五千,星飞去了。随后岳云进营,说:"孩儿领令,杀入'五方阵'内,将杨幺人马尽皆杀散,特来缴令。"岳爷道:"我儿!今有兀朮带领二百万人马,来犯中原。你可领兵五千,速往朱仙镇救应。"岳云一声"得令",出营领兵,飞奔去了。又有何元庆同严成方进营交令,元帅令成方为第三队,接应岳云。成方听说岳云在前,领令星飞而去。元帅又令何元庆为第四队先行,元庆得令出营,带领五千儿郎前往朱仙镇来。落后余化龙进营缴令,元帅亦令领兵五千为五队,速奔朱仙镇去不题。

再说罗延庆进帐见了元帅,跪下禀道:"末将归降来迟,望元帅恕罪收录!"岳爷连忙请起,"本帅自从在汴京一别,久怀渴想!今日将军改邪归正,欲与将军叙谈衷曲;不意金邦兀朮,带领番兵二百万复进中原,已近朱仙镇,十分危急!我已命杨再兴、岳云、严成方、何元庆、余化龙各领人马五千作五队,前去救应朱仙镇了。今将军可为六队先行,带领人马五千前去。有功之日,待本帅奏闻,封职不小!"罗延庆道:"蒙帅爷如此恩待,何惜残躯?誓必杀尽金兵,以报元帅知遇之德也!"遂辞了元帅出营,领兵去了。

又一会,伍尚志进营缴令,元帅道:"贤妹丈来得正好。我早上已命澶州节度使徐仁,叫他整备花烛。今因金兵犯界,我不得工夫,故托他主婚。妹丈可同了表妹进城,今晚成了花烛;妹丈明日即领兵五千,星速为七队救应,不可有误!"伍尚志谢了元帅,出来同姚氏进城,当夜成了亲,明日即引兵出征不表。

且说杨虎与耿氏弟兄,一齐下水追着杨幺,杨幺无处躲避,往水面上透出来,想要上岸逃走。不道牛皋正穿着那双破浪履,在水面上走来走去的快活。忽见水面上探出个人头来,牛皋认得是杨幺,便道:"好人吓!拿了这头来罢!"手起一锏,把杨幺打翻。阮良等一齐上前捉住了,解上韩元帅大舡上来报功。韩元帅即命绑送岳元帅营中来。岳爷道:"叛逆大罪,理应解赴行在处斩;但我要速往朱仙镇去,恐途中有变。"吩咐绑去砍了,将首级差官送往临安奏捷。又令牛皋往各路催粮,到朱仙镇来接应。牛皋领令去了。此时岳元帅与韩元帅共有三十万大兵,二位元帅放炮拔寨,统领全师,望朱仙镇而来。且按下不表。

再说第一队先行杨再兴,奉令前往朱仙镇来。此时正值十一月天气,只见四下里彤云密布,大雪飘扬,万里江山,如同粉壁。再兴带兵冒雪而行,一连走了两日两夜,已到朱仙镇不远。看那金邦人马,漫山遍野,滔滔而来,不计其数。杨再兴道:"三军听者,尔等看番兵如蝼蚁一般,你们上前去,岂不白送了性命?尔等可扎好营寨,在此等候,我去杀他一个翻天倒海。"众兵一齐答应,下了营寨。那杨再兴即便拍马摇枪,往番营杀进。

谁知那昌平王兀朮四太子,带领了六国三川大兵,分为十二队,每队人马五万,共有六十五万人马,虚张声势,假言二百万,往小商桥而来。第一队的先锋雪里花南走马上来,正遇着杨再兴,一马当先,那枪只一挑,将雪里花南挑下马来。番兵不能抵挡,呐喊一声,两边痄开。杨再兴拍马赶上,那二队先行雪里花北便来接战,早被杨再兴一枪,那雪里花北招架不住,也死于马下。只见那番兵回身一痄,杨再兴拍马又上前来,撞见三队先锋雪里花东,早已知道前边之事,催马摇刀上来,正遇杨再兴。他的刀尚没有举,早又被杨再兴一枪,将颈下挑了一个窟窿,翻身落马。杀得那些番兵东倒西横,抱头鼠窜,只恨爷娘少生了两只脚,没命的逃走。那四队先行雪里花西闻报,飞马上来接战,冲着杨再兴,不上一合,早被杨再兴挑于马下。不上一个时辰,连把四员番邦大将送往阎罗殿去了。四队番兵,共计有二十余万,见主将已亡,大败而走。众番兵惧怕,不知照依这样的南蛮有多少追杀下来,先自慌了乱跑。人撞人跌,马踏马倒,自相践踏,死者不计其数。但见尸如山积,血若川流。

杨再兴在后追赶,见番兵向北而走,心下想道:"我往此处抄去,岂不在番人之前?截住他的归路,杀他个片甲不留。"再兴想定了主意,竟往近路抄去。谁知此地有一条河,名为小商河,早已被这大雪遮满,看不出河路。那些番兵尽皆知道是小商河,前边小商桥,所以那些番兵皆向西北而逃。小商河河水虽不甚深,却皆是淤泥衰草,被雪掩盖,不分河路。杨再兴一马来到此处,一声响,跌下小商河,犹如跌落陷坑的一般,连人带马,陷在河内。那些番兵看见,只叫一声"放箭",一众番兵番将万矢齐发,就像大雨一般射来。可怜杨再兴,连人带马,射得如柴蓬一般。后人有诗吊之曰:

东南一棒天鼓响,西北乾方坠将星。

未曾受享君恩露,先向泉台泣夜萤!

兀朮传令众将,调兵转去下营:"若有南蛮前来迎敌,不可造次,须要小心准备为主!"不言兀朮之事。

却说那二队先行岳云赶到,天色已暗。再兴的军士上前迎着公子,报道:"杨老爷追杀番兵,误走小商河,陷于河内,被番人乱箭射死,特来报知。"岳云听了,不觉大叫道:"苦哉!苦哉!救应来迟,此乃我之罪也!"传令三军:"与我扎住营盘,待我前去与杨叔父报仇!"三军得令,安下营头。

岳云拍马摇锤,直抵番营,一马冲进金营,有分教:

万马丛中显姓字,千军队里夺头功。

不知胜负如何,且听下回分解。

第五十四回

贬九成秦桧弄权　送钦差汤怀自刎

诗曰：

> 报国丹心一鉴清，终天浩气布乾坤。
> 只惭世上无忠孝，不论人间有死生。

话说那岳云，一马冲入番营，大叫："俺岳小爷来踹营了！"舞动那两柄银锤，如飞蝗雨点一般的打来，谁人抵挡得住！况且那些番兵俱已晓得岳公子的厉害，都向两边咋开，跟跄退后。岳公子逢人便打，打得众番兵东躲西逃，自相践踏。恰好第三队先行严成方已到。两队军士将杨先锋误走小商河被金兵射死、如今岳公子单身独马踹进番营去了的事说了。严成方听了大怒，传令三军安下营寨，"等我帮他去来！"把马一拎，直至番营，高声大叫："俺严成方来踹营也！"抡动紫金锤，打将入来，指东打西，绕南转北，寻见了岳云，两个人并力打来。

那时兀术在大营，见小番报说："岳小南蛮又同了一个小南蛮叫做严成方，踹进营盘，十分凶狠，难以抵敌，望速遣将官擒拿！"兀术思想："某家六十万大兵来到此地，被杨再兴一人一骑挑死我四个先锋，杀伤我许多人马。如今又有这两个小南蛮如此厉害，叫某家怎能取得宋朝天下！"随即传下令来，点各营元帅、平章速去迎敌，务要生擒二人，如若放走，军令治罪。那些番兵番将得了此令，层层围住岳公子、严成方厮杀不表。

再说那四队先行何元庆领兵来到，三军也将杨再兴射死、岳公子与严成方杀入番营的事说了一遍。何元庆听了，吩咐三军也扎下营寨，他也是一人一骑，冲至番营门首，大喝一声："咄！番奴！何元庆来也！"舞动双锤，杀进番营。

却说那第五队先行余化龙兵马也到，闻了此信，按下三军，飞马冲入番营，大叫一声："番奴闪开！余化龙来也！"把那银枪一起，点头点脑挑来，好生厉害，杀得那番兵喊叫："吓！南蛮狠哩！"霎时间，冲透番营七层围子手，撞翻八面虎狼军。

不讲余化龙匹马冲入重围，来寻众位先锋。那第六队罗延庆人马到此，众三军也将前事说了一遍。罗延庆闻言，大怒道："尔等扎下营盘，等我去与杨将军报仇！"一马飞奔而来。只见杨再兴射死在河内，延庆下马拜了两拜，哭一声："哥哥吓！你为国捐躯，真个痛杀我也！今小弟与兄上前去报仇，望哥哥阴灵护佑！"就揩了眼泪，上马提枪，竟往番营而来，杀入重围。罗延庆蹿进番营，已是黄昏时分。

第七队伍尚志也到，三军也将前事禀上。伍尚志吩咐三军扎住营盘，飞马来至番营，将马一提，舞动这枝画杆银戟，杀进番营，一层层冲将进去。只见岳云、严成方、何元庆、余化龙、罗延庆皆在围内，伍尚志叫声："有兴头！我伍尚志也来了！"六只大虫杀在番营内，锤打来，遇着便为肉酱；枪刺去，逢着倾刻身亡。真个天昏地暗，日月无光！

兀朮看见,便道:"不信这几个南蛮如此厉害!"遂又传集众平章一齐围住,吩咐:"务要拿了这几个南蛮,大事就定了。"众将得令,层层围住。那六个人在里面杀了一层,又是一层,杀了一昼夜。恰好岳元帅、韩元帅的大兵已到,依河为界,放炮安营。那番阵内六个先行听见炮响,晓得是元帅兵到,岳公子抡锤打出番营,后边何元庆、余化龙、罗延庆、伍尚志一齐跟着杀出来。岳云回头一看,单单不见了严成方,大叫:"众位叔父!严成方尚在阵内,快些进去救应他出来!"岳公子为头,众将在后,复转身一齐又杀进番营。只见严成方在乱军中逢人乱打,岳云道:"贤弟快回营去罢!"严成方也不回言,举锤便打,岳云连忙招架。却是那严成方杀了一日一夜,已经杀昏了,只往番营打进去,也认不出自家人了。岳云便一手抡锤,一手拖住严成方左手;何元庆扯住右手,罗延庆抱住身子;余化龙在前引路,伍尚志断后。众英雄裹了严成方杀出番营,来到大营,进帐见岳元帅缴令。

岳爷吩咐严成方后营将养。只见罗延庆十分悲苦,岳爷道:"贤弟休得悲苦!武将当场,马革裹尸。只是未曾受享朝廷爵禄,如此英雄,甚为可惜!"元帅就吩咐整备祭礼,亲到小商河祭奠。然后收尸,葬在凤凰山,不表。

再说兀朮见众英雄去了,但见尸骸满地,血流成河,死者莫知其数,带伤者甚多。一面将尸首埋葬,一面将带伤军士发在后营医治。又与众将计议道:"这岳南蛮如此厉害,他若各处人马到齐,早晚必来决战!某家想那秦桧为何不见照应,难道他死了不成?况某家何等恩义待他。他夫妻二人临别时对天立誓,归到南朝,岂有忘了某家之理?"军师道:"狼主今日进中原,秦桧岂有不照应之理?请狼主静候几日,决有好音。"且按下兀朮营中之事。

却说那边张元帅带领五万人马,刘元帅带兵五万,各处节度总兵皆到,共有二十万大兵,扎下了十二座大营,聚在朱仙镇上。这一日,岳元帅升帐,军士来报说:"圣旨下。"岳爷连忙出营接旨。钦差开读,却是朝廷敕赐岳飞"上方剑"一口,札付数百道,有罪者先斩后奏,有功者任凭授职。岳爷谢恩,送了钦差起身。回到帐中坐下,又有探子进帐来报:"赵太师气愤疾发,已经亡故,将礼部尚书秦桧拜了相位,特来报知。"岳爷与众元帅、节度、总兵,各各差官送礼,进京贺喜。

过了数日,有新科状元张九成奉旨来做参谋,在营外候令。传宣官进帐通报,元帅遂命进见。张九成却不戎装,进营来至帐下道:"各位老大人在上,晚生张九成参见。"岳爷与众元帅等一齐站起来道:"殿元请起。"叫左右看坐。张九成道:"各位老元戎在上,晚生焉敢坐!"岳爷道:"奉君命到此,正要请教,焉有不坐之理?"九成只得告坐过了,就于旁侧坐定。岳爷道:"殿元馆阁奇才,何不随朝保驾,却来此处参谋?"九成道:"晚生蒙天子洪恩,不加黜逐,反得叨居鼎甲。因为晚生乃一介寒儒,前去参见秦太师,没有孝敬,故尔秦太师在圣上面前,特保举此职。"岳爷对众元帅道:"岂有此理!我想那秦太师亦是十载寒窗,由青灯而居相位,怎么重赂轻贤!"众元帅道:"且留殿元在此,再作区处。"

正在说话之间,又报圣旨下了。众元帅闻报,一齐出营来接旨。

那钦差在马上说道："只要新科状元张九成上来接旨。"张九成连忙上前道："臣张九成接旨。"那钦差道："圣旨命张九成往五国城去问候二圣,特此钦赐符节,望阙谢恩。"张九成谢恩过了。那钦差道："圣上有旨,着岳飞速命状元起身,不可迟误!"说罢,即将符节交代明白,转马回去。各位元帅进帐坐定,议论此事："那里出自圣旨!必定秦桧弄权遗害!"众人俱各愤愤不平,都说道："如今朝内有了这样奸臣,忠臣就不能保全了。真正令人胆寒!"岳爷道："贵钦差不知何日荣行?"张九成道："晚生既有王命在身,焉敢耽搁?只是一件:家下还有老母与舍弟九思,怎知此事?须得写一信通知。今日便可起身。"岳爷道："既如此,贵钦差可即写起书来,待本帅着人送往尊府便了。"即叫左右取过文房四宝,将桌子抬到九成面前。九成即含泪修书,将一个香囊封好在内,奉与岳元帅。岳元帅即唤过一名家将,吩咐道："这封书,着你星夜往常州,送到状元府上,面见二老爷亲自开拆。"家将答应,领书而去。张九成道："家书已去,晚生就此告辞了!还求元帅差一位将军,送晚生出那番营便好。"岳爷道："当得遵命。"即传下令来道："那一位将军敢领令送钦差出番营去?"下边应一声道："末将愿往。"岳爷举目一看,却是汤怀,不觉泪下,叫道："汤将军,好生前往!"这班元帅,各节度、总兵,众统制,与张九成、汤怀出营,一齐上马,直送至小商桥。众元帅道："贵钦差,兄弟们不远送了!"张九成道："请各位大人回营。"汤怀道："各位大老爷,末将去了!"又对岳爷道："大哥,小弟去了!"岳元帅欲待回言,喉中语塞,泪如泉涌,目不忍视。带领众将回转营中,掩面悲切,退往后营去了。

那汤怀保着张九成直至番营,大喝道:"番奴听者!俺大宋天子,差新科状元张九成,往五国城去问候二圣。快去通报,让路与我们走!"小番听了,便答道:"汤南蛮且住着!待俺去禀狼主。"小番忙进帐去报与兀朮。兀朮道:"中原有这等忠臣,甚为可敬!"传令把大营分开,让出一路;再点一员平章,带领五十儿郎,送他到五国城去。小番得令,传下号令。那五营八哨众番兵,一齐两下分开,让出一条大路。张九成同着汤怀,一齐穿营进来。那些番兵番将,看见张九成生得面白唇红,红袍金带,乌纱皂靴,在马上手持符节;后边汤怀横枪跃马保着,人人喝采:"好个年少忠臣!"兀朮也来观看,不住口的称赞。又见汤怀跟在后头,便问军师道:"这可是岳南蛮手下的汤怀么?"哈迷蚩道:"果然是汤南蛮。"兀朮道:"中原有这样不怕死的南蛮,叫某家怎能取得宋朝天下!"吩咐:"将大营合好。若是汤南蛮转来,须要生擒活捉,不可伤他性命。违令者斩!"

却说张九成同汤怀二人出了番营,只见一个平章带了五十名番兵,上前问道:"呔!俺奉狼主之命,领兵护送。那一位是往五国城去的?"汤怀指着九成道:"这一位便是。一路上汝等须要小心服事!"番兵点头答应。汤怀道:"张大人,末将不能远送了!"张九成道:"今日与将军一别,谅今生不能重会了!"言罢,掩面哭泣而去。

汤怀也哭了一会,望见钦差去远,揩干了眼泪,回马来到番营,摆着手中银枪,蹿进重围。众番兵上前拦住,喝道:"汤南蛮,今日你休想回营了!俺等奉狼主之命,在此拿你。你若早早下马投降,不独免死,还要封你一个大大的头目。"汤怀大怒道:"呸! 番贼! 我老爷这几根精骨头,也不想回家乡的了!"大喝一声,走马使枪,往番营中冲入重围,与番人大战。那汤怀的手段本来是平常的,二来那座番营有五十余里路长,这杆枪如何杀得出去? 但见那番兵一层一层围将上来,大声叫道:"南蛮子! 早早下马投降! 若想出营,今生不能够了!"只一声叫,那些番兵番将,刀枪剑戟,一齐杀将拢来。汤怀手中的这杆枪那里招架得住,这边一枪,那边一刀。汤怀想道:"不好了! 我单人独骑,今日料想杀不出重围。倘被番人拿住,那时求生不能,求死不得,反受番人之辱,倒不如自尽了罢!"把手中枪左右勾开许多兵器,大叫一声:"且慢动手!"众番将一齐住手,叫声:"南蛮! 快快投降,免得擒捉!"汤怀喝道:"呸! 你们休要想差了念头! 俺汤老爷是何等之人,岂肯投降于你? 少不得俺哥岳大元帅,前来将你等番奴扫尽,那时直捣黄龙府,捉住完颜老番奴,将你等番奴斩尽杀绝,那时方出俺心中之气也!"叫一声:"元帅大哥! 小弟今生再不能见你之面了!"又叫:"各位兄弟们! 今日俺汤怀与你们长别也!"就把手中枪尖调转,向咽喉只一下,早已翻身落马而死。可怜他:一点丹心归地府,满腔浩气上天庭。有诗曰:

送客归来勇气微,孤身力尽斗心稀。

自甘友谊轻生死,血染游魂志不移!

那些众番兵看见汤怀自尽,报与兀朮。兀朮吩咐把首级号令军前,将尸骸埋葬不提。

又讲岳爷正在营中思想汤怀,军士进来报道:"汤将军的首级,号令在番营前了!"岳爷闻言大哭道:"我与你自幼同窗学艺,恩同手足。未曾受得王封,安享太平之福,今日先丧于番人之手!"说罢,放声大哭。众将俱各悲咽。元帅吩咐备办祭礼,遥望番营祭奠。众将拜奠已毕,回营不提。

又说兀朮自葬汤怀之后,在帐中与众元帅、平章等称赞那汤怀的忠心义气,忽有小番进帐报道:"殿下到了。"兀朮传令宣来。陆文龙进营参见。那位殿下:

> 年方一十六岁,膂力倒有千斤。身长九尺,面阔五停;头大腰圆,目秀眉清。弓马俱娴熟,双枪本事能。南朝少此英雄将,北国称为第一人!

这位殿下进帐参见毕,兀朮道:"王儿因何来迟?"文龙道:"臣儿因贪看中原景致,故尔来迟。父王领大兵进中原日久,为何不发兵马到临安去捉南蛮皇帝,反下营在此?"兀朮就把杨再兴战死小商河,岳云、严成方等大战;又因对营有十二座南蛮营寨,况岳飞十分厉害,所以为父的不能前进说知。殿下道:"今日天色尚早,待臣儿领兵前去,捉拿几个南朝蛮子,与父王解闷!"兀朮道:"王儿要去,必须小心!"

殿下领令出来,带领番兵直过小商桥,来至宋营讨战。当有小军报进大营:"启上元帅爷:今有番邦一员小将,在外讨战。"元帅便问两边众将:"那一位敢出马?"话言未绝,旁边闪过呼天庆、呼天保两员将官,上前打恭道:"小将情愿出阵,擒此番奴来献上。"元帅吩咐小心前去。

二人得令,出营上马,带领兵卒来至阵前。两军相对,各列阵势。

呼天保一马当先，观看这员番将，年纪十六七岁，白面红唇；头戴一顶二龙戏珠紫金冠，两根雉尾斜飘；穿一件大红团龙战袄，外罩着一副锁子黄金玲珑铠甲；左胁下悬一口宝刀，右胁边挂一张雕弓；坐下一匹红砂马，使着两杆六沉枪；威风凛凛，雄气赳赳。呼天保暗暗喝采："好一员小将！"便高声问道："番将快通名来！"殿下道："某家乃大金国昌平王殿下陆文龙便是！尔乃何人？"呼天保道："我乃岳元帅麾下大将呼天保是也！看你小小年纪，何苦来受死？倒不如快快回去，别叫一个有些年纪的来，省得说我来欺你小孩子家。"陆文龙呼呼大笑道："我闻说你家岳蛮子有些本事，故来擒他，量你这些小卒，何足道哉！"呼天保大怒，拍马摇刀，直取陆文龙。陆文龙将左手的枪勾开了大刀，右手那枝枪"嗖"的一声，向呼天保前心刺来，要招架也来不及，正中心窝，跌下马来，死于非命。呼天庆大吼一声："好番奴！怎敢伤吾兄长！我来也！"拍马上前，举刀便砍。陆文龙双枪齐举。两个大战，不上十个回合，又一枪把呼天庆挑下马来；再一枪结果了性命。陆文龙高声大叫："宋营中着几个有本事的人出来会战！休使这等无名小卒，白白的来送死！"那败军慌慌忙忙报知元帅。元帅听得二将阵亡，止不住伤心下泪，便问："再有那位将军出阵，擒拿番将？"只见下边走过岳云、张宪、严成方、何元庆，四人一齐上前领令，情愿同去。岳爷道："既是四人同去，吾有一计，可擒来将。"四人齐齐听令。正是：

  运筹帷幄将军事，陷阵冲锋战士功。

毕竟不知岳元帅说出甚计来，且听下回分解。

第五十五回

陆殿下单身战五将　王统制断臂假降金

诗曰：

昔日要离曾断臂，今朝王佐假降金。

忠心不计残肢体，义胆常留青史名！

当时岳云等四人上前听令，元帅道："尔等四人出阵，不可齐上。可一人先与他交战，战了数合，再换一人上前，此名'车轮战法'。"

四将领令，出营上马，领兵来至阵前。岳云大叫道："那一个是陆文龙？"陆文龙道："某家便是！你是何人？"岳云道："我乃大宋岳元帅大公子岳云便是！你这小番，休得惊慌，快上来领锤罢！"陆文龙道："我在北国也闻得有个岳云名字。但恐怕今日遇着某家，性命就不能保了。照枪罢！""耍"的一枪刺来。岳云举锤架住。一场厮杀，有三十多合，严成方叫声："大哥少歇！待兄弟来擒他。"拍马上前，举锤便打。陆文龙双枪架住，喝声："南蛮，通个名来！"严成方道："我乃岳元帅麾下统制严成方是也！"陆文龙道："照枪罢！"两个亦战了三十多合，何元庆又上来接战三十余合。张宪拍马摇枪，高叫："陆文龙！来试试我张宪的枪法！这一枝的比你两枝的何如？""耍耍耍"一连几枪。陆文龙双枪左盘右舞。这一个好似腾蛟奔蟒，那一个恰如吐雾喷云。那金营中早有小番报知兀朮。兀朮道："此名'车轮战法'。休要堕了岳南蛮之计。"忙传令鸣金收军。文龙听得鸣金,便架住张宪的枪,喝声:"南蛮!我父王鸣金收兵,今日且饶你,明日再来拿你罢!"掌着得胜鼓,竟自回营。

这里四将也只得回营,进帐来见元帅缴令。岳爷命将呼氏弟兄尸首埋葬好了,摆下祭礼,祭奠一番。又传下号令,各营整备挨弹擂木,小心保守,防陆文龙前来劫寨。各营将士,各各领令,小心整备。

到了次日,军士来报:"陆文龙又来讨战。"岳元帅仍命岳云等四人出马。旁边闪过余化龙,禀道:"待小将出去压阵,看看这小番如何样的厉害。"元帅就命余化龙一同出去。那五员虎将出到阵前,见了陆文龙,也不打话,岳云上前抡锤就打,文龙举枪相迎。锤来枪去,枪去锤来,战了三十来合,严成方又来接战。小番又去报知兀朮。兀朮恐怕王儿有失,亲自带领众元帅、平章出营掠阵。看见陆文龙与那五员宋将轮流交战,全无惧怯。直至天色将晚,宋营五将见战不下陆文龙,吆喝一声一齐上。那边兀朮率领众番将也一齐出马,接着混杀一阵。天已昏黑,两边各自鸣金收兵。五将进营缴令道:"番将厉害,战他不下。"元帅闷闷不乐,便吩咐:"且把'免战牌'挂出,待本帅寻思一计擒他便了。"诸将告退,各自归营歇息。惟有那岳元帅回到后营,双眉紧锁,心中愁闷。

且说统制王佐,自在营中夜膳,一边吃酒,心下却想:"我自归宋以来,未有寸箭之功,怎么想一个计策出来,上可报君,下可分得元帅之忧,博一个名儿,留传青史,方遂我的本怀。"又独自一个吃了一会,猛然想道:"有了有了!我曾看过《春秋》,列国时,有个'要离断臂刺庆忌'一段故事。我何不也学他断了臂,潜进金营?倘能近得兀朮,拼得舍了此身,刺死了兀朮,岂不是一件大功劳?"主意已定,又将酒来连吃了十来大杯,叫军士收开了酒席,卸了甲,腰间拔出剑来,"嗖"的一声,将右臂砍下,咬着牙关,取药来敷了。那军士见了惊倒在地,跪下道:"老爷何故如此?"王佐道:"我心中有冤苦之事,你等不知的。尔等自在营中好生看守,不必声张传与外人知道。且候我消息。"众军士答应,不敢则声。

王佐将断下的臂,扯下一副旧战袍包好,藏在袖中,独自一人出了帐房,悄悄来至元帅后营,已是三更时分,对守营家将道:"王佐有机密军情,求见元帅。"家将见是王佐,就进帐报知。其时岳元帅因心绪不宁,尚未安寝,听得王佐来见,不知何事,就命请进来相见。家将应声"晓得",就出帐来请。王佐进得帐来,即忙跪下。岳元帅看见王佐面黄如蜡,鲜血满身,惊问道:"贤弟为何这般光景?"王佐道:"元帅不必惊慌。小弟多蒙仁兄恩重如山,无可报答。今见仁兄为着金兵久犯中原,日夜忧心,如今陆文龙又如此猖獗,故此小弟效当年吴国要离先生的故事,已将右臂断下,送来见哥哥,要往番营行事,特来请令。"岳爷闻言泪下道:"贤弟!为兄的自有良策,可以破得金兵,贤弟何苦伤残此臂!速回本营,命医官调治。"王佐道:"大哥何出此言?王佐臂已砍断,就留在本营,也是个废人,有何用处?若哥哥不容我去,情愿自刎在兄长面前,以表弟之心迹!"岳元帅听了,不觉失声大哭道:"贤弟既然决意如此,可放心前去!一应家事,愚兄自当料理便了。"王佐辞了元帅,出了宋营,连夜往金营而来。

词曰：

　　山河破碎愁千万，拼余息，把身残。功名富贵等闲看！长虹贯白日，秋风易水寒。

——右调《临江仙》

又诗曰：

　　壮士满腔好热血，卖与庸人俱不识。

　　一朝忽遇知音客，倾心相送托明月。

　　王佐到得金营，已是天明，站在营前等了一会，见小番出营，便向前来道："相烦通报，说宋将王佐有事来求见狼主。"小番转身进帐："禀上狼主，有宋将王佐，在营门外求见。"兀朮道："某家从不曾听见宋营有什么王佐，到此何干？"传令："且唤他进来。"不多时，小番领了王佐进帐来跪下。兀朮见他面色焦黄，衣襟血染，便问："你是何人？来见某家有何言语？"王佐道："小臣乃湖广洞庭湖杨幺之臣，官封东圣侯。只因奸臣献了地理图，被岳飞杀败，以至国破家亡，小臣无奈，只得随顺宋营。如今狼主大兵到此，又有殿下英雄无敌，诸将寒心。岳飞无计可胜，挂了'免战牌'。昨夜聚集众将商议，小臣进言：'目今中原残破，二帝蒙尘。康王信任奸臣，忠良退位，天意可知。今金兵二百万，如泰山压卵，谅难对敌；不如差人讲和，庶可保全。'不道岳飞不听好言，反说臣有二心卖国，将臣断去一臂，着臣来降顺金邦报信，说他即日要来擒捉狼主，杀到黄龙府，踏平金国。臣若不来，即要再断一臂。因此特来哀告狼主。"说罢，便放声大哭，袖子里取出这只断臂来，呈上兀朮观看。兀朮见了，好生不忍，连那些元帅、众平章俱各惨然。兀朮道:"岳南蛮好生无礼! 就把他杀了何妨。砍了他的臂,弄得死不死,活不活,还要叫他来投降报信,无非要某家知他的厉害。"兀朮就对王佐道:"某家封你做个'苦人儿'之职。你为了某家断了此臂,受此痛苦,某家养你一世快活罢!"叫平章:"传吾号令,各营中,'苦人儿'到处为居,任他行走。违令者斩!"这一个令传下来,王佐大喜,心中想道:"不但无事,而且遂吾心愿,这也是番奴死日近矣。"王佐连忙谢了恩不表。

且说岳爷差人探听,金营不见有王佐首级号令,心中甚是挂念,那里放得心下。

再说那王佐每日穿营入寨,那些小番俱要看他的断臂,所以倒还有要他去耍的。这日来到殿下的营前,小番道:"'苦人儿'那里来?"王佐道:"我要看看殿下的营寨。"小番道:"殿下到大寨去了,不在营里,你进去不妨。"王佐进营,来到帐后闲看,只见一个老妇人坐着。王佐上前叫声:"老奶奶,'苦人儿'见礼了。"那妇人道:"将军少礼!"王佐听那妇人的声口,却是中国人,便道:"老奶奶不像个外国人吓!"那妇人听了此言,触动心事,不觉悲伤起来,便道:"我是河间府人。"王佐道:"既是中国人,几时到外邦来的?"那妇人道:"我听得将军声音,也是中原人声气。"王佐道:"'苦人儿'是湖广人。"妇人道:"俱是同乡,说与你知道,谅不妨事,只是不可泄漏! 这殿下是我奶大的。他三岁方离中原,原是潞安州陆登老爷的公子,被狼主抢到此间,所以老身在此番邦一十三年了。"王佐听见此言,心中大喜,便说道:"'苦人儿'去了,停一日再来看奶奶罢。"随即出营。

过了数日,王佐随了殿下马后回营。殿下回头见了,便叫:"'苦人儿',你进来某家这里吃饭。"王佐领令,随着进营。殿下道:"你是中原人,那中原可有什么故事,讲两个与我听听。"王佐道:"有有有。讲个'越鸟归南'的故事与殿下听!当年吴、越交兵,那越王将一个西施美女进与吴王。这西施带一只鹦鹉,教得诗词歌赋,件件皆能,如人一般。原是要引诱那吴王贪淫好色,荒废国政,以便取吴王的天下。那西施到了吴国,甚是宠爱。谁知那鹦鹉竟不肯说话。"陆文龙道:"这却为甚么缘故?"王佐道:"后来吴王害了伍子胥,越王兴兵伐吴,无人抵敌,伯嚭逃遁,吴王身丧紫阳山。那西施仍旧归于越国,这鹦鹉依旧讲起话来。这叫做'越鸟归南'的故事,不过说那禽鸟尚念本国家乡,岂有为了一个人,反不如鸟的意思。"殿下道:"不好,你再讲一个好的与我听。"王佐道:"我再讲一个'骅骝向北'的故事罢。"陆文龙道:"怎么叫做'骅骝向北'?"王佐道:"这个故事却不远。就是这宋朝第二代君王,是太祖高皇帝之弟太宗之子真宗皇帝在位之时,朝中出了一个奸臣,名字叫做王钦若。其时有那杨家将俱是一门忠义之人,故此王钦若每每要害他,便哄骗真宗出猎兴围,在驾前谎奏:'中国坐骑俱是平常劣马,惟有萧邦天庆梁王坐的一匹宝驹,名为日月骗骝马,方是名马。只消主公传一道旨意下去,命杨元帅前去要此宝马来乘坐。'"陆文龙道:"那杨元帅他怎么要得他的来?"王佐道:"那杨景守在雍州关上,他手下有一员勇将名叫孟良。他本是杀人放火为生的主儿,这杨元帅收伏在麾下。那孟良能说六国三川的番话,就扮做外国人,竟往萧邦,也亏他千方百计把那匹马骗回本国。"陆文龙道："这个人好本事！"王佐道："那匹骓骝马送至京都，果然好马。只是一件，那马向北而嘶，一些草料也不肯吃，饿了七日，竟自死了。"陆文龙道："好匹义马！"王佐道："这就是'骅骝向北'的故事。"王佐说毕道："'苦人儿'告辞了，另日再来看殿下。"殿下道："闲着来讲讲。"王佐答应而去，不表。正是：

为将不惟兵甲利，定须舌亦有锋芒。

再说曹荣之子名叫曹宁，奉了老狼主之命，统领三军来助四狼主。这日到了营中，参见毕，遂把奉老狼主之命，来此助阵言语讲完。兀朮道："一路辛苦，且归本营将息。"曹宁谢了恩，问道："狼主开兵如何？"兀朮道："不要说起。中原有了这岳南蛮，十分厉害，手下兵强将勇，难以取胜。"曹宁道："待臣去会一会岳南蛮，看是如何。"兀朮道："将军既要出阵，某家专听捷音。"

当时曹宁辞了兀朮，出营上马，领兵来到宋营讨战。真个是：

少年胆气摇山岳，虎将雄风惊鬼神。

毕竟不知宋营中何人出马，胜负若何，且听下回分解。

第五十六回

述往事王佐献图　明邪正曹宁弑父

诗曰：

插下蔷薇有刺藤，养成乳虎自伤生。

凡人不识天公巧，种就殃苗待长成。

却说这曹宁，乃是北国中的一员勇将，比陆殿下更狠，使一杆乌缨铁杆枪，有碗口粗细。那兀朮说起岳家将的厉害，不能胜他；目今幸得小殿下连胜两阵，他将"免战牌"挂出，所以暂且停兵。曹宁要显他的手段，请令要与岳家去会战。兀朮就令曹宁出马讨战。

曹宁领兵，直至宋营前吆喝："呔！闻得你们岳家人马如狼似虎，为什么挂出这个羞脸牌来？有本事的可出来会会我曹将军！"那小校忙进营中报道："有一员小将在营外讨战，口出大言，说要踹进营来了。"下边恼了徐庆、金彪，上前禀道："小将到此，并未立得功劳，情愿出去擒拿番将献功。"岳爷即命去了"免战牌"，就准二人出马。二人领令，带领儿郎，来到阵前。徐庆上前大喝一声："番将通名！"曹宁道："俺乃大金国四太子麾下大将曹宁是也！你是何人？"徐庆道："俺乃岳元帅帐前都统制徐庆便是！快来领我的宝刀！"不由分说，就是一刀砍去。曹宁跑马上前只一枪，徐庆翻身落马。金彪止不住心头火发，大骂："小番！焉敢伤我兄长！看刀罢！"摇动三尖刀,劈面砍去。曹宁见他来得凶,把枪架开刀,回马便走;金彪拍马赶来。曹宁回马一枪,望金彪前心刺来,金彪躲闪不及,正中心窝,跌下马来。曹宁把枪一招,番兵一拥上前,杀得宋兵大败逃奔。曹宁取了徐庆、金彪两人的首级,回营报功去了。

宋兵背了没头尸首回营,报与元帅。岳爷闻报,双眼流泪,传令备棺盛殓。当时恼了小将张宪,请令出战。元帅应允。张宪提枪上马,来至阵前讨战,坐名要曹宁出马。曹宁得报,领兵来至阵前,问道:"你是何人?"张宪道:"吾乃大元帅岳爷帐下大将张宪便是!"曹宁道:"你就是张宪么? 正要拿你!"二人拍马大战,双枪并举,战了四十多合,不分胜败。看看红日西沉,方才罢战,各自收兵。

次日,曹宁带兵又到阵前喊战,元帅令严成方出去迎敌。严成方领令,来至阵前,曹宁叫道:"来者何人?"严成方道:"吾乃岳元帅麾下统制严成方是也! 你这个小番,可就是曹宁么?"曹宁道:"某家就是四狼主帐前大将军曹宁! 既闻吾名,何不下马投降?"严成方道:"我正要拿你!"举锤便打。曹宁抡枪架住。大战四十合,直至天晚,方各自收兵。一连战了数日,元帅只得又把"免战牌"挂出。岳爷见番营又添了一员勇将,十分愁闷。

且说金营内王佐闻知此事,心下惊慌,来至陆文龙营前,进帐见了殿下。殿下道:"'苦人儿',今日再讲些甚么故事?"王佐道:"今日有绝好的一段故事,须把这些小番都叫他们出去了,只好殿下一人听的。"殿下吩咐伺候的人皆出去了。王佐见小番尽皆出去,便取出一幅画图来呈上道:"殿下先看了,然后再讲。"殿下接来一看,见是一幅画图,那图上一人有些认得,好像父王;又见一座大堂上,死着一个将军、一个妇人;又有一个小孩子,在那妇人身边啼哭;又见画着许多番兵。殿下道:"'苦人儿',这个是什么故事?某家不明白,你来讲与某家听。"王佐道:"殿下略略闪过一旁,待我指着画图好讲。这个所在,乃是中原潞安州。这个死的老爷,官居节度使,姓陆名登。这个死的妇人,乃是谢氏夫人。这个是公子,名叫陆文龙。"殿下道:"'苦人儿',怎么他也叫陆文龙?"王佐道:"你且听着,被这昌平王兀朮兵抢潞安州,这陆文龙的父亲尽忠,夫人尽节。兀朮见公子陆文龙幼小,命乳母抱好,带往他邦,认为己子,今已十三年了。他不想与父母报仇,反叫仇人为父,岂不痛心!"

陆文龙道:"'苦人儿',你明明在说我。"王佐道:"不是你,倒是我不成?吾断了臂膀,皆是为你!若不肯信我言,可进去问奶母便知道。"言未了,只见那奶母哭哭啼啼走将出来道:"我已听得多时。将军之言,句句皆真!老爷、夫人死的好苦吓!"说罢,放声大哭起来。陆文龙听了此言,泪盈盈的下拜道:"不孝之子,怎知这般苦事?今日才知,怎不与父亲报仇!"便向王佐下礼道:"恩公受我一拜!此恩此德,没齿不忘!"拜罢起来,拔剑在手,咬牙恨道:"我去杀了仇人,取了首级,同归宋室便了!"王佐急忙拦住道:"公子不可造次!他帐下人多,大事不成,反受其害。凡事须要三思!"公子道:"依恩公便怎么?"王佐道:"早晚寻些功劳,归宋未迟。"公子道:"领教了!"那众小番在外,只听得啼哭,那里晓得细底。

王佐问道:"那曹宁是甚出身?"文龙道:"他是曹荣之子,在外国长大的。"王佐道："吾看此人,倒也忠直气概。公子可请他来,待吾将言探他。"公子依言,命人去请曹将军来。不多时,曹宁已至,下马进帐,见礼毕,坐下。只见王佐自外而入,公子道："这是曹元帅,你可行礼。"王佐就与曹宁见了礼。殿下道："元帅,他会讲得好故事。"曹宁道："可叫他讲一个与我听。"王佐将"越鸟归南"、"骅骝向北"两个故事说了一遍。曹宁道："鸟兽尚思乡念主,岂可为人反不如鸟兽?"殿下道："将军可知令祖那里出身?"曹宁道："殿下,曹宁年幼,实不知道。"殿下道："是宋朝人也!"曹宁道："殿下何以晓得?"殿下道："你问'苦人儿'便知。"曹宁道："'苦人儿',你可知道?"王佐道："我晓得。令尊被山东刘豫说骗降金,官封赵王,陷身外国,却不想报君父之恩,反把祖宗抛弃,吾故说这两个故事。"曹宁道："'苦人儿',殿下在此,休得胡说!"陆文龙就将王佐断臂来寻访,又将自己之冤,一一说知,然后道："将军陷身于外国,岂不可惜?故特请将军来商议。"曹宁道："有这样事么?待我先去投在宋营便了。但恐岳元帅不信,不肯收录。"王佐道："待末将修书一封,与将军带去就是。"随即写书交与曹宁。

曹宁接来收好,辞别回营,想了一夜,主意已定。到了次日清早,便起身披挂齐整,上马出了番营,直至宋营前下马道："曹宁候见元帅。"军士报进。岳爷道："令他进来。"曹宁来到帐前跪下道："罪将特来归降。今有王将军的书送上。"元帅接书,拆开观看,心中明白,大喜道："吾弟断臂降金,今立此奇功,亦不枉他吃这一番痛苦。"遂将来书藏好,说道："曹将军不弃家乡,不负祖宗,复归南国,可谓义勇之士！可敬可敬！"吩咐旗牌："与曹将军换了衣甲！"曹宁叩谢不表。

再说金营内四狼主,次日见报,说曹宁投宋去了,兀朮心中正在恼闷,忽见小番又报上帐来,说是赵王曹荣解粮到了。兀朮道："传他进来。"不一会,曹荣进帐,见了兀朮禀道："粮草解到,缴令。"兀朮道："将他绑了!"两边答应一声,将曹荣绑起。曹荣道："粮草非臣迟误,只因天雨,所以迟了两日。望狼主开恩!"兀朮道："胡说！你命儿子归宋,岂不是父子同谋？还有何辩？推去砍了!"曹荣道："容臣禀明,虽死无怨。"兀朮道："且讲上来!"曹荣禀道："臣实不知逆子归宋。只求狼主宽恩,待臣前去,擒了这逆子来正罪便了。"兀朮道："既如此,放了绑!"就命领兵速去擒来。

曹荣领命出营,上马提刀,带兵来到宋营。曹荣对军士说道："快快报进营去,说我赵王在此,只叫曹宁出来见我。"军士进帐报知元帅。元帅发令着曹宁出营,吩咐道："须要见机行事,劝你父亲早早归宋,决有恩封。"曹宁得令,上马提枪,来到营前一看,果然是父亲。那曹荣看见儿子改换衣装,大怒骂道："逆子！见了父亲,还不下马？如此无礼!"曹宁道："爹爹,我如今是宋将了,非是孩儿无理。我劝爹爹何不改邪归正,复保宋室,祖宗子孙皆有幸矣！爹爹自去三思!"曹荣大叫道："狗男女！难道父母皆不顾惜,背主求荣？快随我去,听候狼主正罪!"曹宁道："我一向不知道,你身为节度,背主降房。为何不学陆登、张叔夜、李若水、岳飞、韩世忠？偏你献了黄河,投顺金邦？眼观二圣坐井观天,于心何忍,与禽兽何异！你若不依,请自回去，不必多言！"曹荣大怒道："畜生！擅敢出言无状！"拍马舞刀，直取曹宁，望顶门上一刀砍来。那曹宁一时恼发，按捺不住，手摆长枪，只一下，将父亲挑死，吩咐军士抬了尸首回营，进帐缴令。元帅大惊道："你父既不肯归宋，你只应自回来就罢，那有子杀父之理？岂非人伦大变！本帅不敢相留，任从他往。"曹宁想道："元帅之言甚是有理。我如今做了大逆不孝之事，岂可立于人世！"大叫一声："曹宁不能早遇元帅教训，以至不忠不孝，还有何颜见人！"遂拔出腰间的佩刀，自刎而死。元帅吩咐把首级割下，号令一日，然后收棺盛殓。曹荣系卖国奸臣，斩下首级，解往临安不表。

且说兀朮，闻报曹荣被儿子挑死，道："那曹宁归宋，果然不与他父亲相干。但是这弑父逆贼，岳飞肯收留帐下，岂是明理之人？也算不得个名将！"正在议论，忽见小番来报道："不知何故，将曹宁首级号令在宋营前。"兀朮拍手道："这才是个元帅，名不虚传！"对着众平章道："宋朝有这等人，叫某家实费周折也。"正说间，又有小番来报，说："本国元帅完木陀赤、完木陀泽，带领'连环甲马'候令。"兀朮大喜，传令请二位元帅进见。不一时，二位元帅进帐，参见已毕。兀朮道："这'连环甲马'，教练了数载工夫，今日方得成功！明日就烦二位出马，擒拿岳飞，在此一举也！"二人领令出帐，左右安营。

到了次日，完木陀赤、完木陀泽二人，领兵来至宋营讨战。军士报进大营。岳元帅便问："何人敢出马？"只见董先同着陶进、贾俊、王信、王义一同上来领令。元帅就分拨五千人马，命董先率领四将出战。董先等五人得令，带领人马出营。来到阵前，只见完木陀赤生得来：

> 鼻高眼大，豹头燕颔。膀阔腰圆，身长八尺。一部落腮胡子，满脸浑如黑漆。若不是原水镇上王彦章，必定是灞陵桥边张翼德。

又看那完木陀泽怎生模样，但见：

> 头戴雉尾闹狮盔，身穿镔铁乌油甲。麻脸横杀气，怪睛如吊闼。浑铁镋，手中提；狼牙箭，腰间插。战马咆哮出阵前，分明天降凶神煞。

董先大喝一声："来将通名！"番将答道："某乃大金国元帅完木陀赤、完木陀泽是也！奉四太子之命，前来擒捉岳飞。你是何人，可就是岳飞么？"董先大怒道："放你娘的屁！我元帅怎肯来和你这样丑贼来交手？照我董爷爷的家伙罢！""咱"的一铲打去。完木陀赤舞动铁杆枪，架开月牙铲，回手分心就刺。战不得五六个回合，马打七八个照面，完木陀泽看见哥哥战不下董先，量起手中浑铁镋，飞马来助战。这里陶进等四人见了，各举大刀一齐上。七个人跑开战马，犹如走马灯一般，团团厮杀。但见：

> 剑戟共旗幡耀日，征云并杀气相浮。天昏地暗，雾惨云愁。舞动刀枪若闪电，跑开战马似龙游。那边一意夺乾坤，拼得你生我死；这里忠心保社稷，博个拜将封侯。直杀得草地磷磷堆白骨，涧泽滔滔血水流。

你想这两员番将，怎敌得过五位将军，只得回马败走，大叫道："宋将休得来赶，我有宝贝在此！"董先道："随你'贝宝'，老爷们也不惧！"

拍马赶来。

不因董先托大追去,有分教:五员虎将,死于非命;数千人马,尽丧沙场。正是:

毕竟胜败死生皆有命,天公注定不由人。

不知胜负如何,且听下回分解。

第五十七回

演钩连大破连环马　射箭书潜避铁浮陀

诗曰：

宋江昔日破呼延，番帅今朝死董先。

从今传得金枪技，纷纷甲马解连环。

话说完木陀赤、完木陀泽，二人引得董先等赶至营前，一声号炮响，两员番将，左右分开，中间番营里推出三千人马来。那马身上都披着生驼皮甲，马头上俱用铁钩铁环连锁着，每三十匹一排；马上军兵俱穿着生牛皮甲，脸上亦将牛皮做成假脸戴着，只露得两只眼珠；一排弓弩，一排长枪，共是一百排，直冲出来，把这五位将官连那五千军士，一齐围住，枪挑箭射。只听得"吵吵吵"，不上一个时辰，可怜董先等五人并五千人马，尽丧于阵内，不过逃得几个带伤的。正是：

出师未捷身先丧，常使英雄泪满襟！

却说那败残军士，回营报与元帅道："董将军等全军尽没于阵内了！"元帅大惊问道："董将军等怎么样败死的？"军士就将"连环甲马"之事，细细禀明。岳元帅满眼垂泪道："苦哉苦哉！早知是'连环甲马'，向年呼延灼曾用过，有徐宁传下'钩连枪'可破。可怜五位将军，白白的送了性命，岂不痛哉！"遂传令准备祭礼，遥望着番营哭奠了一番。回到帐中，就命孟邦杰、张显，各带兵三千去练"钩连枪"；

张立、张用,各带兵三千去练"藤牌"。四将领令,各去操练不表。

且说那兀朮坐在帐中,对军师道:"某家有这许多兵马,尚不能抢进中原,只管如此旷日持久。军师有何良策?"哈迷蚩道:"岳南蛮如此厉害,况他兵马又多,战他不下。臣有一计,狼主可差一员将官,暗渡夹江,去取临安。岳南蛮若知,必然回兵去救。我以大兵遏其后,使他首尾不能相顾。那时岳南蛮可擒也。"兀朮听了大喜,就命鹘眼郎君领兵五千,悄悄的抄路,望临安一路进发。

却说朝中有一奸臣,姓王名俊,本是秦桧门下的走狗,因趋奉得秦桧投机,直升他做了都统制。又奏过朝廷,差他带领三千人马,押送粮草到朱仙镇来,就在那里监督军粮,原是提拔他的意思。不道这一日行至中途,恰恰那个鹘眼郎君带领番兵到来,正遇个着。鹘眼郎君提刀出马,大喝一声:"何处军兵,快快把粮草送过来,饶你狗命!"王俊道:"我乃大宋天子驾前都统制王俊是也。你是何处番人,擅敢到此?"鹘眼郎君道:"某家乃大金国四太子帐前元帅鹘眼郎君是也!特到临安来擒你那南蛮皇帝,今日且先把你来开刀!"说罢,一刀砍来。王俊只得举刀相迎。不上七八个回合,番将厉害,王俊那里招架得住,只得回马落荒败走。鹘眼郎君从后面赶来。

正在危急之时,忽见前面有一枝兵马来,乃是总领催粮将官牛皋。牛皋见了,想道:"这里那有番兵? 不知是何处来的? 追着的又不知是何人?"便道:"孩儿们站着! 待我上前去看个明白。"便纵马迎上前来,叫道:"不要惊慌,有牛爷爷在此!"那王俊道:"快救救小将!"牛皋上前大喝一声:"番奴住着! 尔是何人? 往那里去的?"鹘眼郎君道："某家要去抢临安的！你问某家的大名,鹘眼郎君便是！"牛皋大怒,举锏便打。两人战了二十个回合,鹘眼郎君手中的刀略迟得一迟,被牛皋一锏打中肩膀上,翻身落马。牛皋取了首级,乱杀番兵。那些番兵死的死,得命的逃了些回去。牛皋转来,见了王俊问道："你是那里来的将官？这等没用,被他杀败了！"王俊道："小将官居都统制,姓王名俊。蒙秦丞相荐我解粮往朱仙镇去,就在那里监督粮草。偏偏遇着这番贼,杀他不过。幸得将军相救,后当图报！不知将军高姓大名？"牛皋心里想道："早知是这个狗头,就不该救他了。"便道："俺乃岳元帅麾下统制牛皋,奉令总督催趱各路粮草。王将军既然解粮往朱仙镇去,我的粮烦你一总带去,交与元帅,说牛皋还有几个所在去催粮,催齐了就来。"王俊道："这个当得。"牛皋道："这首级也带了去,与我报功。"王俊道："将军本事,天下无双！望将军把这功送与末将罢！"牛皋暗想："我把这功且送了他,回营时再出他的丑也未迟。"便道："将军若要,自当奉送。将此粮草小心解去,勿得再有遗失！"拱了拱手别去。

那王俊领兵护送粮草,望朱仙镇行来,在路无事。这一日,看看到了大营相近,把兵扎住,来到营门候令。传宣禀进。岳爷想道："此差是奸臣谋来的,且请他进来。"王俊进帐,向各位元帅见了礼,禀道："卑职奉旨而来,行至中途,遇见牛皋被番兵追赶。卑职上前救了牛皋,带了粮草并那番将的首级,俱在营门。候元帅号令定夺。"岳爷道："牛皋所遇的是何处番兵？"王俊道："番将口称暗渡夹江,去抢临安。恰好牛皋遇着战败,被他追来。遇见卑职,杀了番将,救了牛皋,现有首级报功。"岳爷听了细底,明知是王俊冒功,且记了他的功劳,收了粮草。将番人首级号令。又命去下营不提。

到了次日,孟邦杰、张显、张立、张用各人所练的枪牌已熟,前来交令。元帅就命四将去破番阵,又叮咛了一回。四将领命而去。又令岳云、严成方、张宪、何元庆,领带人马五千,外边接应。四将领令而去。

且说那孟邦杰、张显等四将,对营讨战。那二元帅提兵出营,看见四将,喝道:"南蛮通姓!"张立道:"我乃岳元帅麾下统制张立。那是张显、孟邦杰、张用是也。番将报名上来!"番将道:"某乃大金国四狼主帐下元帅完木陀赤、完木陀泽是也!"张立道:"不要走,我正要来拿你!"二人拍马抡枪,战了数合,番将诈败进营,那四将追来。只见那些小番吹动觱篥,打起驼皮鼓,一声炮响,三千"连环马"周围团团裹将上来。张立看见,吩咐三军将藤牌四面周围遮住,弓矢不能射,枪弩不能进。孟邦杰、张显带领人马,使开"钩连枪",一连钩倒数骑"连环马",其余皆不能行动,都自相践踏。又听得营中炮响,岳云、张宪从左边杀入;何元庆、严成方从右边杀入,番将怎能招架。这一阵,将"连环马"尽皆挑死。张立、岳云等得胜,收兵回营,见元帅交令不表。

却说四狼主正望着完木陀赤弟兄"连环马"成功,只见小番报来道:"岳飞差八个南蛮,将'连环马'破了。"正说间,二人败回,来见狼主。兀朮问道:"南蛮怎么破法?"二将将"藤牌"、"钩连枪"如此破法说了一遍。兀朮大哭道:"军师!某家这马练了数载工夫,不知死了多少马匹,才得成功!今日被他一阵就破了!"军师道:"狼主不必悲伤,只待那'铁浮陀'来时,何消一阵,自然南蛮尽皆灭矣。"兀尤道:"某家也只想得这件宝贝了。"且按下不表。

再说牛皋,回营缴令道:"末将前者救了王俊,有番将鹘眼郎君的首级并粮草可曾收否?"元帅道:"有是有的。王俊说是他救了你,这功劳是他的。本帅已将功劳簿上,写了他的名字了。"牛皋道:"王俊怎么冒功?"王俊在旁答道:"人不可没有了良心!小将救了你的性命,怎么反来夺我的功劳?"牛皋道:"我与你比比武艺,若是胜得我,便将功劳让你。"

二人正在争功,只听得营门前数百人喧嚷。传宣进来禀道:"有数百军卒在外要退粮,求元帅发令定夺。"元帅问道:"何处军兵要退粮?"那传宣禀道:"是大老爷的兵要退粮。"韩世忠、张信、刘琦三个元帅齐声的道:"岂有此理!若讲别座营的兵,或有此事;若说元帅的兵,皆是赴汤蹈火,血战争先,怎肯退粮?必有委曲。元帅可令那班兵丁会说话的,走十数个来问他。"岳爷答道:"元帅们所言有理。"吩咐出去叫兵丁进来。那兵丁有十数个进来跪下道:"求元帅准退了小人们粮,放小人们去归农罢。"岳爷道:"别座营头,尚无此等事情,何况本帅待兵如子?现今金兵寇乱,全仗尔等替国家出力,怎么反说要退粮?"兵丁道:"小人们平日深感元帅恩养,怎敢退粮?但是近日所关粮米,一斗只有七八升,因此众心不服。"元帅道:"王俊,钱粮皆是你发放,怎么克减,以致他们心变?"王俊禀道:"钱粮虽是卑职管,却都是吏员钱自明经手关发,卑职实不知情。"元帅道:"胡说!

自古道：'典守者不得辞其责。'怎么推诿？且传钱自明来！"

不一会，钱自明进帐来叩见。元帅喝问："你为何克减军粮？"钱自明禀道："这是王老爷对小吏说的，粮米定要拆折；若不略减些，缺了正额，那里赔得起？"元帅大喝一声："绑去砍了！"一声令下，两边刀斧手即将钱自明推出，霎时献上首级。元帅又叫王俊："快去把军粮赔补了来，再行发落。"众军兵一齐跪下道："这样号令，我等情愿尽力苦战，也不肯舍了大老爷。"俱各叩头谢恩而去。王俊只得将克减下的粮草照数赔补了，来见元帅缴令。元帅道："王俊！你冒功邀赏，克减军粮，本应斩首！今因是奉旨前来，饶你死罪；捆打四十，发回临安，听凭秦丞相处置！"左右一声吆喝，将王俊拖下去，打了四十大棍。写成文书，连夜解上临安相府发落不提。

再说牛皋禀道："小将杀败番兵，救了他的性命，这奸贼反冒我的功劳；又来克减军粮，况是秦桧一党，元帅何不将他斩了，以绝后患，反解到奸臣那里去？"岳爷道："贤弟不知，他是秦桧差来的。他现掌相位。冤家宜解不宜结！"正所谓：

　　得放手时须放手，得饶人处且饶人。

牛皋听了，心上愤愤不平，辞了元帅，自回本营不表。

再说那番营中兀朮，被岳元帅破了"连环马"，心内郁郁不乐，正在聚集众将商议，忽见小番来报："本国差兵解送'铁浮陀'在外候令。"兀朮大喜，传令："推过一边，待天晚时，推至宋营前打去。饶那岳飞智足谋多，也难逃此难！"一面整备火药，一面暗点人马，专等黄昏施放。那陆文龙在旁听了，就回营对王佐道："今日北国解到'铁浮陀',今晚要打宋营,十分厉害,却便怎处?"王佐道:"宋营如何晓得?须是暗通一信,方好整备。"陆文龙道:"也罢。待我射封箭书去,报知岳元帅,明早即同将军归宋何如?"王佐大喜。看看天色已晚,陆文龙悄悄出营上马,将近宋营,高叫一声:"宋军听者!吾有机密箭书,速报元帅,休得迟误!""飕"的一箭射去,随即转马回营。

宋营军士拾得箭书,忙与传宣说知。传宣接了即时进帐,跪下禀道:"有一小番将,黑暗里射下这枝箭书,说有机密大事,求元帅速看。"元帅接了书,将手一挥,传宣退下。岳爷把箭上之书取下,拆开观看,吃了一惊,便暗暗传下号令,先命岳云、张宪,吩咐道:"你二人带领人马,如此如此。"二人得令,领兵埋伏去了。又暗令兵士,通知各位元帅,将各营虚设旗帐,悬羊打鼓;各将本部人马,一齐退往凤凰山去躲避不提。

且说金营中到了二更时分,传下号令,将"铁浮陀"一齐推到宋营前,放出轰天大炮,向宋营中打来。但见烟火腾空,山摇地动,好似雷公排恶阵,分明霹雳震乾坤。诗曰:

长驱大进铁浮陀,粉践三军片甲无。

不是文龙施羽箭,宋营将士命俱殂。

当时众位元帅在凤凰山上,看见这般光景,好不怕人,便举手向天道:"幸得皇天护佑,不绝我等!若不是陆文龙一枝箭书,岂不把宋营人马打成齑粉?也亏了王佐一条膀臂,救了六七十万人马的性命!"

且说那岳云、张宪领了人马,埋伏在半路,听得大炮打过,等那金兵回营之后,在黑影里,身边取出铁钉,把火炮的火门钉死;命军士一齐动手,将"铁浮陀"尽行推入小商河内,转马来到凤凰山缴令。岳爷仍命三军回转旧处,重新扎好营盘。按下慢表。

再说那兀朮自在营前,看那"铁浮陀"大炮,打得宋营一片漆黑,回到帐中对军师道:"这回才得成功也!"众将齐到帐中贺喜。兀朮传命摆起酒席,同众元帅等直饮到天明。只见小番进帐报道:"'苦人儿'同殿下载了奶母,五鼓出营投宋营去了。"兀朮听了,大叫道:"罢了!罢了!此乃养虎伤身也!"正在恼恨,又有小番来报:"启上狼主,岳营内依然如旧,旗幡分外鲜明,越发雄壮了。"兀朮好生疑惑,忙出营前观看,果然依旧旗色鲜明,枪刀密布,不知何故。传令速整"铁浮陀",今晚再打宋营。小番一看,"铁浮陀"不知那里去了,再往四下搜寻,呀!俱推在小商河内了,忙来禀知。直气得兀朮暴跳如雷,众将上前劝解。兀朮回营坐定,叹了口气:"那岳南蛮真真厉害,能使将官舍身断臂,来骗某家!那曹宁必然也是他说去,害他父子身亡。如今又说陆文龙归宋。'铁浮陀'一旦成空,枉劳数载功夫,空费钱粮不少。情实可恨!如今怎么处!"哈迷蚩道:"狼主不必心焦。待臣明日摆下一阵,名为'金龙绞尾阵',诱那岳南蛮来打阵,可以擒他。"兀朮道:"如此速去整备。"哈迷蚩领令,自去操演。且按下慢表。

再说那晚"铁浮陀"打过宋营之后,将次天明,陆文龙同着奶娘暗暗将金珠宝贝收拾停当,同了王佐出营,竟望宋营而来。岳爷已经复将营寨扎好。王佐到了营前下马,进见元帅,禀明前事。各家元帅、总兵、节度、统制,俱各致谢王佐活命之恩。岳元帅传令,请陆公子相见。陆文龙进帐参见道:"小侄不孝,枉认仇人为父!若非王恩公说明,怎得复续陆氏一脉!"元帅吩咐送公子后帐居住,拨二十名家将伏侍;一面差人送奶娘回到陆公子的家乡居住,不表。

却说金营内哈迷蚩来禀上兀术道:"狼主可差人将一封箭书射进宋营,叫岳南蛮暂停一月。待臣摆好阵势,然后开兵擒捉岳南蛮,早定大事。"兀术听了,就写了一书,差番将射去。那番将来到宋营前,高声叫道:"南蛮听者!俺乃金邦元帅,有书一封与你宋营主将,快些接去!"说罢,一箭射来。小军拾起箭书,送与传宣。传宣将书呈上元帅毕,岳爷道:"你去与他说,教他摆好阵势,快来知会打阵。"传宣得令,出营大声喝道:"番奴听者!俺家帅爷有令,叫你们速去练熟些摆来,好等我们来打!"番将听了,回营复命。军师即将大兵尽数调齐,操演阵势。

忽一日,有小番报进帐来:"启上狼主,营门外有一大汉,口称云南化外大王,叫做李述甫,带着外甥黑蛮龙求见。"兀术便问哈迷蚩道:"这是何人?来见某家则甚?"

不知哈迷蚩如何回答,又不知那二人果有何事来见兀术。正叫做:

浑浊未分鲢共鲤,水清方见两般鱼。

要知后事如何,且听下回分解。

第五十八回

再放报仇箭戚方丧命　　大破金龙阵关铃逞能

诗曰：

> 百万貔貅气象雄，秋风剑戟倚崆峒。
>
> 将军已定平金策，夺取龙骧第一功。

话说哈迷蚩对兀朮道："臣久闻云南化外国，有个李述甫，是个南方蛮子之统领。今日必然来助狼主，可请他进来相见，看他有甚言语。"兀朮就命小番："请李大王进帐相见。"那小番遂走出营来说道："狼主请大王进帐相见。"那李述甫想道："兀朮不过是金国的四太子，我也是个王位，怎么不出来接一接？"就对黑蛮龙道："你可在外等候，待我去见了兀朮，看他如何。若无待贤之礼，我何苦来助他？"黑蛮龙答应，在营前等候。那李述甫来到兀朮帐前站着，叫声："太子见礼。"兀朮看见他生得身高一丈二尺，面如蓝靛，发似朱砂，心里有些奇异；本要下来与他行礼，却挨拢来与他比比看长我多少。那李大王见兀朮不住眼的瞧着他，又见他挨近身来，只认道是要来拿他，举起手来只一掌，把兀朮打倒，飞跑出营，上马提枪便走。后边一众平章番将，真个赶来拿他。黑蛮龙大喝一声，提起斗大的铁锤来，一连打翻了几个。后面不敢追来。

李述甫对黑蛮龙道："这番奴不是个好人！吾倒有心来帮助他，

第五十八回　再放报仇箭戚方丧命　大破金龙阵关铃逞能

不想他倒来拿我,被我一拳打翻了他,走了出来。"黑蛮龙道:"舅王,我们既到此,不如到对门营内去看。闻得岳元帅的儿子岳云本事高强,待甥儿去与他比比武艺看,若是果然,我们原归了宋朝罢?"李述甫道:"这也有理。"遂领着一队苗兵,来至宋营前呐喊。这黑蛮龙立马阵前,高声叫道:"嗐!宋兵听者!我乃化外国大王,闻得你们有个什么岳云是有些本事的,可叫他出来试试我小王爷的锤。不然,俺就杀进营来了!"小军慌忙报上帐来:"启上元帅爷,有一个化外国苗王讨战,坐名要公子出马,特来禀知。"元帅道:"那苗王为甚到此讨战?必有缘故。"就令岳云:"你出去须要见机而行。"

岳云答应一声"得令",上马提锤,直到阵前观看。一眼看去,但见那员苗将,头有笆斗大,脸如黑漆,眼环口阔;头上戴着乌金莲子箍,左右插着两根雉鸡尾;身上披着乌金铠甲;坐下一匹高头黑马,手使两柄笆斗大的铁锤;年纪不多,只好十六七岁。再看到旗门下这个人,身长丈二,形容古怪,相貌稀奇,红须赤发,压住阵脚。黑蛮龙大喝一声:"来将何人?留下名来!"公子道:"苗蛮坐稳了,不要听了跌下马来!我乃武昌开国公太子少保统属文武兵马大元帅岳大公子岳云的便是!你这苗将,缘何到此?亦留下名来!"黑蛮龙道:"小王爷乃是云南化外国总领李大王的外甥黑蛮龙的便是!因你宋朝久不来封王,故来帮助金国,来夺你天下。不道那兀朮也不是个好人,今欲回去。闻得你这个蛮子有些本领,故来与你比比武艺。且上来试试我的锤看!"说罢,就"当"的一锤打来。岳云把左手中这烂银锤架开,右手一锤打去。两个锤来锤往,锤去锤迎;举起犹如日月当空,按下好如寒星坠地。真个是棋逢敌手,将遇良材。战到百十个回合,不分胜负。岳云想道:"这个苗蛮果然好本事!我且引他到荒僻之处,问他个缘故,劝他归顺,岂不为美?"便回马就走,大叫:"苗蛮,你敢来追我么?看我的回马锤厉害不厉害。"黑蛮龙道:"怕你什么回马锤,偏要追你!"正是:

饶你走上焰魔天,足下腾云须赶上。

两个紧赶紧走,慢赶慢行。将到凤凰山,一带茂林深处,公子回转马头,叫一声:"小苗王,且慢动手!我有一句话与你相商。"黑蛮龙道:"却不是你输了,有什么话讲?"岳云道:"我与你战了这半日,只抵得对手,难道真个怕了你!况我爹爹帐下雄兵猛将不少,金兵六七十万尚不能抢我中原。你的令舅乃是云南总领,应该发兵来相助我朝才是,因何反来与我作对?倘然你杀了我,也占不得我宋朝的江山;我杀了你,白白的送了性命,也不能个凌烟阁上标名。故此引你到此,就是这句话。请你想想看,何苦做甚冤家?"黑蛮龙道:"你既知我母舅是云南总领,为何这几年不来封王?"公子道:"原来为此。小苗王你有所不知,这数年以来国事艰难,二圣被陷金邦。幸得今上泥马渡过夹江,又遭兀朮屡犯中原,应接不暇,那有工夫到南地来封王?久仰小苗王乃世间之豪杰,今幸相逢,意欲结拜为友。待等恢复中原,我爹爹奏闻圣上,来封令舅的王位,决不食言!未知小苗王意下何如?"黑蛮龙道:"俺也闻得小将军的英名,如今看起来,果然不虚。今幸识荆,三生有幸!只恐高攀不起。"公子道:"大丈夫意气相投,遂成莫逆,何出此言?"二人遂各下马,撮土为香,对天立誓,结拜为友。岳云年长为兄,蛮龙为弟。蛮龙道:"大哥且请回营,待小弟与家母舅说明,再来候见老伯。"二人上马同行。到了阵前,岳云收兵回营,来见父亲缴令,将与黑蛮龙结拜的事说了一遍。岳爷大喜。

却说李述甫见外甥与岳云同归本营而别,便问黑蛮龙道:"你与岳云比武,胜败如何?"黑蛮龙下马,将前事细细禀明。李述甫听了,心中大喜,遂令黑蛮龙一同来到宋营前。传宣飞报进帐道:"启上帅爷,今有云南李大王同了小王爷在外候见元帅。"元帅传令大开营门,带领大小众将,一齐出来迎接。接至帐中,见礼已毕,分宾主坐下。岳云过来见了大王李述甫,黑蛮龙亦过来见了各位元帅。张、韩、刘、岳四元帅齐道:"久仰大王英名灌耳,敢不钦敬!"李述甫道:"久闻四位元帅再整宋室江山,真乃擎天玉柱,架海金梁,敢不宾服!"元帅吩咐帐中治酒相待,一面传令犒赏云南军卒。岳爷对李述甫道:"大王且请回国。目下金邦兀术屡犯中原,如此猖獗,尚未平服,恐关外苗蛮乘机而入,甚为不便。须得大王镇治,方保无虞!待本帅平了金邦,迎了二圣还朝,那时奏明圣上,本帅亲到云南来封大王的王位便了。"李述甫大喜道:"遵教了。"当日酒散,各自回归本营。止有岳云留黑蛮龙叙谈了一夜。

次日早上,李述甫来辞别元帅。岳爷吩咐整备粮草等物相送,各将官俱来送李述甫起行。只有岳云与黑蛮龙恋恋不舍得分别。蛮龙道:"哥哥千万问了老伯来到云南走走!"岳云道:"为兄的必要来探望贤弟!"两人洒泪而别。李述甫同了黑蛮龙,领了苗兵,自回化外国而去。

过了十余日，岳元帅暗想："今已半月有余，金营不见动静，不知排的什么阵，这等烦难？"等到晚上，悄悄带了张保出营，来到凤凰山边茂林深处，盘上一棵大树顶上偷看金营。果有百十万人马，诈言二百万，摆着两条"长蛇阵"，头并头，尾搭尾，所以名叫"金龙绞尾阵"。元帅正看之间，只听得弓弦响，连忙回转头来看时，肩膀上早中了一箭。岳爷大叫一声。那放箭的暗想："这遭报了仇了！"竟自悄悄的去了。这里张保听见元帅大叫，忙把索子放下，拔出箭头，扯下一幅战袍包好了膀子，将岳爷伏在背上，定了一定神，元帅轻轻叫道："张保，你扶我上马回营罢！"张保扶岳爷上了马，慢慢的回至本营。张保扶岳爷至后帐坐定，元帅即将已前牛皋存下这颗丹药服了，霎时箭疮平复。又叫张保："你悄悄去唤了戚方来。"张保领令来唤戚方。戚方好像有几个吊桶在心头，一上一下不住的打，又不敢不来。只得同了张保来至后帐，叩头道："元帅唤末将有何使令？"岳元帅道："戚方！人非草木，世间万物最灵者，乃人也。我只因兵下洞庭时节，你违了我的军令，故将你责了几下，你却把本帅射死。若无牛皋救我性命，今已休矣！你竟不想，若非本帅恩义待人，怎得王佐断臂？不要说他别的功劳了，只讲前日他报'铁浮陀'之信，我等凤凰山避兵，救了三军之命。况且我是主帅，就屈打了你几下，有何大仇？你今日又射本帅一箭，幸喜天不绝我。你如此狠心，岂不送了宋朝天下！我如今唤你到来，与你一封书信，连夜往临安去，投在后军都督张俊那边去寻个出身罢。若到了天明，恐众将不服，就难活命了！"

　　戚方无言可答，接了书，叩头谢恩，出帐上马回营，取了些金帛。

上马出营来,恰好劈面撞着牛皋。牛皋道:"是谁?"戚方道:"是我。"牛皋道:"半夜三更,你往何处去?"戚方道:"奉元帅之命,令我去投奔后军都督张老爷,故尔出营。将军若不相信,现有元帅书信在此。"牛皋想道:"方才见他出营去,又见他回营。不多时又见元帅伏在马上,张保扶着。必定这厮又做出甚么事来了!若叫他去投了奸臣,越发不妙了。"便喝道:"果是奉元帅之令,也该青天白日,怎么夜里私逃?必有情弊!且同我去见了元帅,方放你去。"戚方道:"元帅命我速去,勿待天明。你如何阻我?"牛皋道:"胡说!"就一锏打来。戚方不曾提防,早被牛皋打得脑髓直流,跌下马来。

牛皋将他身上金银并那一封书搜出,取了首级,进帐来见元帅。元帅见了,说一声:"是本帅忘了,不曾记得今夜是贤弟巡夜。被你打死了,也是他的命不该活。"牛皋道:"元帅为着何事,叫他去投奸臣?"岳爷便把放箭之事,说了一遍。牛皋道:"既如此,小弟打死他原不差!"遂辞了元帅,仍去巡夜。当晚亦不提起。

明日,元帅升帐,聚集众将,把戚方之事说了一遍。众皆大惊。又见军士来报:"罗纲同郝先逃走了。"岳爷道:"他见戚方身死,自然立脚不住。由他自去,不必追他。"吩咐将戚方首级号令军前一日,取来合在尸首上埋葬不提。

再说金邦哈迷蚩,阵已摆完,来禀兀朮,差人来下战书。岳元帅约定来日决战;一面请各位元帅齐到中军商议。那四位元帅各处人马,合来共有六十万。岳元帅同张元帅带领人马,打左边的"长蛇阵";韩元帅同刘元帅领兵去打右边的"长蛇阵"。命岳云、严成方、何元庆、余化龙、罗延庆、伍尚志、陆文龙、郑怀、张奎、张宪、张立、张用,从中杀入。准备停当。

到了次日,三个轰天火炮,中间这六柄锤、六条枪,一枝银剪戟,三条铜铁棍,冲进阵来。撞着锤,变为肉饼;挨着棍,马仰人翻。金营将台上一声号炮,左右营阵脚走动,方才围裹拢来,岳元帅已从左边杀入,举起沥泉枪乱挑。马前张保,抡动镔铁棒;马后王横,舞着熟铜棍,好似天神出世。后边牛皋、吉青、施全、张显、王贵等众英雄,一齐杀入阵来。右边韩元帅手舞长枪,左手大公子,右手二公子,后边苏胜、苏德等众将,一齐杀进。金营将台上又是一声号炮,四面八方,团团围裹拢来。那"金龙阵"原是两条"长蛇阵"化出来的,头尾各有照应,犹如两个剪刀股形一般,一层一层围拢来。杀了一层,又是一层,都是番兵番将,杀不散,打不开。这四位元帅、大小将官,俱在阵中狠杀。真个是杀得天昏地黑,日色无光,好生厉害!但见:

征云阵阵迷三界,杀气腾腾闭九霄。大开兵,江翻海搅;冲队伍,地动山摇。叉耙枪棍宣花斧,当头砍去;铲锤剑戟狼牙棒,劈面飞来。强弓硬弩,逢者便死;单鞭双铜,遇者身亡。红旗耀目,人皆丧胆;白刃争光,鬼亦形消!

正是:

惨淡阵云横,悲凉鼓角声。

血变黄河水,白骨满边尘。

那四位元帅同众将正在阵中厮杀,话中却提起那金门镇的先行官狄雷,自从遇见岳元帅之后,每每要想去投奔在他麾下去立功,却无门可入。那日闻得兀术又犯中原,与岳爷在朱仙镇上交兵,便心下想道:"我此时不去立功,更待何时?"遂披挂停当,拿了两柄银锤,跨上青骢马,飞奔往朱仙镇而来。在路非止一日。到了朱仙镇,方知岳元帅杀了一日一夜,尚未出来。正要打点杀进阵去,但见正南上一个年少英雄飞马而来。狄雷定睛一看,那位小将不上二十岁年纪,骑着一匹红砂马,使一杆錾金枪。狄雷就迎上一步问道:"将军尊姓大名?到此何干?"那人道:"小可樊成,乃是岳元帅麾下统制官孟邦杰的妻舅。今闻得金兵在此与岳元帅交战,特地到此助他一臂之力。请问将军尊姓大名?因何问及小可?"狄雷道:"我乃金门镇先行官便是,姓狄名雷。因向日岳元帅追杀金兵,小将一时误认,冒犯了元帅,惧罪潜逃。今因兀术又犯中原,故此欲来立功赎罪。"樊成道:"既如此,我二人就杀入阵去助战何如?"狄雷道:"虽然说得是,但是番兵重重叠叠,如此之多,不知岳元帅在何处,我们从那一方杀入方好?"

两个正在商议,只见前面一位将官飞马而来。二人抬头看时,只见那人生得面如重枣,丹凤眼,卧蚕眉;坐下黄骠马,横担青龙偃月刀,年纪不上二十。樊、狄二人催马上前来问道:"将军且住马。前有金兵阻路,要往何处去?"那人道:"在下姓关名铃,曾与岳元帅的公子八拜为交。闻得兀术与元帅交兵,故此特地前来帮助杀贼。请问二位尊姓大名?"樊成、狄雷各通了姓名,将前来助阵之事,大家说了一遍。关铃道:"如此甚好,我们一同杀入去便了。"樊成道:"我二人本意杀入阵去,因见番兵甚多,不知摆的何阵,从那一头杀入方好,因此在这里商议。"关铃道："二位仁兄,自古大丈夫堂堂正正,既来助阵,不管他什么阵,我们只从正中间杀入去,怕他什么!"二人大喜,叫声"好",就一齐拍马,望着正中间杀将进去。

锤打枪挑刀砍去,人头滚滚肉为泥。

番兵那里招架得住,慌忙报上将台道："启上狼主,有三个小南蛮杀入阵中,十分骁勇,众平章俱不能抵敌,杀进中心来了。"其时兀朮正坐在将台上,看军师指挥布阵,听了此报,便把号旗交与哈迷蚩,自己提斧下台,上马迎上来,正遇见关铃等三人。兀朮大喝一声："唏!小南蛮是何等之人,擅敢冲入某家的阵内来?"关铃喝道："我乃梁山泊大刀关胜爷爷的公子关铃便是!你是何人?说明了好记我的头功!"兀朮看见关铃年纪幼小,威风凛凛,相貌堂堂,心中十分喜爱,便叫："小南蛮,某家乃是大金邦昌平王兀朮四太子是也。我看你小小年纪,何苦断送在此地?若肯归顺某家,封你一个王位,永享富贵,有何不美?"关铃听了笑道："咦!原来你就是兀朮!也是我小爷的时运好,出门就撞见个宝货。快拿头来,送我去做见面礼!"兀朮大怒,骂一声："不中抬举的小畜生!看某家的斧罢!"遂抡动金雀斧,当头砍来。关铃举起青龙偃月刀,拨开斧,劈面交加。两人战了十余合,恼了狄雷、樊成,一杆枪,两柄锤,一齐上前助战。兀朮那里敌得住这三个出林虎,直杀得两臂酸麻,浑身流汗,只得转马败走;又恐他们冲动阵势,反自绕阵而走。因是兀朮在前,众兵不好阻挡,那三人在后追赶,反把那"金龙阵"冲得七零八落。

那阵内四位元帅见阵脚散乱,就指挥众将四处追杀。关铃正杀得热闹,看见了岳云,便高声大叫:"岳大哥!小弟在此!"岳云见是关铃,好不欢喜,便道:"贤弟来得好!快些帮我杀尽了这些番兵,同你去见爹爹!"那樊成舞动这杆錾金枪,一枪一个,正杀得高兴,正撞着孟邦杰,叫声:"姐夫,我来也!"孟邦杰见了,大喜道:"小舅来得甚好!快立些功,好见元帅报功。"那狄雷杀进番阵中,正遇见岳爷,便高叫:"元帅!小将狄雷在金门镇上误犯虎驾,今日特来投在元帅麾下效劳!"岳爷道:"将军与国家出力,杀退了金兵,报功受职。"狄雷得令,抖擞精神,去打番兵。当时刘琦对岳爷道:"元帅,少陪了。"竟带领本部人马,匆匆的杀出阵去了,连岳爷也不知其故。

且再讲岳公子银锤摆动,严成方金锤使开,何元庆铁锤飞舞,狄雷双锤并举,一起一落,金光闪烁,寒气缤纷,这就叫做"八锤大闹朱仙镇"。杀得那些金兵尸如山积,血若川流,好生厉害!但见:

> 杀气腾腾万里长,旌旗密密透寒光。雄师手仗三环剑,虎将鞍横丈八枪。军浩浩,士茫茫,锣鸣鼓响猛如狼。刀枪闪烁迷天日,戈戟纷纭欺雪霜。狼烟火炮哄天响,利矢强弓风雨狂。直杀得滔滔流血沟渠满,叠叠尸骸积路旁。

只一阵,杀得那兀术大败亏输,往下败走。众营头立脚不住,一齐弃寨而逃,乱乱窜窜,败走二十余里,追兵渐远。不道前队败兵发起喊来,却原来是刘琦元帅抄着小路到此,将树木钉桩,阻住去路,两边埋伏弓弩手,一声梆子响,箭如飞蝗一般的射来。兀术传令转望左边路上逃走,又走了一二十里,前军又发起喊来。兀术查问为何,小番禀道:"前面乃是金牛岭,山峰巉削,石壁危峦。单身尚且要攀藤附葛,方能上去,何况这些人马,如何过得?"兀朮下马,走上前一看,果然危险,不能过去;欲待要再寻别路,又听见后边喊声震耳,追兵渐近,弄得进退两难,心中一想:"某家统领大兵六十余万,想夺中原。今日兵败将亡,有何面目见众将!死于此地罢休!"遂大叫一声:"罢罢罢!此乃天亡某家也!"遂撩衣望着石壁上一头撞去!但听得震天价一声响,兀朮倒于地下。正是:

　　身如五鼓衔山月,命似三更油尽灯。

毕竟不知兀朮性命如何,且听下回分解。

第五十九回

召回兵矫诏发金牌　详恶梦禅师赠偈语

诗曰：

胡骑驱兵入汉关，秋风杀气暗秦山。

英雄共奋匡时力，不放沙场匹马还。

方图痛饮黄龙府，金牌十二一时颁。

男儿不遂平戎志，千古长流血泪潸。

却说兀朮望着石壁上一头撞去，原是舍命自尽，不道天意不该绝于此地，忽听得震天价一声响，那石壁倒将下去；又听得"豁喇喇"的，山岭危巅，尽皆倒下。兀朮扒将起来一看，山峰尽平，心中大喜，甩上马，招呼众将上岭。那些番兵个个争先，一涌而上，反挤塞住了。刚刚上得五六千人，忽然一声雷响，那巅崖石壁依旧竖起，后边人马不能上山。看看追兵已到，把那些金兵犹如砍瓜切菜一般，无路逃生。兀朮在岭上望见山下，见那本邦人马死得可怜，不觉眼中流泪，对着哈迷蚩道："某家自进中原，所到之处，望风瓦解。不想遇着这岳南蛮，如此厉害，六十万人马，被他杀得只剩五六千人！还有何面目回去见老狼主？倒不如自尽了罢！"说罢，便拔出腰间佩剑，欲要自刎。哈迷蚩将他双手紧紧抱住，众将上前夺下佩刀。哈迷蚩叫声："狼主，何必轻生！胜败兵家常事。且暂回国，再整人马，杀进中原，以报此仇。"

正说之间,只见对面林子内走出一个人来,书生打扮,飘飘然有神仙气象,上前来见兀朮道:"太子在上。你只想调兵复仇,终久何用?君向锅中添水,不如灶内无柴。况自古以来,权臣在内,大将岂能立功于外?不久岳元帅自不免也。"兀朮听了,恍然大悟,遂作揖谢道:"极承教谕!请问先生尊姓大名?"那人道:"小生之意,不过应天顺人,何必留名?"遂辞别而去。兀朮就吩咐草草安营,且埋锅造饭,吃了一餐。哈迷蚩道:"天遣此人来点醒我们。狼主且请回关。待臣私入临安,去访秦桧,等他寻个机会,害了岳飞,何愁天下不得?"兀朮大喜道:"既如此,待某家写起一书来,与军师带去。"当下就取过笔砚,写了一书,外用黄蜡包裹,做成一个蜡丸,递与哈迷蚩道:"军师,你进中原,须要小心!"哈迷蚩道:"不劳狼主嘱咐,小臣自会见机而行。"遂将蜡丸藏好,辞了兀朮,悄悄的暗进临安而去。后人有诗曰:

战败金邦百万兵,中原指日望清平。

何来狂士翻簧舌,自古书生败国成!

且说岳元帅,就在金牛岭下扎住营盘,赏劳兵将,一面写本进朝报捷;一面催趱粮草,收拾衣甲,整顿发兵扫北。按下慢表。

再说那哈迷蚩,打扮做汴京人模样,悄悄的到了临安。那一日,打听得秦桧同了夫人王氏在西湖上游玩,即忙也寻到湖上来。只见秦桧正在苏堤边泊下座船,与夫人对坐饮酒,赏玩景致。哈迷蚩就高声叫道:"卖蜡丸!卖蜡丸!"叫过东来,又叫过西去。那王氏听得卖蜡丸的只管叫来叫去,就望岸上一看,便叫:"相公,这不是哈军师么?"秦桧一眼望去,说道:"不差不差!"便吩咐家人:"去叫那卖蜡丸的上船来见我。"家人领命,忙忙的走到船头上,把手一招,叫道:"卖蜡丸的!太师爷唤你上船来,须要小心。"那人下船来,同了家人进舱,跪下。秦桧问道:"你卖的是什么蜡丸?可医得我的心病么?"哈迷蚩道:"我这蜡丸专医的是心病,且有妙方在内。但要早医,缓则恐其无效。"秦桧道:"既如此,且把丸子留下,我照方而服便了。"叫家人:"赏他十两银子去罢。"哈迷蚩会意,谢赏而去。

秦桧将蜡丸剖开看时,却是兀术亲笔之书,责备秦桧背盟,"今被岳飞杀得大败亏输。若能害得岳飞,方是报我国之恩。倘得了宋朝天下,情愿与汝平分疆界"等语。秦桧看完,即将书递与王氏道:"四太子要我谋害岳飞,当如何处置?"王氏道:"相公官居宰辅,职掌群僚,这些小事有何难处。况且前日药酒之事,被牛皋识破,今若灭了金邦,功高无比;倘然回京,查究出此事来,我们一家性命难保。为今之计,不如慢发粮草,只说今日欲与金国议和,且召他收兵,暂回朱仙镇养马。然后再寻一计,将他父子害了,岂不为美?"秦桧大喜道:"夫人言之有理。"遂命罢宴开船,上岸回府不题。

再说那哈迷蚩,自见了秦桧,送了蜡书,依旧扮作客商模样,取路回营,来见兀术道:"臣在西湖上见过秦桧夫妻,接了蜡丸,已是会意,料他必然有计与狼主抢天下。我等且回关外,再差人打听消息便了。"兀术遂命拔寨,带领了败残人马,往关外去了。

那岳元帅与众位元帅在营中商议,调兵养马,打点直捣黄龙府,迎还二圣，早晚成功。却是粮草不至，不知何故。正在差官催趱军粮，刻日扫北，忽报有圣旨下。岳爷一同众元帅出营接旨，钦差宣读诏书，却是召岳飞班师，暂回朱仙镇歇息养马，待秋收粮足，再议发兵。岳爷送了钦差，回营坐定。当下韩元帅开言道："大元戎以十万之众，破金兵百万，亦非容易。今成功在即，不发兵粮，反召元帅兵回朱仙镇，岂不把一段大功，沉于海底！这必是朝中出了奸臣，怕大将立功。元帅且自酌量，不可轻自回兵。"岳元帅道："自古君命召，不俟驾而行。不可贪功，逆了旨意。"刘元帅道："元帅差矣。古云：'将在外，君命有所不受。'今金人锐气已失，我兵鼓舞用命，恢复中原，在此一举。依着愚见，不如一面催粮，一面发兵，直抵黄龙府，灭了金邦，迎回二圣。然后归朝，将功折罪，岂不为美？"岳爷道："众位元帅有所不知，本帅因枪挑小梁王，逃命归乡。年荒岁乱，盗贼四起。有洞庭湖杨幺差王佐来聘本帅，本帅虽不曾去，却结识了王佐，故有断臂之事。我母恐我一时失足，将本帅背上刺了'精忠报国'四个大字，所以一生只图尽忠。既是朝廷圣旨，那管他奸臣弄权！"遂传令拔寨起营。一声炮响，十三处人马分作五队，滔滔的回转朱仙镇，依旧地扎下十三座营头，各各操兵练卒，专待秋收进兵。一面唤过岳云，暗暗吩咐道："方今奸臣弄权，专主和议；朝廷听信奸言，希图苟安一隅，无用兵之志，不知将来如何。你可同张宪回到家中，看看母亲，传教兄弟些武艺。倘有用你之处，再来唤你。"二人领命，拜别了岳爷，来与关铃作别，便道："向日承我弟所赠宝驹，愚兄目下归乡，并无用处，今日物归故主。愚兄暂时拜别，不久再得相会。"关铃只得收了赤兔马,依依不舍,直送至十里方回。那岳云自和张宪二人,一同归乡去了。

岳爷一日同众元帅坐谈议论,忽叫一声:"张保何在?"张保应声道:"有。小人在此,元帅有何吩咐?"岳爷对着众元帅道:"这个张保,乃是李太师的家丁,送来与我做个伴当,想要寻个出身。他随我数年苦战,元帅们也知他的功劳。今蒙圣恩赐我的空头札付,本帅意欲与他一道,往濠梁去做个总兵,可使得么?"众元帅道:"大元戎何出此言? 张将军在帐下不知立了多少大功,莫说总兵,再大些也该。"岳元帅便取过一道札付,填了名姓,就付与张保道:"你可回去领了家小,一齐上任。"张保道:"小人不愿为官,情愿在此跟随元帅。"岳爷道:"人生在世,须图个出身,方是男子汉。你去,不必多言。"张保见岳爷主意已定,只得禀道:"小人去便去,若做不来总兵,是原要来伏侍元帅的嗻。"岳爷道:"只要你尽心报国,有何做不来之事?"张保叩辞了,并拜别了众位元帅,出营起身去了。岳爷又叫声:"王横。"王横跪下道:"元帅有何吩咐?"岳爷道:"我欲叫你去做个总兵,你心下如何?"王横连忙叩头禀道:"阿呀! 小人是个粗人,只晓得跟随大老爷过日子,不晓得做什么总兵总将的。若要小人去做官,情愿就在老爷跟前自尽了罢!"岳爷道:"既然如此,便罢了。"王横谢了元帅,起来走过一边。众元帅道:"难得元帅手下都是忠义之人,所以兀朮屡败。"

正在闲谈,忽报圣旨又下。众元帅一同接进,天使开读,却是命岳元帅在朱仙镇屯田养马;众元帅节度,且暂回本汛,候粮足听调。

众元帅谢恩,送出天使回营,养马三日。韩元帅、张元帅、刘元帅,与各镇总兵、节度使齐到大营,与岳元帅作别,俱各拔寨起身,各回本汛去了。

且说岳爷在朱仙镇上终日操兵练将,又令军士耕种米麦,专等旨意扫北。不道秦桧专主和议,使命在金国往返几回,终无成议。看看腊尽春残,又早夏秋时候。一日闲坐帐中,观看兵书,忽报圣旨下。岳爷连忙迎接开读,却是因和议已成,召取岳飞回兵进京,加封官职。岳爷谢恩毕,送出天使,回转营中,对众将道:"圣上命我进京,怎敢抗旨?但奸臣在朝,此去吉凶未卜。我且将大军不动,单身面圣,情愿独任扫北之事。倘圣上不听,必有疏虞。众兄弟们务要戮力同心,为国家报仇雪耻,迎得二圣还朝,则岳飞死亦无恨也!"众将道:"元帅还该商议,怎么就要进京?"岳爷道:"此乃君命,有何商议。"

正说之间,又报有内使赍着金字牌,递到尚书省札子,到军前来催元帅起身。岳爷忙忙接过。又报金牌来催。不一时间,一连接到十二道金牌。内使道:"圣上命元帅速即起身,若再迟延,即是违逆圣旨了!"岳爷默默无言,走进帐中,唤过施全、牛皋二人来道:"二位贤弟,我把帅印交与二位,暂与我执掌中营。此乃大事,须当守我法度,不可纵兵扰害民间,也不枉我与你结义一番!"说罢,就将帅印交付二人收了。再点四名家将,同了王横起身。众统制等并一众军士,齐出大营跪送,岳爷又将好言抚慰了一番,上马便行。但见朱仙镇上的居民百姓,一路携老挈幼,头顶香盘,挨挨挤挤,众口同声攀留元帅,哭声震地。岳爷挥泪对着众百姓道:"尔等不可如此!圣上连发十二道金牌召我,我怎敢抗违君命!况我不久复来,扫清金兵,尔等自得安宁也。"众百姓无奈,没一个不悲悲楚楚,只得放条路让岳爷过去。众将送了一程,岳爷道:"诸位将军,各自请回罢!"大众俱各洒泪作别,直待看不见了岳爷,方各回营。

后人读史至此,有诗惜之曰:

胡马南来羯鼓喧,中原日以见摧残。

羽书原上旌旗急,血战关前星斗寒。

画角哀鸣金虏遁,凯歌声奏万民安。

高宗不相秦长脚,二帝銮舆竟可还。

又有诗骂秦桧曰:

心藏机事有谁知,金牌十二促班师。

若容大将成功绩,暗地通胡也是痴。

且说岳爷同王横带着四名家将,离了朱仙镇,望临安进发。在路非止一日,来到了瓜州地方,早有驿官迎接到官厅坐定,上前禀道:"扬子江中风狂浪大,况天色将晚,只好在驿中歇了。等明日风静了,小官整备船只,送大老爷过江罢。"岳爷道:"既如此,且在此暂歇罢。"那驿官忙忙的去整备夜膳,请岳爷用了,送在上房安歇。王横同四个家将,自在外厢歇宿。

那岳爷心中有事,睡在床上,不觉心神恍惚。起身开门一望,但见一片荒郊,朦朦月色,阴气袭人。走向前去,只见两只黑犬,对面蹲着讲话。又见两个人,赤着膊子立在旁边。岳爷心里想道:"好作怪!畜生怎么会得讲话?"正在奇怪,忽然扬子江中狂风大作,白浪滔天,江中钻出一个怪物,似龙非龙,望着岳爷身上扑来。岳爷猛然吃了一惊,一交跌倒在床上,一身冷汗,却是一梦。侧着耳朵听时,谯楼正打三鼓,暗想:"此梦好生蹊跷!曾记得韩元帅说,此间金山寺内有一个道悦和尚,能知过去未来。我何不明日去访访他,请他详解?"

主意定了,到了天明起来梳洗了,吩咐王横备办了香纸等物。那驿官已将船只备好,岳爷将几两银子赏了驿丞,下船过江,一径来到金山脚下泊定,命家将在船看守,止带了王横,信步上山。来到大殿上,拜过了佛,焚香已毕。转到方丈门首,只听得方丈中朗然吟道:

苦海茫茫未有崖,东君何必恋尘埃?

不如早觅回头岸,免却风波一旦灾!

岳爷听了,暗暗点头道:"这和尚果有些德行。但虽劝我修行,那知我有国家大事在心,怎肯丢着?"正想之间,只见里边走出一个行者来道:"家师请元帅相见。"岳爷随了行者,走进方丈。那道悦下禅床来,相见已毕,道悦道:"元帅光临,山僧有失远接,望乞恕宥!"元帅道:"昔年在沥泉山参见令师,曾言二十年后得会吾师,不意果然!下官只因昨夜在驿中得一异梦,未卜吉凶,特求吾师明白指示!"道悦道:"自古至人无梦,梦景忽来,未必无兆。不知元帅所得何梦,幸乞见教。"岳爷即将昨夜之梦,细细的告诉了一遍。道悦道:"元帅怎么不解?两犬对言,岂不是个'狱'字?旁立裸体两人,必有同受其祸者。江中风浪,拥出怪物来扑者,明明有风波之险,遭奸臣来害也。元帅此行,恐防有牢狱之灾、奸人陷害之事,切宜谨慎!"岳爷道:"我为国家南征北讨,东荡西除,立下多少大功,朝廷自然封赏,焉得有牢狱之灾?"道悦道:"元帅虽如此说,岂不闻'飞鸟尽,良弓藏'?从来患难可同,安乐难共。不如潜身林野,隐迹江湖,乃是哲人保身之良策也。"岳爷道:"蒙上人指引,实为善路。但我岳飞以身许国,志必恢复中原,虽死无恨!上人不必再劝,就此告辞。"道悦一路送出山门,口中念道:

风波亭上浪滔滔,千万留心把舵牢。

谨避同舟生恶意,将人推落在波涛。

岳爷低头不答,一径走出山门。长老道:"元帅心坚如铁,山僧无缘救度。还有几句偈言奉赠,公须牢记,切勿乱了主意!"岳爷道:"请教,我当谨记。"长老道:

岁底不足,提防天哭。

奉下两点,将人荼毒。

老柑籚挪,缠人奈何?

切些把舵,留意风波!

岳爷道:"岳飞愚昧,一时不解,求上人明白指示!"长老道:"此乃天机,元帅试记在心,日后自有应验也。"

岳爷辞别了禅师,出了寺门,下山来,四个家将接应下船。吩咐艄公解缆,开出江心。岳爷立在船头上观看江景,忽然江中刮起一阵大风,猛然风浪大作,黑雾漫天。江中拥出一个怪物,似龙无角,似鱼无腮,张着血盆般的口,把毒雾望船上喷来。岳爷忙叫王横,取过这杆沥泉枪来,望着那怪一枪戳去不打紧,有分教:

水底捞针难再得,掌中失宝怎重逢?

不知那怪如何,且听下回分解。

第六十回

勘冤狱周三畏挂冠　探囹圄张总兵死义

诗曰:

弃职归山不恋名,荣华富贵等浮云。

任他风浪高千丈,我自优游不吃惊。

为国为民终受祸,全忠全义定伤身。

试看张保头颅碎,何似周君远避秦。

却说岳爷举起沥泉枪,望那怪戳去;那怪不慌不忙,弄一阵狂风,将沥泉枪摄去,钻入水底,霎时风平浪息。岳爷仰天长叹:"原来是这等风波,把我神枪失去!可惜!可惜!"不一时,渡过长江,到了京口,上岸骑马,吩咐:"悄悄过去,休得惊动了韩元帅,又要耽搁。"遂加鞭赶过了镇江,望丹阳大路进发。及至韩元帅闻报,差家将赶上去,已过了二十多里,只得罢了。

且说岳爷在路行了两三日,已到平江,忽见对面来了锦衣卫指挥冯忠、冯孝,带领校尉二十名。两下正撞个着,冯忠便问:"前面来的,莫非是岳元帅么?"王横上前答道:"正是帅爷。你们是什么人?问他做甚?"冯忠道:"有圣旨在此。"岳爷听得有圣旨,慌忙下马俯伏。冯忠、冯孝即将圣旨开读道:

"岳飞官封显职,不思报国;反按兵不动,克减军粮,纵兵抢夺,有负君恩。着锦衣卫扭解来京,候旨定夺。钦哉!谢恩!"岳爷方要谢恩,只见王横环眼圆睁,双眉倒竖,抡起熟铜棍,大喝一声:"住着!我乃马后王横是也!俺随帅爷相杀多年,别的功劳休说,只如今朱仙镇上二百万金兵,我们舍命争先,杀得他片甲不留,怎么反要拿俺帅爷?那个敢动手的,先吃我一棍!"岳爷道:"王横,此乃朝廷旨意,你怎敢啰唣,陷我不忠之名!罢罢,不如自刎了,以表我之心迹罢。"遂向腰间拔出宝剑,遂欲自刎。四个家将慌了,一齐上前抱住,夺下宝剑。王横跪下哭道:"老爷难道凭他拿去不成?"冯忠见此光景,随提起腰刀,来砍王横。王横正待起身,岳爷喝一声:"王横,不许动手!"王横再跪下来,已被冯忠一刀砍中头上,众校尉一齐上。可怜王横半世豪杰,今日被乱刀砍死!有诗曰:

忠臣义仆气相通,马后王横壮节雄。

今朝血污平江路,他日芳名布策中。

那四个家将见风色不好,骑着岳爷的马,拾了铜棍,带了宝剑,乘闹里一齐走了。岳爷止不住两泪交流,对冯忠道:"这王横亦曾与朝廷出力,今日触犯了贵钦差,死于此地。望贵钦差施他一口棺木盛殓,免得暴露形骸!"冯忠应允,就传地方官备棺盛殓;一面暗暗将秦桧的文书传递各汛地方官府,禁住往来船只,细细盘诘,不许走漏风声;一面将岳爷上了囚车,解往临安,到了城中,暗暗送往大理寺狱中监禁。

次日,秦桧传一道假旨,命大理寺正卿周三畏勘问。三畏接了圣旨,供在公堂,即在狱中取出岳飞审问。岳爷到了堂上,见中央供着圣旨,连忙跪下道:"犯臣岳飞朝见,愿吾皇万岁万岁万万岁!"拜毕,然后与三畏见礼道:"大人,犯官有罪,只求大法台从公审问!"三畏吩咐请过了圣旨,然后正中坐下,问道:"岳飞,你官居显爵,不思发兵扫北,以报国恩,反按兵不动,坐观成败,又且克减军粮,你有何辩?"岳爷道:"法台老大人差矣!若说按兵不动,犯官现败金兵百余万,扫北成功,已在目前,忽奉圣旨,召回朱仙镇养马。现在元帅韩世忠、张信、刘琦等可证。"周三畏道:"这按兵不动,被你说过了,那克减军粮之罪是有的了。还有何说?"岳爷道:"岳飞一生爱惜军士,如父子一般,故人人用命。克了何人之粮,减了何人之草,也要有何指实。"三畏道:"现有你手下军官王俊告帖在此,说你克减了他的口粮。"岳爷道:"朱仙镇上共有十三座大营,有三十余万人马,何独克减了王俊名下之粮?望法台大人详察!"周三畏听了,心中暗暗的想道:"这桩事,明明是秦桧这奸贼设计陷害他。我如今身为法司,怎肯以屈刑加于无罪?"便道:"元帅且暂请下狱,待下官奏过圣上,候旨定夺。"岳爷谢了,狱卒复将岳爷送入狱中监禁。

那周三畏回到私衙,闷闷不悦,仰天嗟叹道:"得宠思辱,居安虑危。岳侯做到这样大官,有何等大功,今日反受这奸臣的陷害!我不过是一个大理寺,在奸臣掌握之中,若是屈勘岳飞,良心何在!况是朋恶相济,万年千载,被人吐骂。若不从奸贼之谋,必遭其害。真个进退两难!不如弃了这官职,隐迹埋名,全身远害,岂不为美?"定了主意,暗暗吩咐家眷收拾行囊细软。解下束带,脱下罗袍,将印信、幞头、象简,俱安放在案桌之上。守到五更,带了家眷并几个心腹家人,

摒出涌金门,潜身走脱。诗曰:

> 待漏随朝袍笏寒,何如破衲道人安?
> 文牺被绣鸾刀逼,野鹤无笼天地宽。

到了次日天明,吏役等方才知道本官走了,慌忙到相府报知。秦桧大怒,要将衙吏治罪,众人再三哀求,方才饶了,就限在这一干人身上,着落他们缉拿周三畏;又行开文书,到各府州县捱拿缉获。秦桧见周三畏不肯依附他,挂冠逃去,想了一会,便吩咐家人道:"你悄悄去请了万俟卨、罗禹节二位老爷来,我有话说。"家人领了钧旨,来请二人。那万俟卨乃是杭州府一个通判,罗禹节是个同知。这两个人在秦桧门下走动,如狗一般。听说是太师相请,连忙坐轿,到相府下轿,一直进书房内来参见。秦桧赐坐待茶毕,二人足恭问道:"太师爷呼唤卑职二人,不知有何台谕?"秦桧道:"老夫相请二位到此,非为别事,只因老夫昨日差大理寺周三畏审问岳飞罪案,不想那厮挂冠逃走,现在缉拿治罪。老夫明日奏明圣上,即升你二位抵代此职,委汝勘问此案。必须严刑酷拷,审实他的罪案,害了他的性命!若成了此段大功,另有升赏。不可违了老夫之言!"二人齐声道:"太师爷的钧旨,卑职怎敢不遵?总在我二人身上,断送了他就是。"说罢,遂谢恩拜别,出了相府回衙。

次日,秦桧就将万俟卨升做大理寺正卿、罗禹节做了大理寺寺丞。在朝官员,那个敢则一声?二人即刻上任,过了一日,就在狱中吊出岳飞审问。岳爷来到滴水檐前,抬头一看,见堂上坐着他两个,却不见周三畏,便问提牢狱卒道:"怎不见周老爷?"狱卒道:"周老爷不肯勘问这事，挂冠走了。今日是秦丞相升这万俟卨老爷、罗老爷做了大理寺，差他来勘问的。"岳爷道："罢了罢了！他前日解粮来，被我打了四十。当初懊悔不曾杀了他，今日反死于二贼之手也！"就走上堂，对着二人举手道："大人在上。岳飞没有公服，恕不施礼了！"万俟卨道："胡说！你是个朝廷的叛逆，我奉旨勘问，怎见了我不跪？"岳爷道："我有功于国家，无罪于朝廷！勘问甚么？"罗禹节道："现有你部下军官王俊，告你按兵不举，虚运粮草，诈称无粮。"岳爷道："朱仙镇上现有十三座大营，三十万人马，怎说得个无粮？"万俟卨道："无粮不成，反输一帖，难道我倒跪了你罢？"岳爷道："我是统兵都元帅，怎么反来跪你？"二人道："不要与他讲，请过圣旨来！"二贼即将圣旨供在中间，岳爷只得跪下。那二贼将公案移在旁边下首坐着，便道："岳飞，你快快将按兵不举，私通外国的情由招上来！"岳爷道："既有告人王俊，可叫他来面证。"万俟卨道："那王俊是北边人，到这里临安来，不服水土，吃多了海蜇胀死了。人人说你是个好汉，这小小的杀头罪就认了罢，何必有这许多牵扯？"岳爷道："胡说！别样犹可，这叛逆的罪，如何屈得我！"二贼道"既不招"，叫左右："先与我打四十！"左右一声吆喝，将岳爷扯下来，重重的打了四十。可怜打得鲜血迸流，死去再醒，只是不肯招认。二贼又将岳爷拷问一番，用檀木拶指，命二人用杖敲打，打得岳爷头发散开，就地打滚，指骨皆碎！岳爷只是呼天捶胸，那里肯招。二贼只得命狱卒仍旧带去收监，明日再审。

　　二贼退回私宅，商议了一番，弄出一等新刑法来，叫做"披麻问"、"剥皮拷",连夜将麻皮揉得粉碎,鱼胶熬得烂熟,端正好了。次日,又带岳爷出来审问。万俟卨道:"岳飞,你好好将按兵不动、意图谋反,快快招来,免受刑法。"岳爷道:"我一生立志恢复中原,雪国之耻,现在朱仙镇上同着韩、张、刘众元帅,力扫金兵二百万。若再宽几日,正好进兵燕山,直捣黄龙,迎取二圣还朝。不意圣旨促回兵歇马,连用金牌十二道召我到来。那有按兵不举之事?十三座营头,三十多万人马,若有克减军粮,怎能够安然如堵?岳飞一点忠心,惟天可表!叫我招出什么来?"万俟卨道:"既不招,夹起来!"左右即将岳爷夹起,又喝打了一回。岳爷受刑不过,大叫道:"既要我招,取纸笔来,待我亲写招状。"二贼大喜,叫典吏与他纸墨笔砚。

岳爷接了,写成一张招状,递与二贼。二贼接来一看,只见上写道:

武胜定国军节度使、神武后军都统制、湖北京西路宣抚使兼营田大使、节制河北诸路招讨使、开府仪同三司、太尉、武昌郡开国公岳飞招状:有飞生居河北,长在汤阴。幼日攻习诗书,壮年掌握军马。正值权奸板荡艺祖之鸿基,复遇靖康飘败皇都之大业。三千粉黛,一旦遭殃;八百胭脂,霎时被掳。君臣北狩,百姓流离;万民切齿,群宰相依。幸而圣主龙飞淮甸,虎据金陵;帝室未绝,乾坤再造。不思二帝埋没于沙漠,乃纵幸臣弄权于庙廊。丞相虽主通和,将军必争用武。岳飞折矢有誓,与众会期。东连海岛,学李勣跨海征东;南及滇池,仿诸葛七擒七纵。羡班超辟土开疆,慕平仲添城立堡。正欲直捣黄龙,迎回二圣;平吞鸭绿,一统中原,方满飞心,始全予志。昔者群雄并起,寇盗纵横;区区奋身田野,注籍戎行。戚方本国家大盗,鞭指狼烟自息;王善乃太行巨寇,旗挥即便剿除。除刘豫,一卒之功;缚刘、苗,二将之力。杨虎、何元庆,手中之物;曹成、杨再兴,脚下之尘。斩杨幺于洞庭湖,败兀朮于黄天荡。牛头山厮杀,尸积如山;汴水河相持,血深似海。北方闻我兵进,人人胆破;南岭见我旗至,个个心寒。朱仙镇上,百千铁甲奔逃;虎将麾前,十二金牌召转。前则遵旨屯兵,今乃奉征见帝。有贼权奸,诬诛忠直。设计陷我谋反,将飞赚入监牢。千般拷打,并无抱怨朝廷;万种严刑,岂敢辜忘圣主? 飞今死去,阎罗殿下,知我忠心,速报司前,毫无反意。天庭不昧,必诛相府奸臣以分皂白;地府有灵,定取大理寺卿共证是非。右飞所供是实,如虚甘罪无辞。

万、罗二贼看了大怒,喝教左右将岳爷衣服去了,把鱼胶敷上一层,将麻衣搭上。一时间,将岳爷身上搭上好几处,便问:"岳飞,招也不招?"岳爷道:"你误了军粮,打了你四十,今日欲陷我于死地。我死必为厉鬼,杀你二贼!"二贼大怒道:"你性命只在顷刻,还敢胡言!"吩咐左右:"与我扯!"左右一声答应,就把麻皮一扯,连皮带肉去了一块。岳爷大叫一声:"痛杀我也!"霎时晕去,左右连忙将水来喷醒。万俟卨又叫:"岳飞,你若不招,叫左右再扯!"岳爷大声叫道:"罢罢! 我今日虽死了也罢! 我那岳云、张宪,不要坏了我一世忠名才好!"那二贼听见此言,直吓得汗流脊背,把舌一伸,就吩咐掩门。左右答应一声"吓",就把门掩了。二贼假意起身,请岳爷坐了,说道："下官看元帅的供词，尽是大功。我二人本欲上本保留元帅，奈是秦丞相主意，此本决难到得圣前。方才元帅说有公子并贵部张宪，何不修书一封，请他到此，上一辨冤本？下官二人就好于中取事，不知元帅意下若何？"岳爷道："甚好！甚好！即使圣上不准，我亦情愿与这两个孩儿同死于此，方全得我父子二人忠孝之名！"随即写了一封家书，交与万俟卨。万俟卨吩咐原送进狱中。

这两个贼子就带了岳爷的招状，忙到相府通报。秦桧命进私宅相见。二贼进来，见了秦桧道："门下小官，奉太师爷的钧旨，连日勘问岳飞，受了多少严刑，今日写下一张供状在此。"就双手呈上。秦桧看罢，大怒道："这厮如此无理，何不一顿就打杀了他！"万俟卨道："太师爷不知，岳飞写了此辞，小官即要加以严刑忽听他大叫道：'我死之后，岳云、张宪这两个孩儿，不要坏了我的忠名方好！'小官倘打杀了他，那岳云、张宪有万夫不当之勇，领兵前来，不要说我与丞相，连朝廷也难保！为此小官忙掩了门，向岳飞假说救他，骗他写书，叫岳云、张宪来上辨冤本，特来呈与太师爷定夺。"秦桧看了大喜道："这是二位贤契的大才！"就同进书房中去，唤过惯写字的门客来，将岳爷的笔迹，照样套写，增改了数句，说是：

> 奉旨召回临安，面奏大功，朝廷甚喜。叫你可同了张宪，速到京来，听候加封官职，不可迟误。

写完封好，即差能事家丁徐宁，星夜往汤阴县去哄骗岳公子、张宪到来，只望一网打尽。这里就委万、罗二贼，在监内另造十间号房，名唤："雷"、"霆"、"施"、"号"、"令"、"星"、"斗"、"焕"、"文"、"章"，专等监禁家属人等。万、罗二贼辞出,即去建造号房。

其时临安有两个财主,本是个读书君子,一位姓王名能,一位姓李名直。他二人晓得岳爷受屈,就替岳爷上下使钱。那狱卒得了钱财,多方照看,替岳爷洗净棒疮,用药敷上。那狱官倪完原是个好人,见岳爷是个功臣,被奸臣所害,明知冤屈,故亦用心伏侍。故此岳爷在监,安然无事。

且说濠梁总兵张保,自从和妻子洪氏领了儿子张英到任上来,过得年余,忽然一日有军校来报:"打听得岳元帅在朱仙镇上屯兵耕地,忽然有圣旨召回,不知何事。"张保听了,好生疑惑,一连几日,觉得心神恍惚,睡卧不宁,便对夫人道:"这几日不知我为什么,只管心惊肉跳。我想做了这个什么总兵官,反觉得拘拘束束,有甚趣处?目下岳公子现住在家中,我意欲同你到汤阴去,原住在帅府中。不知夫人意下若何?"洪氏道:"将军,自古'无官一身轻,有子万事足'。为了须小名利拘绊在此,反不如到帅府去住,倒脱然无累,岂不自在!"

张保大喜,忙忙的收拾了行李,将总兵印信挂在梁上,带了三四名家将,悄悄的一路望汤阴而来。不一日,来至永和乡岳家帅府门首,将车马停住。岳安即忙进内报知李氏夫人。夫人道:"快请进来相见。"张保夫妻同了儿子来到内堂,拜见了夫人,又见了巩氏夫人的礼,然后将不愿做官的话,说了一遍。夫人道:"总兵来得正好。一月前传闻老爷钦召进京,前日忽又着人持书来,把大公子并张将军叫了去,不知为着何事,好生挂念!这几日又只管的心惊肉跳,日夜不安,意欲烦总兵前去探听个消息,未知可否?"张保道:"既有此事,夫人不叫小人去，小人也要走一头。"就对洪氏道："你在此好生伏侍夫人、公子，我明日就往临安去探听大老爷的行藏。"当时夫人吩咐备办酒席，与张总兵夫妇接风，打扫房间，安歇了一宵。

次日饭后，张保吩咐了妻儿几句，打叠起一个包裹，独自一个背了，辞别了两位夫人，出门望临安进发。晓行夜宿，非止一日。到了大江口，你看一望茫茫荡荡，并无一只渡船，走来走去，那里觅处？天又黑将下来，江口又无宿处。正在舒头探望，忽见一个渔人，手中提着一壶酒，篮内不知拎着些什么东西，一直的走向芦苇中去。张保就跟上去一看，却是滩边泊着一只小船，那人提着东西上船去了。张保叫声："大哥！渡我一渡！"那人道："如今秦丞相禁了江，不许船只往来，那个敢渡你？"张保道："我有要紧事，大哥渡我一渡，不忘恩德！"那人道："既如此，你可下船来，耽搁一会，等到半夜里渡你过去。但是不要大惊小怪弄出来！"张保道："便依你，决不连累你。"张保一面说，一面钻进舱里，把包裹放下。那人便道："客官，你一路来，大约不曾吃得夜饭。我方才在村里赊得一壶酒来，买了些牛肉在此，胡乱吃些，略睡睡，等到三更时分，悄悄过江去便了。"张保道："怎好相扰？少停一总奉谢。"那人便将牛肉装了一碗，筛过一碗酒来，奉与张保，自己也筛来奉陪。张保行路辛苦，将酒来一饮而尽，说道："好酒好酒！"那人又筛来。张保一连吃了几碗，觉道有些醉意，便道："大哥，我吃不得了。少停上岸，多送船钱与你。"一面说，一面歪着身子，靠在包裹上去打盹。

那人自将酒瓶并吃剩的牛肉，收拾往艄上去了。停了好一会，已是一更天气,那人却走出船头将缆解了,轻轻的摇出江心,钻进舱来,就把缆绳轻轻的将张保两手两脚捆住,喝道:"牛子醒来!"那张保在梦里惊醒,见手脚俱被缚住,动弹不得,叫声:"苦也!我今日就死也罢了!但是不知元帅信息,怎得瞑目!"那人听了,便问:"你实说是何人?"张保道:"我乃岳元帅帐下马前张保。为因元帅进京,久无信息,故此我要往临安探听。不意撞在你这横死神手内!"那人听了,叫声:"啊呀!不知是岳元帅手下将官,多多有罪了!"连忙解下绳索,再三请罪。张保道:"原来是个好汉。请问尊姓大名?"那人道:"小弟复姓欧阳,名从善。只因宋朝尽是一班奸臣掌朝,残害忠良,故此不想富贵,只图安乐,在此大江边做些私商,倒也快活。你家元帅没有主意,由他送了江山,管他则甚,何苦舍身为国?我闻得岳元帅过江去,到平江路,就奉旨拿了。又听得有个马后王横,被钦差砍死了。就从那一日起禁了江,不许客商船只往来,故此不知消息。"张保听了,大哭起来。从善道:"将军休哭!我送你过江去,休要弄出事来!"一面就去把船摇开。到了僻静岸边,说道:"将军,小心上岸,小弟不得奉送了!"张保再三称谢,上了岸。那欧阳从善自把舡仍摇过江去了。

张保当夜就在树林内蹲了一夜,等到天明,一路望临安上路。路上暗暗打听,并无信息。一日,到了临安,在城外寻个宿店安歇。次日捱进城去,逢人便问。那一个肯多言惹祸?访问了几日,毫不知因。一日,清晨早起,偶然走到一所破庙门首,听得里边有人说话响。张保就在门缝里一张,只见有两个花子睡在草铺上闲讲,听得一个道:"如今世界,做什么官!倒不如我们花子快乐自在,讨得来就吃一碗,没有就饿一顿;这时候还睡在这里,无拘无束。那岳元帅做到这等大官,那里及得我来?"那一个道:"不要乱说!倘被人听见,你也活不成了!"张保听见了,就一脚把庙门踢开,那两个花子惊得直竖起来。张保道:"你两个不要惊慌。我是岳元帅家中差来探信的,正访不出消息。你二人既知,可与我说说。"那两个花子只是撒撒的抖,那里肯说,只道:"是小,小,人,人,们,们,不曾说甚么!"张保就一手将一个花子拎将起来道:"你不说,我就掼杀了你!"花子大叫道:"将爷不要着恼!放了我,待我说。"张保一手放下道:"快说!快说!"那花子土神一般,对着那个花子道:"老大,你把门儿带上了,站在门前探望探望。倘有人走来,你可咳嗽一声。"那个花子走出庙门,这里连忙掩上了,便道:"秦桧陷害岳爷,又到他家中去将他公子岳云、爱将张宪骗到这里,就一齐下在大理寺狱中,不知做些什么。若有人提起一个'岳'字,就拿了去,送了性命,因此小人们不敢说。将军千万不要说是我阿二说的吓!"

张保听了这一席话,惊得半晌则不得声,身边去摸出一块银子,约有二钱来往,赏了花子,奔出庙门。再回到下处,取了些碎银子,走到故衣店里,买了几件旧衣服。又买了一个筐篮,央主人家备办了些点心酒肴,换了旧衣,穿上一双草鞋,竟往大理寺监门首,轻轻的叫道:"里边的爷!小人有句话讲。"那狱卒走来问道:"有甚话讲?"张保道:"老爷走过来些。"那狱卒就走到栅栏边。张保低低的说道:"里边有个岳爷,是我的旧主人,吃过他的粮。因我病了,退了粮。

今日特地送餐饭与他,聊表一点私心。有个薄礼在此,送与爷买茶吃,望乞方便!"那禁子接过来,约有三四两重,暗想:"王、李二位相公吩咐,倘有岳家的人来探望,须要周全。落得赚他三四两银子。"便道:"这岳爷是秦丞相的对头,不时差人来打听的。我便放你进去,是不要嚷,连累我们!"张保道:"这个自然。"那狱卒开了监门,张保走进去,对禁子道:"你可知道我是什么人?"那狱卒把张保仔细一看,方才在外是曲背躬身,不见得,进了监门站直了,却是长长大大,换了一个人了。狱卒道:"爷爷是害我不得的嘞!"张保道:"不要惊慌! 吾非别人,乃濠梁总兵马前张保是也。"狱卒听了,慌忙跪下道:"爷爷,小人不知,望老爷饶了小人之命罢!"张保道:"吾怎肯害你?你只说我主人在那里。"狱卒道:"丞相为了岳爷爷,新造十间牢房,唤做'雷'、'霆'、'施'、'号'、'令'、'星'、'斗'、'焕'、'文'、'章'。岳爷爷同着二位小将军俱在'章'字号内。"张保道:"既如此,你可引我去见。"禁子起来,又看了看道:"老爷,这酒饭……"张保道:"你放心! 我们俱是好汉,决不害你的。"那禁子先进去禀知,然后请张保进去。

那张保走进监房,只见岳元帅青衣小帽,同倪狱官坐在中间讲话,岳云、张宪却手肘脚镣,坐在下面。张保上前双膝跪下,叫一声:"老爷,为何如此?"岳爷道:"你不在濠梁做官,到此怎么?"张保道:"小人不愿为官,弃职回转汤阴。不想公子也至于此!"岳爷道:"你既不愿为官,就该归乡去了,又到这里来何干?"张保道:"一则探老爷消息,二来送饭,三来请老爷出去。"岳爷道:"张保! 你随我多年,岂不知我心迹！若要我出去，须得朝廷圣旨。你也不必多言！既来看我，不要辜负了你的好意，把酒饭来领了你的情。快些出去，不要害了这位倪恩公！"张保就将酒饭送上去。岳爷用了一杯酒，叫张保快些出去。张保走下来，对岳云、张宪道："二位爷难道也不想出去的了么？"二人道："为臣尽忠，为子尽孝。爹爹既不出去，我二人如何出去！"张保道："是小人失言了！小人也奉敬一杯。"二人道："也领你一个情。"那倪狱官与禁子看了，俱皆落泪道："难得，难得！"岳爷又道："张保出去罢！"张保道："小人还有话禀上。"复上前跪下道："张保向蒙老爷抬举，不能伏侍得老爷终始。小人虽是个愚蠢之人，难道不如了王横？今日何忍见老爷公子受屈！不如先向阴间等候老爷来伏侍罢！"遂立起身来，望着围墙石上，将头一撞，一声响，头颅已碎，脑浆迸出而死。后人有诗曰：

为主捐躯不惜身，可怜张保丧幽冥。

至今留得旁人口，千年万载骂奸臣！

那倪狱官看见，心中十分伤惨。岳云、张宪痛哭起来。独有那岳爷哈哈大笑道："好张保！好张保！"倪完道："这张总爷路远迢迢赶来，为不忍见元帅受屈，故此撞死。帅爷不哀怜他，怎么反大笑起来？"岳爷道："恩公你不知，我门有了'忠'、'孝'、'节'俱全，独少个'义'字。他今日一死，岂不是'忠孝节义'四字俱全了？"说罢，反放声大哭起来！众人无不下泪。哭了一回道："望恩公将他的尸首周全出去方好！"倪完道："这个不消帅爷吩咐。"即刻差人去报与王能、李直知道，将尸首抬在后边。直到黄昏时候，王、李二人将棺木抬来，把尸首从墙上吊出,收殓钉好,材头上写着"濠梁总兵张公之柩",叫心腹家人抬出城去,放在西湖边螺蛳壳内。可怜那张保伏侍岳爷这好几年,立了多少功劳,才博得个前程;不愿做官,今日仗义死于此地!正是:

　　三分气在千般用,一旦无常万事休。

不知后事如何,且听下回分解。

第六十一回

东窗下夫妻设计　风波亭父子归神

诗曰：

秦桧无端害岳侯，故令宋祚一时休。

至今地狱遭枷锁，万劫千回不出头。

话说宋高宗皇帝，一日忽然扮做客商模样，叫秦桧改装了作伴，往临安城内私行闲耍。秦桧只得也扮做个伴当。私行出了朝门，各处走了一会，偶然来至龙吟庵门首，只见围着许多人在那里不知做什么。高宗同着秦桧捱进人丛里去一看，却是一个拆字先生，招牌上写着"成都谢润夫触机测字"，撑着帐篷，摆张桌子，正在那里替人拆字。

高宗站在桌边，看他拆了一回，觉得有文有理，遂上前坐下道："先生也与我拆个字。"谢石道："请书一字来。"高宗随手就写了一个"春"字，递与谢石。谢石道："好个'春'字！常言道：'春为一岁首。'足下决非常人。况万物皆春，包藏四时八节。请问尊官所问何事？"高宗道："终身可好？"谢石道："好，好，好！大富大贵，总不可言。但有一件：'秦'头太重，压'日'无光，若有姓秦的人，切不可相与他，恐害在他手内！牢记，牢记！"高宗伸手去身边摸出一块银子，谢了先生，拱手立起，悄悄对秦桧道："贤卿也试拆一字。"秦桧无奈，也随手写了一个"幽"字,递与谢石。谢石道:"这位尊官所问何事?"秦桧道:"也是终身。"谢石道:"'幽'字虽有泰山之安,但中间两个'丝'字缠住,只叫做:'双龙锁骨,尸体无存。'目下虽好,恐老来齿坏,遇硬则衰,须要早寻退步方好。"秦桧道:"领教了。"也送了些谢礼,同着高宗去了。内中有认得的说道:"你这先生字虽断得好,只是拆出祸来了!方才那头一个正是当今天子,第二个便是秦丞相。你讲出这些言语,怎得就饶恕了你?"又有一人道:"我们走开些罢!不要在此说是非,打在一网里!"众人听了,俱一哄而散。谢石想道:"不好!"遂弃了帐篷,急忙的逃走去了。

秦桧陪着高宗回进朝中,辞驾回府,忙差家丁去拿那拆字的来。家丁去拿时,早已不在;再往各处搜寻,并无踪迹。一连缉获了三四日,不见影响,也只得罢了。

且说秦桧命万俟卨、罗禹节两个奸贼,终日用极刑拷打,要岳爷父子、张宪三人招认,已及两月,并无实供,闷闷不悦。这一日,已是腊月二十九日,秦桧同夫人王氏在东窗下向火饮酒,忽有后堂院子传进一封书来。秦桧拆开一看,原来不是书,却是心腹家人徐宁,递进来民间的传单,是一个不怕死的白衣,名唤刘允升,写的岳元帅父子受屈情由,挨门逐户的分派,约齐日子,共上民表,替岳爷伸冤。秦桧看了,就双眉紧锁,好生愁闷。王氏问道:"传进来的是什么书,相公看了就这等不悦?"秦桧就将传单递与王氏道:"我只因诈传圣旨,将岳飞父子拿来监在狱中,着心腹人万俟卨、罗禹节两个用严刑拷问,要他招认反叛罪名,今已两月,竟不肯招。今民间俱说他冤枉,要上民本。倘然口碑传入宫中，岂是儿戏！欲放了他，又恐违了四太子之命，以此疑虑不决。"王氏将传单略看了一看，即将火箸在炉中炭灰上写着七个字道"缚虎容易纵虎难"。秦桧看了，点头道："夫人之言，甚是有理。"即将灰上的字迹搅抹掉了。

正说之间，内堂院子又进来禀说："万俟卨老爷送黄柑在此，与太师爷解酒。"秦桧收了。王氏道："相公可知这黄柑有何用处？"秦桧道："这黄柑最能去火毒，故尔送来。可叫丫环剖来下酒。"王氏道："不要剖坏了！这个黄柑，乃是杀岳飞的刽子手！"秦桧道："柑子如何说是刽子手？"王氏道："相公可将这柑子捞空了，写一小票藏在里边，叫人转送与勘官，教他今夜将他三个就在风波亭结果了，一桩事就完割了。"秦桧大喜，就写了一封书，叫丫环将黄柑的瓢去干净了，将书安放在内，封好了口，叫内堂院子交与徐宁，送与万俟卨去。正是：

缚虎难降空致疑，全凭长舌使谋机。

仗此黄柑除后患，东窗消息有谁知？

这时节，已将岳云、张宪另拘一狱，使他父子不能见面的了。到得除夜，狱官倪完备了三席酒，将两席分送与岳云、张宪房里；将这一席，倪狱官亲送到岳爷房内摆好，说道："今日是除夜，小官特备一杯水酒，替帅爷封岁。"岳爷道："又蒙恩公费心！"就走来坐下，叫声："恩公请坐。"倪完道："小官怎敢！"岳爷道："这又何妨？"倪完告过坐，就在旁边坐下相陪。饮过数杯，岳爷道："恩公请便罢。我想恩公一家，自然也有封岁的酒席，省得尊嫂等候。"倪完道："大人不必记念。我想大人官到这等地位,功盖天下,今日尚然受此凄凉,何况倪完夫妇乎！只陪大人在此吃一杯。"岳爷道："如此多谢了。不知外边什么声响？"倪完起身看了一看道："下雨了。"岳爷大惊道："果然下雨了！"倪完道："不独雨,兼有些雪,此乃国家祥瑞,大人何故吃惊？"岳爷道："恩公有所不知,我前日奉旨进京,到金山上去访那道悦禅师,他说此去临安,必有牢狱之灾,再三劝我弃职修行。我只为一心尽忠报国,不听他言。临行时赠我几句偈言,一向不解,今日下雨,就有些应验！恐朝廷要去我了！"倪完道："不知是那几句偈言？帅爷试说与小官听听看。"岳爷道："他前四句说的是：'岁底不足,提防天哭。奉下两点,将人害毒。'我想今日是腊月二十九日,岂不是'岁底不足'么？恰恰下起雨来,岂不是'天哭'么？'奉'字下加两点,岂不是个'秦'字？'将人害毒',明明是要毒害我了！这四句已是应验了。后四句道：'老柑藤挪,缠人奈何？切记切记,提防风波！'这四句还解不来,大约是要去我的意思。也罢,恩公借纸笔来一用。"

倪完即将纸笔取来。岳爷修书一封,把来封好,递与倪完道："恩公请收下此书。倘我死后,拜烦恩公前往朱仙镇去。我那大营内,是我的好友施全、牛皋护着帅印；还有一班弟兄们,个个是英雄好汉,倘若闻我凶信,必然做出事来,岂不坏了我的忠名？恩公可将此书投下,一则救了朝廷,二来全了岳飞的名节,阴功不小！"倪完道："小官久已看破世情,若是帅爷安然出狱便罢；倘有什么三长两短,小官也不恋这一点微俸,带了家眷,回乡去做个安逸人。小官家下离朱仙镇不远,顺便将这封书送去便了。"

两个人一面吃酒,一面说话。忽见禁子走来,轻轻的向倪完耳边说了几句。倪完吃了一惊,不觉耳红面赤。岳爷道:"为着何事,这等惊慌?"倪完料瞒不过,只得跪下禀道:"有圣旨下了!"岳爷道:"敢是要我了?"倪完道:"果有此旨意,只是小官等怎敢!"岳爷道:"这是朝廷之命,怎敢有违?但是岳云、张宪犹恐有变,你可去叫他两个出来,我自有处置。"倪完即唤心腹人去报知王能、李直,一面请到岳云、张宪。岳爷道:"朝廷旨意下来,未知吉凶。可一同绑了,好去接旨。"岳云道:"恐怕朝廷要去我们父子,怎么绑了去?"岳爷道:"犯官接旨,自然要绑了去。"岳爷就亲自动手,将二人绑了,然后自己也叫禁子绑起,问道:"在那里接旨?"倪完道:"在风波亭上。"岳爷道:"罢了!罢了!那道悦和尚的偈言,说是:'谨防风波。'我只道是扬子江中的风波,谁知牢中也有什么'风波亭'!不想我三人今日死于这个地方!"岳云、张宪道:"我们血战功劳,反要去我们,我们何不打出去?"岳爷喝道:"胡说!自古忠臣不怕死。大丈夫视死如归,何足惧哉!且在冥冥之中,看那奸臣受用到几时!"就大踏步走到风波亭上。两边禁子不由分说,拿起麻绳来,将岳爷父子三人勒死于亭上。时岳爷年三十九岁,公子岳云二十三岁。三人归天之时,忽然狂风大作,灯火皆灭,黑雾漫天,飞砂走石。

后人读史至此,无不伤心惨切,唾骂秦桧夫妻并那些依附权奸为逆者。有诗吊岳侯曰:

金人铁骑荡征尘,南渡安危系此身。

二帝不归天地老,可怜泉下泣孤臣!
又诗曰:
　　遗恨高宗不鉴忠,诚斯墓木撼天风。
　　赤心为国遭谗没,青史徒修百战功!
又诗曰:
　　华表松枝向北寒,周情孔思楷模看。
　　湖波已泄金牌恨,絮酒无人酹曲端。
又诗曰:
　　忠臣为国死衔冤,天道昭昭自可怜。
　　留得青青二三册,是非千载在人间!
又诗曰:
　　双剑龙飞脱宝函,将军扼腕虎眈眈。
　　奸邪误国忠良死,千古令人恨不甘!
又诗曰:
　　剑戟横空杀气高,金兵百万望风逃。
　　自从公死钱塘后,宋室江山把不牢。
又诗曰:
　　泰山颓倒哲人萎,白玉楼成似有期。
　　天道朦朦无可问,人心愦愦转凄其。
　　一生忠义昭千古,满腔豪气吐虹霓。
　　奸臣未死身先丧,常使英雄泪湿衣!
又诗曰:

报国忘躯矢血诚,谁教万里坏长城?

十年积愤龙沙远,一死身嫌泰岱轻。

自愿藏弓维弱主,何来叩马有书生?

于今墓畔南枝树,犹见忠魂怒未平。

又诗曰:

十二牌来马首东,鄢城憔悴哭相从。

千年宋社孤坟在,百战金兵寸铁空。

径草有灵枝不北,江湖无恙水流东。

堪嗟词客经年过,惆怅遥吟夕照中!

后又有过岳王坟而作者曰:

将军埋骨处,过客式英风。

北伐生前烈,南枝死后忠。

山川戎马异,涕泪古今同。

凄断封丘草,苍苍落照中!

浙江衢州太学生徐应鹿有祭岳王文云:

呜呼!维王生焉义烈,死矣忠良。恒矢心以攘金虏,每锐志以复封疆。奇勋未入凌烟之阁,奸计先成偃月之堂。含冤泉壤,地久天长;中原涂炭,故国荒凉。叹狐奔而兔逐,恨狼竟以鸱张!王如在也,必能保全社稷;王今没矣,伊谁力挽颓阳?鲰生才谫,事类参商。方徙薪乎曲突,忽祸起于萧墙。立身迥异于禽兽,含污忍人于犬羊。舍生取义,扶植纲常。来今往古,人谁不死?轰轰烈烈,万古流芳!呜呼!罄南山之竹而书情无尽,决东海之波而流恨难量。王之名,与天地同大;王之德,与日月争光。呜呼哀哉!伏维尚飨。

当时倪完痛哭了一场。适值王能、李直得知此事,暗暗买了三口棺木,抬放墙外。狱卒禁子俱是一路的,将三人的尸骨从墙上吊出,连夜入棺盛殓,写了记号,悄悄的抬出了城,到西湖边爬开了螺蛳壳,将棺埋在里面。那倪完也不等到明日,当夜收拾行囊,捱出城门而去。

且说那万俟卨见那岳爷三人已死,同了罗禹节连夜来到相府,见秦桧复命。秦桧不胜之喜,又问道:"他临死可曾说些甚么?"二贼道:"他临死只说是:'不听道悦之言,果有风波之险!'小官想此等妖僧,也不可放过了他。再者斩草留根,来春又发。太师爷何不假传一道圣旨,差人前往汤阴,捉拿岳飞的家属来京,一网打尽,岂不了事?"秦桧点头称是,道:"就烦二位出去,吩咐冯忠、冯孝,明日即起身速往相州,捉拿岳家家属,一个不许放走。"二贼领令出府。秦桧又唤过家人何立来,吩咐道:"你明日绝早起身,到金山寺去请道悦长老来见我,不可被他走脱了!"何立领命,回至家中,对母亲说知:"太师害了岳家父子,又叫孩儿前去捉拿道悦和尚,明日即要起身。"老母道:"我儿路上须要小心!"

到了明日,却是绍兴十三年正月初一日。何立只得离了临安,径奔京口而来。在路无话。一日,已到了镇江,就到江口趁着众香客渡到金山上岸。走到寺门口,耳边但听得钟磬声响,许多男男女女,都擎着香烛进去烧香。何立也混在人丛里进去一看,却原来是道悦和尚正在升座说法。何立就立在大众之中,听他讲经,暗想:"且听他讲完了,骗他到临安去,不怕他飞上了天去。"但听得那长老将"梦幻泡影"四个字,已讲得天花乱坠,大众无不齐声念佛。讲了一会,就口中吟出一偈道:"大众听者:

　　吾年三十九,是非终日有。

　　不为自己身,只为多开口。

　　何立自东来,我向西边走。

　　不是佛力大,岂不落人手?"

说完,只见他闭目垂眉,就在法座上坐化去了。众僧一齐合掌道:"师父圆寂了!"

　　何立吃了一惊,便扯住了住持道:"我奉秦太师钧旨来请长老,不想竟坐化了,只恐其中有诈。叫我如何回复太师爷?"住持道:"我那位师父,能知过去未来,谅你太师爷来请,决无好处,故此登座说偈而逝。这是你自己亲眼见的,有何诈伪?"何立道:"尔等众僧,须要把长老的尸骸烧化了,我方好去回复。不然,你们俱要同我去见相爷!"众僧道:"这有何难。"就叫火工道人,即时将柴草搬动,拣一块平地上搭起柴棚,将长老的法身抬在上边,下边点起火来。不一时,烈焰腾空,一声响,直透九霄,结成五色莲花,上面端坐着一位和尚,叫道:"何立!冰山不久,梦景无常!你可早寻觉路,休要迷失本来!你去罢!"说罢,冉冉腾空而去。众僧即将长老的骨殖,捡出来装在龛子内,抬放后山,再拣日安葬。

　　当日,便请何立到客堂中坐了,整备素斋款待。何立将秦太师陷害了岳爷,"因他临死时曾有'懊悔不听道悦和尚'之语,故此丞相命我来骗他到临安究治。不道长老果是活佛临凡,已预先晓得坐化去了。方才明明在云端里吩咐我及早修行,奈我有八十多岁的老母在家,不能抛撇,待等他百年之后,我决意要出家了。"众僧道:"阿弥陀佛!为人在世,原是镜花水月。小僧们在这金山上,闲时看那些来来往往的船只,那一个不是为名?那一个不是为利?常常遭遇风波之险,何曾想到富贵荣华?到后来总成一场春梦!有诗道得好:

从来名利若浮云,吉凶倚伏倍难分。

田地千年八百主,何劳牛马为儿孙!"

何立听了,点头称是。随即别了一众僧人行者,下山来,仍旧渡到京口上岸,取路回临安复命不表。

再说到岳夫人,一日与媳妇、女儿闲话,张保的妻子洪氏也在旁边。夫人道:"自从孩儿往临安去后,已经一月有余;连张总兵去探听,到今并无信息,使我日夜不安,心神恍惚。我昨夜梦见元帅回来,手中架着一只鸳鸯,未知有何吉凶?"银瓶小姐道:"我夜来也梦见哥哥,同着张将军,各抱着一根木头回来,亦未知吉凶如何?"夫人道:"想是你父兄必有不祥之事,故我母女心神惶惑。且叫岳安到外面去,请一个圆梦先生来详解详解,看是如何?"当时丫环即到外厢传话,叫岳安去请圆梦先生。

岳安去不多时,却请了一个王师婆来,见了太夫人并夫人、小姐,磕了头。夫人就道:"元帅进京,叫了两个小将军去,并无信息;又因夜梦不祥,故来唤你决断。"王师婆道:"这个容易,待吾请下神道来,问他便知端的。"当时就将一张桌子摆在中间,明晃晃点起两枝蜡烛,焚起一炉香来。王师婆书符念呪。李夫人跪下,祷告了一番。停了多时,但见王师婆忽然两眼直竖,取过一根棒来,乱舞了一回,大声道:"我乃奔游神是也!请我来有甚事?快说快说!"吓得李夫人战战兢兢的跪下道:"只因丈夫岳飞钦召进京,连我儿岳云、张宪,至今一月有余,并无音耗,特求尊神指示明白!"王师婆道:"没事没事!有些血光之灾,见了就罢。"夫人道:"奴家昨夜梦见丈夫手擎鸳鸯一只,不知主何吉凶?"王师婆道:"此乃拆散鸳鸯也。"银瓶小姐亦跪下道:"小奴家亦梦见哥哥同张将军各抱一木回来,未知如何?"王师婆道:"人抱一木,是个'休'字。他两人已休矣!快烧纸,快烧纸!吾神去也!"说罢,那王师婆就一交跌倒在地。正是:

邪正请从心剖判,疑神疑鬼莫疑人。

不知后事如何,且听下回分解。

第六十二回

韩家庄岳雷逢义友　七宝镇牛通闹酒坊

诗曰：

秋月春花似水流,等闲白了少年头。

功名富贵今何在,好汉英雄共一丘!

对酒当歌须慷慨,逢场作乐任优游。

红尘滚滚迷车马,且向樽前一醉休。

这首诗,乃是达人看破世情,劝人不必认真,乐得受用些春花秋月,消磨那岁月光阴。不信时,但看那岳元帅做到这等大官,一旦被秦桧所害,父子死于狱中,兀自不肯饶他,致使他一家离散,奔走天涯。倒不如了周三畏、倪完二人,弃职修行,飘然物外。闲话休说。

那王师婆跌倒地下,停了一会,爬起身来,对着李夫人道:"我方才见一个神道,金盔金甲,手执钢鞭,把我一推,我就昏昏的睡去了,不知神道怎么样去了。"夫人就将适来之事,说了一遍。王师婆道:"夫人、小姐们,且请放心!吉人自有天相。我那里隔壁有个灵感大王,最有灵感。明日夫人们可到那里去烧烧香,许个愿心,保佑保佑,决然无事的。"夫人赏了王师婆五钱银子。王师婆叩谢辞别,自回去了。

夫人同着巩氏夫人、银瓶小姐正在疑疑惑惑,忽见岳雷、岳霆、岳霖、岳震,同着岳云的儿子岳申、岳甫一齐走来。岳震道:"母亲,今日是元宵佳节,怎不叫家人把灯来挂挂?到晚间来,母亲好与嫂嫂、姐姐赏灯过节。"夫人道:"你这娃子家,一些事也不晓。你父亲进京,叫了你哥哥同张将军去,不知消息。前日张总兵去打听,连他也不知信息。还有甚么心绪,看什么灯!"五公子听了,就走过半边。那二公子岳雷走上来道:"母亲放心!待孩儿明日起身,到临安去爹爹那里讨个信回来就是。"夫人道:"张总兵去了,尚无信息;你小小年纪,干得甚事?"

当时夫人、公子们正在后堂闲讲,只见岳安进来禀道:"外面有个道人,说有机密大事,必要面见夫人。小人再三回他,他决不肯去。特来禀知。"夫人听了,好生疑惑,就吩咐岳雷出去看来。岳雷来到门首,见了道人问道:"师父何来?"道人也不答话,竟一直走进来。到了大厅上,行了一个长礼,问道:"足下何人?"二公子道:"弟子岳雷。"道人道:"岳飞元帅,是何称呼?"岳雷道:"是家父。"道人道:"既是令尊,可以说得。我非别人,乃大理寺正卿周三畏。因秦桧着我勘问令尊,必要谋陷令尊性命,故我挂冠逃走。后来另委了万俟卨严刑拷打,令尊不肯招认。闻得有个总兵张保撞死在狱中。"讲到了这一句——里边女眷,其时俱在屏门后听着——洪氏心中先哭起来了。及至周三畏说到"去年腊月二十九日,岳元帅父子三人屈死在风波亭上"这一句,那些众女眷好似猛可半天飞霹雳,满门头顶失三魂,一家男男女女,尽皆痛哭起来。周三畏道:"里面夫人们,且慢高声啼哭!我非为报信而来,乃是为存元帅后嗣大事。快快端正逃难!

钦差不久便来拘拿眷属,休被他一网打尽。贫道去了。"夫人们听得,连忙一齐走出来道:"恩公慢行,待妾等拜谢。"夫人就同着一班公子跪下拜谢。周三畏连忙也跪下答拜了,起来道:"夫人,不要错了主意,快快打发公子们逃往他乡,以存岳氏香火!贫道就此告别了!"公子们一齐送出大门,回至里边痛哭。

夫人就叫媳妇到里边去,将人家所欠的账目并众家人们的身契,尽行烧了,对众家人道:"我家大老爷已死,你们俱是外姓之人,何苦连累着你们?尔等趁早带领家小,各自去投生罢!"说罢,又哭将起来。众公子、媳妇、女儿并洪氏母子,一齐哭声震地。那岳安、岳成、岳定、岳保四个老家人,对众人道:"列位兄弟们,我们四人情愿保夫人、小姐、公子们,一同进京尽义。你们有愿去者,早些讲来;不愿者,趁早逃生。不要临期懊悔就迟了。"只听得众家人齐声道:"不必叮咛,我等情愿一同进京,任凭那奸贼要杀要剐,也不肯替老爷出丑的!"岳安道:"难得难得!"便道:"夫人不必顾小的们,小的们都是情愿与老爷争光的。只有一件大事未定,请太夫人先着那位公子逃往他方避难要紧。"夫人道:"你们虽是这样讲,叫我儿到何处去安身?"岳安道:"老爷平日岂无一二好友?只消夫人写封书,打发那一位公子去投奔他,岂有不留之理?"夫人哭叫岳雷:"孩儿!你可去逃难罢!"岳雷道:"母亲另叫别个兄弟去,孩儿愿保母亲进京!"岳安道:"公子,不要推三阻四,须要速行!况'不孝有三,无后为大'。难道老爷有一百个公子,也都一齐被奸臣害了罢?须要走脱一两位,后来也好收拾老爷骸骨。若得报仇,也不枉了为人一世。太夫人快快写起书来,待小人去收拾些包裹银两,作速起身,休得误了!"当时岳安进去取了些散碎银两,连衣服打做一包,取件旧衣替公子换了。夫人当即含泪修书一封,递与岳雷道:"我儿,可将此书,到宁夏去投奔宗留守宗方;他念旧情,自然留你。你须要与父亲争气!一路上须要小心!"公子无奈,拜辞了母亲、嫂嫂,又别了众兄弟、妹子。大家痛哭。众公子送出大门,回进里边,静候圣旨不提。

且说藕塘关牛皋的夫人,所生之子年已十五,取名牛通。生得身面俱黑,满脸黄毛,连头发俱黄,故此人取他个绰号,叫做"金毛太岁"。乃是上天一位象星下界,生得来千斤膂力,身材雄伟。那日正月初十,正是金总兵小生日,牛夫人就领了牛通来到后堂,牛夫人先拜过了姐夫、姐姐,然后命牛通来拜姨爹、姨母的寿。金节就命他母子二人坐了。少停摆上家宴来,一齐同吃庆春寿酒。闲话之间,金总兵道:"我看内侄年已长成,武艺也将就看得过。闻得岳元帅钦召进京,将帅印托付他父亲掌管。贤内侄该到那边走走,挣个出身。但是我昨日有细作来报,说是岳元帅被秦桧陷他谋反大罪,去年腊月二十九日已死于狱中。未知真假,已命人又去打听。待他回来,便知的实也。"牛夫人吃惊道:"呀!若是谋反逆臣,必然抄斩家属,岳氏一门休矣!何不使牛通前往相州,叫他儿子到此避难,以留岳氏一脉?未知姐夫允否?"金总兵道:"此事甚好。且等细作探听回来,果有此事,就着侄儿去便了。"牛夫人道:"姐夫差矣!相州离此八九百里,若果有此事,朝廷必速往抄扎,若等探子回来,迁延日子,岂不误了?"牛通接口道:"既如此说,事不宜迟,孩儿今日连夜就往汤阴,若是无事,只算望望伯母;倘若有变,孩儿就接了岳家一个兄弟来,可不是好?"金节道:"也等明日,准备行李马匹,叫个家丁跟去方是。"牛通道:"姨爹,亏你做了官,也不晓事!这是偷鸡盗狗的事,那要张皇?我这两只脚怕不会走路?要甚马匹!"牛夫人喝道:"畜生!姨爹面前,敢放肆大声叫喊么!就是明日着你去便了!"当时吃了一会酒,各自散去。

牛通回到书房,心中暗想:"'急惊风撞着慢郎中'!倘若岳家兄弟俱被他们拿去,岂不绝了岳氏后代!"等到了黄昏时候,悄悄的收拾了一个小包裹背着,提了一条短棒,走出府门,对守门军人道:"你可进去禀上老爷,说我去探个亲眷,不久便回,夫人们不要挂念。"说罢,大踏步去了。那守门军士那里敢阻挡他,只得进来禀知金总兵。金总兵忙与牛夫人说知,连忙端正些衣服银两,连夜着家人赶上,那里赶得着?家人只得回来复命,说:"不知从哪条路去了。"金节也只得罢了。

且说那牛通,晓行夜宿,一路问信,来到汤阴,直至岳府,与门公说知,不等通报,竟望里边走。到大厅上,正值太夫人一家在厅上。牛通拜毕,通了名姓。太夫人大哭道:"贤侄!难得你来望我!你伯父与大哥被奸臣所害,俱死在狱中了!"牛通道:"老伯母不要啼哭!我母亲因为有细作探知此事,放心不下,叫侄儿来接一位兄弟到我那边去避难。大哥既死,快叫二兄弟来同我去。倘圣旨一到,就不能脱身了!"夫人道:"你二兄弟已往宁夏,投宗公子去了。"牛通道:"老伯母,不该叫兄弟到那边去,这么路程遥遥,那里放心得下?不知二兄弟几时出门的？"夫人道："是今日早上去的。"牛通道："这还不打紧，侄儿走得快，待侄儿去赶着他，就同他到藕塘关去，小侄也不回来了。"说罢，就辞别了夫人。出府来，问众家人道："二公子往那一条路去的？"家人道："望东去的。"牛通听了，竟也投东追赶不提。

且说那钦差冯忠、冯孝，带了校尉离了临安，望相州一路进发。不一日，到了汤阴岳府门首，传令把岳府团团围住。岳安慌慌忙忙禀知夫人。夫人正待出来接旨，那张保的儿子张英——年纪虽只得十三四岁，生得身长力大，满身尽是肐膊，有名的叫做"花斑小豹"——上前对夫人道："夫人且慢，待我出去问个明白了来。"就几步走到门口。那些校尉乱嘈嘈的正要打进来，张英大喝一声："住着！"这一声，犹如半天里起了个霹雳，吓得众人俱住了手。冯忠道："你是什么人？"张英道："我乃马前张保之子张英便是！若依了我的性，莫说你这几个毛虫，就有二三千兵马，也不是我的心事！但可惜我家太老爷，一门俱是忠孝之人，不肯坏了名节，故来问你一声。"冯忠道："原来如此。但不知张掌家有何话说？"张英道："你们此来，我明知是奸臣差你们来拿捉家属，但不知你们要文拿呢，还是要武拿？"冯忠道："文拿便怎么？武拿却怎么说？"张英道："若是文拿，只许一人进府，将圣旨开读，整备车马，候俺家太夫人、小夫人等一门家属起身；若说武拿，定然用囚车镣肘，我却先把你这几个狗头活活打死，然后自上临安面君。随你主意，有不怕死的就来！"说罢，就在门旁取过一根大闩，有一二尺粗细，向膝盖上这一曲，曲成两段，怒吽吽的立住在门中间。众人吃了一吓，俱吐出了舌头，缩不进去。冯忠看来不搭对，便道:"张掌家息怒!我们不过奉公差遣,只要有人进京便罢了。难道有什么冤仇么?相烦掌家进去禀知夫人,出来接旨。我们一面着人到地方官处,叫他整备车马便了。"

张英听了,就将断闩丢在一边,转身入内,将钦差的话禀明夫人。夫人道:"也难得他们肯用情。可端正三百两银子与他。我们也多带几百两,一路去好做盘缠。"夫人出来接了圣旨,到厅上开读过了,将家中收拾一番,府门内外重重封锁。一门老少共有三百多人,一齐起身。那汤阴县官将封皮把岳府府门封好了。那些乡民村老,男男女女,哭送之声,喧天动地。岳氏一家家属自此日进京,不知死活存亡。且按下慢表。

再说那二公子岳雷,离了汤阴,一路上凄凄凉凉。一日行到一个村坊上,地名七宝镇,却也热闹。岳雷走进一个店中坐定,小二就走来问道:"客人还是待客,还是自饮?"岳雷道:"我是过路的,胡乱吃一碗就去。有饭索性拿一碗来,一总算账。"那小二应声"晓得",就去暖了一壶酒,摆上几色菜,连饭一总搬来放在桌子上。公子独自一个吃得饱了,走到柜上,打开银包,放在柜上,叫声:"店家,该多少,你自称去。"主人家取过一锭银子要夹。不想对门门首站着一个人,看见岳雷年纪幼小,身上虽不甚华丽,却也穿得齐整,将这二三十两银子摊在柜上,就心里想道:"这后生是不惯出门的,若是路近还好,若是路远,前途去,岂不要把性命送了!"岳雷还了酒饭钱,收起银包,背了包裹出门。却见对门那个人走上前来,叫声:"客官且请慢行!在下就住在前面,转弯几步便是,乞到小庄奉茶,有言相告。"岳雷抬头一看，但见那人生得面如炭火，细目长眉，颔下微微几根髭须，身上穿得十分齐整，即忙答道："小子前途有事，不敢领教了。"店主人道："小客人！这位员外是此地有名的财主，最是好客的。到他府上去讲讲不妨。"岳雷道："只是不当轻造！"员外道："好说。四海之内皆兄弟也，在下就此引道。"

当时员外在前，岳雷在后，走过七宝镇，转弯来到了一所大庄院，一同进了庄门。到得大厅上，岳雷把包裹放下，上前见礼毕，分宾主坐下。员外便问："仁兄贵姓大名？仙乡何处？今欲何往？"岳雷答道："小子姓张名龙，汤阴人氏，要往宁夏探亲。不敢动问员外尊姓贵表？有何见谕？"员外道："在下姓韩名起龙，就在此七宝镇居住。方才见仁兄露了财帛，恐到前途去被人暗算，故此相招。适闻仁兄贵处是汤阴，可晓得岳元帅的消息么？"岳雷见问，便答道："小子乃寒素之家，与帅府不相闻问，不知什么消息。"一面说，不觉眼中流下泪来。起龙见了，便道："仁兄不必瞒我。若与岳家有甚瓜葛，但请放心！当年我父亲曾为宗留守裨将，失机犯罪，幸得岳元帅援救。今已亡过三年，再三遗嘱，休忘了元帅恩德！你看上面，供的不是岳元帅的长生禄位么？"岳雷抬头一看，果然供着岳公牌位，连忙立起身来道："待小子拜了先父牌位，然后奉告。"起龙道："如此说来，是二公子了！"岳雷拜罢起来，讲过姓名，再说："周三畏来报信，家父、大兄与张将军，尽丧于奸臣之手，又来捉拿家属，为此逃难出来。"不觉大哭起来。起龙咬牙大怒道："公子且不要悲伤！如今不必往宁夏去，且在我庄上居住，打听京中消息再处。"岳雷道："既承盛情，敢不如命！欲与员外结为兄弟，未知允否？"起龙大喜道："正欲如此，不敢启齿。"当时员外叫庄丁杀鸡打肉，点起香烛，两人结为异姓兄弟。收拾书房，留岳二公子住下不表。

且说牛通追赶岳雷，两三日不曾住脚。赶到一个镇上，跑得饿了，看见一座酒店，便走将进去，坐在一副座头上，拍着桌子乱喊。小二连忙上前，陪着笑脸问道："小爷吃些甚么？"牛通道："你这狗头！你店中卖的什么？反来问我？"小二道："不是吓！小爷喜吃甚的，问问方好拿来。"牛通道："只拣可口的便拿来，管什么！"小二出来，只拣大鱼大肉好酒送来。牛通本是饿了，一上手吃个精光；再叫小二去添来，又吃了十来碗。肚中已是挺饱，抹抹嘴，立起身来，背了包裹，提着短棒，往外就走。小二上前拦住道："小爷会了钞好去。"牛通道："太岁爷因赶兄弟心忙，不曾带得银子。权记一记帐，转来还你罢。"小二道："我又不认得你，怎么说转来还我？快快称出来！"牛通道："偏要转来还你，你待奈何了我！若惹得我小爷性起，把你这个鸟店打得粉碎！"

店主人听得，便走来说道："你这人好没道理！吃了人家的东西不还钱，还要撒野？快拿出银子来便罢，牙缝内迸半个'不'字，连筋都抽断你的！"牛通骂道："老杀才！我偏没有银子，看你怎样抽我的筋！"店主人大怒，一掌打去。牛通动也不动，反哈哈大笑起来："你这样力气，好像是几日不曾吃饭的，只当替我拍灰。"店主人愈加大怒，再一拳，早把自己的手打得生疼，便吆喝走堂的、烧火的，众人一齐上前，拳头巴掌，"乒乓劈拍"，乱打将来。牛通只是不动，笑道：

"太岁爷赶路辛苦,正待要人捶背。你们重重的捶,若是轻了,恼起太岁爷的性子,叫你们这班狗头,一个个看打!"那些走堂的、火工、小二,也有手打痛的,也有脚踢肿的。

正在无法可处,只见二三十个家丁,簇拥着一位员外,坐在马上,正在店门口走过。店主人看见了,便走出店来,叫声:"员外来得正好。请住马!"员外把马勒住,问道:"你们为何将这个人乱打?"店主人道:"他吃了酒饭,不肯还钱,反在此撒野,把家伙打坏。小人领的是员外的本钱,故请员外看看。"员外听了一番言语,就下马走进店来,喝道:"你这人吃了酒饭不还钱,反在此行凶,是何道理?"牛通道:"扯淡!又不曾吃你的,干你鸟事?"员外大怒,喝令众人:"与我打这厮!"二三十个家丁听了主人之命,七手八脚,一齐上前。牛通右手一格,跌倒了六七个;左手一格,打倒了三四双。员外见了,两太阳中直喷出火来,自己走上前来,将牛通一连七八拳。却不知牛通是上天象星下降,这些拳头那里在他心上?打得有些不耐烦了,拦腰的将员外抱住,走到店门首,望街上一丢道:"这样脓包,也要来打人?"员外爬起来,指着牛通道:"叫你不要慌!"家丁簇拥着望西去了。

牛通哈哈大笑,背了包裹,提着短棒,出了店门,大踏步竟走。店家打又打他不过,也不敢来追。牛通走不到二三十家人家门面,横巷里胡风唿哨,撞出四五十个人来,手中各执棍棒,叫道:"黄毛小贼!今番走到那里去!"牛通举目一看,为头这人却就是方才马上的这位员外,手中拿着两条竹节钢鞭。牛通挺起短棒,正待上前厮打,不期两边人家丢下两条板凳来,牛通一脚踹着,绊了一跌,众人上前按住,

用绳索捆了。员外道:"且带他到庄上去,细细的拷问他!"正是:

饶君总有千斤力,难免今朝一旦灾。

不知员外将牛通捉去,怎生结果,且听下回分解。

第六十三回

兴风浪忠魂显圣　投古井烈女殉身

诗曰:

奸佞当权识见偏,岳侯一旦受冤愆。

长江何故风波恶,欲报深仇知甚年?

却说员外命众人将牛通捆了,抬回庄上,绑在廊柱上。员外掇把椅子坐下,叫人取过一捆荆条来,慢慢的打这厮。那家人提起一根荆条,将牛通腿上打过二三十,又换过一个来打。牛通只叫:"好打!好打!"接连换过了三四个人,打了也有百余下。牛通大叫起来道:"你们这班狗头!打得太爷爷不疼不痒,好不耐烦!"

那牛通的声音响亮,这一声喊,早惊动了隔壁一位员外,却是韩起龙。看官听了这半日,却不知这打牛通的员外是谁?原来是起龙的兄弟,叫做韩起凤。那日起龙正在书房同岳雷闲讲,听得隔壁声喊,岳雷问道:"隔壁是何人家?为何喧嚷?"韩起龙道:"隔壁就是舍弟起凤。人见他生得面黑身高,江湖上起他一个诨名,叫做'赛张飞'。不瞒二弟说,我弟兄两个,是水浒寨中百胜将军韩滔的孙子。当初我祖公公同宋公明受了招安,与朝廷出力,立下多少功劳,不曾受得封赏,反被奸臣害了性命。我父亲在宗留守帐下立功,又失机犯罪,几乎送了性命,幸得恩公救了。所以我弟兄两个不想功名,只守这田庄过活，倒也安闲。只是我那兄弟不守本分，养着一班闲汉，常常惹祸。今日又不知做甚勾当。二弟请少坐，待愚兄去看来。"岳雷道："既是令弟，同去何妨？"起龙道："甚妙。"

二人一同来到隔壁。起凤见了，慌忙迎下来道："正待要请哥哥来审这人。不知此位何人？"起龙道："这是岳元帅的二公子岳雷，快来相见！"起凤忙道："不知公子到此，有失迎接，得罪得罪！"二公子连称"不敢"。那牛通绑在柱上，听见说是岳二公子，便乱喊道："你可是岳雷兄么？我乃牛通！是牛皋之子！"岳雷听了便道："果若是牛哥，却从何处来？到这里做什么？"牛通道："我从藕塘关来，奉母亲之命，特来寻你的。"韩起凤听了，叫声："阿呀！不知是牛兄，多多得罪了！"连忙自来解下绳索，取过衣服来替他穿了，请上厅来，一齐见礼坐定。起凤道："牛兄何不早通姓名，使小弟多多得罪！勿怪，勿怪！"牛通道："不知者不罪。但是方才打得不甚煞痒。"众人一齐大笑起来。牛通道："小弟已先到汤阴见过伯母，故尔追寻到此。既已寻着，不必到宁夏去了，就同俺到藕塘关去罢。"起龙道："且慢！我已差人往临安打听夫人、公子的消息去了，且等他回来，再为商议。"起凤就吩咐整备筵席，四人直吃到更深方散。牛通就同岳雷在韩家庄住下。

过了数日无话。这一日，正同在后堂闲话，庄丁进来报说："关帝庙的住持要见员外。"员外道："请他进来。"庄丁出去不多时，领了一个和尚来到堂前。众人俱见过礼坐定，和尚道："贫僧此来，非为别事，这关帝庙原是清静道场，蒙员外护法，近来十分兴旺。不意半月前,地方上一众游手好闲之人,接了一位教师住在庙中,教了许多徒弟,终日使枪弄棍,吵闹不堪。恐日后弄出些事来,带累贫僧。贫僧是个弱门,又不敢得罪他,为此特来求二位员外,设个计较,打发他去了,免得是非。"员外道:"这个镇上有我们在此,那个敢胡为?师父先请回去,我们随后就来。"和尚作谢,别了先去。起龙便对起凤道:"兄弟,我同你去看看是何等人。他好好去了便罢,若不然,就打他个下马威!"牛通道:"也带挈我去看看。"起龙道:"这个何妨。"岳雷道:"小弟也同去走走。"起凤道:"更妙更妙!"

四个人高高兴兴,带了七八个有力的庄客,出了庄门,一径同到关帝庙来。众人进庙不见什么,一直到大殿上,也无动静。再走到后殿一望,只有一个人坐在上面,生得面如纸灰,赤发黄须,身长九尺,巨眼獠牙;两边站着二三十个人,却都是从他习学武艺的。起龙叫庄丁且在大殿上伺候,自己却同三个弟兄走进后殿来。那些徒弟们多有认得韩员外的,走去悄悄的向教师耳边说了几句。那教师跳下座来,说道:"小可至此行教半个多月,这个有名的七宝镇上,却未曾遇见个有本事的好汉。若有不惧的,可上来见个高下。"韩起龙走上一步道:"小弟特来请教。"说未毕,牛通便喊道:"让我来打倒这厮!"就把衣裳脱下,上前就要动手。那教师道:"且慢!既要比武,还是长拳,还是短拳?"牛通道:"什么长拳短拳,只要打得赢就是!"抢上来就是一拳。那教师侧身一闪,把牛通左手一扯;牛通扑地一交便倒,连忙爬起来,睁着眼道:"我不曾防备,这个不算!"抢将去又是一拳。那教师使个"狮子大翻身",将两手在牛通肩上一捺;牛通站不住,一个独蹲,又跌倒在地下。

那教师道:"你们会武艺的怎不上来,叫这样夯汉子来吃跌?"岳雷大怒,就脱下上盖衣服,走上前来道:"小弟来了。"教师道:"甚好。"就摆开门户,使个"金鸡独立";岳雷就使个"大鹏展翅"。来来往往,走了半日。岳二爷见他来得凶,便往外收步,那教师进一步赶来;岳雷回转身,将右手拦开了他的双手,用左手向前心一捺。那教师吃了一惊,连忙侧身躲过,喝声:"住手!这是'岳家拳'。你是何人?那里学得来?乞道姓名!"韩起龙道:"教师既识得'岳家拳',决非庸流之辈。此地亦非说话之所,请同到小庄细谈何如?"教师道:"正要拜识,只是轻造不当。"员外道:"好说。"旁边众徒弟一齐道:"这位韩员外极是好客的,师父正好去请教请教,小徒辈暂别。"俱各自散去。只剩员外等共是五人,带了庄丁,出了庙门,转弯抹角,到了韩家庄。

进入大厅上,各各行礼坐定。岳雷先开口道:"请问教师尊姓大名?何以晓得'岳家拳头'?"教师道:"不瞒兄长说,先祖是东京留守宗泽,家父是宁夏留守宗方,小弟叫做宗良。因我脸色生得淡黑,江湖上都呼小弟做'鬼脸太爷'。我家与岳家三代世交,岳元帅常与家父讲论拳法,故此识得这'黑虎偷心'是岳家拳法。目下老父打听得岳老伯被奸臣陷害,叫小弟到汤阴探听。不道岳氏一门俱已拿捉进京,只走了一位二公子,现在限期缉获。故此小弟各处寻访,要同他到宁夏去。只因盘缠用尽,故此在这庙中教几个徒弟,觅些盘缠,以便前去寻访。不想得遇列位,乞道尊姓大名!"岳雷道:"兄既就是宗留守的公子,请少坐,待小弟取了书来。"岳雷起身进去。这里三人各通姓名。岳雷已取了书出来,递与宗良。宗良接书观看,大喜道:"原来就是岳家二弟!愚兄各处访问,不意在此相会!正叫做:'着意种花花不发,无心插柳柳成荫。'既已天幸相遇,便请二弟同回宁夏,以免老父悬望。"牛通道:"我也是来寻二弟的。难道藕塘关近些不走,反走远路,到你宁夏去么?"起龙道:"二位老弟,休要争论,且同住在此,待我的家人探了临安实信回来,再议也未迟。"众人俱说是有理。韩起龙就差人到庙中去,取了宗公子的行李来。一面排下酒席,五人坐下,叙谈心曲,直饮到月转花梢,方各安歇不表。

再谈临安大理寺狱官倪完,自从岳爷归天之后,心中好生惨切。过了新年,悄悄收拾行李,带了家小,逃出了临安,竟望朱仙镇而来。不止一日,到了朱仙镇上,将家小安置在客寓内,自己拿了岳元帅的遗书,来到营门,对传宣官道:"相烦通报,说岳元帅有书投上。"传宣即忙进帐禀知。施全道:"快着他进来。"传宣出来道:"投书人呢?老爷唤你进去。"倪完跟了传宣进来,到帐前跪下,将书呈上。施全接书拆开,观看毕,大哭道:"牛兄不好了!元帅与公子、张将军三人俱被秦桧陷害,死于狱中了!"牛皋听了,大叫起来道:"把这下书人绑去砍了!"吓得倪完连声叫屈。施全连忙止住道:"这是元帅的恩公!为何反要杀他起来?"牛皋道:"我只道是奸臣叫他来下书,不知他是元帅的恩人,得罪了,得罪了!"施全又问倪完道:"元帅怎生被奸臣陷害的?"倪完将往事一五一十,细细的直说到十二月二十九日,屈死在风波亭上。施全、牛皋并众兵将,一齐痛哭,声震山岳。施全叫左右取过五百两银子，送与倪完。倪完再三推辞，施全那里肯？倪完只得收了，拜谢出营，到寓中取了家小，自回家乡去了。

且说牛皋对众兄弟道："大哥被奸臣陷害，我等杀上临安，拿住奸贼，碎尸万段，与大哥报仇！"众人齐声道："有理，有理！"当时连夜赶造白盔白甲，不数日造完。众将带领兵卒，三声炮响，浩浩荡荡，杀奔临安而来。朱仙镇上众百姓闻知岳元帅被害，哭声震野，如丧考妣一般，莫不携酒载肉，一路犒军，人人切齿，个个咬牙，俱要替岳爷报仇。

却说大兵不日行至大江，取齐舡只，众兵将一齐下船渡江。这一日，真正风清日朗。兵船方至江心，忽然狂风大作，云雾迷漫，空中现出两面绣旗，上有"精忠报国"四个大字。但见岳爷站立云端，左首岳云，右首张宪。众人见了，个个在船头上哭拜道："哥哥阴灵不远！兄弟们今日与哥哥报仇雪恨，望哥哥保佑！"岳爷在云端内把手数摇，这是叫施全回兵，不许报仇之意。那牛皋令速速开船，众兵卒将船摇动。只见岳爷怒容满面，将袍袖一拂，登时白浪滔天，连翻三四只兵舡，余船不能前进。余化龙大叫道："大哥不许小弟们报仇，何颜立于人世！"大吼一声，拔出宝剑，自刎而亡。何元庆也叫一声："余兄既去，小弟也来了！"举起银锤，向自己头上"扑"的一下，将头颅打碎，归天去了。牛皋见二人自尽，大哭一场，望着长江里"扑通"的一声响，跳下去了。众兵将道："元帅既不许我等报仇，可将兵舡回岸，一齐回乡去罢。"其时便把风篷调转来，把船拢了岸，大众纷纷的散去。只剩了施全、张显、王贵、赵云、梁兴、吉青、周青七个人，还有三千八百个长胜军不动。施全道："你们为何不散？"众兵士道："我等受大老爷莫大之恩，难以抛撇。目今虽遭陷害，我们想那奸臣少不得有个败坏之日，那时我们得到大老爷坟墓之前拜奠拜奠，也见我等一点真心。如今情愿跟随众位将军做些事业，所以不散。"施全道："只是我等无处安身，怎生是好？"吉青道："不如依旧往太行山去驻扎，差人探听夫人、娘儿们消息，再图报仇何如？"众英雄齐道："此言有理。"七位英雄带领三千八百长胜军，竟奔太行山而去。有诗曰：

死生天纵忠贞性，不让田横五百人。

当时羞杀秦长脚，身在南朝心在金。

再说牛皋跳下长江，随着波浪滚去，性命将危。忽然一阵狂风大浪，将牛皋刮在一个山脚之下，耳中听得叫道："牛皋醒来！"牛皋悠悠的醒转，吐了几口白沫，开眼看时，却原来是鲍方老祖，背后一个小道童，手中拿着一套干衣。牛皋见是老祖，慌忙跪下磕头。老祖道："牛皋，你的禄寿还未应绝，快把干衣换了。"牛皋痛哭道："弟子虽蒙师父救了性命，只是我不报大哥之仇，有何颜面立于人世！"老祖道："岳飞被害，自有一段因果，后来自有封赠。奸臣不久将败。你也不必过伤，可速往太行山去，有施全等在彼，你可去同他们暂为目前之计。日后尚要与朝廷出力，不可忘了！"说罢，一阵清风，倏然不见。牛皋只得将干衣换了，寻路往太行山去不表。

再说那冯忠、冯孝，解了岳家家属到了临安，安顿驿中，即来报知秦桧。秦桧假传一道旨意出来，把岳家一门人口，一齐拿往西郊处斩。其时韩元帅正同了夫人梁红玉进京,朝见了高宗,尚未回镇。家将来报知此事,梁夫人就请韩元帅速去阻住假旨,校尉不许动手;自己忙忙的披挂上马,带领了二十名女将跟随,一程竟至相府,不等通报,直至大堂下马。守门官见来得凶,慌忙通报。王氏出来接进私衙,见礼坐下。梁夫人道:"快请丞相相见,本帅有话问他!"王氏见梁夫人怒容满面,披挂而来,谅来有些不尴尬,假意回道:"夫君奉旨宣进宫去,尚未回来。不知夫人有何见教?"梁夫人道:"非为别事,只因岳元帅一事,人人生愤,个个不平!闻得今日又要将他家属斩首,所以本帅亲自前来,同丞相进宫去,与圣上讲话。"王氏道:"我家相公正为着此事,入宫保奏去了,谅必就回。请夫人少待片刻。"一面吩咐丫环送上茶来;一面暗暗叫女使,到书房中去通知秦桧,叫他只可如此如此。秦桧也惧怕梁夫人,只得连忙收转了行刑圣旨,假意打从外边进来,见了梁夫人。梁夫人大怒道:"秦丞相!你将'莫须有'三字,屈杀了岳家父子三人,兀自不甘;还要把他一家斩首,是何缘故!本帅与你到圣上面前讲讲去!"秦桧连忙陪笑道:"夫人请息怒!圣上传旨,要斩岳氏一门;下官连忙入朝,在圣上面前再三保奏,方蒙圣恩免死,流徙云南为民了。"梁夫人道:"如此说来,倒亏你了。"也不作别,竟在大堂上上马,一直出府去了。这才是:

从空伸出拿云手,救拔天罗地网人。

秦桧心头方把这块石头放下。王氏道:"相公,难道真个把岳家一门都免死了?倘他们后来报仇,怎么处!"秦桧道:"这梁红玉是个女中豪杰,再也惹他不得。倘若行凶起来,我两人的性命先不保了!

我如今将机就计，将他们充发云南，我只消写一封书去送与柴王，就在那边把他一门尽行结果，有何难哉！"王氏赞道："相公此计甚妙！"

不言夫妻定计。却说梁夫人出了相府，来至驿中，与岳夫人见礼坐下，叙了一会寒温。梁夫人道："秦贼欲害夫人一门性命，贱妾得知，到奸贼府中要扯他去面圣，所以免死，发往云南安置。夫人且请安心住下，待妾明日进朝见驾，一定保留不去。"夫人听了，慌忙拜谢道："多感夫人盛情！但先夫、小儿既已尽忠报国，妾又安敢违抗圣旨？况奸臣在朝，终生他变，不如远去，再图别计。但有一大事，要求夫人保留妾等耽延一月，然后起身，乃莫大之恩也！"梁夫人道："却为何事？"岳夫人道："别无牵挂，只是先夫小儿辈既已身亡，不知尸骨在于何处。欲待寻着了，安葬入土，方得如愿。"梁夫人道："这个不难。待妾在此相伴夫人住在驿中，解差也不敢来催促起身。元帅归天，乃是腊月除夜之事，所以无人知道。不如写一招纸贴在驿门首，如有人知得尸首下落前来报信者，谢银一百两；收藏者，谢银三百两。出了赏赐，必有下落。"岳夫人道："如此甚好。但是屈了夫人，如何处！"梁夫人道："这又何妨？"随即写了招纸，叫人贴了。梁夫人当夜就陪伴岳夫人歇在驿中，说得投机，两个就结为姊妹。梁夫人年长为姊，岳夫人为妹。

过得一夜，那王能、李直已写了一张，贴在招纸旁边。早上驿卒出来开门见了，就来与岳夫人讨赏，说："元帅尸首在螺蛳壳内。"岳夫人道："这狗才！大老爷的尸首既是你藏过，就该早说，为何迟延?"驿卒道:"不是小人藏的。小人适才开门,看见门上贴着一张报条,所以晓得。小人揭得在此,请夫人观看。"夫人接来一看,只见上面写道:

　　欲觅忠臣骨,螺蛳壳里寻。

夫人流泪道:"我先夫为国为民,死后还有人来嘲笑。"梁夫人道:"报条上写得明白,决非奸臣嘲笑,必是仗义之人见元帅尽忠,故将尸骨藏在什么螺蛳壳内。贤妹可差人寻访寻访。"夫人即差岳安等四处去查问,有一个老者道:"西湖上螺蛳壳堆积如山,须往那里去看。"岳安回来禀知岳夫人。梁夫人道:"我同贤妹去看,或者在内亦未可知。"岳夫人道:"只是有劳姐姐不当。"遂一同上马,带领一众家人出城,来到西湖上,果然有一处堆积着许多螺蛳壳。即令家人耙开来,看见有一口棺木在内。岳安上前看时,只见材头上写着"濠梁总兵张保公柩"。岳夫人道:"既有了张保的棺木,大老爷三人也必然在内的了。"叫家丁再耙。众家丁一齐动手,霎时间将螺蛳壳尽行耙开,果然露出三口棺木,俱有记号,遂连忙雇人搭起篷来,摆下祭礼,合家痛哭。后人有诗吊之曰:

　　无辜父子抱奇冤,飘零母女泪如泉。
　　堪怜大梦归蝴蝶,忍听啼魂泣杜鹃!

祭奠已毕。那银瓶小姐想道:"我是个女儿,不能为父兄报仇,在世何为?千休万休,不如死休!"回头见路旁有一口大井,遂走至井边,涌身一跳。夫人听得声响,回转头来见了,忙叫家人捞救起来,已气绝了。真个是:

断送落花三月雨,摧残杨柳九秋霜。

不知后事如何,且听下回分解。

第六十四回

诸葛梦里授兵书　欧阳狱中施巧计

诗曰：

三卷兵书授远孙，辅成孝子建奇勋。

非关预识欧阳计，须知袖里有乾坤。

却说岳夫人见银瓶小姐投井身亡，痛哭不止。梁夫人亦甚悲伤。合家无不哀苦。就是那些来来往往行路之人，那一个不赞叹小姐孝烈！梁夫人含泪劝道："令爱既死，不能复活，且端正后事要紧。"岳夫人即吩咐岳安，速去置备衣衾棺椁，当时收殓已毕。岳夫人对梁夫人道："现今这五口棺木，将如何处置？必须寻得一块坟地安葬，方可放心。望姊姊索性耽待几日，感恩无尽！"梁夫人道："这个自然要全始全终，愚姊岂肯半途而废？可命家人即于近地寻觅便了。"当时岳夫人即命四个家人在篷下看守，自同梁夫人并众家属仍回驿内安歇。

过了两日，岳安来禀道："这里栖霞岭下有一块空坟地，乃是本城一位财主李官人的，说是大老爷一门俱是忠臣孝子，情愿送与大老爷，不论价钱。只要夫人去看得中，即便成交。"岳夫人听了，即邀了梁夫人一同出城，来至栖霞岭下，看了那块坟地，十分欢喜。回转驿中，即命岳安去请李官人来成交。去不多时，李直同了岳安来见岳夫人,送上文契,不肯收价。韩夫人道:"虽然是官人仗义,但没有个空契之理,请略收些,少表微意可也。"李直领命,收下二十金,告辞回去。

岳夫人择定吉日,安葬已毕。梁夫人送回驿中,已见那四个解官、二十四名解差,催促起身。岳夫人就检点行李,择于明日起身。梁夫人又着人去通知韩元帅,点了有力家将四名护送。梁夫人亲送出城,岳夫人再三辞谢,只得洒泪而别。梁夫人自回公寓,岳夫人一家自上路去。这里秦桧又差冯忠带领三百名兵卒,不住在岳坟近处巡察,如有来祭扫者,即时拿下。一面行下文书,四处捉拿岳雷;一面又差冯孝前往汤阴,抄没岳元帅家产不提。

再说韩起龙,一日正与岳雷等坐在后厅闲话,那上临安去的家人打听得明明白白,回来见了员外,将秦桧如何谋害,梁夫人如何寻棺、如何安葬,银瓶小姐投井身亡,岳氏一门已经解往云南、现在差官抄扎家私、四下行文捕捉二公子的话,细细说了一遍。岳雷听了,不觉伤心痛哭,晕倒在地。众人连忙将姜汤灌醒。醒来,只是哀哀的哭:"爹爹吓!你一生忠孝,为国为民,不能封赏,反被奸臣惨害!一家骨肉,又充发云南!此仇此恨,何日得报!"正是:

路隔三千里,肠回十二时。

思亲无尽日,痛哭泪沾衣。

起龙道:"事已至此,二弟不可过伤。你坏了身子,难以报仇。"岳雷道:"多承相劝。只是兄弟欲往临安,到坟前去祭奠一番,少尽为子之心,然后往云南去探望母亲。"起龙道:"二弟,你不听见说奸臣差人在坟上巡察,凡有人祭奠的,必是叛臣一党,即要拿去问罪?况且行开文书,有你面貌花甲,如何得去?"牛通道:"怕他什么!有人看守,偏要去!若有人来拿,通自我抵挡。"宗良道:"不如我们五个人同去,就有千军万马,也拿我不住。"众人齐声拍手道:"妙,妙!我们一齐去!"韩起龙就吩咐端正行李,一同明日起身不表。

且说诸葛英,自长江分散回家,朝夕思念岳爷,郁郁不乐,染成一病而死。其子诸葛锦,在家守孝。忽一夜,睡到三更时分,梦中见父亲走进房来,叫声:"孩儿,快快去保岳二公子上坟,不可有误!"诸葛锦道:"爹爹原来在此!叫孩儿想得好苦!"上前一把扯住衣袂。诸葛英将诸葛锦一推,倒在床上,醒来却是一梦。次日,将夜间之梦告诉母亲。诸葛夫人道:"我久有心叫你往汤阴去探望岳夫人消息,既是你爹爹托梦,孩儿可速速前往。"

诸葛锦领命,收拾行囊,辞别母亲,离了南阳,望相州进发。不想人生路不熟,这一日贪趱路程,又错过了客店,无处栖身,天色又黑将下来。又走了一程,只见一带茂林,朦朦月色,照见一所冷庙,心中方定,暗想:"且向这庙内去蹲一夜再处。"走上几步,来到庙门首,两扇旧门也不关;上边虽有一个匾额,字迹已剥落的看不出了。诸葛锦走进去一看,四边并无什物,黑影影两边立着两个皂隶,上头坐个土地老儿;一张破桌,缺了一只脚,已斜摊在一边。诸葛锦无奈,只得在拜台上放下包裹,摊开行李,将就睡下。行路辛苦,竟朦胧的睡着了。将至三更时分,忽见一人走进庙来,头戴纶巾,身穿鹤氅,面如满月,五绺长须,手执羽扇,上前叫道:"孙儿,我非别人,乃尔祖先孔明是也。你可快去保扶岳雷,成就岳氏一门'忠孝节义'。我有兵书三卷,上卷占风望气,中卷行兵布阵,下卷卜算祈祷。如今付你去扶助他。日后成功之日,即将此书烧去,不可传留人世。须要小心!"说罢,化阵清风而去。诸葛锦矍然醒来,却是一梦。巴到了天明起来,见那供桌底下有个黄绫包袱,打开一看,果然是兵书三卷,好不欢喜,连忙一总收拾在包裹内了,就望空拜谢。看看东方渐白,就背上包裹,出了土地庙。

一路下来,日间走路,夜投宿店看书。又在市镇上买了几件衣服,从此日就改作道家装束。又行了几日,到了江都地方,住在一个马王庙内。每日在路旁搭个帐篷,写起一张招牌来,上写着"南阳诸葛锦相识鱼龙并不计利"十三个大字。那些人多有来相的,皆说相得准,送些银钱,诸葛锦也不计论多寡,赚得些来度日。

那一日,岳雷同着牛通、宗良、韩起龙、韩起凤五个人,一路行至江都,打从诸葛锦帐篷前走过。牛通看见围着一簇人,不知是做甚的,便叫:"哥哥们慢走,待我看看。"就向人丛里分开众人,上前一看,说道:"是个相面的,什么希罕,聚这许多人!"岳雷听见,便道:"我们何不相一相,看他怎么说?"岳雷就走进帐篷,众人也一齐跟进去。不道看相的人多,牛通就大喝道:"你们这班鸟人!要相就相,不相的却挤在这里做什么? 快快与我走他娘,不要惹我老爷动手!"那看的人见牛通是个野蛮人,况这五个人都是异乡来的,与他争竞什么,都一哄的散了。岳雷上前把手一拱,说道:"先生,求与在下相一相。"那诸葛锦抬头将岳雷一看,说道:"足下的尊相,非等闲可比!

等小子收拾了帐篷,一同到敝寓细细的相罢。"岳雷道:"如此甚好。"

那道人即去把招牌收下,卷起帐篷,一同众人来到马王庙中,各各见礼坐下。诸葛锦道:"足下莫非就是岳二公子么?"岳雷吃了一惊,便道:"小弟姓张,先生休要错认了!"诸葛锦道:"二兄弟,休得瞒我!我非别人,乃诸葛英之子也。因先父托梦,叫我来保扶你去上坟的。"岳雷大喜道:"大哥从未识面,那里就认得小弟?"诸葛锦道:"我一路来的关津,俱有榜文张挂,那面貌相似,所以认得。"众人大喜道:"今番上坟,有了诸葛兄就不妨事了!"牛通道:"既有了军师,我们何不杀上临安,拿住昏君,杀了众奸臣;二兄弟就做了皇帝,我们都做了大将军,岂不是好!"岳雷道:"牛兄休得乱道!恐人家听见了,不是当耍的!"当时诸葛锦一一问了姓名,就在庙中住了一夜。到次日收拾行李,离了马王庙,六个人同望临安上路。

行了一日,到得瓜州,已是日落西山,天已晚了,不好过江,且在近处拣一个清净歇店住了一夜。天明起身,吃饱了,离了店门,一齐出了瓜州城门,见有一个金龙大王庙,诸葛锦道:"我们且把行李歇在庙中坐坐,那一位兄弟先到江口叫定了船,我们好一齐过江去。"岳雷道:"待小弟去,众位可进庙中等着。"说罢,竟独自一个来到江边。恰好有只船泊在岸边,岳雷叫声:"驾长,我要雇你的船过江,要多少船钱?"那船家走出舱来,定睛一看,满面堆下笑来道:"客人请坐了,我上去叫我伙计来讲船钱。"岳雷便跳上船,进舱坐下,那船家上岸飞跑去了。岳雷正坐在船中,等一会,只见船家后边跟了两个人,一同上船来道:"我伙计就来了。这两个客人也要过江的,带他一带也好。"岳雷道:"这个何妨。不知二位过江到何处去公干?"二人流泪道:"我二人要往临安去上坟的。"岳雷听了"上坟"两字,打动他的心事,便问:"二位远途到临安,不知上何人之坟?"二人道:"我看兄是外路人,谅说也不妨。我们要去上岳爷的坟的。"岳雷听了,不知不觉就哭将起来,问道:"二位与先父有何相与,敢劳前去上坟?实不相瞒,小弟即是岳雷。二公要去,同行正好。"二人道:"你既是岳雷,我二人也不敢相瞒,乃是本州公差,奉秦太师钧旨来拿你的!"

二人即在身边取出铁练,将公子锁了,上岸进城,解往知州衙门里来。那知州姓王名炳文,正值升堂理事。两个公差将岳雷雇船拿住之事禀明,知州大喜道:"带进来!"两边一声吆喝,将岳雷推至堂上。知州大喝道:"你是叛臣之子,见了本州,为何不跪?"岳雷道:"我乃忠臣之子,虽被奸臣害了,又不犯法,为何跪你?"知州道:"且把这厮监禁了,明日备文书起解。"左右答应,就将岳雷推入监中。

且说那众小弟兄在大王庙中,等了半日,不见岳雷转来,韩起龙道:"待我去寻寻看,为何这半日还不来?大江边又是死路,走向那里去了?"起凤道:"我同哥哥去。"弟兄两个出了庙门,来至江口,只听得三三两两传说:"知州拿住了岳雷,明日解上临安去,倒是一件大功劳!"也有的说:"可怜岳元帅一生尽忠,不得好报!"又有的说:"秦太师大约是前世与他有甚冤仇。"韩起龙弟兄两个听得明白,慌慌张张回转庙中,报知众人。牛通便对诸葛锦道:"都是你这牛鼻子,叫他去叫船,如今被人捉去。快快还我二兄弟来便罢,不然我就与你拼了命罢!"诸葛锦也慌了手脚。宗良便道:"牛兄弟且莫要忙,事已至此,我们且商量一计救他方好。"诸葛锦道:"且慢,待我来卜他一卜。"就在身边取出三个金钱,对天祷告,排下卦来。细细看了卦象,大喜道:"你们各请放心!包管二更时分,还你岳家兄弟见面便了。"众人道:"如今现被知州监禁在狱,我们若不去劫牢,今晚怎得出来?"诸葛锦道:"我看卦象,是有救星在内,应在戌亥二时出城。我们都往城边守候,包你不错就是。"众人无奈,只得依他。

且说岳雷在监中放声大哭,大骂:"秦桧奸臣!我父亲在牛头山保驾,朱仙镇杀退金兵,才保得你半壁江山。你将我父兄三个害死风波亭上,又将我满门充发云南!今日虽被你拿住,我死后必为厉鬼,将你满门杀绝,以泄此恨!"带哭带骂,唠叨个不住。谁知惊动了间壁一人,听得明明白白,便大喝一声:"你这现世宝!你老子是个好汉,怎么生出你这个脓包来,这样怕死!哭哭啼啼的,来烦恼咱老子!"那禁子便道:"老爷不要理他,过了今日一晚,明日就要解往临安去的。他不晓得老爷在此,待我们去打他,不许他哭就是了。"

你道此人是谁?原来是复姓欧阳,双名从善,绰号叫做"五方太岁",惯卖私盐,带做些私商勾当。只因他力大无穷,官兵不敢奈何他,又且为人率直,逢凶不怕,见善不欺。昔日渡张保过江的就是此人。因一日酒醉了,在街坊与人厮打,被弓兵捉住,送往州里。州官将他监在狱中,那牢子奉承他,便赏他些银钱;倘若得罪了他,非打即骂。那些禁子怕他打出狱去,尽皆害怕,所以称他做"老爷",十分趋奉他,他倒安安稳稳坐在监房。那日,听得岳雷啼哭,假意发怒,便对禁子道:"今日是我生日,被这现世宝吵得我不耐烦。"就在床头取出一包银子,约有二十来两,说道:"你拿去,替我买些鸡鹅鱼肉酒面果子进来,庆个寿,也分些与众人吃吃。"禁子接了银子,到外边买了许多酒菜,收拾端正,已是下午。禁子将那些东西,搬到从善面前摆着。从善叫分派与众囚犯,又道:"这现世宝,也拿些与他吃吃。"众牢子各各分派了,回到房中坐定。欧阳从善与这些牢头禁子猜拳行令,直吃到更深,大家都吃得东倒西歪,尽皆睡着。

从善见众人俱醉了,立起身,拿了几根索子束在腰间,走过隔壁来,轻轻的对岳雷道:"我乃欧阳从善。日间听见你被捉,故设此计来救你!"公子称谢不尽。从善便将公子镣肘去了,便道:"快随我来!"二人悄悄来至监门首,从善将锁轻轻打落。二人逃出监来,如飞的来至城头上,欧阳从善解下腰间索子,拴在岳雷腰里,从城上放将下去。谁知这诸葛锦预先算定阴阳,同众弟兄在城脚下接应,见岳雷在城上坠下,尽皆欢喜。牛通道:"这个道人算的阴阳,果然不差!"但听见城上高喊一声:"下边是什么人?走开些!"这一声喊里,欧阳从善趁势一纵,已跳下城来,与众弟兄相见了,各通姓名。岳雷将从善在监中相救之事,说了一遍。众弟兄十分感激,称谢不尽。诸葛锦道:"我等不可迟延,速速寻觅船只过江,恐城中知觉起兵追来,就费手脚了!"众弟兄各各称是,一齐回到江口。却见日里那只船还泊在岸边,韩起龙跳上船头,喝声:"艄公快起来!本州太爷解犯人过江!"那艄公睡梦里听见吆喝,连忙披了衣服,冒冒失失钻出舱来,早被韩起龙一把揪住头发,身边拔出腰刀,一刀剁落水去。众弟兄齐上船来,架起橹桨,一径摇过江去了。正是:

鳌鱼脱却金钩去,摆尾摇头再不来。

不知后事如何,且听下回分解。

第六十五回

小弟兄偷祭岳王坟　吕巡检婪赃闹乌镇

诗曰：

堪叹英雄值坎坷，平生意气尽消磨。

魂离故苑归应少，恨满长江泪转多！

且说瓜州城里那狱中这些牢头禁子，酒醒来不见了欧阳从善，慌慌的到各处查看，众犯俱在，单单不见了岳雷；又看到监门首，但见监门大开。这一吓真个是魂飞天外，魄散九霄，忙去州里报知。知州闻报是越了狱，即刻升堂，急急点起弓兵民壮，先在城内各处搜寻，那里有一点影响？闹了半夜，天色将明，开了城门赶到江口一望，绝无痕迹。无可奈何，只得回衙，将众禁子各打了四十。一面差人四处追捉不表。

且说众小弟兄，渡过了长江，到京口上岸，把船弃了，雇了牲口，望武林一路进发。不一日，到了北新关外，见一招牌上写着"王老店安寓客商"。众弟兄正在观望，早有店主人出来招接道："众位相公要歇，小店尽有洁净房子。"众弟兄一齐走进店内，小二早把行李接了，搬到后边三间屋内安放。众人举眼看时，两边两间卧房，安排着三四张床铺；中间却是一个客座，影壁门上贴着一幅朱砂红纸对联，上写着：

人生未许全无事,世态何须定认真?

中间一只天然几上供着一个牌位。诸葛锦定睛看时,却写着"都督大元帅岳公之灵位"。众弟兄吃惊,也不解其意。少停店主人端正酒饭,同了小二搬进来。诸葛锦便请问主人家:"这岳公牌位为甚设在此间?"主人道:"不瞒诸位相公,相公是外来客人,不避忌讳,这里本地人却不与他得知。小可原是大理寺禁子王德。因岳爷被奸臣陷害,倪狱官也看破世情回乡去了。小可想在狱中勾当,赚的都是欺心钱,怕没有报应日子?因此也弃了这行业,帮着我兄弟,在此开个歇店。因岳爷归天,小子也在那里相帮,想他是个忠臣,故此设这牌位,早晚烧一炷香,愿他早升天界。"诸葛锦道:"原来是一家人,决不走漏风声的。"指着岳雷道:"这位就是岳元帅的二公子,特来上坟的。"王德道:"如此,小人失敬了!小可因做过衙门生意,熟识的多,再无人来查察,众位相公尽可安身。但是坟前左右,秦太师着人在彼巡察,恐怕难去上坟,只好半夜里悄悄前去方可。"诸葛锦道:"且再作商量。"当日弟兄七个,在店中宿了一夜。

天明起来梳洗,吃了早饭。诸葛锦取出三四两银子来,对着主人家道:"烦你把祭礼替我们端正好了。我们先进城去探探消息,晚间回来,好去上坟。"王德道:"祭礼小事,待小的备了就是,何必又要相公们破钞?"岳雷接口道:"岂有此理?劳动已是不当了!"说罢,就一齐出了店门。进城来,一路东看西看,闯了半日。日已过午,来到一座酒楼门首经过,牛通道:"诸葛哥,我肚中饥了,买碗酒吃了去。"众人道:"我们也用得着了。"七个人一齐走进店门,小二道:"各位相公,可是用酒的?请上楼去坐。"众人上了楼,拣一副干净座头占了。小二铺排下按酒东西,烫上酒来。七个人猜拳行令,直吃到红日西沉,下楼来算还了酒钱,一路望武林门而来。恰恰打从丞相府前经过,诸葛锦悄悄的对众人说道:"这里是奸贼秦桧门首,不要多言,快快走过去。"众人依言,俱默默的向前走去。

独有那牛通听了此言,暗自想道:"我正要杀这个奸贼,与岳伯父报仇。今日在此贼门首经过,反悄悄而行,岂有此理?待我进去除了这贼,有何不可!"想定了主意,挨进头门。此时天色已晚,衙役人等尽皆散去,无人盘问。远远望见那门公点火出来上灯,牛通连忙往马衕内去躲,看见搁着一乘大轿在那里,牛通就钻进轿中坐着。直到更深人静,牛通钻出轿来,走至里边。门户俱已关上,无处可入,抬头一看,对面房子不甚高大,凑着墙边一棵大树,遂盘将上去。爬上了屋,望下一看,屋内却有灯光,便轻轻的将瓦来揭起,撬去椽子,溜将下去,只见一个人睡在床上,却被牛通惊醒,正待要喊,牛通上前,照着他兜心一拳。那人疼了,一轱辘滚下床来,被牛通趁势一脚踹住胸膛,一连三四拳,早呜呼了。回头看那桌上,却有好些爆竹,牛通道:"待我拿些去坟上放也好。"就捞了几十个揣在怀里。将桌上灯剔亮了,四下观看,满房俱是流星花炮、烟火之物。——原来是秦桧的花炮火药房,叫那人在此做造,施放作乐的。牛通骂一声:"秦桧奸贼!万代王八!你在家中这般快活,我那岳伯父拼身舍命与金人厮杀,才保全得你半壁江山,你方得如此快活。蓦地里将他害了性命,弄得他家破人亡,连坟都不许上!你若撞在我太岁手里,活剥了你的皮,方泄我恨!"一面恨,一手将灯煤一弹,正弹在火药之中,登时烈焰冲天,"乒乒乓乓",竟天价烧起来。牛通大惊,欲寻出路,却被火烟迷住了眼目,正在走头无路,十分着急,忽然一阵冷风,火中走出一个人来,叫声:"牛公子,休要惊慌,我来救你。"牛通道:"你乃何人?"那人道:"我乃张保。"一手就将牛通提在空中去了。那秦桧在睡梦之中听得火烧,惊醒起来;说是花炮房失火,急喊起家丁众人,连忙救灭,只烧了他两间小房。只道是做花炮的遗漏了火,以致烧死,那里晓得是牛通放的。

且说岳雷、诸葛锦一班小弟兄,出城回到店中,却不见了牛通,岳雷大惊道:"牛哥不知那里去了,如何是好!"诸葛锦就袖占一卦,早知其事,便道:"卦象无妨。我们且去坟上等他便了。"店主人便将三牲祭礼搬将出来,众弟兄收拾齐备,着两个火家抬了,一齐出门,望栖霞岭而来。到得坟前,不见牛通,众人个个慌张。诸葛锦道:"你们不必心焦,即刻时辰已到,包你就来。"众人正在不信,只见空中跌下一人,众人上前观看,果然是牛通。众人齐道:"诸葛兄果然好神算!"岳雷问道:"牛兄,你往何处去了?使我们好着急!在空中跌下来,不知何故?"牛通将私入相府、误烧火药房、张保显灵相救之事,细细说了一遍。韩起龙道:"也好也好!虽未报仇,只算先送个信与他。"众人就将祭礼摆下,岳雷哭奠一番。众人然后一个个拜奠,岳雷跪在旁边回礼,十分悲苦,一阵心酸,不觉晕倒在地。宗良正在焚化纸钱,牛通见了,想起:"我方才在奸贼家里拿得些爆竹在怀里,何不放了?"便向胸前去摸将出来。欧阳从善一手就接过来,点上药线就放。起龙、起凤俱是后生心性,各人取来放起,一时间烘天价响起来。

那秦桧原差冯忠领三百名军兵,在岳爷坟上左右巡察,如有人来私祭者,即便拿去究问。那冯忠在坟上守许多日,并不见有人来祭奠,因此把人马驻扎在昭庆寺前。这一晚,听得花炮震响,恰正是这脚风色,连忙点起人马,迎着风唿哨而来。诸葛锦道:"有兵来了!快快走罢!"众弟兄俱望后山逃走,性急慌忙,却忘了岳雷还睡在坟上。那冯忠赶到坟上,并无一人,但见摆着祭礼;再将灯火照看,却见地下睡着一人,上前细认,与画上面貌一般无异。冯忠大喜,便将来用绳捆了,放在马鞍上,好不欢喜。吩咐三军回营,离了岳坟,往昭庆寺而来。

来至湖塘上,岳雷已悠悠醒转,开眼看时,满身绳索,已知被人拿住,吃了一惊,不敢则声。那冯忠得意洋洋,坐在马上,来到一棵大树旁边擦过,因树枝繁茂,咋开碍路,把头一低,在树底下钻过去。岳雷顿生一计,把双脚钩住在树上,用力一蹬,冯忠、岳雷,连人带马,一齐跌下湖中。众军士见主人跌下水去,一齐上前捞救。忽然一阵阴风,将灯球火把尽皆吹灭。众军士毛骨竦然,乌天黑地,那里去捞救,却往四下里去寻火。那岳雷跌入湖中,自分必死,忽见银瓶小姐头戴星冠,身披鹤氅,叫声:"二弟休慌,我来救你也!"就把岳雷提在空中。再一阵风,将冯忠吹入湖心之中,吃了一肚子的清水,待等众军点了火把来救时,眼见得不活了。

再说岳雷在空中,如云似雾,顷刻之间,已到了乌镇。小姐道:

"二弟小心，我去也！"岳雷睁开眼一看，却在平地上，杳无人迹。在黑暗里一步捱一步，来到一家门首，门儿半掩，里面透出灯光。岳雷走上前去，把门一推，却原来是老夫妇二人在那里磨豆腐。岳雷就叫声："老丈，望乞方便，搭救则个！"那老者出来，见岳雷浑身透湿，便问："小客人为何这般光景？"岳雷道："小子是异乡人，因遇着强盗，劫了行囊，跌入河中，逃得性命。有火借烘烘衣服。"那老儿道："可怜，可怜！如此青年，也不该独自一个出门。快进来，灶内有的是火，可坐在那边去。"又叫婆子："你可去取件旧衣服，与他换了，脱下来好烘。"那婆子就取出干衣来，与岳雷换了。岳雷感恩不尽，一面烘衣，一面问道："请问老丈尊姓？"老儿道："老汉姓张，本是湖州府城里人。五十六岁没了儿子，我两口儿将就在这乌镇市上做些豆腐过活。不知小客人从何处来？因何遇了强盗？"岳雷假说道："小子也姓张，汤阴人。因往临安探亲，在船上遇着强盗。"张老道："汤阴有个岳元帅，算得是个大英雄，亏他保全了今上皇帝，可惜被奸臣害了！如今还在拿他的子孙哩！"

两人说说话话，不觉天已大明。张老舀了一碗豆浆，递与岳雷道："小客人，可先吃些挡寒。"岳雷谢了，接过来正吃，只见两个人推门进来，叫声："张老儿，有豆浆舀两碗来吃！"张老举眼看时，却是本镇巡检司内的两个弓兵，一个赵大，一个钱二。张老连忙舀了两碗豆浆递去，掇条凳子，说："请二位坐了。"二人一面吃，却看见岳雷，便问张老道："这个后生是那里来的？"张老暗想："衙门中人，与他缠什么帐？"就随口答道："是我的外甥。"赵、钱二人吃了豆腐浆，丢了两个钱,走出门来。赵大对钱二道:"从未见老张有什么亲眷来往。我看这个人正与岳雷图形无异,我们何不转去盘问他个细底?倘若是岳雷,将他解上去,岂不得了这场富贵?"钱二道:"有理。"两个转进店中问道:"你这外甥,却是何处人?姓甚名谁?为甚往常从不提起?"张老道:"他叫做张小三,因他住得远了,所以不能常来看我。"赵大大喝道:"放你的驴子屁!你姓张,那有外甥也姓张!明明是岳雷!还要赖到那里去?"岳雷道:"既被你们识破,任凭你拿我去请功何妨。"赵钱二人大喜,上前拿住,就叫拢地方、左右邻舍俱到。赵大、钱二道:"这个是朝廷要犯,在此拿住。你们俱要护送,若有疏失,你们都有干系!"众人道:"自然自然,我们相帮解去。"赵大道:"这张老儿窝藏钦犯,假说外甥,也要带到衙门去的。"张老道:"他说是被盗落水,到此借烘烘衣服,实是不知情的。"钱二道:"不相干,你自到当官去讲。"不由分说,拖了他就走。张老着了急,便叫道:"二位不要啰唣!我家中银子实没有分文,只养得一窝小猪在后头,拿来奉送与二位,不叫我到官,感恩不尽!"赵大、钱二还要做腔做势,地方邻舍俱来替他讨情,二人方才应允,叫张老把小猪替他赶到他家里去,遂同地方等将岳雷解到巡检司来。

巡检是个苏州人,姓吕名柏青,最是贪赃刁恶之人,听说是捉住了钦犯,连忙坐堂。赵大、钱二同着地方等一齐跪下,禀说是:"岳雷在那里买豆腐浆吃,被小的们盘倒,故此协同地方邻里一齐擒拿。"巡检道:"既是岳雷自认不讳,不必审问,且将他锁在后堂。连夜打起一辆囚车来,明日备文起解,你二人再来领赏。"又吩咐衙役去传谕合镇百姓："说我老爷拿了岳雷,十分功劳,朝廷必然加官封爵。你们众百姓须要家家送礼物庆贺。"衙役领命,忙忙的去合囚车,将岳雷囚了;又分头去传谕百姓,俱纷纷的来送礼不绝。

再说众弟兄那晚上坟,听得人喊马嘶,连忙往后山逃走,到僻静处,不见了岳二公子,众人大惊道:"方才二兄弟哭倒在墓旁,必然被人马拿去了。如何是好!"诸葛锦道:"列位不必着忙,我早已算定。我等且到乌镇去,决然会着。"众弟兄将信将疑,况已佩服诸葛锦神算,只得一齐回转店中,取了行李,辞别了王德,连夜望乌镇而来。到得镇上,已是申牌时分。众人腹中饥饿,走进一个饭店来吃饭。但见市镇上来来往往,也有拿着盒子的,也有捧着酒果的,甚是热闹。诸葛锦便问小二道:"今日这镇上有甚事情,这等热闹?"小二答道:"只因本镇巡检吕老爷拿住了一个钦犯,叫做岳雷,要镇上人家送礼庆贺,故此热闹。"诸葛锦道:"原来为此。那巡检是我们的乡亲,也该去贺贺才是。"便摸出五六锭银子,替店家回了一个封筒封好了,算还了饭钱,跟着众人来到巡检衙门。

那巡检正坐在堂上,看着两个书吏收礼登簿。诸葛锦等六人,跟了百姓竟到堂上,见了巡检,深深作揖,送上贺礼。韩起龙道:"我们六人俱是外路商人,在此经过,听得老爷捉了岳雷,解上京师,老爷定然荣升,故此凑得些贺礼,特来叩贺叩贺。但是商人们在路上,传闻说那岳雷脑后有一只眼睛,不知果然否?"那巡检一眼见那贺礼沉重,好生欢喜,便道:"难得你们好意。一个人那里脑后有眼的?岂不是妖怪?就囚在后堂,列位何不进去看看?倒是个好人品!"六个人七张八嘴道："既是老爷叫我们看,也让我们识瞻识瞻,极好的了!"巡检就叫衙役："领他六位进去,看看就出来。不许众人进去啰唣。"那六个弟兄那里等他说完,遂一齐拥到后堂,叫声："岳雷在那里?"岳雷看见众弟兄俱来,便高声道："在这里!"便把双足一蹬,囚车已散,将手铐扭断。众弟兄各去抢根排棍竹片,乱打出堂来,只见:

　　双拳起处云雷吼,飞脚来时风雨惊。

那吕巡检见不是头,慌忙要躲时,早被欧阳从善提起案上签筒,望他头上一下,可怜吕巡检贺礼不曾受用分文,早已脑浆迸裂,死于地下。众书办衙役,只恨爷娘少生了两只脚,四散飞跑。

　　众弟兄打出巡检衙门来,那些市镇上人家,那个肯出头惹祸,趁着天已黑将下来,家家把门闭上,由他七个人,安然无事。走了二十余里,天已昏黑,举眼一望,七个人齐叫一声苦,不道面前白茫茫,一望汪洋!来到这个所在,不是天尽头,即是地绝处。真个是:

　　茫茫大海无边岸,渺渺天涯无尽头。

　　不知众弟兄怎生脱离得此难,且听下回分解。

第六十六回

牛公子直言触父　柴娘娘恩义待仇

诗曰：

不念旧恶怨自稀，福有根源祸有基。

能移怨恨为恩德，千古贤名柴桂妻。

道家有解冤之忏悔，释氏有解结之经文。即我儒教孔夫子，也说道"不念旧恶，怨自用希"。可见三教虽然各立门户，其实总归一脉。

在下先说个故事与列位看官听。当日汴京将破之时，东京城外有个小户人家，名叫王小三，帮人家做长工。只因孤身吃了现成的，倒积攒得百十多两银子。只因他一生敬奉的观音菩萨，遂请了一轴画像，供养在家中，朝晨出去，晚上回来，务必诚心焚香祷。那一日，闻得金兵已到，那左邻右舍，家家逃走一空，王小三也连夜收拾收拾，打点明日也要去逃难。到得三更天时分，朦胧见观音菩萨手执杨枝，身穿白衣，叫声："王小三听着，你前世本是个小军，交锋时节一刀杀了一个番兵，你今转世在此，他也转世做了金朝将官，叫做墨利，明日午时三刻，应该死于他手，以报前世一刀之仇。总然逃走，也难脱此灾。我念你奉我虔诚，且戒食牛犬，特来解你此厄。明日可将羊肉五六斤煮好，端正烧酒米饭，待墨利来时，敬他饱餐一顿，或者可免一死，亦未可定。"言毕，把柳枝一拂，王小三矍然醒来，却是一梦。思量菩萨吩咐,乃是前世冤愆,总逃无益,不如依了佛爷言语,拼得偿他一命。早晨起来,走了二十里路,方买得些羊肉烧酒之类回来,忙忙的整治好了,把门关了,坐在家中坐候。

刚刚到得午牌时分,忽听得打门声响。王小三也不慌忙,走出来问道:"可是墨将爷来了么?"一面说,一面就把门开了,说道:"将爷请进去坐。"那墨利跨进门来,看见桌上有许多羊肉烧酒。大凡金兵,本是要来掳掠,不道人民尽皆逃散,家家空虚,自早至午,不曾有一点东西下肚。正在饥饿之际,见了这羊肉烧酒,好不快活,拿起来就吃。那王小三又将烧酒大碗筛来,恭恭敬敬的奉上。吃了一回,大米子饭热腾腾的盛来敬上。那墨利吃得好不快活,便问:"你这蛮子,如何晓得咱的名字? 么你前后人家,家家逃去,为何单单剩你一个不走,却是为何?"王小三道:"不瞒将爷说,小的一生敬奉的是这观音菩萨,昨晚托梦与小的,说我前世也是一个军兵,因上阵杀了将爷,将爷今生做了金国将官,也该杀我,以报前仇。故此不走。如今将爷用完了酒饭,就请将爷将小的杀了,以偿此冤孽,让我好去投胎。"那墨利听了,呆了一回,心中暗想:"他前世杀我,我今世杀他,他来世又焉知不来杀我? 这冤冤相报,几时得了? 况且我与他今世无仇,吃了他一餐,何苦又去杀他?"便叫道:"蛮子,我们不过来掳些金银财宝。前世已过,今世无仇,何苦杀你? 我吃了你一餐饱食,无物赠你……"随向腰间取下一面小旗,付王小三道:"你可将此旗插在门上,我国之兵见了就不进来;就是带了此旗在路上走,也不妨的。"说罢,竟伴长的出门去了。王小三就在菩萨面前,烧香拜谢活命之恩。后来一味修行,直活到九十多岁善终。

这等看起来,那"冤仇"两字,只可解,不可结。此回书中,柴娘娘不报杀夫之仇,反将恩义结识岳夫人,真乃千古女中之大丈夫也!

闲话慢表。且说那上回正传,众弟兄急急忙忙走到这个所在,白茫茫一带,无边无际,原来是太湖湖上。天又昏黑,又无船只,好不惊慌。只得沿着湖边一路下来,见几株绿杨树下系着四五只渔船,前面又有几只大官船。那弟兄七人走近船边,诸葛锦叫声:"驾长,我们是临安下来,要往京口去的。贪走了几里路,无处歇宿,望你渡我们过湖,多将银钱送你。"那渔翁道:"天色晚了,过不得湖。"岳雷道:"天既昏黑,又无宿店,没奈何,就借你船里坐坐,等到天明罢。"渔翁道:"我们船不便。"用手一指道:"你再走去,不到半里路,这一带林子里有个湖山庙,倒可借宿得一宵。"

岳雷谢了,就同众人到得林子内一看,果然有个古庙。旁边还有一二十间草房,俱是渔户住家之所。诸葛锦道:"你们且站着,待我先去说明了,休得大惊小怪。"众人依言,就在树林下立着。诸葛锦走到庙前,把门敲了三下,里边走出一个老道来开门,问道:"是那个?"诸葛锦深深作了一揖,说道:"小可弟兄们自临安买卖回来,贪趱路程,失了宿头,特来告宿一夜,明日过湖。望乞方便!"那老道人道:"这个不妨。但是荒凉地面,诚恐亵慢。"诸葛锦道:"说那里话!劳动已是不当了!"把手一招,弟兄们一齐进庙,各各与老道人见礼毕。

忽然殿后边走出一个人来,将众人细细一看,对岳雷道:"这位官人,可是岳二公子么?"岳雷道:"我是姓张,不晓得什么岳二公子。"那人道:"二公子,你不要瞒我。我非别人,乃是元帅的家将王明。一同四个人,随了大老爷进京,到得平江就被校尉拿了,把王横砍死,我们四人各自逃难。我到此间恰遇着我那哥哥,就在此庙里安身。我今日在镇上买办香纸,听得吕巡检拿住二公子,明日解上临安,因此我纠合众人驾着渔舟,专等他来时抢劫。你的相貌宛然与大公子一般,况且图形上一些不差。不是二公子,却是兀谁?"岳雷听了,不觉两泪交流,便把前后事情,细细说明。王明便道:"二公子且免悲伤。现今秦桧又差冯孝往府中抄没家私,装着几船,今日正泊在这里过夜。我们想个方法,叫那奸臣不得受用我们的东西方好。"众人听了,俱各大怒道:"我们就去把那些狗奴杀个干净!"诸葛锦道:"不必莽撞。我们只消如此如此,万无一失。"众人大喜,各人准备。王明端正夜膳,与众人饱餐一顿。

挨至二更时分,来至湖边。王明照会小船上渔人,将引火之物搬上小船,一齐摇至大船边,轻轻的将舡缆砍断,慢慢的拖至湖心,将引火之物点着,抛上大船,趁着湖风,尽皆烧着。可怜满船之人,走头无路,有的跳出火中,也落在湖内淹死。众人立在小舡上面,看得好不快活!牛通道:"妙阿!如今是火德星君拿去,送与海龙王了!"看看船已烧完,众人方才摇回岸来。那冯孝烧死在船中,尸骨葬于湖内。也是附助奸臣、陷害忠良的报应。明日,地方官免不得写本申奏朝廷,行文缉获。且按下不表。

且说众弟兄回转庙中,已是五更将尽。宗良道:"如今坟已上了,冯忠淹死了,冯孝烧死了。二弟还是往那里去好?"岳雷道:"我母亲、兄弟等一门家属俱流往云南,未卜生死。我意下竟往云南去探问,何如?"牛通道:"二兄弟既是要往云南,我们众人都一齐同去罢。"诸葛锦道:"不可造次!此去云南甚远,况且二兄弟画影图形,捉拿甚紧,如何去得?我前日一路来时,闻得人传说牛皋叔叔在太行山上,聚有数千人马,官兵不敢征剿。我们不如前往太行山,向牛叔叔那里借些人马,往云南去探望伯母,方为万全。"牛通道:"嗄!我一向不知他在何处,原来依旧在那里做强盗,快活受用!待我前去问他,为什么不领兵来与岳伯父报仇!"当时众人议定了主意。王明便去杀翻了两口猪,宰些鸡鹅之类,煮得熟了,烫起酒来,大家吃得醉饱。

　　天色渐明,王明将众弟兄的行李搬上小舡,另将一舡,把向日收得岳元帅的那匹白玉驹并那口宝剑,送还岳雷,物归故主。众人上舡,渡过太湖,直到宜兴地方上岸。王明拜别了二公子,仍旧回太湖去讫。这里弟兄七人,把那行李一总拴缚在马上,一齐步行,不敢由京口旧路,远远的转到建康过江,望太行山一路而来。

　　有话即长,无话即短。一日,来到太行山下,只听得一棒锣声,走出二三十个喽罗,拦住叫道:"快拿出买路钱来!"牛通上前,大喝一声:"该死的狗强盗!快快上山去,叫牛皋来见太岁!若是迟延,叫你这狗强盗一窝儿都是死!"喽罗大怒,骂道:"黄毛野贼!如此可恶!"方欲动手,岳雷上前道:"休得动手!我乃岳雷,特来投奔大王的,相烦通报!"那些喽罗听得说是岳雷,便道:"原来是二公子!大王日日想念，差人各处打听，并无消息。今日来得恰好！"就飞奔上山通报。

牛皋大喜，随同了施全、张显、王贵、赵云、梁兴、吉青、周青，一齐下山迎接。岳雷和众人相见过了，一同上山，来到分金亭上，各各通名见礼。牛皋便问起从前一向事情，岳雷将一门拿至临安，幸得梁夫人解救，发往云南；又将上坟许多苦楚，说了一遍。牛皋听了，大哭起来。牛通怒哄哄的立起身，走上来指着牛皋大喝道："牛皋！你不思量替岳伯父报仇，反在此做强盗快活，叫岳二哥受了许多苦楚！今日还假惺惺哭什么？"牛皋被儿子数说了这几句，对二公子道："当初你父亲在日，常对我说：'孝顺还生孝顺子，忤逆还生忤逆儿。'今日果应其言！"岳雷道："侄儿要往云南去探望母亲，因路上难走，欲向叔父借兵几千前去，不知可否？"牛皋道："我们正有此心。贤侄且暂留几日，待我打造白盔白甲，起兵前去便了。"一面吩咐安排酒席，请众弟兄饮至更深方散，送往两边各寨安歇不提。

且说岳太夫人一门家眷，跟着四个解官、二十四名解差，一路望云南进发。一日已到南宁地方。那南宁却就是时今的贵州贵阳府，当初宋朝却叫做南宁州，就是柴王的封疆。自从柴桂在东京教场中被岳爷挑死，他的儿子柴排福就荫袭了梁王封号，镇守南宁。因得了秦桧的书信，晓得岳氏一门到云南必由此经过，叫他报杀父之仇，那柴排福就领兵出了铁炉关，在那巴龙山上扎住，差人一路探听消息。那日岳太夫人到了巴龙山下，一派荒凉地面，又无宿店，只得扎下营寨，埋锅造饭。那探子连忙报上巴龙山。

第六十六回　牛公子直言触父　柴娘娘恩义待仇

　　柴排福听报，就上马提刀，带了人马飞奔下山，直至营前，大声喊道："谁来见我！"这边家将慌忙进来通报，岳太夫人好不惊慌。张英道："太太放心，待小人去问他。"太太道："须要小心！"张英遂提棍出营，但见那小柴王头戴双凤翅紫金盔，身穿锁子猁猔甲，外罩一件大红镶龙袍，腰间束一条闪龙黄金带；坐下一匹白玉嘶风马，手抡金背大砍刀；年纪只得二十上下，生得来威风凛凛，相貌堂堂。张英把手中浑铁棍一摆道："这位将军，到来何干？"柴王道："岳飞与孤家有杀父之仇，今日狭路相逢，要报昔日武场之恨！你们一门男女，休想要活一个！你是他家何人，敢来问我？"张英道："我乃濠梁总兵张保之子张英是也！我家元帅被奸臣陷害，已死于非命，又将家眷充发云南。就有仇怨，也可释了！望王爷放一条路，让我们过去罢！"柴王道："胡说！杀父之仇如何肯罢？你既姓张，不是岳家亲丁，快把岳家一门送出，孤家便饶你。不然，也难逃一命！"张英大怒道："你这狗头！我老爷好好对你说，你不肯听我。不要走，吃我一棍！"便抡起浑铁棍打来。柴王举刀来迎。一个刀如恶龙奔海，一个棍似猛虎离山，刀来棍去，棍去刀迎，来来往往，战了百十来个回合。张英的棍，只望下三路打；柴王在马上望下砍，十分费力。两人又战了几合，看看日已沉西，柴王喝道："天色已晚，孤家要去用饭了。明日来取你的命罢！"张英道："且饶你多活一宵！"柴王回马上山。

　　张英回身进营，太太便问："却是何人，交战这一日？"张英道："是柴桂之子。因当年先太老爷在武场中，将他的父亲挑死，如今他袭了王位，要报前仇。小人与他战了一日，未分胜败，约定明日再定输赢。"岳太夫人听了,十分悲切。

到了次日,柴王领了人马,又到营前讨战。张英带了家将出营,也不答话,交手就战。正是棋逢敌手,又战了百十合。柴王把手一招,三百人马一齐上,来捉张英。这里众家将亦各上前敌住,混杀一场。张英一棍,正打着柴王坐的马腿上,那马跳将起来,把柴王掀在地下。张英正待举棍打来,幸得柴王人多,抢得快,败回山上。柴王坐下喘息定了,便吩咐众军士小心牢守:"待孤家回府去,多点人马,出关拿他。"众军得令,守定铁炉关,不与交战。

柴王飞骑进关,回转王府。来至后殿,老娘娘正坐在殿中,便问:"我儿,你两日出关,与何人交兵,今日才回?"柴王道:"母亲,昔日父王在东京抢夺状元,却被岳飞挑死,至今尚未报仇。不意天网恢恢,岳飞被朝廷处死,将他一门老小流徙云南。孩儿蒙秦丞相书来,叫孩儿将他一门杀尽,以报父王之仇。如今已到关外,孩儿与他战了两日,未分胜败,因此回来,多点人马出关,明日务要擒他!"那柴娘娘听了,便道:"我儿,不可听信奸臣言语,恩将仇报!"柴王道:"母亲差矣!那岳家与孩儿有杀父之仇,不共戴天,怎么母亲反说恩将仇报?"娘娘道:"吾儿当初年幼,不知其细。你父亲乃一家藩王,为何去大就小,反去抢夺状元?乃是误听了金刀王善之语,假意以夺状元为名,实是要抢宋室江山。所以你父死后,王善起兵谋反,全军尽没。你父亲在教场中以势逼他,岳飞再三不肯。况当日倘然做出叛君大逆的事来,你父亦与王善一样,你我的身命亦不能保,怎得个世袭王位,与国同休?况我闻得岳飞一生为国为民,忠孝两全。那秦桧奸贼欺君误国,将他父子谋害,又写书来叫你害他一门性命。你若依附奸臣,岂不骂名万代么!"柴王道:"孩儿原晓得秦桧是奸臣,因为要报父仇,故尔要杀他。若非母亲之言,险些误害忠良!"娘娘道:"我儿明日可请岳夫人进关,与我相见。"柴王道:"谨依慈命。"当晚无话。

次日,柴王出关,单人独骑,来至营前,对家将道:"孤家奉娘娘之命,特来请岳太夫人到府中相会。"家将进来禀知夫人。众人齐道:"太太不可听他!那奸王因两日战张英不下,设计来骗太太。太太若去,必受其害。"太太道:"我此来乃奉旨的,拼却一死,以成先夫之名罢了!"众家将那里肯放岳夫人出去。正在议论纷纷,忽见解军来报道:"柴老娘娘亲自驾车来到,特来报知。"岳老夫人听了,慌忙出营,一众家将跟着张英左右护着。出得营来,恰好柴王扶着柴娘娘下车,岳夫人连忙跪下,口称:"罪妇李氏,不知娘娘驾临,未得远迎,望乞恕罪!"柴娘娘慌忙双手扶起道:"小儿误听奸臣之言,惊犯夫人,特命他来迎请到敝府请罪。恐夫人见疑,为此亲自来迎。就请同行,万勿推却!"岳夫人道:"既蒙恩德,不记前仇,已属万幸,焉敢有屈凤驾来临?罪难言尽!"柴娘娘道:"你们忠义之门,休如此说。"就挽了岳夫人的手,一同上车。又令柴王同各位公子、男妇人等,一齐拔营进关。

来到王府,柴王同众公子在便殿相见。柴娘娘自同岳太太、巩氏夫人进后殿见礼,分宾主坐下。柴娘娘将秦桧写书来叫柴王报仇之事,说了一遍。岳老夫人再三称谢。柴娘娘又问岳爷如何被奸臣陷害,岳夫人将受屈之事,细说一番。柴娘娘听了,也不觉心酸起来。

不一时，筵席摆完，请岳夫人、巩夫人入席。柴王另同各位小爷，另在百花亭饮宴。柴娘娘饮酒中间，与岳夫人说得投机，便道："妾身久慕夫人闺范，今天幸相逢，欲与结为姊妹，不知允否？"岳夫人道："娘娘乃金枝玉叶，罪妇怎敢仰攀！"柴娘娘道："夫人何出此言？"随叫侍女们摆起香案来，两人对天结拜。柴娘娘年长为姐，岳夫人为妹。又唤柴王来拜了姨母。众小爷亦各来拜了柴娘娘。重新入席饮酒，直至更深方散。打扫寝室，送岳夫人婆媳安歇。众家将解官等，自有那柴王的家将们，料理他们在外厢安置。

到了次日，柴王来禀岳夫人道："姨母往云南去，必定要由三关经过。镇南关总兵名黑虎、平南关总兵巴云、尽南关总兵石山，俱受秦桧嘱托，要谋害姨母。况一路上高山峻岭，甚是难走。姨母不如且住在这里，待侄儿将些金银买嘱解官，叫地方官起角回文，进京复命便了。"岳夫人道："多蒙贤侄盛情，感激非小！但先夫、小儿既已尽忠，老身何敢偷生背旨？凭着三关谋害，老身死后，也好相见先夫于九泉之下也！"柴娘娘道："既是贤妹立意要去，待愚姐亲自送你到云南便了。"岳夫人道："妾身身犯国法，理所当然，怎敢劳贤姐长途跋涉？决难从命！"柴娘娘道："贤妹不知，此去三关，有愚姐护送，方保无虞。不然，徒死于奸臣之手，亦所不甘！"柴王道："母亲若去，孩儿情愿一同到彼，看看那里民情风俗，也不枉了在此封藩立国。"柴娘娘大喜道："如此更妙了！你可即去端正。"

柴王领命，来到殿上，齐集众将，吩咐各去分头紧守关隘；一面整备车马，点齐家将。到次日，一齐往云南进发。一路上早行夜宿，非止一日。那三关总兵,虽接了秦桧来书,欲要谋害,无奈柴王母子亲自护送,怎敢动手?一路平安,直到了云南,解官将文书并秦桧的谕帖交与土官朱致。那朱致备了回文,并回复秦桧的禀帖,另备盘费上仪,打发解官解差回京。然后升堂点名,从岳夫人起,一路点到巩氏夫人。朱致见他年轻貌美,便吩咐道:"李氏、洪氏、岳霆、岳霖、岳震、岳申、岳甫、张英等,俱在外面安插;巩氏着他进衙伏侍我老爷。"巩氏道:"胡说!妾身虽然犯罪,也是朝廷命妇,奉旨流到此间为民,并非奴隶可比!大人岂可出此无礼之言!"朱致道:"人无下贱,下贱自生。秦太师有书叫我害你一门,我心不安,故此叫你进来伏侍我。你一家性命,俱在我手掌之中,反如此不中抬举?快快进去!"巩氏夫人大怒道:"我岳氏一门忠孝节义,岂肯受你这狗官之辱?罢罢罢!今既到此间,身不由主,拼着这命罢!"就望着那堂阶石上一头撞去!正是:

可怜红粉多娇妇,化作南柯梦里人!

不知巩夫人性命如何,且听下回分解。

第六十七回

赵王府莽汉闹新房　问月庵弟兄双配匹

诗曰：

有意无媒莫漫猜，张槎裴杵楚阳台。

百年夫妇一朝合，宿世姻缘今世谐。

话说巩夫人正待望阶石上撞去，却被两旁从人一齐扯住。当时恼了张英，大怒起来，骂道："你这狗官！如此无礼！我老爷和你拼了命罢！"捏着拳头就要打来。朱致大怒，喝骂道："你这该死的囚徒，怎敢放肆！左右与我打死这囚徒！"两边从人答应一声，正待动手，忽见守门衙役忙来报道："柴王同老娘娘驾到，快快迎接！"朱致听了，吓得魂不附体，忙忙的走出头门，远远的跪着。恰好柴王与老娘娘已到，朱致接到堂上。

柴娘娘坐定，柴王亦在旁边坐下。张英即上前来，把朱致无礼之话，细细禀上。柴娘娘听了，勃然大怒。柴王道："你这狗官！轻薄朝廷命妇，罪应斩首！"叫家将："与我绑去砍了！"岳夫人慌忙上前道："殿下看老身薄面，饶了他罢！"老娘娘道："若不斩此狗官，将来何以伏众？"岳夫人再三讨饶。柴王道："姨母说情，权寄你这狗头在颈上。"朱致那敢则声，只是叩头。柴娘娘又喝道："你这狗官！快快的把家口搬出衙去，让岳太太居住。你早晚在此小心伺候，稍有差迟,决不饶你的狗命!"朱致喏喏连声,急急的将合衙人口尽行搬出去,另借别处居住。柴王、老娘娘遂同岳氏一门人众,俱搬在土官衙内安身。岳夫人又整备盘费,打发韩元帅差送来的四名家将;修书一封,备细将一路情形禀知,致谢韩元帅、梁夫人的恩德。那家将辞别了,自回京口不提。

那柴王在衙倒也清闲无事,日日同众小爷、张英,带了家将,各处打围顽耍。一日,众人抬了许多獐狸鹿兔回来。岳夫人同着柴娘娘正在后堂闲话,只见那众小爷欣欣得意,岳夫人不觉坠下泪来,好生伤感。柴娘娘道:"小儿辈正在寻乐,贤妹为何悲伤起来?"岳夫人道:"这些小子只知憨顽作乐,全不想哥哥往宁夏避难,音信全无,不知存亡死活,叫我怎不伤心!"岳霆听了,便道:"母亲何必愁烦,待孩儿前往宁夏去探个信息回来便了。"岳夫人道:"你这点小小年纪,路程遥远,倘被奸臣拿住,又起风波,如何是好?"柴王接着道:"姨母放心,三弟并无图形,谁人认得? 若说怕人盘问,待侄儿给一纸护身批文与他,说是往宁夏公干,一路关津,便无事了。"岳夫人道:"如此甚妙。"三公子便去收拾行李。到次日,辞别太太并柴老娘娘和众小弟兄。岳夫人吩咐:"若见了二哥,便同他此地来,免我记念。一路须当小心! 凡事忍耐,不可与人争竞。"三公子领命,拜别起身,离了云南,进了三关,望宁夏而来。尚有许多后事,暂且按下慢表。

先说太行山,公道大王牛皋,打造盔甲器械,诸事齐备,发兵三千,与二公子带往云南。中军打起一面大旗,上面明写着"云南探母"四个大字。岳雷别了牛皋和众叔伯等,同了牛通、诸葛锦、欧阳从善、宗良、韩起龙、韩起凤,共是七人,带领了三千人马,俱是白旗白甲,离了太行山,望云南进发。牛皋又发起马牌,传檄所过地方,发给粮草,如有违令者,即领人马征剿。那些地方官,也有念那岳元帅忠义的,也有惧怕牛皋的,所以经过地方,各各应付供给。在路行了数月,并无阻挡。离镇南关不远,已是五月尽边,天气炎热,人马难行。二公子传令军士,在山下阴凉之处扎住营盘,埋锅造饭,且待明日早凉再行。

那牛通吃了午饭,坐在营中纳闷,便走出营来闲步。走上山岗,见一座茂林甚觉阴凉,就走进林中,拣一块大石头上坐着歇凉。坐了一会,不觉困倦起来,就倒身在石上睡去。这一睡不打紧,直睡到次日早上方醒,慌忙起来,抹抹眼,下山回营。谁知忘了原来的路,反往后山下来。只见山下也扎着营房,帐房外边摆张桌子,傍边立着几个小军,中间一个军官坐着,下面有百十个军士。那军官坐在上面点名,点到六七十名上,只听得叫一名"刘通",那牛通错听了,只道是叫"牛通",便大嚷起来道:"谁敢擅呼我的大名?"那军官抬头一看,见牛通光着身子,也错认是军人,大怒道:"这狗头如此放肆!"叫左右:"与我捆打四十!"左右答应一声"吓",便来要拿牛通。牛通大怒,一拳打倒了两三个,一脚踢翻了三四双。军官愈加忿怒,叫道:"反了反了!"牛通便上前向军官打来,那军官慌了,忙向后边一溜风逃走了。众军人见不是头,呐声喊,俱四散跑了。牛通见众人散去,走进帐房一看,只见桌上摆着酒肴,叫声:"妙吓!我肚中正有些饥饿,这些狗头都逃走了,正好让我受用!"竟独自一个坐下,大吃大嚼。正吃得高兴,忽听得一声呐喊,一位王爷领着一二百名军士,各执枪刀器械,将帐房围住,来捉拿牛通。牛通心下惊慌,手无军器,将桌子一脚踢翻,拔下两只桌脚,飞舞来敌众军。

且说岳雷营中军士,见牛通吃了饭上岗子去一夜不回,到了天明,到岗子上来一路找寻不着。直至后山,但听得喊声震地,远远望见牛通独自一人,手持桌脚,与众军厮杀。那军士慌了,飞跑的下岗回营,报知二公子。二公子大惊,忙同众兄弟带领四五百名军士,飞奔而来,但见牛通兀自在那里交战。众弟兄一齐上前,高声大叫道:"两家俱休动手!有话说明了再处!"那王爷见来的人马众多,便各各住手。岳雷便问牛通道:"你为何在此与他们相杀?"牛通道:"我在岗子上乘凉,恍惚睡着。今早下岗,错走到此。叵奈那厮在此点名,点起我的名字来,反道喧哗,要将我捆打,故此杀他娘!二兄弟正好来帮我。"众人听了,方知牛通错认了。岳雷便向那王爷问道:"不知你们是何处人马,却在此处点名?"那王爷道:"这也好笑!孤家乃潞花王赵鉴,这里是我们所辖之地方。你等何人,敢来此横行?"岳雷连忙下礼道:"臣乃岳飞之子岳雷。臣兄不知,有犯龙驾,死罪死罪!"赵王道:"原来是岳公子!孤家久闻令尊大名,不曾识面。今幸公子到此,就请众位同孤家到敝府一叙。"

岳雷谢了,随同众人,一齐来到王府银安殿上,参见已毕。赵王吩咐看坐,一一问了姓名,又问起岳元帅之事。岳雷即将父兄被奸臣陷害、家眷流到此地之事,细细告诉一遍。赵王十分叹息,痛恨秦桧:"如此专权误国,天下何时方得太平!"岳雷道:"方今炎天暑日,王爷何故操演人马?"赵王道:"孤家只有一女,这里镇南关总兵黑虎强要联姻,孤家不愿,故此操演人马,意欲与彼决一死战。"岳雷道:"既是不愿联姻,只消回他罢了,何致动起刀兵来?"赵王道:"公子不知,那厮倚仗他本事高强,手下兵多将勇,又结交秦桧做了内应,故敢于欺压孤家,强图郡主。今幸得众位到此,望助孤家一臂之力,不知允否?"牛通便嚷道:"不妨不妨!有我们在此,那怕他千军万马,包你杀他个尽绝!"诸葛锦微微暗笑。岳雷道:"诸葛兄哂笑,不知计将安出?"诸葛锦道:"不知那个为媒?几时成亲?"赵王道:"那有什么人为媒!三日前,他差一军官,领了十余人,强将花红礼物丢下,说是这六月初一日就要来迎娶。"诸葛锦道:"既如此,也不用动干戈,只消差个人去说:'姻缘乃是好事,门户也相当,但只有一个郡主,不忍分离,须得招赘来此,便当从命;否则宁动干戈,决难成就。'他若肯到此,只消如此如此,岂不了事?"赵王听了大喜,便整备筵席,请众弟兄到春景园饮宴;一面差官到镇南关去说亲。赵王在席上与众弟兄谈文论武,直吃到日午。只见那差官同了镇南关一个千总官儿,回来复命,说:"总兵听说王爷肯招做郡马,十分欢喜,赏了小官许多花红喜钱,准期于初一吉期来入赘,特同这位军官到此,讨个允吉喜信。"赵王随吩咐安排酒饭,管待来人,也赏了些花红钱钞,自去回复黑虎。这里众弟重新入席,商议招亲之事。饮至更深,辞别赵王回营。

　　光阴迅速,几日间,已是六月初一。岳雷等七人俱到赵府中,将三千军士,远远四散埋伏。赵王仍同众弟兄在后园饮酒,一面各各暗自整备。看看天色已晚,银安殿上挂灯结彩,一路金鼓乐人,直摆至头门上。少顷,忽见家将来报:"黑虎带领着千余人马,鼓乐喧天,已到门首。"赵王即着四个官儿出来迎接。黑虎吩咐把人马暂扎在外,同了两员偏将直至银安殿上,参见赵王。赵王赐坐,摆上宴来。黑虎见殿上挂红结彩,十分齐整,喜不自胜。赵王命家将快将花红羊酒等物,同着二位将军,给赏军士。黑虎起身道:"吉时已到,请郡主出来同拜花烛罢。"赵王道:"小女生长深闺,从未见人,不特怕羞,恐惊吓了他。今日先请进内成亲,明日再拜花烛罢。"

黑虎未及回言,早有七八个宫装女子,掌着灯前迎后送,引到新房。黑虎进了新房,见摆列着古玩器皿,甚是齐整,好生欢喜,便问:"郡主何在?"丫环道:"郡主怕羞,早已躲在帐中。"黑虎大笑道:"既已做了夫妻,何必害羞?"叫丫环们:"且自回避,我老爷自有制度。"众丫环呆的呆,笑的笑,俱走出房去了。黑虎自去把房门关了,走到床边,叫道:"我的亲亲!不要害羞!"一手将帐子揭起。不期帐内飞出一个拳头来,将黑虎当胸一下,扑地一交。黑虎大叫道:"亲尚未做,怎么就打老公!"话还未绝,床上跳下个人来,一脚将黑虎踹定,骂声:"狗头!叫你认认老婆的手段!"黑虎回转头一看,那里是什么郡主,却是个黄毛大汉!黑虎道:"你是何人?敢装郡主来侮弄我!"那人道:"老爷叫做'金毛太岁牛通'!你晦气瞎了眼,来认我做老婆!"便兜眼一拳,两个眼珠一齐迸出。黑虎大叫:"好汉饶命!"牛通道:"你就死了,我也不饶你!"提起拳来,接连几下,那黑虎已"尚飨"了。

那黑虎跟来的两员偏将,给散了众军的羊酒,回到殿上,听得里面沸反连天,拔出腰刀抢进来。韩起龙、韩起凤喝声:"那里走!"一刀一个,变做四截。宗良、欧阳从善等,一齐拿着军器,杀出王府。一声号炮,四面伏兵齐起,将黑虎带来的一千人马杀个八九,逃不得几个回去报信。

赵王同众弟兄回至银安殿上,向各位称谢。命将黑虎尸首抬出去烧化了。一面给发酒肉,犒劳军兵;大排筵席,请众人饮宴。吃过几杯,赵王对诸葛锦道:"吾女若非各位拔刀相助,几乎失身于匪类!孤家意欲趁此良宵,将小女招岳公子成亲,众位以为何如?"诸葛锦道:"王爷此举,臣等尽感大恩。"二公子立起身来道:"不可!虽则王爷恩德,但岳雷父兄之仇未报,母流化外,正在颠沛流离之际,怎敢私自不告而娶?待臣禀过母亲,方敢奉命。"赵王道:"此话亦深为有理,但是不可失信!"牛通道:"这个不妨。有臣在此为媒,不怕二兄弟赖了婚的。"赵王大笑。众人再饮到半夜,各自散去安歇。

次日,众弟兄保了赵王,带领本部三千人马,直至镇南关。守关将士闻报黑虎已死,人马杀尽,即便开关迎接。赵王同了众兄弟进关住下,挑选一员将官守关,写本申奏朝廷,说是:"黑虎谋叛,今已剿除,请旨定夺。"过了一夜,赵王别了众弟兄,自回潞花王府。

众弟兄又行了两日,来到平南关。岳雷传令三军扎下营寨,便问:"那位哥哥去讨关?"韩起龙、韩起凤道:"待愚兄去。"就带领人马,来至关前,高声叫道:"守关将士快去报知总兵,我等太行山义士,要往云南探母,快快开关放行!"那守关军士慌忙飞报与总兵知道。那位总兵姓巴名云,生得身长力大,闻报大怒,随即披挂,提刀上马,带领三军,一声炮响,冲出关来,厉声大喝:"何方毛贼?擅敢闯关!"韩起龙拍马上前,把手一举道:"我乃韩起龙是也!奉太行山牛大王将令,保岳公子往云南探母,望总兵开关放行!"巴云哈哈大笑道:"原来就是岳雷一党!本镇奉秦丞相钧旨,正要拿你,你今日反来纳命。也罢,你若胜得我手中这刀,就放你过去;倘你本事低微,恐难逃一死!"起龙大怒,骂道:"狗奴!小爷好言对你说,你反出恶语。不要走,看家伙罢!"举起三尖两刃刀,劈面砍来。巴云举刀迎住。二马相交,双刀并举。战有十数个回合,起龙卖个破绽,架住巴云的刀,腰边扯出钢鞭,只一下,打中巴云背上;巴云叫声"不好",口吐鲜血,败进关去,把关门紧闭。

巴云回到后堂,睡在床上,疼痛不止,家将慌忙进内报知秀琳小姐。小姐忙来看视父亲,但见昏沉几次,十分危急,忙请太医医治。正在商议守关之策,军士来报:"关外贼人讨战。"秀琳大怒,披挂上马,手抢日月双刀,带领人马出关,大骂:"无知毛贼,敢伤吾父!快来纳命!"起龙抬头观看,但见那员女将:

> 头戴包发累丝盔,扎着斗龙抹额,雉尾分飘,身披锁子黄金甲,衬的团花战袄,绣裙飞舞,坐下一匹红鬃马,搭着两柄日月刀。生得面如满月,眉似远山,眼含秋水,口若樱桃。分明是仙女临凡,却错认昭君出塞。

韩起龙看了,十分欢喜,拍马上前,叫声:"女将通个名来。"小姐道:"我乃平南关总兵巴云之女巴秀琳是也。贼将何名?"起龙道:"我乃太行山牛大王部下大将韩起龙是也。你父亲已被我杀败,你乃娇柔女子,何苦来送命?快快开关,让我们过去。你若是未曾婚配,我倒娶你做个夫人。"秀琳大怒,骂道:"贼将焉敢侮我!你伤我父亲一鞭,正要拿你报仇。不要走,且吃我一刀!"就抡动双刀,飞舞砍来。韩起龙将刀架住。来来往往,战有三十余合,秀琳小姐招架不住,勒马奔回。

谁知那马不进本关,反落荒而走。起龙拍马紧紧追来。秀琳小姐一路败下,来到一个尼庵门首,认得是问月庵,就下马叩门。尼僧开门接进,众尼便问:"小姐为何如此?"秀琳将战败之事,说了一遍,又道:"师父可将我的战马牵到后边藏了,待我且躲在房内。倘那贼将追来,你们指引他进房,我在房门后一刀砍死他。"众尼依计而行。恰好韩起龙赶到尼庵前,不见了秀琳,暗想:"必定躲在里面。"便下马来,把马拴在树上,来叩庵门。尼僧开了门,起龙便问:"可有一员女将躲在你这庵内?"尼僧道:"有一个女将,被人杀败了,躲在里边。我们不敢隐瞒。"起龙道:"可引我进去。"尼僧将起龙引到一带五间小房内,尼僧指道:"就在这房内,小尼不敢进去。"便翻身往外。起龙见房门掩上,暗想:"他必然躲在门后暗算我。"便把刀放下,手提钢鞭,一脚把门踢开;秀琳果在门后飞出刀来,要砍起龙。起龙将鞭架开刀,把身子一钻,反钻在秀琳背后,将秀琳双手掰住,夺去双刀,拦腰抱住。秀琳叫将起来,起龙道:"天南地北,在此相遇,合是姻缘。况你我才貌相当,不必推辞。"竟将秀琳按倒在床上。秀琳力怯,那里脱得身,只得半推半就,卸甲宽衣,成全了一桩好事。正是:

　　天南地北喜相逢,强谐鱼水乐和融。

今日牛郎逢织女,明年玉母产金童。

却说韩起凤见哥哥追赶女将,也拍马追来。追到庵前,见哥哥的马拴在树上,便下马来,也将来拴在一处,走进庵来,问尼僧道:"战马拴在外边那位将军在于何处?"尼僧道:"方才在里面交战,好一会不听见声响,不知在内做些甚事。他们都是拖刀弄剑的,小尼们不敢进去。"起凤听了,一直走到后边,却不见起龙。又到一间小房,觉得十分幽雅,随手把门推开,里面却坐着一个少年女子,生得十分美貌,韩起凤便走进房来。那女子看见心下惊慌,正欲开言,起凤上前一把抱住。那女子吓得面涨通红,正要声张,那起凤道:"小娘子独自一个在此,偏偏遇着我,谅必是前世姻缘。"那女子只挣得一句:"将军若要用强,宁死不从!必待妾身回家禀知父亲,明媒正娶,方得从命。"起凤道:"虽是这等说,但恐你变局,必须对天立誓,方才信你。"那女子道:"这也使得。"二人即房门关了,两个对天立誓,结为夫妇。诗曰:

孤鸾寡鹤许成双,一段姻缘自主张。

不是蓝田曾种玉,怎能巫女梦襄王?

韩起凤细问:"小娘子何家宅眷?到此何事?"那女子道:"妾乃前村王长者之女素娟。因母亲三周忌辰,特地到此烧香追荐,不意遇见将军。"起凤道:"此乃前生所定也。"随揆手出房。

适值韩起龙也同了巴秀琳俱到大殿上。弟兄二人各将心事说明,商议求亲之事。起龙即浼尼僧,到前村通知王长者,请他到此相会。王长者听知,飞跑来到问月庵中,看见女儿和那后生一同迎接,气得目瞪口呆。倒是巴秀琳上前说道:"无意相逢,合是姻缘。妾愿与他为媒。"王长者见事已如此,况见韩起凤人才出众,只得叹口气道:"是我命薄,老妻亡故,以致如此!罢罢罢,由你们罢!"起凤就拜谢了丈人,扶着素娟上马,自己步行跟随回营。巴秀琳对着韩起龙道:"妾身依先败进关去,将军赶来。待妾进关与父亲说明,明日招亲便了。"起龙依允。送了王长者出庵。

秀琳上马,望平南关败去,起龙在后追赶。来至关前,关上军卒见小姐败回,忙忙放下吊桥。秀琳方才过去,不意韩起龙马快,飞奔抢过吊桥,冲进关内。这里岳雷等众弟兄见起龙得了关,就一齐拥入。军士慌忙报知巴云,巴云大叫一声:"气死我也!"口中吐出鲜红,膊背疼痛,又不能起来,竟气死在床上。岳雷等得了平南关,一齐来到帅府坐定。巴云手下偏将军兵一半逃亡,一半情愿投服。岳雷命将巴云尸首安葬,秀琳大哭一场。韩起龙弟兄二人将聘定秀琳、王素娟之事,说了一遍。岳雷大喜,就差人迎接王素娟进关,与巴秀琳共守平南关。

过了一夜,岳雷催兵起营,望尽南关而来。行了数日,已到尽南关前,扎下营寨。岳雷便问:"那位兄长去讨关?"牛通道:"这遭该我也去寻一个老婆了!"岳雷道:"闻说此处总兵厉害,须要小心!"牛通答应,带领人马来至关前,大叫:"快快把这牢门开了,让爷爷们过去便罢;若有半个'不'字,就把你们这鸟关内杀个干净!"那守关军士忙忙的去报与那总兵石山知道。石山听报,披挂上马,手提铁叉,带领人马冲出关来。牛通看见,也不问姓名,举起泼风刀,劈头就砍。

石山抡叉招架。二马跑开,刀叉齐举,叉来刀架,刀至叉迎,来来往往,战有二三十个回合。牛通性起,逼开石山手中叉,抡转一刀。石山把身子一闪,来不及,已砍伤着肩膊,负痛拨马,败进关来。走到堂上坐定,叫家将:"快请夫人、小姐出来。"不多时,夫人、小姐同出堂来相见。石山道:"我今日与贼人交战,被他砍伤肩膊。女儿可快快出去擒拿此贼,与我报仇!"

那鸾英小姐领命,披挂齐整,上马拎枪,带领人马出关。三声炮响轰天,两面绣旗飘动。正是:

> 未逢海外擒龙将,先认关中娘子军。

毕竟胜负如何,且听下回分解。

第六十八回

绑牛通智取尽南关　劫岳霆途遇众好汉

诗曰：

> 父子精忠铁石坚，一朝骈首丧黄泉。
>
> 心怀萱室遭颠沛，远提虎旅赴滇南。

话说牛通正在尽南关下叫骂讨战，忽见鸾英放炮出关。牛通抬头一看，但见马上坐下一员女将，生得：

> 眉含薄翠，杀气横生；眼溜清波，电光直射。面似杨妃肥白，腮如飞燕霞红。玉笋纤纤，抡动梨花飞舞；金莲窄窄，跨着劣马咆哮。戴一顶螭虎凤头冠，斜插雉尾；穿一领锁子鱼鳞甲，紧束战裙。俨然是《水浒》扈三娘，赛过那《西游》罗刹女！

牛通见了，大喜道："这是我的夫人来了！我等不是无名之辈，乃藕塘关总兵的内侄婿、太行山大王之子，正是门当户对！不如和你结了亲，放我们到云南去，叫你父亲仍在此做总兵，岂不为美？"石鸾英大怒道："黄毛小丑！休得胡言，照枪罢！"挺起手中枪，分心刺来。牛通舞刀相迎。来来往往，战不到十余合，牛通力大无穷，鸾英那里招架得住，转马败回。牛通拍马追来。鸾英回头一看，见牛通将次赶近，暗暗的向锦袋内摸出一个石元宝来，喝声："丑汉看宝！"祭起空中；牛通叫声"不好"，将身一闪，那石元宝落将下来，正打在牛通腰眼骨上。牛通大叫一声,伏鞍落荒而走。

鸾英勒回马头,却要追赶,这里恼了欧阳从善,抡动双斧,大喝一声:"蛮婆!休得追我兄弟,我'五方太岁'来也!"鸾英见势来得凶,随手在袋内又摸出一个石元宝,劈面打来。欧阳从善将斧一隔,"唑"的一声,打在左手背上,拿不住斧,把来丢了,转马败回本阵。宗良拍马舞棍,接着鸾英厮杀,不上三四合,鸾英又勒马败回。宗良道:"别人怕你暗算,我偏不怕!"拍马追来。不道鸾英又暗暗的腰边取出一柄石如意来,祭在空中,落将下来;宗良眼快,把身子一偏,却打着坐下马腿,那马负疼一蹶,把宗良掀下马来。鸾英回马举枪便刺,岳营内韩起龙、韩起凤双马齐出,众军救了宗良回营。鸾英也不追赶,掌着得胜鼓回进关中不表。

且说牛通被石元宝打伤,伏在鞍上落荒而走,昏迷不省人事。不道前面两个后生坐着马,后面跟着十数个家将,擎鹰牵犬,出猎回来。那牛通的马跑至二人面前,那后生道:"这个人怎的在马上打瞌睡?待我耍他一耍。"随将马一拦,那马一闪,将牛通跌下马来。牛通大叫一声:"痛死我也!"睁开眼睛一看,只见二人在马上大笑。牛通叫道:"你们是谁?把我推下马来?"二人道:"你是何人?往哪里去?却在马上睡着?"牛通道:"我乃'金毛太岁'牛通。奉爹爹牛皋之令,送岳雷兄弟往云南探母。来到此间尽南关,那总兵石山不肯放过。我与他女儿交战,被他用石元宝打伤了腰,因此败下来。"二人听了,慌忙下马,扶起牛通道:"小弟非别,姓施名凤,父亲施全。那位兄弟姓汤名英,乃叔父汤怀之子。我二人奉母亲之命,往化外去问候岳老伯母。路过尽南关，遇见石山，强留我两个为螟蛉之子。今日幸得相逢牛兄。那石山女儿鸾英，曾遇异人传授石元宝、如意，打人百发百中，难以取胜。小弟今有一计在此，不如将牛兄绑了，送进关去，只说我二人出猎回来，路上遇见。解至石山跟前，我二人相助，将那厮杀了；抢了小姐，与牛兄完姻。不知可使得否？"牛通大喜道："此计甚妙！"

施凤、汤英就将牛通绑了，回至关中，一齐来见石山道："孩儿们兴猎回来，路遇一人败下来，细细盘问，乃是贼将牛通。被孩儿拿下，候父亲发落。"石山听了大喜，吩咐将牛通推进来。两边军士答应一声，出来将牛通推至大堂，牛通立而不跪。石山大骂道："该死的贼！今日被擒，命在顷刻，尚敢不跪么？"牛通将怪眼圆睁，黄毛倒竖，大吼一声："你这万剐的贼！"便把绳索摈断。施凤递过泼风刀，牛通接刀，赶上前来将石山一刀杀死。两旁家将被施凤、汤英连杀十数人，大喝道："降者免死！"众人一齐跪下，口称愿降。牛通奔进私衙，正遇鸾英，上前一把抱住，飞身上马，竟往本营而来。

岳二公子因众将败回，不知牛通被伤败走何处，正在着急，忽见军士来报道："牛将军拿了一员女将回营来了。"二公子大喜。只见牛通抱了石鸾英来，大叫道："二兄弟！快进关去，我放了嫂嫂就来的。"二公子问了牛通细底，带领人马来至关前。只见汤英、施凤上前迎接进关，二公子与施凤、汤英见过了礼，一面将石山尸首收拾安葬，查盘粮草，给赏军士；一面大排筵席，请众弟兄饮宴。

且说牛通将鸾英抱进营中,不由分说,扯去盔袍,按倒在床。鸾英左推右避,终是力怯,这一场可羞之事,怎能免得?诗曰:

柔枝嫩蕊未经伤,蝶闹蜂偷何太狂。

暂借深房为浅蒂,今朝预试采花方。

欢毕起身,石鸾英羞惭满面,低头垂泪。牛通道:"我和你既做了夫妻,自当百年偕老,何必如此!"随即整理衣裳,一同拔营,带了人马进关。来到衙内,与岳雷相见,说明已许成配匹。岳雷就差人将鸾英母女送往平南关,与巴秀琳、王素娟一同居住。当晚把人马在关内扎住了一夜,次日即便催兵起身,往化外而来。

有话即长,无话即短。在路非止一日,早已到了云南。岳雷已探知母亲与柴王母子,将土官的衙门改造王府,一同居住,便将人马安顿,同了众弟兄一齐进关。到王府来,见了母亲、嫂嫂并各位兄弟,将前事细说了一遍。又引众弟兄拜见了岳太夫人。太夫人甚喜,命拜谢了柴娘娘。柴娘娘命柴王到后堂相见,就与众人结拜做弟兄。岳雷问起:"三弟因何不见?"岳夫人道:"我因记念你,在一月之前,打发他到宁夏来寻你了。"岳雷道:"三弟年纪幼小,路上倘有疏失,如何是好!"柴王道:"二兄弟不须愁虑,我有护身批文与他,只说宁夏公干,路上决无人盘问的。"岳雷听了,方才放心。当日,柴王大排筵席,与众弟兄开怀畅饮,直吃到月转花梢,各人安置。这一班小英雄,自此皆在化外住下。正是:

飘荡风尘阻雁鱼,幸逢骨肉共歔欷。

几番困厄劳无怨,相叙从容乐有余。

再说那三公子岳霆,一路上果然验了护身批文,并无人盘问,安安稳稳,直到宁夏。问到宗留守府中,传宣官进去通报。宗方吩咐请进相见。三公子进内见了宗方,双膝跪下,将岳太夫人书札呈上。宗方接书,拆开观看,就用手扶起三公子,便问:"贤侄,一向令堂好么?"岳霆即将前后事情,细诉了一遍。宗方道:"你哥哥并不曾来此。我因心下也十分记念,故此叫我孩儿宗良前去寻访,至今也无音信回来。前日有细作来报,说你哥哥在临安上坟,到乌镇杀了巡检,共有六七个人往云南去了。我已差人前去打听。贤侄且在我这里住几日,等打探人回来,得了实信再回去回复令堂便了。"岳霆道:"多感老伯父盛情!但侄儿提起上坟,意欲也往临安去祭奠一番,少尽为子之心。"宗方道:"贤侄要去上坟,乃是孝心,怎好阻挡你?但是奸臣在朝,如何去得!也罢,你可假装作我的孩儿,方可放心前去。"公子应允。当日设宴款待。过了一夜。次日,宗方点了四名家将,跟三公子同上临安,"路上倘有人盘问,只说是我的公子便了。"岳霆拜谢。宗方又再三嘱咐:"路上须要小心!"

三公子拜别,出衙上马,四个家将骑马,跟随上路。一日来至一座山前,但见大松树下拴着两匹马,石上坐着两位好汉,一个旁边地上插着一杆錾金枪,生得面如重枣,头戴大红包巾,身穿猩红袍,年纪不上二十岁;一个面如蓝靛,发似朱砂,膀阔腰圆,头戴蓝包巾,身穿蓝战袍,年纪二十三四光景,旁边石壁上倚着一柄开山大斧。岳霆刚走到面前,那二人把手一招,说道:"朋友!何不在此坐坐,我们打伙同行如何?"岳霆见那二人相貌雄伟,料不是常人,便下马道:"如此甚好。"二人立起身来见礼。三个俱在石上坐定,岳霆便请问:"二位尊姓大名?今欲何往?"那红脸的道:"在下姓罗名鸿。因我生得脸红,没有髭须,那些人就起弟一个诨名,叫'火烧灵官'。乃湖广人氏。"那蓝脸的道:"在下姓吉名成亮,乃河南人氏。人见我生得脸青红发,多顺口儿叫我做'红毛狮子'。今要往临安去上坟的。"岳霆道:"罗兄贵处湖广,吉兄又是河南,为何坟墓反在临安?"那二人道:"兄长有所不知,家父叫做罗延庆,吉兄令尊叫做吉青,皆是岳元帅的好友。只因岳老伯在朱仙镇上,被奸臣秦桧连发十二道金牌,召回临安,将他父子三人害了性命。家父同了众位叔父,提兵上临安去报仇,来至长江内,岳伯父显圣,不许前去,所以众人尽皆散去。家父回家,气愤身亡。吉叔叔不知去向。今我二人奉母亲之命,往临安去上岳伯父的坟。"岳霆听了,大哭道:"原来是罗、吉二位兄长!待小弟拜谢。"二人问道:"兄长是他家何人?"三公子道:"小弟乃岳霆是也。"就把流到云南、奉母命往宁夏访问二哥岳雷、见过了宗叔父、今要往临安上坟之事,细细说了一遍,"今日天遣相逢,实出万幸!如今同了二位哥哥前往临安,可保无事。"三人大喜,遂即撮土为香,拜为弟兄,便一路同行。

一日,来至一座大树林中,只见一个人,面如火神,发似朱砂,身长体壮,手提大砍刀,立在树林前。见了岳霆等三人,便迎上前来,把手中刀一摆,大叫道:"快拿买路钱来!"罗鸿上前道:"你有什么本事,擅敢要我们的买路钱?"那人道:"不用多讲!若无买路钱送爷爷,休想过去!"岳霆听了大怒,把手中枪紧一紧,分心刺来。那人用手中大刀招架。来来往往,战有三四十个回合。罗鸿上前,把手中鏨金枪架住二人的兵器,说道:"朋友,你的山寨在于何处?我们一路行来,实在肚中饥饿了,你也该留我们吃顿酒饭,再与你战。"那人道:"我那里有甚么山寨?只因要往一个地方去,身边没有了盘费,故在此收些买路钱做盘费,那有酒饭与你们吃?"吉成亮道:"你说要往那里去?"那人道:"我要往临安去上岳元帅坟的。你们身边若有,快送些与我。"岳霆忙叫道:"好汉!你与岳家是何亲戚?要去上他的坟么?"那人道:"我就说与你听何妨。我姓王名英,绰号'小火神'。先父王贵,乃是岳元帅的好朋友。我奉了母亲之命,到岳伯父坟上去走走。"岳霆听说,慌忙下马道:"原来是王家哥哥!小弟不知,多多得罪!"王英亦拱手问道:"兄是他家何人?"岳霆道:"小弟乃岳元帅第三子岳霆的便是。"王英道:"原来就是岳家三弟!正乃天遣相逢。不知这二位高姓大名?"罗、吉二人亦下马相见,各通了姓名。家将就让匹马,与王英坐了同行。

行了数日,已到了海塘上。远远望见一个大汉,身长丈二,悢悢荡荡的走来。吉成亮叫声:"罗哥,你看那边有个长子来了,我们将马冲他下塘去,耍他一耍。"罗鸿道:"有理。"二人遂将马一逼,加上两鞭,跑将上去。那大汉见马冲到面前,便将双手一拦,那两匹马一齐倒退了十余步。那人就向腰边取出两柄铁锤来,摆一摆,喝声:"谁人敢来尝我一锤!"二人见那人力能倒退双马,手中铁锤足有巴斗大小,甚是心慌。那岳霆就下马来,上前一步,叫声:"老兄息怒!我们因有些急事,故此误犯,得罪了。幸勿见怪!"那人便收了锤,说道:"你这位朋友,还有些礼数,看你面上罢了。我对你说,我如今要往临安去,代一个人报仇。他那里千军万马的地方,咱尚且不惧,何况你这几个毛人?"岳霆道:"如此说来,是位好汉了!请教尊姓大名?"那人道:"我姓余名雷。因我生得脸上不清不白,人都顺口儿叫我做'烟熏太岁'。"岳霆听了,便道:"兄长的令尊,莫非是余化龙么?"余雷道:"先父正是余化龙,朋友何以认得?"岳霆道:"小弟就是岳霆,这位是罗兄,那位是吉兄,此位是王兄,都是各位叔父之子。"余雷大喜。岳霆就招呼三弟兄下马,各各相见行礼。余雷便问:"三弟要往何处去?"岳霆将父兄被秦桧陷害、母亲流徙云南,"如今奉母命往宁夏探望二哥,谁知二哥未曾到彼,同了几个朋友,往临安上了坟,想是往化外去了。小弟不曾会着,所以不知实信。如今同这三位弟兄,也要到临安去上坟。"余雷道:"伯父被奸臣害了,先父因报仇不遂,自刎而亡。我今欲到临安,觑个方便,将这奸臣刺杀,替伯父、父亲报仇。今日幸遇三弟,正好同行。"四人大喜,遂到驴马行内,雇了一口脚力,同余雷一路而行。

行了数日,已到武林门外,拣一个素饭店内歇下。吩咐家将打发了雇来的牲口,将自己马匹牵在后边园内养了。店主人送进夜膳来,便问道:"客官们到此,想必是来看打擂台的了?"余雷问道:"我们俱是在江湖上贩卖杂货的客商,却不晓得这里打什么擂台?倒要请教请教!"

那店主人言无数句,话不一席,说出那打擂台的缘故来,有分教:昭庆寺前,聚几个英雄好汉;万花楼上,显一番义魄忠魂。真教:

双拳打倒擒龙汉,一脚撅翻捉虎人。

毕竟后事如何,且听下回分解。

第六十九回

打擂台二祭岳王坟　愤冤情哭诉潮神庙

诗曰:
　　一杯洒泪奠重泉,孤冢荒坟衰草连。
　　愿将冤曲森罗诉,早磔奸邪恨始蠲。

话说当时余雷问那店主人道:"我等俱是做买卖的客人,却不晓得什么擂台。请主人家与我们说说看。"那店主人道:"我这里临安郡中,有个后军都督叫做张俊,他的公子张国乾最喜欢武艺。数月前来了两个教师,一个叫做戚光祖,一个叫做戚继祖,他弟兄两人,本是岳元帅麾下统制官戚方的儿子。说他本事高强,张公子请他来学成武艺。在昭庆寺前,搭起一座大擂台,要打尽天下英雄。已经二十余日,并无敌手。客官们来得凑巧,这样胜会,也该去看看。"

那店主人指手划脚,正说得高兴,只听得小二来叫,说:"有客人来安寓,快去招接。"店主人听得,忙忙的去了。不多时,只见小二搬进行李,店主人引将三个人来,就在对门房内安顿着。听得那三人问道:"店家,这里的擂台搭在那里?"店主人答道:"就在昭庆寺前。客官可是要去看么?"那三个人道:"什么看!我们特来与他比比手段的!"店主人道:"客官若是打得过他,倒是有官做的。"内中一人道:"那个要做什么官!打倒了他,也叫众人笑笑。"店主人笑着自去了。

余雷道:"这三个说要去打擂台,我看他们相貌威风,必然有些本事。我们那个该去会他们一会?"岳霆道:"待小弟去。"随即走过对门房内来,把手一拱,说道:"仁兄们贵处那里?"那人道:"请坐。在下都是湖广澧州人。"岳霆又问:"各位尊姓大名?"那人道:"小弟姓伍名连,这位姓何名凤,那位姓郑名世宝,俱是好弟兄。"岳霆道:"既是澧州,有一位姓伍的,叫做伍尚志,不知可是盛族否?"伍连道:"就是先父。我兄何以认得?"岳霆道:"如此说来,你是我的表弟兄了!"伍连道:"兄是何人?"岳霆道了姓名,二人大哭起来。伍连道:"外舅、大哥被奸臣所害,我爹爹自朱仙镇兵散回家,终朝思念母舅,染病而亡。小弟奉母亲之命,来此祭奠娘舅一番。这何兄是何元庆叔父之子,郑兄乃郑怀叔父之子,一同到此上坟的。小弟一路来,听说奸臣之子搭一座擂台,要与天下英雄比武。小弟欲借此由,要与岳伯父报仇。表兄为何到此?"岳霆将奉母命到宁夏去找二哥不遇、也来此上坟、路上遇见罗鸿等,细说了一遍。伍连道:"诸兄既然在此,何不请来相见?"岳霆起身出房,邀了罗鸿、吉成亮、王英、余雷四人,来与伍连相见。礼毕坐定,商议去打擂台。店主送进夜膳来,八位英雄就一同畅饮。谈至更深,众人各自安歇。

次日吃了早饭,八个人一齐出店,看了路径。回转店中,岳霆拿出两锭银子递与店家,说道:"烦你与我买些三牲福礼,再买四个大筐篮装好,明日早间要用的。"主人家答应,收了银子,当晚整备端正。

次早众人吃了早饭,一齐上马。先着罗鸿、吉成亮、王英带了四个家将，一应行李马匹，并四筐篮祭礼，先到栖霞岭边等候。岳霆同着伍连、余雷、何凤、郑世宝，共是五人，去看打擂台。来到昭庆寺前，但见人山人海，果然热闹。寺门口高高的搭着一座擂台，两旁边一带帐房，都是张家虞候、家将。少停了一刻，只见张国乾扎缚得花拳绣腿，戚光祖、戚继祖两个教师在后面跟着，走上台来，两边坐定。张国乾就打了一回花拳，就去正中间坐下。戚光祖起身对着台下高叫道："台下众军民听者！张公子在此识瞻天下英雄二十余日，并没个对手；再有三日，就圆满了。你们若有本事高强的，可上台来比试。倘能胜得公子者，张大老爷即保奏封他的官职。不要惧怕！"叫声未绝，忽然人丛里跳出一个人来，年纪三十多岁，生得豹头圆脸，叫一声："我来也！"涌身跳上台去。张国乾立起身来问道："你是何方人氏？快通名来！"那人道："爷乃山东有名的好汉，叫做'翻山虎'赵武臣的便是！且来试试爷的拳看！"说罢，就一拳打来。张国乾将身一闪，劈面还一拳去。两个走了三五路，张国乾卖个破绽，将赵武臣兜屁股一脚，"轱辘辘"的滚下台来。看的众人喝一声采。那赵武臣满面羞惭，飞跑的去了。戚继祖哈哈大笑，向台下道："再有人敢上台来么？"连叫数声，并无人答应。

伍连方欲开口，岳霆将伍连手上捏着一把道："哥哥且缓，让小弟上去试试看，若然打输了，哥哥就去拿个赢。"岳霆便钻出人丛，纵身一跳，已到台上。张国乾见是个瘦小后生，不在心上，叫声："小后生，你姓甚名谁？"岳霆道："先比武，后通名。"张公子露出锦缎紧身蟒龙袄，摆个门户，叫做"单鞭立马势"，等着岳霆。岳霆使个"出马一枝枪"，抢进来。张国乾转个"金刚大踏步"，岳霆就回个"童子拜观音"。两个一来一往，走了十余路，张国乾性起，一个"黑虎偷心"，照着岳霆当胸打来；岳霆把身子一蹲，反钻在张国乾背后，一手扯住他左脚，一手揪住他背领，提起来望台下"扑通"的掼将下去。台下众人也齐齐的喝一声采。张国乾正跌得头昏眼暗，扒不起来，伍连走上去，当心口一脚，踹得口中鲜血直喷，死于地下。说时迟，那时快，戚光祖弟兄立起身来，正待来拿岳霆，岳霆已经跳下台来。余雷取出双锤，将擂台打倒。两边帐房内众家将各执兵器，来杀岳霆。郑世宝已将腰刀递与岳霆，五位好汉一齐动手，已杀了几个。戚光祖举刀来砍，被余雷一锤打在刀柄上，震开虎口。戚继祖一枪刺来，何凤举鞭架开枪，复一鞭打来，闪得快，削去了一只耳朵。弟兄两人见不是头路，回去又怕张俊见罪，趁着闹里，一溜风不知逃往何处去了。那五位好汉逢人便打。张公子带的家将，俱逃回府去报信。这些看的人见来得凶，也各自逃散。

那五人飞奔来到栖霞岭下，罗鸿等三人已在等候，齐到坟前。四个家将将祭礼摆下，哭奠了一番，焚化了纸钱。将福礼摆下，吃得饱了。打发那四个家将自回宁夏去，复宗留守。八个好汉从后山寻路，同往云南一路而去。

这里张俊闻报，说是公子被人打死，戚家弟兄俱已逃散。张俊大怒，忙差两个统制官，领兵出城追赶，已不知这班人从那里去了。随即火速行文，拿捉戚家弟兄。一面将公子尸首收拾成殓；一面申奏朝廷，缉拿凶党。且按下慢表。

第六十九回　打擂台二祭岳王坟　愤冤情哭诉潮神庙

再说到王能、李直二人，自从那年除夜岳元帅归天之后，二人身穿孝服，口吃长斋。他说朝内官员皆惧秦桧，无处与岳元帅伸冤。那阴间神道，正直无私，必有报应。遂各庙烧香，诚心祷告。如此两三年，并不见有一些影响。二人又恼又恨，就变了相：逢庙便打，遇神就骂。又过了几时，一日正值八月十八，乃是涨潮之日。那钱塘观潮，原是浙江千古来的一件胜事。诗曰：

子胥乘白马，天上涌潮来。

雷破江门出，风吹地轴回。

孤舟凌喷薄，长笛引凄哀。

欲作枚乘赋，先挥张翰怀。

王能对李直道："如此混浊世界，奸臣得福，忠良受殃，叩天无门，求神不应，你吾岂不气闷死人！何不同到江边观潮，少消闷怀，何如？"李直道："甚妙！甚妙！"

当时王、李二人出了候潮门，来至江边。谁知这日潮不起汛，乃是暗涨，甚觉没兴，只得沿江走走。走到一座神庙，上面写着"潮神庙"三字。李直道："我和你各庙神道都已求过，只有这潮神不曾拜过，何不与兄进去拜求拜求？"王能道："原说是逢庙便拜，遇神即求，难道潮神就不是神道？"随一同走进庙来。细看牌位，那潮神却就是伍子胥老爷。王能道："别的神道，未受奸臣之害，你却被伯嚭逸害而死。后来伯嚭过江，你却立马显圣，自己也要报仇。难道岳爷为国为民，反被奸臣所害，你既为神，岂无应感？难道岳家不该报仇的么？"李直也恼起来，大叫道："这样神道，留他何用？不如打碎了

罢!"二人拿起砖头石块,将伍子胥老爷的神像并两边从人等,尽皆打坏。正是:

英雄无故遭残灭,一腔忠义和谁说!
须将疏奏达天庭,方把忠良仇恨雪。

二人道:"打得快活!这番少出吾二人胸中之气!"

两个出了庙门,一路行来,不觉腹中饥饿。只见临河一座酒楼,造得十分精致。有《西江月》一首为证:

断送一生惟有,破除万事无过。花开如绮鸟如歌,不饮旁人笑我。　　愤恨凭他唤起,忧愁赖尔消磨。杯行到手莫辞多,一觉醉乡沉卧。

二人走至店中,上楼坐定。小二问道:"二位相公,还请甚客来?"王能道:"我们是看潮回来,不请甚客。有好酒好肴,只管取来,一总算钱还你。"小二应了一声,忙忙的安排酒菜,送上楼来。两个吃一回,又哭一回,狂歌一回,直吃到天晚。小二道:"可不晦气!撞着这两个痴子,这时候还不回去,哭哭笑笑的!"便上楼来问道:"二位相公,还是在城外住呢,还是要进城去的?"二人才想着是要进城的,随即下楼,取出一锭银子丢下,说道:"留在此一总算罢。"出了店门,赶至候潮门,城门早已关了。王能对着李直道:"城门已闭,不能回家。不如过了万松岭,到栖霞岭下岳元帅坟上去过了一夜罢。"李直道:"也使得。"两个乘着酒兴,一路来到岳坟,倒在草边竟睡去了。

却说伍子胥老爷,是日在南海龙宫饮宴回来,到了殿上,那一众鬼判从吏,俱来迎接,但见一个个帽歪衣破,又看自己的神像与两旁吏役,尽皆打坏,便问:"何人大胆,敢将神像毁坏?"鬼判将王能、李直为岳家父子被奸臣陷害,求神不应,心中忿恨不平,"今日在此哭诉了一番,把老爷的神像和那两旁鬼吏都打坏了。"伍老爷听了,便道:"这两个狂生!不知果报,毁辱神明,若不与他一个报应,这些世上愚人,只道天理是没有的了。"叫鬼判:"好生看守庙宇,我去去就来。"即忙驾起云头,直至南天门外。正值温元帅值日,便问道:"伍王到此,有何贵干?"伍王即将前事,细细说了一遍。温元帅听了大怒道:"秦桧欺君误国,杀害忠良,又将他子孙受此惨毒,情实难容!今伍王奏闻天帝,定有赏罚。"

伍王进了南天门,直至灵霄宝殿,俯伏玉阶,将王能、李直之言,细细奏闻。玉帝就命太白金星查奏。金星查得明白,即忙复奏道:"臣查得中界徽宗皇帝系是赤脚大仙下降,只因元旦郊天,误写表文,特命赤须龙下界,扰乱宋室江山。岳飞乃西天大鹏鸟,因如来开讲真经,众星官听讲妙法,有女土蝠污了莲台,大鹏将他啄死,冤魂托生为秦桧之妻。如来因大鹏犯了杀戒,贬下尘凡,又将虬龙啄了一口,虬龙不愤,水泛汤阴,犯了天条处斩,托生为秦桧,致有此冤冤相报。"玉帝闻奏,便道:"虬龙虽系报冤,但洪水泛汤阴,残害生灵,自犯天条,如何又去谋害忠良,实为可恶!今命众魂往各家显灵炒闹,待众奸臣阳寿终时,罚去地狱受罪。岳飞为国为民,一生忠孝,应享人间血食。俟果报完时,再行酌授天爵。"

伍王领了玉旨,出了天庭,来至南天门。温元帅迎着问道:"玉旨何如?"伍王即将先命忠魂显灵炒闹之事,说了一遍。温元帅道:

"伍明甫,你虽领玉旨,命忠魂到奸臣家显圣,但那相府都有门神户尉拦阻,怎生进得他的门去?却不先行奏明,要个凭据,使诸神不敢阻挡。"伍王听了道:"不是元帅说知,几乎误事。待我再奏天庭便了。"温元帅道:"今亦不必再奏。我有'无拘霄汉牌'一面,给与众魂带着,诸神自不敢拦阻。若到奸臣家炒闹过了,即便还我。"伍王道:"如此甚妙。"接了"无拘霄汉牌",辞别出了天门,来至岳飞坟上。那王能、李直正在睡梦之中,只见伍王叫道:"岳飞接旨!"二人上前观看,但见伍王手捧玉旨开读。大略云:

"金阙玄穹高上玉皇帝君诏曰:赏善锄奸,乃天曹之大权;阳施阴报,实循环之常理。兹据伍员所奏,宋相秦桧,阴通金虏,专权妄上。其妻王氏,私淫尢亢,奸诈辅逆。寺丞万俟卨、罗禹节,附奸趋恶,残害忠良。咨尔岳飞,勤劳王事,能孝能忠,一门四德已全,诚为可嘉!但前冤未了,后怨重兴,果报未明,不便赏罚。可许尔岳飞等暂居天爵之府,许尔等阴魂,各寻冤主,显灵预报。待其阳寿终时,再行勘问,着地狱官拟罪施行。王、李二生,不知果报,诽谤神明,拆毁神像,本应处分;但念其忠义可嘉,姑置不究。钦哉!谢恩!"

岳王父子等谢恩毕,伍王即将"无拘霄汉牌"交与岳爷,辞别而去。那王、李二生,蓦然惊醒,想道:"方才神道所言之事,我和你进城打听。若是岳爷果在奸贼家中显圣,便择日重修伍王庙宇,再塑金身。"二人挨到天明,回城打听不表。

再说秦桧,自从害了岳爷之后,心下想道:"岳飞虽除,还有韩世忠、张信、刘锜、吴璘、吴玠等，皆是一党。若不早除，必有后患。"这一日，独自一个坐在万花楼上写本，欲起大狱，害尽忠良。这一本非同小可！正写之间，岳爷阴魂，同了王横、张保正到万花楼上，见秦桧写这本章，十分大怒，将秦桧一锤打倒，大骂："奸贼！恶贯满盈，死期已近，尚敢谋害忠良！"秦桧看见是岳爷，大叫一声："饶命吓！"岳爷吩咐张保："在此炒闹。我往万俟卨、罗禹节、张俊家去显圣。"岳爷往各奸臣家，唬得那些奸臣，人人许愿，个个求神不表。

再说王氏，听得丈夫在万花楼上叫喊，忙叫丫环等上楼去看。那些丫环走上楼来，被张保尽皆打下，头脑跌破，大叫："楼上有鬼！"夫人叫何立往楼上观看。何立走上楼来，张保就闪开了。何立见太师跌倒，昏迷不醒，只叫岳爷饶命。何立惊慌，跪下求道："岳爷饶了小人的主人罢！明日在灵隐寺修斋拜忏，超度岳爷罢！"张保又往别处去了。秦桧醒转，何立扶下楼来。王氏见了，问道："相公何故叫喊？"秦桧道："我方才在楼上写本，被岳飞打了一锤，所以如此。"何立道："小人上楼，见太师跌倒在地，小人许了灵隐寺修斋，太师方才醒转。"秦桧就叫何立拿二百两银子，往灵隐寺修斋拜忏，"明日我与夫人到寺拈香。"何立领命而去。

那王能、李直闻知此事，又打听得各奸臣家家许愿，个个惊慌，二人十分欢喜，择日与伍老爷修整庙宇，装塑神像。正是：

湛湛青天不可欺，举头三尺有神知。

善恶到头终有报，只争来早与来迟！

不知后事如何，且听下回分解。

第七十回

灵隐寺进香疯僧游戏　众安桥行刺义士捐躯

诗曰：

> 人生一梦似邯郸，枉争名利弄机关。
> 妙药不医孽障病，好香难解杀人冤。
> 权贵生前徒鹿鹿，贤愚死后尽空拳。
> 欲脱三途诸苦难，早把禅机仔细参。

前话休提。且说秦桧夫妻那日来到灵隐寺中进香，住持众僧迎接进寺。来至大殿上，先拜了佛，吩咐诸僧并一众家人回避了，然后默默祷告："第一枝香，保佑自身夫妻长享富贵，百年偕老。第二枝香，保佑岳家父子早早超生，不来缠扰。第三枝香，凡有冤家，一齐消灭。"祝拜已毕，使唤住持上殿引道，同了王氏到各处随喜游玩。一处处，到了方丈前，但见壁上有诗一首，墨迹未干。秦桧细看，只见上边写道：

> 缚虎容易纵虎难，无言终日倚栏杆。
> 男儿两点恓惶泪，流入胸襟透胆寒！

秦桧吃了一惊，心中想道："这第一句，是我与夫人在东窗下灰中所写，并无一人知觉，如何却写在此处？甚是奇怪！"便问住持："这壁上的诗是何人写的？"住持道："太师爷在此拜佛，凡有过客游僧，并不敢容留一人,想是旧时写的。"秦桧道:"墨迹未干,岂是写久的?"住持想了想道:"是了。本寺近日来了一个疯僧,最喜东涂西抹,想必是他写的。"秦桧道:"你去唤他出来,待我问他。"住持禀道:"这个疯僧,终日痴痴癫癫,恐怕得罪了太师爷,不当稳便。"秦桧道:"不妨,他既有病,我不计较他便了。"

住持领命,就出了方丈,来至香积厨下,叫道:"疯僧!你终日东涂西抹,今日秦丞相见了,唤你去问哩!"疯僧道:"我正要去见他。"住持道:"须要小心,不是当耍的!"疯僧也不言语,往前便走。住持同到方丈来禀道:"疯僧唤到了。"秦桧见那疯僧垢面蓬头,鹑衣百结,口嘴歪斜,手瘸足跛,浑身污秽,便笑道:"你这僧人:

蓬头不拜梁王忏,垢面何能诵佛诗?

鏖糟枉受如来戒,疯颠徒想步莲池!"

疯僧听了便道:"我面貌虽丑,心地却是善良,不似你佛口蛇心。"秦桧道:"我问你这壁上诗句,是你写的么?"疯僧道:"难道你做得,我写不得么?"秦桧道:"为何'胆'字甚小?"疯僧道:"胆小出了家,胆大终久要弄出事来。"秦桧道:"你手中拿着这扫帚何用?"疯僧道:"要他扫灭奸邪。"秦桧道:"那一只手内是甚么?"疯僧道:"是个火筒。"秦桧道:"既是火筒,就该放在厨下,拿在手中做甚?"疯僧道:"这火筒节节生枝,能吹得狼烟四起,实是放他不得。"秦桧道:"都是胡说!且问你这病几时起的?"疯僧道:"在西湖上见了卖蜡丸的时节,就得了胡言胡语的病。"王氏接口问道:"何不请个医生来医治好了?"疯僧道:"不瞒夫人说,因在东窗下'伤凉',没有了'药家附子',所以医不得。"王氏道:"此僧疯癫,言语支吾,问他做甚。叫他去罢!"疯僧道:"三个都被你去了,那在我一个!"

秦桧道:"你有法名么?"疯僧道:"有有有!

吾名叶守一,终日藏香积。

不怕泄天机,是非多说出。"

秦桧与王氏二人听了,心下惊疑不定。秦桧又问疯僧:"看你这般行径,那能做诗? 实是何人做了叫你写的,若与我说明了,我即给付度牒与你披剃何如?"疯僧道:"你替得我,我却替不得你。"秦桧道:"你既会做诗,可当面做一首来我看。"疯僧道:"使得。将何为题?"秦桧道:"就指我为题。"命住持取纸笔来。疯僧道:"不用去取,我袋内自有。"一面说,一面在袋内取出纸墨笔砚来,铺在地下。秦桧便问:"这纸皱了,恐不中用。"行者道:"蜡丸内的纸,都是这样皱的。"就磨浓了墨,提笔写出一首诗来,递与秦桧。秦桧接来一看,上边写道:

久闻丞相有良规,占擅朝纲人主危。

都缘长舌私金虏,堂前燕子永难归。

闭户但谋倾宋室,塞断忠言国祚灰。

贤愚千载凭公论,路上行人口似□。

秦桧见一句句都指出他的心事,虽然甚怒,却有些疑忌,不好发作,便问:"末句诗为何不写全了?"行者道:"若见'施全'面,奸臣命已危。"秦桧回头对左右道:"你们记着,若遇见叫施全者,不管他是非,便拿来见我。"王氏道:"这疯子做的诗全然不省得,只管听他怎的?"行者道:"你省不得这诗,不是顺理做的,可横看去。"秦桧果然将诗横看过去,却是"久占都堂,闭塞贤路"八个字。秦桧大怒道:"你这小秃驴!敢如此戏弄大臣!"喝叫左右:"将他推下阶去,乱棒打杀了罢!"左右答应一声,鹰拿燕雀的一般来拿行者。行者扯住案脚大叫道:"我虽然戏侮了丞相,不过无礼,并不是杀害了大臣,如何要打杀我?"那时吓得那些众和尚,一个个战战兢兢。左右只顾来乱拖,却拖不动。王氏轻轻的对秦桧道:"相公权倾朝野,谅这小小疯僧,怕他逃上天去?明日只消一个人就拿来了了他的性命,此时何必如此?"秦桧会意,便叫:"放了他。已后不许如此!"叫住持:"可赏他两个馒头,叫他去罢。"住持随叫侍者取出两个馒头,递与疯僧。疯僧把馒头双手拍开,将馅都倾在地下。秦桧道:"你不吃就罢,怎么把馅都倾掉了?"行者道:"别人吃你陷,僧人却不吃你陷。"秦桧见疯僧句句讥刺,心中大怒。王氏便叫:"行者,可去西廊下吃斋,休在丞相面前乱话!"众僧恐惧,一齐向前,把行者推向西廊。行者连叫:"慢推着!慢推着!夫人叫我西廊下去吃斋,他却要向东窗下去饲饭哩!"众僧一直把疯行者推去。秦桧命左右打道回府。众僧人一齐跪送,尚都是捏着一把汗,暗暗的将疯行者看守,恐怕他逃走了,秦丞相来要人,不是当耍。

话分两头。且说施全在太行山,日夜思量与岳爷报仇。一日别了牛皋,只说私行探听,离了太行山,星夜赶到临安,悄悄到岳王坟上哭奠了一番。打听得那日秦桧在灵隐寺修斋,回来必由众安桥经过,他便躲在桥下。那秦桧一路回来,正在疑想:"我与夫人所为之事,这疯僧为何件件皆知?好生奇怪!"看看进了钱塘门,来至众安桥,那坐下马忽然惊跳起来，秦桧忙把缰绳一勒，退后几步。施全见秦桧将近，挺起利刃，望秦桧一刀搠来，忽然手臂一阵酸麻，举手不起。两旁家将拔出腰刀，将施全砍倒，夺了施全手中刀，一齐上前捉住，带回相府来。列位看官，要晓得施全在百万军中打仗的一员勇将，那几个家将那里是他的对手，反被他拿住？却因岳元帅阴灵不肯叫他刺死了奸臣，坏了他一生的忠名，所以阴空扯住他的两臂，提不起手来，任他拿住，以成施全之义名也。

且说秦桧吃这一惊不小，回至府中，喘息未定，命左右押过施全来到面前，喝问道："你是何人？擅敢大胆行刺？是何人唆使？说出来吾便饶你。"施全大怒，骂道："你这欺君卖国、谗害忠良的奸贼！天下人谁不欲食汝之肉，岂独我一人！我乃堂堂丈夫，行不更名，坐不改姓，岳元帅麾下大将施全！今日特来将汝碎尸万段，以报岳元帅之仇！不道你这奸贼命不该绝，少不得有日运退之时，看你这奸贼躲到那里去！"秦桧被施全千奸贼、万奸贼，骂得则不得声，随教拿送大理寺狱中，明日押赴云阳市斩首。后人有诗赞之曰：

烈烈轰轰士，求仁竟不难。

春秋称豫让，宋代有施全。

怒气江河决，雄风星斗寒。

云阳甘就戮，千古史斑斑。

那施全下山之后，牛皋放心不下，差下两个精细喽罗，悄悄下山打听。那日喽罗探得的实，回山报知此信。牛皋怒发如雷，即要起兵杀上临安，与施全报仇。王贵劝道："当初岳大哥死后，阴灵尚不许我们兴兵;如今施大哥自投罗网,岂可轻动?"当时众人大哭了一场,设祭望空遥拜,又痛饮了一回。王贵、张显二人悲伤过度,是夜得了一病,又不肯服药,不多几日,双双病死。牛皋又哭了一场,弄得独木不成林,无可如何,且把二人安葬,心中好不气闷!按下慢表。

且说这日秦桧退入私衙,神思恍惚,旧疾复发。王夫人好生闷闷不悦。一日,王夫人对秦桧道:"前日与丞相往灵隐寺修斋,叫疯行者题诗,句句讥刺,曾说'若见施全命必危'。这施全必是疯僧一党,指使他来行刺的。"秦桧猛省道:"夫人所言,一些不差。"随唤何立带领提辖家将十余人,往灵隐寺去捉拿疯行者,不许放走。何立领命,同众人径到灵隐寺来。寻见疯行者,何立一手扯住道:"丞相令来拿你,快快前去!"疯僧笑道:"不要性急。吾一人身不满四尺,手无缚鸡之力,谅不能走脱,何用捉住?我自知前日言语触犯丞相,正待沐浴更衣,到府中来叩头请死。你众人且放手,立在房门外,待我进僧房去换了衣服,同去便了。"何立道:"也不怕你腾了云去,只要快些!"遂放行者进入僧房。好一会不见出来,何立疑惑:"不要他自尽了?"随同众人抢入房中,那里有什么疯僧?床底阁上,四处找寻,并无踪迹。只有桌上有一个小匣,封记上写道:"匣中之物,付秦桧收拆。"

何立无奈,只得取了小匣,同众家将等回府,将疯僧之事,细细禀知。秦桧拆开,匣内却是一个柬帖。那帖上写道:

偶来尘世作疯癫,说破奸邪返故园。

若然问我家何处,却在东南第一山。

秦桧看罢,大怒道:"你这狗才!日前拿道悦和尚你却卖放,今又放走了疯行者,却将这匣儿来搪塞我!"叫左右去将何立的母亲、妻子监禁狱中,就着何立:"前往东南第一山捉还疯行者,便饶你罪。若捉不得疯僧,本身处斩,全家处死!"何立惊惶无措,只得诺诺连声。次日,将天下地理图细看,在招军城东去有东南第一山,乃是神仙所居的地方,世人如何到得?无可奈何,只得进监中哭别了母亲、妻子,起身望招军城而去。

那秦桧自斩了施全之后,终日神昏意乱,觉道脊背上隐隐疼痛。过不得几日,生出一个发背来,十分沉重。高宗传旨,命太医院看治。

说话的,在下只有一张口,说不来两处的事。且把秦桧一边的话丢下,慢慢的表。

如今先说那岳霆、伍连等八人,自闹了擂台,祭了岳坟,从后山盘上小路,夜宿晓行,一路无话,早已到了云南。来至王府,三公子先进去通报了,然后出来接进。七位小英雄进府,见了柴王,各通姓名。岳霆进内见了岳夫人,把前事细细述了一遍;然后又出来请各位小爷进来,相见岳夫人行礼。又叩见了柴老娘娘,俱道:"岳家伯母皆亏老娘娘千岁大恩照看,方得如此。"柴娘娘道:"众位公子何出此言!我看众公子皆是孝义之人,甚为可敬,欲命小儿与列位公子结为异姓兄弟,幸勿推却!"众人齐称:"只是不敢仰攀。"柴王道:"什么说话!"即命摆下香案,与众小爷一同结拜做弟兄。柴排福年长居首,以下韩起龙、韩起凤、诸葛锦、宗良、欧阳从善、牛通、汤英、施凤、罗鸿、吉成亮、王英、余雷、伍连、何凤、郑世宝、岳雷、岳霆、岳霖、岳震,共是二十

第七十回　灵隐寺进香疯僧游戏　众安桥行刺义士捐躯

位小英雄。是日结为弟兄，终日讲文习武，十分爱敬，赛过同胞。

看看到了八月十五，大排筵席，共赏中秋。柴王道："今日过了中秋佳节，明日我们各向山前去打围，如有拿得虎豹者为大功；拿得獐鹿者为次功；拿得小牲口者为下功，罚冷酒三壶。"韩起龙道："大哥之言，甚是有兴，我们明日就去。"当晚酒散，各自安歇。次日，众小爷各拿兵器，带领人马，向山前结下营寨，各去搜寻野兽。有诗为证：

晓出凤城东，分围沙草中。

红旗遮日月，白马骤西风。

背手抽金箭，翻身挽角弓。

众人齐仰望，一雁落空中。

却说四公子岳霖，一心要寻大样的走兽，把马加上一鞭，跑过两个山头。只见前面一只金钱大豹奔来，岳霖大喜，左手拈弓，右手搭箭，一箭射去，正中豹身。那豹中了一箭，滚倒在地。岳霖飞马赶上，又是一枪，将豹搠死。后边军士正想赶上拿回献功，不道前面来了一员苗将，后边跟着十多个苗兵，赶来大喝道："你们休要动手！这豹是俺家追来的。"岳霖道："胡说！我找寻了半日方才遇着这豹，是我一箭射中，方才搠死的，怎么说是你追来的？"那苗将道："就是你射着的，如今我要，也不怕你不把来与我！"岳霖道："你要这豹也不难，只要赢得我手中这枪，就与了你；倘若被我搠死，只当你自己命短，不要怨我。"苗将听了大怒道："你这个小毛虫，好生无理！先吃我一刀罢！"抡起大刀砍来。岳霖把手中枪紧一紧，架开刀，分心就刺。两个交手不到十合,岳霖卖个破绽,拦开刀,拍马就走,苗将在后追来;岳霖回马一枪,将苗将刺下马来;再一枪,结果了性命。那些跟来的苗兵慌忙转马,飞跑回去报信了。

岳霖取着豹,慢慢的坐马回营。走不到一二十步,忽听得后面大叫道:"小毛虫不要走!我来取你的命也!"岳霖回头一看,吓得魂不附体,但见一个苗将,生得来:

> 面如蓝靛,眼似红灯。獠牙赛利箭,脸似青松口血盆,虬髯像钢针。身长丈二,穿一副象皮锁子甲,红袍外罩;头如笆斗,戴一顶盘龙赤金盔,雉尾双分。狮蛮带腰间紧束,牛皮靴足下牢登。一丈高的红砂马,奔来如掣电;碗口粗的溜金锏,舞动似飞云。远望去只道是龙须虎;近前来恰是个巨灵神。

那苗将声如霹雳,飞马赶来。岳霖心慌,回马问道:"小将何处得罪大王,如此发怒?"苗王大喝一声:"小毛虫!你把我先锋赤利刺死,怎肯饶你!"便一锏打来。岳霖举枪架住,觉道沉重,好不惊慌。不上三四合,被苗王拦开枪,轻舒猿臂,将岳霖勒甲绦一把擒过马去。众苗兵将赤利的尸首收拾回去。这岳霖被苗王擒进苗洞而去,正是:

海鳖曾欺井内蛙,大鹏展翅绕天涯。

强中更有强中手,莫向人前满自夸!

毕竟不知那苗王将岳霖擒进苗洞,性命如何,且听下回分解。

第七十一回

苗王洞岳霖入赘　东南山何立见佛

诗曰：

　　红鸾天喜已相将，不费冰人线引长。

　　着意种花花不发，无心插柳柳成行。

话说那苗王将岳霖擒进苗洞，喝叫苗兵："将这小毛虫绑过来！"苗兵即将岳霖绑起，推上银安殿来。苗王喝道："你是何处来的毛虫，敢将我先锋挑死？今日被我擒来，还敢不跪么？"岳霖道："我乃堂堂元帅之子，焉肯跪你化外苗人？要杀就杀，不必多言！"苗王道："你父是什么元帅，就如此大样，见我王位不跪？"岳霖道："我父乃太子少保武昌开国公岳元帅，那个不知，谁人不晓？"苗王道："莫不是朱仙镇上扫金兵的岳飞么？"岳霖道："然也。"苗王道："你是岳元帅第几个儿子？因何到此？"公子道："我排行第四，名唤岳霖。父亲、哥哥被奸臣秦桧陷害，我同母亲流徙到此。"苗王听了道："元来是岳元帅的公子，如此受惊了！"随亲自下座来放了绑，与公子见礼，坐下。苗王问道："令尊怎么被奸臣陷害的？"公子就将在朱仙镇上十二道金牌召回、直到风波亭尽忠的事，说了一遍，不觉放声大哭。

苗王道："公子，俺非别人，乃化外苗王李述甫是也。昔日在朱仙镇上会过令尊，许我在皇帝面前保奏了，来到化外封王，不想被奸臣害了,令人可恼!你今既到此间,俺家只有一女,招你做个女婿罢。"吩咐左右:"将岳公子送到里面,与娘娘说知,端正今夜与公主成亲。"岳霖闻言,哀求道:"蒙大王垂爱,只是我父兄之仇未报,待小侄回去禀过母亲,再来成亲方可。"苗王道:"你们弟兄多,你只当过继与俺,省得受那奸臣之气。"岳霖再三不肯依从。苗王不由分说,送到里面。苗后看见岳霖,十分欢喜,便对公子说道:"大王当年到朱仙镇时,我外甥黑蛮龙曾与你哥哥结为弟兄。我外甥回来,无日不思想你父亲、哥哥,今日才得知你家遭此大变。天遣你到此,只当你父亲分了你在此罢!"岳公子无奈,只得依允。

且说众弟兄各拿了些大小野兽,陆续回到营中。正是:

获禽得兽满肩挑,猛虎逢吾命怎逃?

清平漫说文章好,今日原来武艺高!

不一时,众弟兄俱已到齐,单单不见四公子回来。正在盼望,忽见那些逃回军士,气急败坏,跑回营来报道:"不好了!四公子被一个苗王生擒去了!"柴王大惊失色,便对众弟兄道:"我们快去救他,不可迟误。"众小爷们听了,一齐上马,飞奔来至苗洞门口,大叫道:"快快将岳家公子送出,万事全休;迟了片刻,踏平你这牢洞,寸草不留!"苗兵忙进来报知苗王。苗王道:"这一定是柴王了,待我出去见他。"便坐马提锐,出洞而来。众人见他生得相貌凶恶,俱各吃惊。柴王上前道:"你是何人?为何把我岳家兄弟拿了?"苗王道:"俺乃化外苗王李述甫是也。你那岳公子把我先锋赤利刺死,是我拿的,你们待怎么?"柴王道:"此乃失误,若肯放他,我军情愿一同请罪。"苗王道:

"既讲情理,且请到洞中少叙。"众弟兄就一同进了洞门。来到王府,行礼已毕,坐定,左右送上酪浆来吃罢。苗王道:"众位是岳家何人?"众人各通姓名,说明俱是拜盟弟兄。苗王喜道:"如此说,俱是一家了。俺家向日曾在朱仙镇会过岳元帅,我外甥黑蛮龙也曾与岳大公子结拜。今难得众位在此,俺只有一女,要将四公子入赘为婿,望众位玉成!"岳雷道:"极承大王美意。但我弟兄大仇未报,待报了大仇之后,即送兄弟来成亲便了。"苗王道:"二公子,不是这等说。你弟兄甚多,只当把令弟过继与我了。况且你们在此化外,又无亲戚,就与俺家结了这门亲,也不为过,何必推辞?若有赦回乡里之日,俺家就听凭令弟同小女归宗便了。"岳雷、柴王众兄弟见苗王执意,只得应允。

苗王大喜,吩咐安排酒席。正欲上席,苗兵上来禀道:"黑王爷到了。"李大王道:"请进来。"黑蛮龙进来,见过了李述甫,又与众弟兄见过了礼。李述甫便把岳元帅被害之事,细细对黑蛮龙说了一遍。黑蛮龙听了,不觉腮边火冒,毛发尽竖,大怒道:"只因路遥,不知哥哥被奸贼陷害,不能前去相救,不由人不恼恨!"牛通道:"黑哥,你若肯去报仇,到是不妨得的。况且王爷是化外之人,不曾受过昏君的官职。若是杀进关去,百姓人等,皆感激岳老伯的恩德,总肯资助粮草的。若到了太行山,在我父亲那里起了大兵,一同杀上临安,岂不是好!"黑蛮龙听了,心中大喜,也不回言,暗地叫一个心腹苗兵,假报李王爷道:"今有傜洞领兵前来犯界。"苗王闻报大怒,就令黑蛮龙领兵三千征剿。蛮龙别了众人,领了人马,杀进三关,与岳元帅报仇去了。

再说李述甫一边饮酒,心中想道:"外甥方才回来,怎么说就有傜洞来犯界?事有可疑。"即差苗兵前去打听。不多时,那苗兵回来报道:"小的探得小大王带了兵马,杀进中原去了。"李大王道:"不出我之所料。"因向众弟兄说道:"俺家并无子侄,只有这个外甥。他如今杀进中原,与岳元帅报仇,路远滔滔,无人相助,倘有不虞,只好存一点忠义之名罢了。众位公子且请回,只留女婿在此相伴俺家,待外甥回来时,再作道理。"岳雷见黑蛮龙如此义气,只得应允,将岳霖留下,众公子辞别回去。岳霖道:"二哥回家,代我安慰母亲,料我在此无碍。"岳雷道:"晓得。"遂别了苗王。

众人回来见了岳夫人,将岳霖招赘之事,细细说了一遍。岳夫人道:"难得苗王如此美情,我欲亲去谢亲。"柴娘娘道:"贤妹若去,愚姊奉陪。"次日,柴娘娘同岳夫人来到苗王府中,苗后出来迎接进内。岳霖同公主云蛮,出来见过礼。当下就摆酒席款待。岳夫人见了云蛮,十分相爱。到晚作别回来。岳夫人结了这门亲,常常来往,倒也颇不寂寞。按下不表。

如今且接着前回,秦桧差那何立往东南第一山去捉拿疯僧。那何立无奈,监中别了母亲、妻子,连夜望招军城一路而行。行了三四个月,逢人便问东南第一山的叶守一,并无人晓得东南第一山,也没有人得知什么叶守一。何立暗想:"若无疯僧下落,岂不连累了母亲、妻子?"好生愁闷。一日,来到一个三叉路口,又无人家,不知从那条路去方好。正在踌躇,忽见一个先生,左手拿着课筒,右手拿扇

招牌,招牌上写着两句道:

    八卦推求玄妙理,六爻搜尽鬼神机。

何立见是个卖卜先生,便上前一把扯住道:"先生,小子正有事疑惑不决,求先生代我一卜。"那先生即在路边石上放下招牌道:"所问何事?可祷告来。"何立撮土为香,望空暗暗祷告已毕。先生卜了一卦,便问:"问的何事?"何立道:"要寻人,未知寻得着否?"先生道:"敢是西北上往东南去的么?"何立道:"先生真个如见!"那先生道:"此卦不好,路上巅险崎岖,快快回头,不要去罢!"何立道:"不要说巅险难行,就是死也要去的!"先生道:"既是你拼得死,我就指引你去。你往中间这条路上去,不到二三十里就是泗洲大路。若到了泗洲,就寻得着那人了。"何立说声:"有劳了!"随在身边摸出十来个钱来,谢了先生。先生拿了招牌,摇着课筒,自转弯去了。

  何立依着先生指的中路,向前便走。走到申牌时分,果然到了泗洲,寻个歇店,住了一夜。明日访来访去,访了一日,城里城外并没有个东南第一山。过了数日,并无影响,暗想:"那卖卜先生言语,全无一点应验。闻说这里泗明山上有一座泗圣祠,祠内神道最灵,何不去祷告神道,求他指引?"定了主意,忙忙的去买办了香烛,上山来走进庙中,到神道面前烧香点烛,默默祷告了一番。那里有什么应验? 一步懒一步的走出庙门,在山前闲望,忽见一处山石嶙峋,奇峰壁立。何立走近一看,只见一块石上镌着"舍身岩"三个大字;临下一望,空空洞洞,深邃不测。何立思想道:"我半年之间历尽艰辛跋涉,并无疯僧下落,终久是死。不如跳入于此,做个了身之计。"欲待要跳,又想道:"我身何足惜。但吾母亲年纪八十三岁,我若死了,妻子必难活命,何人侍奉?"不觉坐在石上,伤心痛哭起来。哭了一回,那身子甚觉困倦,竟在那石上倒身睡去。

忽有一人用手推道:"快走快走!"何立抬头一看,却是前日遇见的那位卖卦先生。何立道:"好吓!你说到了泗洲就有下落,怎的并不见什么消耗?"先生道:"你实对我说,要往何处?寻什么人?"何立道:"我奉秦太师命,要往东南第一山去寻疯僧叶守一。"先生道:"你不见前面高山,不是东南第一山么?"何立回头一望,果然见前面一座高山,喜之不胜,便慌慌的向前走去。走了一程,来到山前,但见一座大寺院,宫殿巍峨,辉煌金碧。山门前一座大牌坊,上边写着"东南第一山"五个大金字。何立暗想:"好个大所在!"正在观看,只见山门内走出一个行者来。何立上前把手一拱,叫声:"师父,借问一声,这寺里可有个疯僧叶守一么?"那行者大喝一声:"咄!你是何等之人,擅敢称呼佛爷的宝号?好生大胆!"何立道:"小人不知,望乞恕罪!但不知这宝号是那位佛爷?"行者笑道:"那里是'叶守一',乃是'也十一',音同字不同。'也'字加了'十一'不是个'地'字?此乃地藏王菩萨的化身宝号。"何立道:"望师父代小人禀一声,说是秦太师差家人何立求见。"那行者道:"你且在此等候,待佛爷升殿,方好与你传禀。"话犹未绝,只听得殿内钟鸣鼓响,行者道:"菩萨升殿了,待我替你禀去。"何立连声称谢。

等不多时,只见那侍者走出来唤道:"何立,佛爷唤你进去。"何立慌忙走进寺中,来至大殿跪下道:"愿佛爷圣寿无疆!"地藏王菩萨道:"何立,你到此何干?"何立道:"奉家主之命,特请菩萨赴斋。"佛爷道:"那里是请我赴斋,明明是叫你来拿我。你也不必隐瞒,那秦桧已被我拿下酆都受罪了。"何立道:"小人出门时候,太师爷好好的在府中,怎么说在此?"佛爷道"你既不信",叫侍者:"与我吩咐狱主冥官,带秦桧上殿,与何立面对。"侍者领佛旨,去了不多时,只见狱主冥官将秦桧带到,跪下道:"求佛爷大发慈悲,我秦桧受苦不过了!"佛爷道:"你不该叫人来拿我。"秦桧道:"没有此事。"佛爷道:"你休胡赖。"叫何立上来与他对证。何立上殿来,但见秦桧披枷带肘,十分痛苦,叫道:"太师爷,小人在此!"秦桧道:"何立!你休叫我太师,只叫我害忠良的奸贼罢!你若回去,可对夫人说,我在此受罪,皆因东窗事发觉,如今懊悔已迟!他不久也要来此受罪了。"佛爷叫狱主:"带秦桧仍回地狱去罢。"狱主辞了菩萨,众鬼卒将秦桧一步一打去了。何立见了,十分不忍,禀道:"求佛爷饶恕了主人,何立情愿代主人受罪罢!"菩萨道:"一身做事一身当,怎能代得?但你今已到了阴司,怎能再回阳世?"何立道:"求佛爷慈悲!小人家中现有八十三岁的老母,待小人回去侍奉终年,再来受罪罢!"佛爷道:"善哉善哉!何立倒有一点孝心,可敬可敬!"佛爷随命侍者:"领何立还阳去。"

何立叩头谢了,随着侍者出了山门,一路而行,却不是前番来的路了,但见阴风惨惨,黑雾漫漫。来至一个村中,俱是恶狗,形如狼虎一般。又有一班鬼卒,押着罪犯经过,那狗上前乱咬,也有咬去手的,也有咬出肚肠的。何立吓得心惊胆战,紧紧跟着侍者。过了恶狗村,又到一处,两边俱是高山,山上石峰尖耸,犹如刀剑一般;山下牛头马面,将鬼犯一个一个丢上山去,也有丢在峰上搠破肚皮的,也有打破头的,鲜血淋漓,好不惨伤。才过得刀山地狱,前面却是奈何桥。何立到了桥边,望河内一看,好怕人吓!河内许多鬼犯,皆尽是赤身露体,许多毒蛇盘绕着,也有咬破天灵盖的,也有啄去眼珠的;又看那桥,那里是什么桥,不过是横着一根木头。何立道:"师父,这一根木头如何走得过去?若是跌将下去,你看这些恶物,不是耍处!"侍者道:"不妨。你只闭着眼睛,包你过去。"何立魂胆俱无,只得把两只眼睛紧紧闭着,两手扯住侍者衣服,大着胆,走过了奈何桥,却是一派荒郊旷野,黄沙扑面,鬼哭神号。何立战兢兢的问侍者道:"师父,这是什么地方,这等凄惨?"侍者道:"前面就是鬼门关,右首就是枉死城。大凡鬼魂进了枉死城,就难得人身了。"说话之间,已到了鬼门关。那城门下抢出几个狰狞恶鬼,上前拦住,喝道:"往那里走?"侍者道:"佛爷念他孝义,命我送他回阳。休得拦阻。"众鬼道:"不敢不敢。既是佛爷法旨,就请过关。"何立过了鬼门关,望见一座高台,何立问道:"师父,这是那里?"侍者道:"就是望乡台了。"不一时,来到台前,何立道:"小人上去望一望,不知可否?"侍者道:"待我同你上去。"二人上了台,何立一望,果然临安城市,皆在目前。侍者道:"你既见家乡,如何还不回去?"将他背上一推。何立大叫一声,一交跌下台来,猛然惊醒,却原来在舍身岩上,好一场大恶梦!

何立定了神,细想梦中之事,十分诧异:"方才明明的见了地藏王菩萨,已将丞相拘入酆都,又亲见多少地狱之苦,分明是神道指引。

不如谢了神道,回去回复太师罢。"随即再进庙来,拜谢了泗洲大圣,下山回寓,歇了一夜。次日,算还了饭钱,起身赶回临安。在路非止一日,已到了家乡。进相府来见秦桧,秦桧发背沉重,睡在书房内床上,时时发昏,叫痛不绝。何立来到书房中跪下,秦桧开眼见了何立,便道:"何立,你回来了么?疯僧之事,我已尽知,也不必说了。你的家小,我已放了,你可回去安慰母亲、妻子罢!"

何立叩头辞谢了秦桧,出了相府。回到家中,相见了母亲、妻子,大家哭诉了一场。再去备办香纸,拜谢祖宗,从此存心行善。那母亲直活到九十岁,无病而终。何立尽心祭葬。夫妻二人又无子女,双双出家修行。闻得何立后来坐化在平江府玄妙观中,即是如今的蓑衣真人,未知真否。有诗曰:

  冤山仇海两何凭,百岁风前短焰灯。

  早知今日冤冤报,悔却从前枉用心!

不知后事如何,且听下回分解。

第七十二回

黑蛮龙三祭岳王坟　秦丞相嚼舌归阴府

诗曰：

一啸江河尽倒流，青霜片片落吴钩。

直捣中原非叛逆，雄心誓斩逆臣头。

上回何立之事，已经交代。如今要说那黑蛮龙，在苗王李述甫面前，假说征剿傜蛮，领兵杀过三关。一路移文，说是要拿秦桧与岳元帅报仇，故此在路并无阻挡，反各馈送粮草。

那些地方官飞本进京，张俊、万俟卨、罗禹节看了本章大惊，一同来见秦桧。到了相府，直至书房，只见秦桧发背沉重，卧床不起。三人将黑蛮龙杀进三关与岳家报仇，声言要朝廷献出太师方才回兵，"今告急本章雪片一般，小官们不敢轻自奏闻，故特来请命。"秦桧听了，大叫一声，背疮迸裂，昏迷无语。

三人见秦桧这般光景，只得辞回商议，黑蛮龙十分凶狠，料难取胜。且假传圣旨，差官往云南去，将罪名都推在岳夫人身上，叫他写书撤回苗兵，他自然听允。一面吩咐地方官紧守关隘，添兵设备，以防攻击。次日进朝启奏："秦丞相病在危笃，请旨另册宰辅，以理朝政。"高宗闻奏，即传旨摆驾亲往相府看问。那秦桧过继的儿子秦熺，忙同着王氏夫人，一齐出府接驾。高宗来至书房，直到床前坐下，

第七十二回　黑蛮龙三祭岳王坟　秦丞相嚼舌归阴府

但见秦桧睡在床上,昏迷不醒。秦熺叫声:"大人! 圣驾在此。"秦桧微微睁开眼来,手不能动,带喘道:"何劳圣驾亲临! 赦臣万死! 臣因罪孽深重,致受阴愆。愿陛下善保龙体。臣被岳飞索命,击了一锤,背脊疼痛,料不能再瞻天颜也!"言毕,又发昏晕去。高宗命太医用心调治,朝事暂着万俟卨、汤思退协办。遂传旨摆驾回宫,不表。

再说黑蛮龙一路杀来,势如破竹,遇州得州,逢县得县,一径杀到临安范村地方。但见:

盔甲鲜明如绣簇,喊声威震若山崩。

恰似天王离北阙,真如恶煞下凡尘。

张俊闻报,急命总兵王武,领兵五千出城擒拿洞蛮。王武得令,带了人马,来到范村,安下营寨。黑蛮龙提锤出马,直至营前喊叫道:"宋朝将官! 晓事的快把秦桧献出,万事全休。稍有迟延,杀进城来,将你们那昏君一齐了命!"军士慌忙报知王武。王武随即提刀上马,出营大喝道:"你等洞蛮,为何不遵王化,擅敢兴兵来犯天朝? 罪在不赦! 本帅特来拿你,碎尸万段!"黑蛮龙大怒,骂声:"你这班奸党逆贼! 快快把秦桧首恶献出,饶你这班助奸为恶的多活几天;不然杀进来,玉石不分,那时鸡犬不留,休要懊悔!"王武大怒,喝声:"洞蛮! 休得胡讲! 看刀罢!"便一刀砍来。黑蛮龙把锤枭开刀,还一锤打来。两马相交,刀锤并举。战不上五六个回合,这黑蛮龙的锤十分沉重,王武那里是他的对手,招架不住,着了忙,早被黑蛮龙一锤打个正着,头颅粉碎,死于马下。黑蛮龙招呼人马,冲将过来。王武的五千人马自相践踏,伤了一半。那些败残兵马,逃进城去了。

黑蛮龙引兵直至栖霞岭下寨，随命军士备下祭礼，亲到岳王坟上祭奠了一番。

次日，那张俊自己带领人马出城，来到净慈寺前，安下营寨。两旁道路，皆把石车塞断。张俊与御前总兵吴伦、陈琦、王得胜、李必显四人商议道："那洞蛮十分骁勇，只可智取，不可力敌。"王得胜道："小将有一计在此，今夜可将桌子数百张，四脚朝天，放在湖内；将草人绑于桌脚之上，各执灯球。元帅带领人马，乘着竹排，将桌子放过湖去。小将前去劫营，那厮决来迎战，小将引他到河边，黑夜之中，不知水旱，决然跌下水去。那时擒之，易如反掌也。"张俊大喜道："妙计，妙计！"遂暗暗吩咐军士，依计而行。待至天晚，领了人马，来到黑蛮龙营前呐喊。那黑蛮龙正在睡梦之中，听得有人来劫寨，慌忙披挂，提锤上马，冲出营门。王得胜看见黑蛮龙出营，连忙带转马头便走，走到湖边，往别条小路上去了。黑蛮龙追至湖边，不见了王得胜，但见湖内有人手执灯球。因黑夜看不明白，便将双膝一催，拍马往湖内追来，"扑通"的一声响，跌下水去。

张俊在对岸见黑蛮龙跌入水中，心中大喜。众军士一齐呐喊，用挠钩把蛮龙搭起，将绳索绑了。命总兵张坤，带领了三百人马，连两柄铁锤与坐骑，由六条桥解进城来。正行之间，只见前面来了一将，白马银枪，拍马上来一枪，把张坤刺死，放了黑蛮龙，将那些护送人马尽皆杀散。黑蛮龙道："将军尊姓大名？多蒙救俺的性命！"那将答道："小弟姓韩名彦直，家父乃大元帅韩世忠。因岳元帅父子被害，心中气闷，不愿为官，隐居于此。今闻将军起兵与岳元帅报仇，大快人心。今晚闻将军与张俊交兵,家父恐将军被奸贼暗算,特着小弟来探听消息,不想正遇将军。"黑蛮龙道:"小弟多蒙将军救了性命,如不嫌化外之人,愿与结为兄弟。"韩彦直听了大喜,二人就在六条桥上,撮土为香,拜为兄弟。黑蛮龙年长韩彦直两岁,遂为兄长。彦直道:"哥哥!小弟要告别了。若再迟延,恐奸臣知觉,深为不便。"黑蛮龙道:"贤弟若得空闲,可到化外来见见愚兄一面。"二人依依不忍,分手而别。彦直仍回家中,黑蛮龙仍旧到湖边下寨。

次日,领了人马,直至城门下讨战。军士报与张俊,张俊好生烦闷:"好好的已擒住了,又被他走脱!"遂与众将等商议道:"黑蛮龙骁猛难挡,不如用缓兵之计,只说朝廷有病,俟圣体少安,送出奸人与他报仇。目下先送粮草与他犒劳军士,彼必停兵。待云南消息一到,必然回兵,那时再调人马拿他。"商议定妥,就上城说与蛮龙。蛮龙道:"也罢,限你十日之内,将奸臣献出。若再迟延,便杀进城来,休想要活一个!"随命军士,仍旧退回栖霞岭下安营。这里张俊一面端正粮草犒军之物,差人送到黑蛮龙营中;一面发文书去调各处人马,火速勤王。

不意那云南岳老夫人接到了朝廷旨意,知道黑蛮龙兵犯临安,忙令岳雷写书一封,即命张英星夜兼程来到临安,直至黑蛮龙营内。蛮龙接进寨中,取书开看,上写道:

> 大宋罪妇岳李氏,致书于蛮龙黑将军麾下:先夫遭罹国典,老妇待罪云南。倘奸邪有败露之日,必子孙有冤白之年。今将军虽具雄心义胆,但奋一愤之私,兴兵犯阙,朝廷震惊,本意为岳

氏报仇雪恨,实坏我父子一生忠义之名。故特差张英捧呈尺素,乞鉴我心!望即星夜班师回国,勿累老妇万世骂名,实有望焉!

蛮龙看书,不觉感愤皆集,垂泪对张英道:"小弟自进三关,一路百姓无不为岳老伯悲惜。今岳伯母又坚持忠义之心,要小弟回兵。但是便宜了这奸贼,实不甘心!"张英道:"昔日牛将军等,亦为岳太老爷兴兵报仇,兵至长江,岳太老爷显圣作浪,不许渡江。可见他一生忠义,决不肯坏了名节。那奸臣罪恶满盈,少不得有报应之日,我只与你看他后来结果罢了。"蛮龙无奈,吩咐军士整备丰盛祭礼,同了张英,到坟上哭奠了一番,化了纸钱。回转营中,安歇了一宵,次日拔寨起营,自回化外。正是:

满腔义愤兴师旅,一封尺素便回兵。

却说张俊已得了下书人回报,又见探子来报:"洞蛮已拔寨退兵去了。"才放下了心。遂进朝来假奏:"微臣杀退洞蛮,追赶不着,已逃窜远去,特此奏闻。"高宗大喜,加封张俊为镇远大都督,赏赐黄金彩缎。随征将士,各皆升赏。

张俊谢恩出朝,一直来到相府看候秦桧。秦熺接进书房。张俊到床前,见秦桧面色黄瘦,牙根紧咬,十分危笃,便问:"太师病体如何?连日曾服药否?"秦熺答道:"太医进药,总无效验。惟日夜呼喊疼痛,不时昏晕,谅不济事的了。"张俊轻轻叫声:"太师,保重贵体!黑蛮龙已被小弟杀退,特来报知。"秦桧睁开双眼,见了张俊,大叫一声:"岳爷爷饶命吓!"张俊看见这般光景,心下疑惑,只得别去。秦熺送出府门,复身转来,方至书房门口,但听得里边有铁索之声,慌忙走进,到床前来看,但见秦桧看了秦熺,把头摇了两摇,分明要对秦熺说什么话,却是说不出来。霎时把舌头唾将出来,咬得粉碎,呕血不止而死。诗曰:

> 宋祖明良享太平,高宗南渡起胡尘。
> 奸邪进幸忠贤退,报国将军枉用兵!
> 排斥朝臣居别墅,暗通金虏误苍生。
> 请看临危神鬼击,咬舌谁怜痛楚声?

当时秦熺哭了一场,一面打点丧殓诸事,一面写本入朝奏闻。这正是:

> 运乖金失色,时退玉无光。

不知后事如何,且听下回分解。

第七十三回

胡梦蝶醉后吟诗游地狱　金兀术三曹对案再兴兵

诗曰：

石火电光俱是梦，蛮争触斗总无常。

达人识破因缘事，火自明兮鹤自翔。

说话的常言道得好："死的是死，活的是活。"上回秦桧既死，且丢过一边。

却说那临安城内，有一个读书秀才，姓胡名迪，字梦蝶，为人正直倜傥。自从那年腊月岁底，岳爷归天之后，心中十分愤恨，常常自言自语说道："天地有私，鬼神不公！"手头遇着些纸头，也只写这两句，已有几年。一日闻听得黑蛮龙领兵杀到临安，与岳爷报仇，已到范村地方了，声声要送出奸臣即便回兵，不然就要杀进城来了。胡迪听了此信，好不欢喜，便道："这才是快心之事！"就叫家人出去打听。次日家人来报说："王武被黑蛮龙打死，苗兵已到栖霞岭扎营，张俊自领兵出城了。"胡迪越发欢喜："但愿得张俊也死于苗人之手，也除了一个奸臣！"自此时时刻刻叫家人出去打听，已知朝廷惊恐，馈送犒军钱粮，许他十日内送出秦桧，喜得挝耳搔腮。那日叫书童去整备美酒，独自个在小轩独酌，专等消息，吃了又吃，吃到黄昏时分，已经酣了，忽见家人来报说："黑蛮龙被张俊杀败，逃回化外去了。朝廷今日加封张元帅官爵,十分荣耀。"

胡迪听了此言,按不住心头火起,拍案大怒,取过一张黄纸,提起笔来写道:

> 长脚奸臣长舌妻,忍将忠孝苦诛夷。
> 天曹默默缘无报,地府冥冥定有私!
> 黄阁主和千载恨,青衣行酒两君悲。
> 愚生若得阎罗做,定剥奸臣万劫皮!

写罢读了一遍,就在这灯下烧了,恨声不绝,又将酒吃了一会。朦朦胧胧,忽见桌子底下走出两个皂衣鬼吏来道:"王爷唤你,快随我去。"胡迪道:"那个王爷?是什么人?为何唤我?"二人道:"不必多问,到那里就晓得。"胡迪随着二人便走。那书童送进饭来,见主人已死在椅上,忙去报知主母。主母大惊,三脚两步跑入书房,见丈夫果然死在椅上,摸他心口,尚是微温,便扶到床上放下。合家啼哭,整备后事不提。

且说那胡梦蝶跟了二人,行走了十余里,皆是一片荒郊野地,烟雨霏霏,好像深秋时候。来到一所城郭,也有居民往来贸易。入到城内,也像市廛一样。一直到一殿宇,朱门高敞,上边写着"灵曜之府",门外立着牛头马面,手执钢叉铁锤守着。胡迪心慌。那皂衣吏着一个伴着胡迪,进去禀报。少顷,那皂衣吏走出来道:"阁君唤你进去。"胡迪吓得手足无措,只得跟着两个来到殿廷。但见殿上坐着一位大王,衮衣冕旒,好像庙中塑的神像一样。左右立着神吏六人,绿袍皂带,高幞广履,各各手执文簿。阶下立着五十余人,俱是狰狞恶相,赤发獠牙,好不怕人。胡迪在阶下叩头跪下,阎王怒道:"你乃读书士子,自该敬天礼地,为何反怨恨天地,诽谤鬼神?"胡迪道:"贱子虽后进之流,早习先圣之道,安贫循理,何敢怨恨天地,诽谤鬼神?"阎王道:"你常言:'天地有私,鬼神不公。'也罢,那'天曹默默缘无报,地府冥冥定有私'之句,是那个做的?"胡迪听了,方才醒悟酒后之诗,便拜道:"贱子见岳公为国为民,一旦被奸臣残害,沉冤不雪,那奸臣反得安享富贵,一时酒后感忿,望大王宽宥!"阎王道:"汝好议论古今人之臧否,我今令你写一供状上来,若写得有理,便放你还阳,与妻孥完聚;倘词意舛误,遂押你到刀山地狱中受苦。"命鬼吏将纸笔给与胡迪,"好生供来。"

胡迪唯唯叩头,提起笔来,一挥而就。鬼使将来呈上阎王。阎王细看,只见上边写着:

伏以混沌未分,亦无生而无死;阴阳既判,方有鬼以有神。为桑门传因果之经,知地狱设轮回之报。善者福,恶者祸,理所当然;直之升,屈之沉,亦非谬矣。盖贤愚之异类,若幽显之殊途。是以不得其平则鸣,匪沽名而钓誉;敢忘非法不道之戒,致罹罪以招愆?出于自然,本乎天性。窃念某幼读父书,早有功名之志;长承师训,惭无经纬之才。非惟弄月管之毫,拟欲插天门之翼。每夙兴而夜寐,常穷理以修身。读孔圣之微言,思举直而错枉;观王珪之确论,想激浊以扬清。立忠贞欲效松筠,肯衰老甘同蒲柳!天高地厚,知半世之行藏;日居月诸,见一心之妙用。惟尊贤而似宝,第见恶而如仇。闻岳飞父子之冤,欲追求而死

第七十三回　胡梦蝶醉后吟诗游地狱　金兀朮三曹对案再兴兵

狰;睹秦桧夫妻之恶,更愿得而生吞! 因东窗赞擒虎之言,致北狩失回銮之望。伤忠臣之被害,恨贼子以全终。天道无知,鬼神安在? 俾奸回生于有幸,令贤哲死于无辜。谤鬼侮神,岂比滑稽之士? 好贤恶佞,实非迂阔之儒。是皆至正之心,焉有偏私之意? 饮三杯之狂药,赋八句之鄙吟。虽冒大聪,诚为小过。斯言至矣,惟神鉴之!

阎王看罢,笑道:"这腐儒还是这等倔强! 虽然好善恶恶,人人如此;但'若得阎罗做'这一句,其毁辱甚焉! 汝若做了阎罗,将我置于何地?"胡迪道:"昔日韩擒虎云:'生为上柱国,死作阎罗王。'又寇莱公、江丞相亦尝有此言,明载简册,班班可考。这等说起来,那阎罗王皆是世间正人君子之所为。贱子虽不敢比着韩、寇、江三公之万一,但是那公正之心,颇有三公之毫末。"阎王道:"若然冥王有代,那旧的如何?"胡迪道:"新者既临,旧者必生人世,去做王公大人矣。"阎王对左右曰:"此人所言,深有玄理。但是这等狂生,若不令他见之,恐终不信善恶之报,看得幽明之道,如若风声水月,无所忌惮矣。"即叫绿衣吏取过一白简来,写道:"右仰普掠狱冥官即狴牢,领此儒生遍观众狱报应,毋得违错!"

那绿衣吏领命,就引了胡迪下西廊,过了殿后三里许,但见白石墙高数仞,以铁为门,上边写着"普掠之狱"。把门叩动,忽然夜叉突出,来抢胡迪。那吏喝曰:"此儒生也! 无罪到此,是阎君令他遍视善恶之报。"将白简与他看了。夜叉谢道:"我们只道是罪鬼,不知是儒生,幸勿见怪!"那绿衣吏便引胡迪进内,但见其中阔有五十余里,日光惨淡,冷气萧萧。四边门牌,皆写着名额,东曰"风雷之狱",南曰"火车之狱",西曰"金刚之狱",北曰"溟冷之狱"。男女披枷带锁,约有千百余人。又到一小门,窥见男子二十余人,皆披发赤体,以巨钉钉其手足于铁床之上,项荷铁枷,遍体有刀杖之痕,脓血腥秽,不可近视。绿衣吏指着下边一人,对胡迪道:"这个就是秦桧也,已先拿到此。这万俟卨、张俊等,不日受了阳间果报,亦然受此罪孽。"又指着数人说:"这是章惇,这是蔡京父子,这是王黼、朱勔、耿南仲、吴升、莫俦、范琼等,一班俱是奸恶之徒,在此受罪。方才阎君遣我施阴刑,令君观之。"即呼鬼卒三十余人,驱桧等到"风雷之狱",缚于铜柱。一鬼卒以鞭扣其环,但见风刀乱至,绕刺其身,桧等体如筛底。不一会,雷震一声,击其身如齑粉,血流满地。少顷恶风盘旋,吹其骨肉,复为人形。吏对胡迪道:"此震击者,阴雷也;吹者,业风也。"又呼狱卒驱至"金刚之狱",缚桧等于铁床之上。牛头鬼唿哨一声,只见黑风滚滚,飞戈攒簇其身,痛苦非常,血流满地。牛头复哨一声,黑风乃止,风砂亦息。又驱至"火车之狱"。夜叉以铁挝驱桧等登车,以巨扇一搧,那火车如飞旋转,烈焰大作,顷刻皆为煨烬。狱卒以水洒之,复变人形。又呼狱卒驱桧等至"溟冷之狱"。见夜叉以长矛贯桧等沉于寒水中,举刀乱砍,骨肉皆碎。少刻,以铁钩钩出,仍旧驱于旧所,以钉钉手足于铜柱,用滚油浇之;饥则食以铁丸,渴则饮以铜汁。

　　绿衣吏对胡迪道:"此辈奸臣,凡三日则遍历诸狱,受诸苦楚。三年之后,变为牛羊猪犬,生于凡世,使人烹剥食肉。秦桧之妻王氏,即日亦要拿到此间受罪,三年之后,变作母猪,替人生育小猪,到后来仍不免刀头之苦。今此众已为畜类五十余世。"胡迪问道:"其罪何时可止?"绿衣吏道:"历万劫而无已,岂有底止!"一面说,又引至西垣一小门,题曰"奸回之狱"。但见披枷带锁百余人,满身插着刀刃,浑类兽形。胡迪道:"此等何人?"绿衣吏道:"乃是历代将相、奸回党恶,欺君罔上,误国害民,每三日亦与秦桧等同受其刑。三年后变为畜类,与秦桧一样也。"又至南垣一小门,题曰"不忠内臣之狱"。内有牝牛数百,皆以铁索贯鼻,系于铁柱,四围以火炙之。胡迪道:"牛乃畜类也,有何罪过,以致如此?"绿衣吏道:"书生不必问,你且看。"即呼狱卒以巨扇搧火,须臾烈焰亘天,牛皆疼痛难熬,哮吼踯躅,皮肉腐烂;大震一声,忽然皮绽,裂出人形,俱无须髯。绿衣吏呼夜叉掷于铁锅内汤中烹之,已而皮肉融液,惟存白骨;再以冷水沃之,仍复人形。绿衣吏曰:"此等皆是历代宦官,汉朝的十常侍,唐朝的李辅国、仇士良、王守澄、田令孜,宋之阎文应、童贯等。向时长养禁中,锦衣玉食,欺罔人主,残害忠良,浊乱海内。今受此报应,应万劫不赦。"再至东壁,有男女千数,皆赤身跣足,或烹剥剖心,或锉烧舂磨,哀痛之声,呼号不绝。绿衣吏道:"此等皆在生为官为吏,贪污虐民,不孝不忠,悖负君亲,奸淫滥赂,为盗为贼,皆受此报。"胡迪大喜,叹曰:"今日始出我不平之气也!"

绿衣吏仍领胡迪回至灵曜殿。阎王问道:"狂生所见何如?"胡迪叩头谢道:"可谓天地无私,鬼神明察也!"阎王便道:"汝今既见,心已坦然。可再作一判文,以枭秦桧父子夫妻之过。"胡迪领命,遂

提笔写出一判曰:

尝谓轩辕得六相而助理万机,则神明应至;尧舜有五臣以揆持百事,而内外平成。苟非怀经天纬地之才,曷敢受调鼎持衡之任?今照奸臣秦桧,斗筲之器,闾阎小人。獐头鼠目,忖主意以逢迎;羊质虎皮,阿邪情而谄谀。岂有论道经邦之志,全无扶危拯溺之心。久占都堂,闭塞贤路。伤残犹剽掠之徒,负鄙胜穿窬之盗。既忝职居宰辅,而叨任处公台。惟知黄阁之荣华,罔竭赤心之左右。欺君罔上,擅行予夺之权;嫉善妒能,专起窜诛之典。奸宄逾于莽、操,凶顽尤胜斯、高。复以枭獍为心,蛇蝎成性。忠臣义士,尽陷罗网之中;贼子乱臣,咸置庙廊之上。视本朝如敝甑,通敌国若宗亲。奸心迷暗,受诡胡兀朮之私盟;凶行荒残,害贤将岳飞之正命。悍妻王氏,不言隐豹,而言放虎之难;愚子秦熺,只顾狼贪,不顾回銮之幸。一家同情而秽恶,万民共怒以含冤。虽侥幸免乎阳诛,其业报还教阴受。数其罪状,书千张茧纸不能尽其详;究此愆非,历万劫畜生不足偿其责!合行榜示,幽显同知。

胡迪写完呈上,阎君看了赞道:"这生果然狂直。"胡迪禀道:"奸臣报应,生员已经目击。但岳侯如此忠义被陷,不知此时在于何所?"阎王道:"只因狂生不知果报,故特独令汝遍历地狱。已邀请岳侯、兀朮之魂到此,三曹对案。你要知昔日道君皇帝元旦郊天,表上误写,将'玉'字一点,点在'大'字上。玉皇大怒,'王皇'可恕,'犬帝'难容。故遣赤须龙下界,扰乱他的江山。那赤须龙就是金国兀朮四太子。这岳元帅乃是大鹏鸟,因他啄死了女土蝠,如来罚他下凡。女土蝠又托生为秦桧之妻,东窗设计,以报一啄之仇。秦桧乃虬龙转世,亦为大鹏起见,致受天诛。故此冤冤相报,理所当然。但王氏不该贪淫污秽,私通兀朮;秦桧残害忠良,杀戮过度,所以皆要受此地狱惨报。今赤须龙不久归位,岳元帅现居天爵府中,即日再受阳间封赠,千年香火,万世流芳。"说罢,即命左右去请岳元帅与四太子来相见。"

不一时,但见岳老爷随着岳云、张宪,又有一位番邦王子到来。阎王下殿迎接,接至殿上行礼,分宾主坐下。胡迪战战兢兢,不敢仰视。但见阎君道:"兹因狂生不知果报,妄云:'天地有私,鬼神不公!'即岳公、太子,犹未明前后诸因,故特请诸公到此,三曹对案,以明天地鬼神秉公无私,但有报应轻重远近之别耳。"遂将前事细细说了一遍。又云:"岳公子、张将军亦系雷府星官,应运下凡,不日亦即有玉旨加封归位矣。"说完了,就命鬼卒往酆都带秦桧出来。不一时,秦桧披枷带锁,跪在殿前。阎君喝令牛头马面重打二十铜棍,打得鲜血淋漓,仍令押入地狱。阎王道:"请元帅、太子各回本府。胡迪狂妄无知,姑念劲义正直,如今果报已明,加寿一纪,放他回阳去罢!"当时岳王父子、兀朮,方才明白往事,一齐辞别阎君。阎君亲送下阶,方才归殿。只见功曹禀道:"胡迪来久,若再迟三刻,坏了躯壳,难以回阳,奈何!"阎王道:"既如此,可将急脚驹借与他乘去,勿误时刻。"鬼卒即去牵过一匹马来,不由分说,把胡迪撮上了马,加上一鞭,那马如飞云掣电一般跑去,吓得胡迪惊惶无措,把缰绳扯住,紧紧的闭了双眼,不敢开看,由着他腾空而走。倏忽之间,来到一座高山,胡迪微微开眼一望:"阿呀,不好了!"两边俱是万丈深涧,中间只得一条窄路,吓得坐不住鞍鞒,"哄"的一声,跌下涧中。一身冷汗,惊醒来,身子却睡在堂上,但见合家悲哭,正要下殓。胡迪道:"我已回阳,不必啼哭。"合家男女,好不欢喜,都各去了孝服。死了三日,重活转来,真个是诧闻异事! 胡迪坐起来,吃了些汤水,慢慢的将阴间所见之事,细细说了一遍。众人不胜惊骇道:"秦桧昨日方死,不道已在阴司受罪,真个可怕!"胡迪方知秦桧已死,越发敬信。自此以后,斋僧布施,广行善事,也不图功名富贵,安享田园,直活到九十多岁,无病而终。这些后话不表。

且说黄龙府,金主完颜阿骨打驾崩,传位与皇弟吴乞买。是时吴乞买崩,原立粘罕长子完颜亶为君。众王子朝贺之后,兀术回转府中,闷闷不乐。那日在睡梦之中,明明到阴司与岳飞在阎王殿上三曹对案。他虽然是个天上火龙下界,赋性本来是个粗莽的,阎王原说他不久就要归位,不道错听了,道是不久就要正位。一觉醒来,细想梦中之事,"原来我是奉着玉旨下界,应有帝王之分。岳飞强违天意,故遭丧命。他今已死,中国还有何人挡我? 不趁此时去抢宋室江山,等待何时?"随入朝奏知,即同军师哈迷蚩、参谋忽尔迷商定计策,约同众王子完颜乾等,大元帅粘得力、张豹,马提国元帅冒利,燕支国元帅迷特,金堤国大将哈同文,银堤国元帅完黑宝,黑水国元帅千里朵,共成大兵五十万,浩浩荡荡,杀进中原而来。但见:

　　铁骑如云绕,塞满关山道。

弓随月影弯,剑逐霜光耀。

笳笛征鸿起,涛声鼙鼓敲。

指日破京城,直向中原捣。

那些地方官告急本章,犹如雪片一般的进朝告急。

不知高宗作何主意,且听下回分解。

第七十四回

赦罪封功御祭岳王坟　　勘奸定罪正法栖霞岭

诗曰：

窃弄威权意气豪，谁知一旦似冰消。

人生祸福皆天理，天道昭昭定不饶！

话说秦桧夫人王氏，自从丈夫死后，日夜心神恍惚，坐卧不宁。一日独自一个在房中，傍着桌儿，手托香腮，不知想着些甚事。忽有丫环进来禀道："适才有张元帅差人来报，说金邦四太子又起大兵五十万，杀进中原，势如破竹，十分厉害，将近朱仙镇了。"王氏听了，心中暗想："岳飞已死，无人迎敌，宋室江山，决然难保。我何不同了孩儿、家属，悄悄逃往金邦，决有封赠，莫待他得了天下，落人之后。"正在暗算，忽然一阵阴风，吹得来毛发皆竖。举眼一看，却见牛头马面，引着一班鬼卒，赤发獠牙，各执锤棍，将秦桧牵着，披枷带锁，走近前来，对王氏道："我好苦吓！"王氏惊得魂飞魄散，索落落的抖个不住，冷汗直流。秦桧只说得一声："东窗事发了。"那鬼卒将铁锤向王氏背上一击，王氏大叫一声，跌倒在地。众丫头听得房内声响，俱各赶进来，看见王氏倒在地下，慌忙扶上床去，口口声声只叫："饶命！"众婢女慌到外边报知秦熺，秦熺忙赶进来看视，但见舌头拖出二三寸，两眼爆出，已死在床上。秦熺悲伤，大哭一场，一面端正丧事。次日

第七十四回　赦罪封功御祭岳王坟　勘奸定罪正法栖霞岭

早晨,写本奏闻。

恰值高宗升殿,文武官员朝参已毕,分班站立。只见黄门官手持表章,来至金阶,俯伏奏道:"边关告急本章,进呈御览。"近侍接本,摆在龙案之上。高宗举目一观,上写着"大金国四太子完颜兀朮,领兵五十万来犯中原,十分危急,请速发救兵"等事。高宗看罢大惊,便问两班文武:"那位贤卿,领兵去退金兵?"那时岳爷的忠魂,附在罗禹节身上,跪下奏道:"臣岳飞愿往!"高宗听了"岳飞"二字,吓得魂不附体,大声一叫,跌下龙床。众大臣连忙扶起。回宫得病,服药不效,不多几日,高宗驾崩。众大臣议立太子登位,乃高宗之侄,称为孝宗。红白诏书,颁行天下,在朝文武,尽皆加职。

那时有南干元帅张信,闻得高宗驾崩,新君即位,来到临安朝贺。孝宗宣召张信进宫。张信进内,朝见已毕,奏道:"陛下即位未久,今值金兵又犯中原,未知圣裁如何?"孝宗道:"朕年幼无知,老卿有何良策,可退金兵?"张信道:"臣有五事,第一要拿各奸臣下狱治罪,以泄民怨;第二命官起造岳王坟,建立忠祠,以表忠义;第三差官往云南赦回岳家一门子孙,应袭父职,就命岳雷去退番兵;第四招安太行山牛皋众将,协同剿灭兀朮;第五复还旧臣原职。陛下若依此五件行事,不愁金兵不破,社稷不安也!"孝宗闻言大喜道:"就烦老柱国捉拿各奸臣家眷,下狱治罪。"又命吏部差官一员,往云南赦回岳氏一门,应袭父职。又命大学士李文升,往太行山招安牛皋众将。又差张九思建造岳王坟祠。颁诏天下,旧时老臣被秦桧所贬者,复还原职起用。

张信谢恩,领旨出宫,带了校尉,往拿罗禹节与万俟卨、张俊以及各家家属,尽行下在天牢内。张九思领了圣旨,即在栖霞岭下起造岳王祠庙并众忠臣殿宇,竖立碑记,增塑神像。吏部大堂承旨,即差行人司陈宗义,捧诏往云南去赦回岳氏一门。又颁发诏书,凡岳氏并波累诸人在逃者,俱各赦罪,入朝受职。其时周三畏得了此信,遂将岳爷前后被秦桧排害,并将昔年勘问招状,写成冤本,进朝来替岳爷鸣冤。孝宗准本,即复三畏旧职,命复推勘各奸复旨。

且先说那李文升,奉旨往太行山招安牛皋等众,行了月余,方到得太行山下,与喽罗说知。喽罗上山报知牛皋,牛皋道:"叫他上山来。"喽罗下山说道:"大王唤你上山去相见。"李文升无奈,只得上山,来到分金亭,见了牛皋,便道:"牛将军,快排香案接旨。"牛皋道:"接你娘的鸟旨!这个昏君,当初在牛头山的时节,我等同岳大哥如何救他,立下这许多功劳;反听了奸臣之言,将我岳大哥害了,又把他一门流往云南。这昏君想是又要来害我们了!"李文升道:"将军原来尚不知道,如今高宗圣驾已崩了。"牛皋道:"这个昏君既死就罢了,你又到此做什么?又说什么接旨?"李文升道:"如今皇太子即位,称为孝宗皇帝,将朝内奸臣尽行下狱;又差官往云南赦回岳氏一门,应袭父职;又命张九思建造岳王坟庙;命下官前来招安将军,回京起用。"牛皋道:"大凡做了皇帝,尽是无情义的。我牛皋不受皇帝的骗,不受招安!"李文升道:"敢是将军知道兀朮又犯中原,必定惧怕,故此不受招安么?"牛皋大怒道:"放你娘的狗屁!我牛皋岂是怕兀朮的?就受招安,待我前去杀退了兀朮,再回太行山便了!"吉青道:

"牛哥不可造次,这些话不知真假。牛哥可先往云南去见过了嫂嫂,若果然赦了他们,我等便一同进京。"牛皋道:"吉兄弟说得有理。"一面打发李文升回京复旨去了。牛皋带了人马,自往云南而来不表。

再说岳夫人与柴娘娘正在闲话,只见军士进来禀道:"圣旨下了。"岳太夫人闻报,慌忙带了众公子出来,迎接圣旨到堂上。陈宗义宣诏已毕,夫人率领众公子叩头谢恩,设宴款待钦差。次日钦差作别,回京复旨。

李述甫闻知此事,带了女婿岳霖并自己女儿云蛮,前来恭喜。岳夫人出来相见已毕,李述甫道:"某家闻知亲母奉旨还朝,特送令郎、小女归宗。"岳太夫人再三称谢。当日备酒款待,吃至黄昏方散。次日,收拾行李起身,李述甫与女儿大哭送别。柴老娘娘与柴王亲送众公子与岳家眷属,望三关上路。行了数日,到了平南关。岳太夫人择日与岳雷、韩起龙、韩起凤、牛通四人结了花烛。过了三朝,带了新人,一齐望临安上路。到得南宁,柴王、老娘娘、潞花王,各与众人拜别,各回王府。

岳太夫人过了铁炉关,一路而来,恰好遇着牛皋的人马。那牛皋问道:"前面是何处人马?"军士禀道:"是岳家奉旨还朝的。"牛皋道:"快与我通报,说牛皋要见夫人。"众军慌忙报知岳夫人。岳夫人叫军士就此安营,命众公子:"快去请牛叔叔相见!"众公子领命,出来见了牛皋,接进营中。牛皋拜见了岳夫人,又与众公子重新见礼毕。岳夫人道:"牛叔叔,如今我们奉旨进京,既已赦罪,牛叔叔亦该弃了山寨,一同去朝见新君,仍与国家出力,以全忠义为是!"牛皋连声道："嫂嫂之言，甚是有理。小叔就领人马，仍回太行山去，收拾了山寨，同了众弟兄，一齐在前途等候便了。"当下别了众公子，星夜回转太行山收拾去了。

且说岳家人马，在路又行了几日，牛皋和赵云、梁兴、吉青、周青五人，带领合山人马，已在前途等候。各各相见了，遂合兵同行。在路非止一日，已到临安。岳夫人率领牛皋并各位公子，一齐来到午门候旨。黄门官启奏，孝宗即宣岳夫人等上殿，众皆俯伏谢恩。孝宗道："先帝误听奸臣之言，以致忠良受屈。今特封李氏为一品鄂国夫人，四子俱封侯爵。牛皋、吉青五人，俱封为灭虏将军。韩起龙、宗良等，俱封御前都统制。岳雷赐袭父职，赐第暂居。亡过诸臣，俟朕明日亲临致祭褒封。"众人一齐谢恩出朝。

次日，孝宗带领文武各官，传旨摆驾，出了钱塘门，来到岳王坟前，摆了御祭，命大学士李文升代祭。后人有诗曰：

一著戎衣破逆腥，漫陈肴醴吊亡灵。

君臣义重敦三节，父子恩深殉九京。

累累白骨埋山足，隐隐封丘绕水溃。

人生自古谁无死？留得丹心照汗青。

李文升祭奠毕。孝宗传旨封岳飞为鄂国公，岳云为忠烈侯，银瓶小姐为孝和夫人，张宪为成义将军，施全为众安桥土地，王横为平江驿土地，张保为义勇尉，汤怀为忠义将军，杨再兴为忠勇将军，董先等五人俱封为萃忠尉。其余阵亡诸将，俱各追封，建立祠庙，春秋祭祀。又命周三畏协同牛皋，勘问秦熺、万俟卨、罗禹节、张俊等，并各家家属，依律定罪。岳夫人率领众人谢恩。天子摆驾回宫,众臣送驾已毕,然后各又上祭。

正在热闹之际,只见两个人身穿孝服,走到坟前祭奠,放声大哭。祭毕起来,脱了孝衣。众公子因在回礼,却不认得。岳雷上前:"请问二位尊姓大名?"二人道:"小生王能,此位李直,向慕岳爷忠义,被奸臣假传圣旨,召进京来。小生二人虽曾料理监中诸事,但奸臣决意要谋害岳爷,小生亦无法可救。只得买嘱狱官牢子,将各位尸首从墙上吊出,收敛入棺,藏于螺蛳壳内。自从那年带孝至今,天开眼现报,故到此间来除服。"说罢,转身就走。公子忙叫家将请他二位转来,家将忙走出坟门来,已不知往那里去了。岳夫人与众公子无不感激赞叹。次日,着人寻访,说是二人向时俱住在箭桥边,数年前将田房产业尽行变卖,东一日,西一日,并无定处。家人寻了数日,并无下落。直到后来岳雷扫北回来之后,有人传说二人在云栖出家,岳雷亲往拜谢向日之情,赠以黄金布帛。二人亦不肯受,就布施在常住公用。二人活到九十多岁,得道坐化。此是后事不提。

再说那日牛皋来到大理寺衙门,周三畏接到大堂上。中间供着圣旨,二人左右坐定。监中去吊出张俊、秦熺等一干人犯,来到堂下,唱名跪下。周三畏先叫秦熺上去问道:"你父亲身为一品,你又僭入翰苑,受了朝廷厚禄,不思报国也罢,反去私通兀朮,假传圣旨,谋害忠良,欺君误国,何有理说?"秦熺吓得不敢则声。牛皋道:"不必问他,先打四十嘴巴,然后定罪!"左右"吓"的一声,将秦熺打了四十巴掌。可怜小时受用到今,何曾受此刑法?打得脸如屁股一般。周三畏又问张俊:"你的罪名。也讲不得这许多,只问你身为大将,但知依附权奸,杀害忠良,当得何罪?"张俊默默无言,低着头只不则声。牛皋道:"问他怎的!也打四十嘴巴,然后定罪!"左右将张俊也重重的打了四十。周三畏又问万俟卨:"你怎么说?"万俟卨道:"犯官不过是听秦太师差遣,非关犯官之事。"周三畏又问罗禹节:"你身为法司大臣,怎么屈害岳家父子?"罗禹节道:"都是秦桧吩咐了万俟卨所为,犯官如何敢违拗?实是他二人专主,与犯官无涉。"牛皋大喝一声:"放你娘的屁!这样狗官,问他做什么!"叫左右:"拿下去,先打他四十大板,然后定罪!"左右答应一声,鹰拿燕雀的一般,将二人拖翻,每人四十,打得鲜血淋漓,死而复醒。周三畏便执笔判拟:"秦桧夫妻私通兀朮,卖国欺君,残害忠臣,法应斩棺戮尸;其子秦熺,营谋编修,妄修国史,颠倒是非;张俊身为大将,不思报效,占权乱政,误国害民;万俟卨、罗禹节,依附权奸,夤缘大位,残害忠良,贪婪误国。并拟立决不枉。其各奸妻孥家属,并发岭南充军。"周三畏叠成罪案,命将各犯收监,候旨施行。

　　当时将所定之罪,次早入朝奏闻。孝宗准奏,即传旨命牛皋监斩,将各犯押往栖霞岭下岳王坟前处决。又颁赐岳夫人生铁五百斤,铸成秦桧、王氏、张俊、万俟卨四人形象,跪在坟前,以快众百姓公愤。圣旨一下,那些临安百姓,人人踊跃,个个欢呼。

　　那日岳夫人备了祭礼,同众公子到坟上等候。不多一会,周三畏取出监中各犯,到大理寺堂上绑起,判了"斩"字。刽子手左右服侍,军校在前,招旗在后,一起破锣,一起破鼓,出了钱塘门。一路上看的百姓，男男女女，人千人万，那一个不说是天理昭彰，报应不爽！看看已到了岳坟，牛皋穿了大红吉服，摆列公案坐下，吩咐先将秦桧夫妻二人的棺木打开，枭了首级，供在祭桌上；再命把张、秦、罗、万四个犯人，推出斩首。正是：

万事劝人休碌碌，举头三尺有神明。

早知今日遭刑戮，悔却从前使黑心。

左右刀斧手将四人刚刚推到坟前，只听得坟门外齐声呐喊，震得天摇地动。牛皋吃惊，只道谁来劫法场，忙唤家将出去查看。

不知果是何人，且听下回分解。

第七十五回

万人口张俊应誓　杀奸属王彪报仇

诗曰：

休言是是非非地，现有明明白白天。

试看害人终自害，赢得今朝冤报冤！

话说岳夫人听得外边呐喊，即着家将出去查看。牛皋道："敢是有人来劫法场么？快将我的兵器来！"正待要立起身来披挂，家将已进来禀道："众百姓为那张俊在临安奸人妇女，占人田产，今日许多受冤之人，都来看他行刑，想要报仇，故此喧嚷。"岳夫人道："既有此事，那百姓众多怨恨，这一刀怎能报得许多仇来？也罢，如今可传我之命，将张俊赏与众百姓，随他们怎么一个处置罢！"

家将领命，传出这句话来，那些众百姓齐齐跪在外面叩头，谢了岳夫人，起来七手八脚，一窝蜂把张俊拥到湖塘上，也有手打的，也有脚踢的，乱个不止。内中走出一个人来叫道："列位且慢动手！我们都感岳夫人将这奸贼赏与我们报仇。若是张家报了，李家不能报，就有许多争论了。况且受害之家尽多，他一个人如何报得完？我们不如把他推到空阔之处，众人立在一边，逐个走来将冤仇数说他一遍，就咬他一口如何？"众人齐声道："妙极！妙极！"即时将张俊推在空处，绑在一棵柳树上。先是一个走过来，骂声："奸贼！你为何强占我的妻子?"就一口咬下一块肉来,就走开去,让第二个来骂道:"奸贼!你为何谋我的田地?"也是一口。又一个来道:"奸贼!你为何贪赃,把我父亲害死了?"也是一口。你也咬,我也咬,咬得血肉伶仃。咬到后头,竟咬出一场笑话来。不知那里走出一个无赖,有甚冤仇,竟把他阳物都咬掉了!这回才应了当年考武场的时节,巧言设誓,死于万人之口,直至今日方应验了。可见冥冥之中,自有鬼神鉴察,报应不爽也!

当时牛皋命将张俊尸首枭了首级,然后命将秦熺、万俟卨、罗禹节三人斩了,将四颗首级,一并摆在岳爷面前,祭奠一番,焚化了纸钱。太夫人起身进城,同了牛皋、众将、公子等,入朝谢恩已毕,回归府第。次日,周三畏差解官将各奸臣家属,起解岭南而去。

过不得两三日,又有告急本章进朝,说兀术大兵已近朱仙镇,十分危急,请速发救兵。张信抱本上殿启奏,孝宗随传旨,宣岳雷进朝。朝见毕,孝宗面封为扫北大元帅,牛皋为监军都督,诸葛锦为军师;众位英雄,俱各随征,有功之日,另行封赏。岳雷谢恩,辞驾出朝。

次日,张元帅调拨人马。岳雷拜别了母亲妻小,到教场中点齐各将,带领二十万人马,浩浩荡荡,离了临安,望朱仙镇而来。有诗曰:

羡君谈笑出风尘,叼受兵符宠渥新。

鹏鹗九霄初奋翮,行看功业画麒麟。

慢表岳雷带领三军来迎兀术。再说到当年铁面董先,在九宫山落草,遇见了张宪,一同去投顺了岳爷。其时不便携带家小,将妻子钱氏安顿在九宫山下一个村庄居住,所生一子取名耀宗,年纪尚幼。

后来董先死于金营阵上，岳元帅常常着人赠送金银抚养。不道这耀宗长成起来，出落得好副长大身材，面如锅底，力大无穷，惯使一柄九股托天叉，重有百十余斤。那一村人俱怕他，俱称为"卷地虎"。那日和同伴中顽耍闲讲，提起岳爷父子被奸臣陷害，心中忿忿不平，回到家中，收拾行李，别了母亲，竟望临安上路，要与岳家报仇。

在路行了几日，这一日来到列峰山下，天色渐夜。正愁没个歇处，急步乱走，忽见前面树林内走出一个人来，生得身长九尺，年纪不上二十，面如黄土；头戴包巾，身穿青布扎袖；脚下绞缠卷腿，穿着一双快鞋；手执一根铜棍。看见董耀宗近前，大喝道："快拿买路钱来！"董耀宗哈哈大笑道："朋友，要什么？"那人道："要买路钱！要什么！"董耀宗道："朋友，这个路是你几时挣的，却要我的买路钱？"那人道："普天下的路，老爷撞着就要钱，若不与我，休想过去！"耀宗道："你问我老爷要钱，岂不是虎头上来抓痒？不要走，且赏你一叉，发个利市！"便举叉望着那人搠来。那人大怒，舞动熟铜棍招架。二人战了五十余合，不分个高下。

耀宗暗想："这个人本事倒好，不如收伏他做个帮手也好。"便把九股叉架住了铜棍，叫道："朋友，与你杀了半日，不曾问得你的姓名，且说说与我听看。"那人道："老爷行不改名，坐不改姓，姓王名彪。因我有些力气，这些人都呼我做'摇山虎'。"董耀宗道："你既有这样本事，为什么不去干些功名，倒在这里剪径？"王彪大喝道："放你娘的屁！我父亲乃岳元帅麾下将官，我岂肯为盗？只为要往临安去，少了盘缠，问你借些。什么剪径！"董耀宗道："你父亲既是岳元帅的将官，不知叫甚名字？"王彪道："我父亲王横！那处不闻名？"董耀宗道："如此说来，我和你俱是自家人了。我非别人，乃铁面董先之子董耀宗是也！"王彪听了，便撤了熟铜棍，慌忙作揖道："阿呀！原来是董公子！方才多多得罪，休要见怪！不知公子为何到此？"董耀宗把要往临安与岳家报仇的话，说了一遍，"不想在此处得会王兄！"王彪道："不瞒公子说，父亲跟随大老爷来至临安，到了平江驿，大老爷被校尉拿了。那时我父亲不服，正欲动手，大老爷喝住，被众校尉乱刀砍死。我在家闻了此信，不知真假，别了母亲，赶到平江探听。半路上遇着跟随军士，将此铜棍还我，方得实信。又闻得将大老爷拿进京去，只得回来。不道今年母亲亡过，舅舅又死了，只剩得单身独一。故此要往临安去，打杀那些奸臣，为大老爷、父亲报仇。不想带少了盘缠，不能前去，所以在此做这勾当。"二人大笑。耀宗也把心事说了一遍。各各欢喜，就在山下撮土为香，拜为弟兄。赶到前村，寻个歇店，歇了一夜。次日，同望临安上路。

一日，来到九龙山下，只听得一棒锣声，松林内走出几十个喽啰，一字排开，大叫："快拿买路钱来！"董耀宗对王彪道："王兄弟，你的子孙来了。"王彪大笑，走上一步，喝声："狗弟子孩儿！老爷正没盘缠，若有，快快送些来与我！"喽啰道："可不晦气么！两天不发利市，今日张着个穷鬼！滥不济，把身上的包裹留下，也当杀水气。"众喽啰也不晓得利害，七手八脚，向他二人背上来把包裹乱扯。王彪大怒，把熟铜棍一扫，早跌倒七八个。董耀宗把九股叉略略一动，又叉翻了四五双。众喽啰见来得凶，都飞奔上山去了。董耀宗叫声："王兄弟，你看那些喽罗逃上山去，必然有贼头下来，我与你在此等一等，替他要些盘缠去也好。"王彪道："董哥说得有理。"

道言未了，只见山上飞下一骑马来，董耀宗抬头一看，只见马上坐着一位英雄，生得脸白身长，眉浓唇厚，两耳垂肩，鼻高准阔；身穿一领团花绣白袍，头戴一顶烂银盔；坐下白龙马，手提双铁戟。近前来大喝一声："那里来的野种！擅敢伤我的喽兵，爷爷来取你的命也！"董耀宗大怒，也不回话，举手中托天叉，劈面就搠。那将使动双戟，如雪花飘舞一般价飞来，马步相交，叉戟并举。不上二十来合，王彪见董耀宗招架不住，量起手中的熟铜棍，上前助战。那人举动手中双戟，犹如猛虎离山，好似恶龙戏水。二人招架不过，只得往下败来。那人紧紧追赶，二人大叫道："我二人要紧去报大仇，和你作甚死冤家，苦苦的来追我？"那将道："既是你要去报仇，且住着，说与我听。若果有什么大仇要紧去报，便饶你前去；倘说不明白，休想要活！"董耀宗道："俺乃岳元帅麾下统制董先之子，名唤董耀宗。这个王彪，是王横之子。因岳爷爷被秦桧、万俟卨等众奸臣陷害，我两个要到临安去杀尽奸臣，故此要紧。"那将听了，哈哈大笑，连忙收戟下马道："不知是二位兄长，多多得罪！我非别人，乃杨再兴之子杨继周是也！当日家父归顺了岳爷，小弟幼时就同家母住在寨后。不料家父被兀术射死在小商河，我母亲日夜悲啼，染成一病而亡。小弟本欲到朱仙镇投奔岳爷，去杀兀术报仇，不想元帅又被奸臣陷害。故此小弟招集旧时人马，复整山寨。今日得遇二位，既要报仇，请二兄到山寨商议。"二人大喜道："原来是杨公子，怪道这等好武艺！"二人重新见礼。

喽罗牵过马来,三人坐了,一同上山。进寨坐定,各把心中之事,诉说一番。继周道:"临安既为帝都,自有许多人马,我三人不可莽撞,反误大事。二兄权住在此,且招揽英雄,粮草充足,那时杀进临安,方可报得此仇。"二人称言有理。三人说得投机,排下香案,结为弟兄,就在这九龙山上落草,分拨喽罗下山,四处探听张罗。

一日,三人正在寨中闲谈,忽有巡山小喽罗报道:"山下有一起宦家解犯,在此经过,打听得有些油水,特来报知。"王彪起身道:"待小弟去拿来。"随提着铜棍,带领喽罗,大步飞奔下山。只见四个解官、五六十个解差,押着三四十名犯人,男男女女,恰到面前。王彪大喝一声:"拿买路钱来!"那些解官、解差吓得魂不附体,战兢兢的叫声:"大王!我们并非客商,乃是刑部解差,解些罪犯往岭南去的。求大王放我们过去罢!"王彪道:"我也不管这些噜苏。"叫众喽罗:"都与我拿上山去!"众喽罗一声呐喊,就把众人推的推、扯的扯,推着车,挑着担,一齐押上山来。

王彪进了山寨,对杨继周道:"小弟拿得这一起罪犯,我们审他一审,看内中恐有冤枉的,便把解官杀了,放他们去。"众犯听得了,齐叫是冤枉的。四个解官慌了,跪下禀道:"大王爷爷!这班都是奸臣的家属,并没有什么冤枉的嗻!"董耀宗便问道:"是那个奸臣的家属?细细说来。"那解官道:"这是秦桧的媳妇、女儿,这是万俟卨、罗禹节、张俊等众奸臣的子女、媳侄,共有四十多名,现有文书为证。"杨继周道:"这班所犯何罪?你可说来。"解官即将高宗崩驾,孝宗登极,兀朮起兵,张信进宫启奏,赦回岳氏一门,岳公子应袭父职,"圣上亲往岳王坟前祭奠,又差官招降了牛皋老爷们,将各奸臣处斩,子孙、眷属尽流岭南充军"之事,细细述了一遍。三个大王听了,一齐呵呵大笑道:"这一班奸贼,不想也有今日!"吩咐将万俟卨、罗汝楫、张俊之子,取出心肝,另行枭首。众喽罗将这班人推到剥衣亭上,一齐绑起来,剐出心肝,又把他们首级砍下,摆下桌子,设了岳爷父子、张宪的牌位,将心肝、人头祭奠已毕。王彪又把父亲王横的牌位供着,亦将心肝、人头祭奠过了。那解官吓得魂飞胆丧,只是磕头求告。杨继周道:"你休得害怕。俺且问你,如今那岳家少爷,还是在朝为官,还是在那里?"解官道:"岳家公子,今朝廷封为扫北大元帅;牛老将军,封为监军。一班老小英雄,尽皆随征,起了二十万大兵,迎请二圣梓宫,扫灭兀朮去了。"杨继周吩咐:"将众奸臣罪犯的财物,赏了解官,打发他下山去罢。"那解官等磕头谢恩,没命的奔下山去,赶路回临安复旨去了。

　　杨继周对董耀宗道:"既然岳二公子提兵扫北,我们何不弃了山寨,统领人马,去助他一臂何如?"董耀宗道:"大哥之言,正合我意。"继周道:"但是我们与岳公子并未相识,带了许多人马,恐怕动人疑惑。敢烦二位贤弟,先往朱仙镇大营去通达岳二哥;我却在此收拾人马粮草,随后就来。"王、董二人道:"大哥所见极是。"次日辞了继周,只带两个小喽罗作伴,星夜望朱仙镇而来。正是:

　　　　心忙似箭犹嫌缓,马走如飞尚道迟。

　　再说那岳雷领了大元帅印绶,统领大兵二十万,到了天长关。即有本关总兵郑材,出关迎接。岳雷过了天长关,直至朱仙镇上,放炮安营。那金邦探子报进牛皮帐中来道:"启上狼主,宋朝差岳南蛮的儿子岳雷,统领二十万人马,已到朱仙镇上扎营了。"兀朮道:"吓,有这等事!那南蛮皇帝,叫这后辈小儿来拒敌,想也是命尽禄绝了。再去打听。"探子答应一声"得令",出帐去了。

到了次日,岳雷升帐,诸将参见已毕,即传下令来道:"今日那一位将军去见头阵?"说还未了,旁边闪出一将,应声:"小将愿往。"岳雷一看,却是欧阳从善。岳雷即命带领三千人马,往金营讨战。从善答应一声"得令",出营上马,手提双斧,带领军士,直至番营,大声喊道:"快着几个有本事的出来试斧头!"那探事小番报进帐中,兀朮问道:"今有南蛮讨战,谁人去与我拿来?"但见帐下闪出一员番将应道:"小将土德龙愿往。"兀朮遂点三千人马,叫土德龙出去迎敌。土德龙得令,手提镔铁乌油棍,出营上马,带领番兵,来到阵前。欧阳从善抬眼观看,但见来的番将:

金盔插雉羽,蓝脸爆睛红。

金甲袍如火,黄骠马似熊。

手执乌油棍,腰悬满月弓。

金邦称大将,名为土德龙。

欧阳从善看见番将相貌凶恶,暗暗的道:"我在江边海口,见了些粗蠢蛮汉,却是从不曾见鞑子的。不要初风发市,倒输与他了。"便喝道:"来将何人?快通名来!"土德龙道:"俺乃大金国昌平王平南大元帅完颜兀朮四太子麾下前哨平章土德龙是也!你乃何人,敢来阻我大兵,自寻死路?"从善道:"我乃大宋天子驾前都督天下兵马扫北大元帅岳帐下统制欧阳从善,名唤'五方太岁'的便是!何不下马受缚,省我老爷动手!"土德龙大怒,舞动乌油棍,当头打来。欧阳从善摆动双斧,劈面相迎。两马跑开,斧棍并起,一来一往,不上十二三个回合,这个番贼,原来中看不中吃的,从善是拼命的把双斧没头没脸的乱劈,那根乌油棍竟有些招架不来了。又战了三四合,被从善左手这把斧枭开乌油棍,右手这把斧砍去,正砍个着,土德龙好好一个头竟劈做两爿,死于马下。枭了首级,掌着得胜鼓,回营缴令。岳雷命军政司上了欧阳从善第一功。

那边小番飞风报进牛皮帐中:"启上狼主,土元帅失机了!"旁边恼了土德虎、土德彪、土德豹弟兄三人,一齐上前禀道:"南蛮杀我哥哥,小将弟兄们前去擒拿岳南蛮来,与哥哥报仇。"兀朮依言,拨兵五千,同去讨战。三人得令,上马领兵,来至宋营前喊骂。小校报进中军,岳雷即传请老将吉青,协同宗良、余雷,带领三千人马,一齐迎战。三人领令,出营上马,来到阵前。但见对阵,马上齐齐排列着三员番将,怎生打扮?但见正中间那将:

脸似赤霞红,怪眼赛灯笼。

铁甲生光焰,皮带嵌玲珑。

劣马追风电,狼牙出海龙。

将军土德虎,出阵显威风。

左首马上坐着的,生得来:

一张铁扇嘴,胡须乱更虬。

> 两只铜铃眼,睁开鬼神愁。
>
> 大刀横马背,杀气满心头。
>
> 若问名和姓,金邦土德彪。

右首马上坐着的,越发生得凶狠:

> 头如巴斗大,青脸爆双睛。
>
> 身长一丈二,膂力几千斤。
>
> 叱咤风云变,喑哑山岳崩。
>
> 番邦土德豹,俨似巨灵神。

吉青大喝一声:"你们这班狗养的!一个个摆齐了,报明名字,把颈脖子伸长些,好等我来排头打去,省些力气!"土德虎大喝道:"你这狗南蛮,休要乱话!尚不知某家的大名厉害哩!某乃大金兀术四太子帐下前哨平章土德虎!这是俺三弟土德彪、四弟土德豹!你杀了我大哥,特来拿你去,挖出心肝来祭奠。"吉青道:"啐!张三入了屄,却问我李四要钱!不要走,吃我一棒罢!"举起金顶狼牙棒,当头盖下。土德虎忙把铁搠狼牙棍相迎。

> 二将一样狼牙棍,棋逢敌手交相进。来来往往手无停,下下高高心不定。一个棒来心不善,一个棒去真凶狠。直杀得天昏地暗鬼神愁,倒海翻江波浪滚!

两个战了二三十合,土德虎有些招架不住了。土德彪摇动手中雁翎刀,出阵助战。这里宗良举起镔铁棍,接住厮杀。土德豹挺着丈二蛇矛,飞风出马。余雷舞动双铁锤来迎。六个人捉对儿厮杀。但见:

> 两阵齐鸣战鼓,六人各逞英豪。长枪铁棍乱相交,雁翎双锤

闪耀。这场恶战果蹊跷,莫作寻常闲闹!

六人大杀一阵。土德彪手中刀略略一松,被宗良拦腰一棍打下马来。三军一声呐喊。土德虎着了忙,来不及,吉青的狼牙棒早从头上盖将下来,把个天灵盖打得粉碎。土德豹见两个哥哥俱死,不敢恋战,拨转马头败走。这里三人也不追赶,取了首级,回营报功。

那土德豹败回金营,来见兀朮,哭禀:"南蛮厉害,两个哥哥俱丧于南蛮之手,特来领罪!"兀朮大怒道:"有这等事!"便问帐下:"有何人敢去与岳南蛮打仗?"当时恼了大元帅粘得力,上前来禀道:"小将愿往。"兀朮便道:"将军若去,自必成功。"遂命领军三千,去宋营报仇。粘得力领令出营,手提一百二十斤重的紫金锤,跨上骆驼,直至宋营讨战。小校报进中军:"启元帅:营门外有番将讨战。"岳雷传令,命罗鸿、牛通二人,带领三千人马迎敌。

二人得令,出营上马,来到阵前。抬头观看,但见来的番将:

头上金冠雉尾飘,身穿金甲象皮绦。

腰悬秋水青锋剑,背插螭头雁翎刀。

面似红铜无二色,满口黄须如蜡胶。

俨似金刚无二样,胜却波斯国内豪。

牛通大喝一声:"你这蛮戾入出来的,叫什么名字?说明了好上帐!"粘得力道:"魔家乃金邦大元帅粘得力便是!你是何人,敢伤我的先锋?"牛通道:"老爷叫做'金毛太岁'!你撞着太岁爷,也是阎王注定你的寿限了,且吃我一刀!"粘得力举起紫金锤,架开刀,还一锤打来;牛通举刀一架,"格当"一声响,震得两臂麻木。牛通叫声:"好家伙!"粘得力又是一锤,牛通一闪,落了空,跌下马来。罗鸿见了,飞马上前抵住了粘得力,大战了四五个回合。宋营军士将牛通救回营去。罗鸿战不住粘得力,也只得败回。岳雷闻报番将厉害,忙令宗良、余雷、欧阳从善、郑世宝,四将出营接应。正值罗鸿败回,宗良就抡动铁棍,从善舞开双斧,余雷抡起铁锤,郑世宝摆开铁方槊,上前迎住粘得力,走马灯相似,团团转的厮杀。粘得力毫无惧怯,舞起紫金锤,左插花,右插花,上三路,下三路,战了四十余合,越斗越有精神了!四将看来不搭对,只得败回。粘得力见天色已晚,鸣金收军,回营来见兀朮报功。兀朮大喜道:"元帅今日辛苦了!且请回营将息。"粘得力谢了,自回本营。

次日,粘得力又到宋营讨战。岳雷传令王英、吉成亮、施凤、汤英、伍连、余雷、韩起龙、韩起凤、何凤、岳霆,共是十员小将,出马迎敌。众将得令,各拿兵器出营,来到阵前,也不通名道姓,一窝蜂上前,将粘得力围在核心,刀枪乱举,锤斧齐奔。粘得力大喝:"你们有多少?索性一齐来受死!"使起紫金锤,左遮右架,前挑后搠,那里在他心上!早有小番报知兀朮,兀朮随命撒离罕、孔彦舟、孛堇哈哩、鹘眼郎君,四员骁将,出马助阵。吓嘎嘎!这场恶战,好不怕人!但见:

光烁烁,旌旗荡漾;骨冬冬,战鼓齐挝;昏惨惨,冥迷天日;淅索索,乱撒风砂;忽喇喇,箭锋似雨;密锵锵,戈戟如麻。直杀得黑洞洞双眼乱飞花,只见那谷辘辘人头滚落。

那粘得力犹如离山猛虎,出海蛟龙;更有这四员猛将,帮助威风。那十员小将竟有些招架不来,一个个拨马奔回。粘得力率领众将兵卒,随后追来。将近宋营,亏得宋营军士鸟枪喷筒,强弓硬弩,飞蝗一般放来。粘得力等只得鸣金收兵,打着得胜驼皮鼓,回营缴令去了。

到了次日,岳雷升帐,齐集众将商议。诸葛锦道:"元帅不必忧心。小可夜来细观乾象,袖卜阴阳,不日有将星来克他,必有大将来帮助成功扫北也。"正在议论之际,有小校进帐来报:"启元帅:番将粘得力又来营前讨战,口出大言,说要'踹进营来,踏为平地'。还有许多不好听的说话,小的不敢说。"岳雷皱了眉头,想那番将如此骁勇,"如何擒得他?"吩咐:"且将'免战牌'挑出,待我商议一计,然后开兵。"那牛皋在旁边听见,便大叫道:"且慢着!我想你父亲当日出征,阵阵当先,真个是旗开得胜,马到成功,从不曾打过一阵败仗。今日轮到你做元帅,一个番将擒他不住,还想要去扫北?真正出尽了你父亲的丑了!待我为叔的出去擒来!"

说罢,就提了双锏,出营上马,冲出阵前,喊道:"呔!你可就是什么粘得力么?"粘得力道:"既知魔家的大名,就该逃避。你是什么人,这等大胆,来送死么?"牛皋道:"你这冒失鬼!连牛皋爷爷都不认得,亏你还做什么将官!赏你一锏罢!""耍"的就是一锏打去。粘得力量起紫金锤,"扑"的一声,枭开锏,还一锤当顶门打来。牛皋双锏望上一架,那锤来得狠,把牛皋两手的虎口都震开了,叫声"不好",回转马头就走。只因在岳雷面前说了大话,不好意思往本营败走,只得落荒而逃。粘得力道:"牛南蛮!你待走到那里去!"登开骆驼,紧紧追赶。

  好似皂雕追紫燕,浑如猛虎逐群羊。

不知牛皋性命如何,且听下回分解。

第七十六回

普风师宝珠打宋将　诸葛锦火箭破驼龙

诗曰：

　　胜败军家虽不常，请从邪正别妖祥。

　　普风空倚驼龙术，难免今朝箭下伤。

却说牛皋被粘得力紧紧的赶下来，正在紧急之际，却来了一个救星。你道是那一个？却是那大刀关胜之子关铃。自从在朱仙镇上散伙回家之后，心中忿忿不平，欲待要与岳元帅报仇，却又孤掌难鸣。此时闻得高宗驾崩，新君即位，赦了岳氏一门，拜了岳雷做元帅，兴兵扫北。打听得的实，就出门上路，来到长沙府、潞安州、金门镇各处，邀请陆文龙、樊成、严成方、狄雷四人，一同往朱仙镇上来助阵。那四个人自然是同心合意的，俱各欢欢喜喜的一路望朱仙镇而来。

那一日离镇不远，正值牛皋败阵下来。关铃见了，高叫："老将军，请住马！"牛皋耳朵里听见，却不细看是何人，随口道："休管闲事，番将厉害哩！"关铃又叫："牛老将军休得惊慌！小侄关铃在此！"牛皋勒住了马，定睛一看，方定了神，在马上对陆文龙等四人道："恕不下马了！那个番将十分了得，杀他不过，已追将来了。"言之未已，只见那粘得力骆驼已到，大叫："牛南蛮！你待走到那里去！快快下马受缚！"牛皋不敢回头，把马加上一鞭就走。关铃让过了牛皋，把青龙刀横在马背上,迎上前来,大喝一声:"你是什么人,这等逞能? 小爷在此!"粘得力大怒道:"你这小蛮子是何等之人?擅敢阻我去路,放走魔的败将!"关铃道:"我不说,你也不知。小爷姓关名铃,乃是汉朝义勇武安王之后人。今日你遇着小爷,只怕要活也不能勾了!"粘得力大怒,举起紫金锤,登开骆驼,照头便打。关铃把青龙刀劈面相还。一来一往,战了三十余合。狄雷在旁边见关铃战他不下,把坐下青鬃马一拎,舞锤上前助战。粘得力毫无惧怯,三个人又战了十余合。樊成正待向前,陆文龙大叫一声:"二位贤弟少歇,某来也!"拍马上前,"耍"的一枪。粘得力把身子一闪,恰中了骆驼的眼睛。那骆驼负痛,把头一蹲,被严成方举起八棱紫金锤,上前一锤打去,把那骆驼头颅打碎,一轱辘把粘得力跌下驼来。樊成手起枪落,粘得力已是不活了。关铃下马来取了首级。后面番兵一哄逃散。牛皋大喜,转马来,同了五人,一齐回转大营来,见了岳雷,将遇见小弟兄五人,斩了粘得力,细细说了一遍。岳雷大喜,下帐来与五人见过了礼,各诉衷情。岳雷就写本,差官入朝启奏,请封五人官职。又命将粘得力首级,号令营前已毕。

到了次日,探子来报:"河间府守备解送粮草三千石,将近朱仙镇,却被金将尤可荣截住抢夺,望元帅速遣大将救应。"元帅便问: "那位将军前去接救军粮?功劳不小。"牛皋便道:"这个大差,别人去是不中用的,须得我为叔的去,方保无事。"岳雷道:"牛叔叔,粮草是要紧的,须要小心!"牛皋道:"包你稳稳的就送了来。"岳雷就火速的点起三千兵卒。

牛皋上马提锏,一路迎将上去。那河间守备孙兰,正与金将尤可荣厮杀,正在危急,牛皋上前大喝一声:"呔!你是那里来的野种,敢抢我们的粮草?且先来尝尝我的铁锏!""耍"的就是一锏。那金将举刀招架相迎。不上三四合,战不过牛皋,回马败走。牛皋道:"不要走!粮草虽然还了我,你这颗头一发送了来罢!"便拍马追去。这里孙兰同众军士将粮草护送回营。

那牛皋一直追去,有一二里远近,金将转过山坡,便不见了。只见山坡之上立着一位道人,叫声:"牛皋。"牛皋抬头一看:"阿呀!原来是我的师父。"慌得牛皋连忙下马,上坡跪下,叫声:"师父何来?"鲍方祖道:"那番将命不该绝,放他去罢!你儿子有难,我有丹药一颗付汝,可半服半敷,救他性命。再有一颗,再救何凤之命。你一路去,倘有妖人用宝伤人,你只将'穿云箭'射去,便可破得。好生立功去罢!"说罢,把双足一登,驾起祥云,霎时不见。牛皋又望空拜谢了,下岗上马,慢慢的回来。且按下不表。

且说粘得力手下败军,报进牛皮帐中。兀朮听报粘得力战死,又气又恼:"这一班小南蛮,比前番的老南蛮更加厉害,叫某家怎能个抢得宋家江山!"正在心中愁闷,忽见小番报进帐来:"启上狼主,国师普风爷到了。"兀朮大喜,忙叫:"请进来!"小番得令出帐。不一会,只见普风来到牛皮帐中,兀朮忙忙起身迎接,见过了礼。普风坐定,便问道:"太子与南蛮开兵几次了?胜败若何?"兀朮叹口气道:"不瞒国师说,这一班小南蛮十分厉害,比前那些老南蛮更加凶狠!开兵几次,连败几阵,伤了某家十余员上将,不能取胜,如何是好!"

普风道:"太子放心。待僧家明日出阵去,拿几个南蛮来与太子解闷。"兀朮道:"全仗国师!"当夜设筵款待,普风吃得大醉,方才安歇。

到了次日,普风也不带多人,独自一个,叫取匹马来坐了,提了禅杖,直至宋营讨战。小校报进大营:"启上元帅,营门外有一个番僧讨战。"岳雷便问:"那位将军出马?"旁边闪过牛通、何凤,二人一齐上前道:"小将愿往。"岳雷道:"二位将军,大凡僧道、妇女上阵,须要防他妖法暗算,须要小心!"遂命汤英、吉成亮、余雷,一同出阵,随机接应。

众将一齐得令,出营上马,带领人马来到阵前。看那来的番僧,怎生模样?那和尚:

> 削发披缁,不会看经念佛;狠心恶胆,那知问道参禅?头上戴金箍,身穿布衣衲裰;手中提铁杖,脚登骏马雕鞍。初见时,好像梁山泊鲁智深无二;近前来,恰如五台山杨和尚一般。

牛通大喝一声:"呔!我太岁爷不斩无名之将,你这秃驴快报名来!"普风道:"佛爷乃大金国国师普风爷爷是也!"牛通道:"我太岁爷也不管什么'古风''时文'!只叫你这秃驴把脖子伸长些,等太岁爷砍了去报功,省得费力!"普风大怒,骂声:"小南蛮!好生无礼!照佛爷的禅杖罢!"举起手中铁禅杖,当脑门打下。牛通叫声:"来得好!"量起泼风刀,"铛"的架开,复一刀砍来。普风架开刀,还杖又打。两个一场好杀:

> 一个黑煞,新从天上降;一个怪僧,久已产金邦。铁禅杖,降龙伏虎;泼风刀,耀目争光。杖打来,犹如毒龙喷紫雾;刀砍去,

好比柳絮逗风狂。恶战苦争拼性命,舍身出力为君王。

两个斗了三十余合,普风力怯,战不住牛通,便暗想打人先下手为强,假意说道:"佛爷战你不过,饶你去罢!"拨转马头就走。牛通道:"你这秃驴!便走上天,也要取了头来,便放你去!"紧紧的追将下来。那普风暗暗的将手向豹皮袋中取出一颗"混元珠"来,有酒杯大小,拿在手中,叫声:"小南蛮休要赶,送你一件宝罢!"便把宝珠祭起。牛通抬头一看,只见米筛一般物件,滴溜溜的在天上转。牛通道:"你这秃驴!弄什么玄虚?倒也好耍子。"正说不完,"呼"的一声响,望着牛通顶门上打将下来。牛通叫声"不好",慌忙一闪,却打着左边肩膀,翻落马来。普风收了宝珠,量起禅杖,来打牛通。恰恰何凤同众将刚刚赶到,何凤吃了一惊,大叫一声:"休要动手!我来也!"舞动金鞭,慌忙来接住普风厮杀。众将将牛通救回。

何凤与普风战不到十来合,又把"混元珠"祭起。何凤晓得厉害,回马便走,走得快,已打在背上,翻身落马,跌闷地上。普风正待下马来取首级,这里汤英、余雷、吉成亮各举锤斧冲上前来,把普风围住混战。众军士将何凤抢回。普风见人众,料敌不过,又把"混元珠"望空抛去,犹如乌云黑雾一般盖将下来。那三人慌忙跑马转身,吉成亮的马屁股已着了一下,将吉成亮颠将下来。幸亏得众军士喷筒弩箭一齐乱发,吉成亮爬起身来,飞跑逃回营去。汤英、余雷不敢恋战,亦败回本营。

普风得胜,回转番营。兀朮接进牛皮帐中,说道:"国师辛苦了!"连忙置酒款待。普风道:"不是僧家夸口,这几个小南蛮,只算得个瓮中之鳖,不消费得僧家大力,管教他一个个束手就缚。"兀术大喜,当晚吃得大醉,方各安歇。

且说宋营众将败阵进营,牛通、何凤叫疼唤痛,看看待死。岳雷正在愁闷,忽见小校来报:"牛老将军回来了。"岳雷传令请进。只见牛皋摇摇摆摆,进帐来缴令。岳雷道:"恭喜叔父得了大功!但是牛哥哥今日出阵,被番僧用什么妖法打伤,病在危急,请叔父速往后营看视。"牛皋听了,随到后营来,只见牛通正睡着叫疼;何凤睡在一边,口中只有出的气,没有入的气,已是九死一生。牛皋道:"不妨事。"叫军士:"快取些水来。"身边取出丹药,将一半磨了,命牛通吃下;一半敷在伤处,霎时全愈。再将那一颗来,照样与何凤磨敷。何凤大叫一声:"疼杀我也!"睁开眼来,见是牛皋救他,连忙就爬起来谢了。一时平复。

二人跟了牛皋出来,见了岳雷,岳雷便问缘故。牛皋将鲍方祖赠药之事,说了一遍。岳雷大喜,举手谢天。牛通、何凤咬牙恨道:"多蒙鲍方祖赐下仙丹,救了性命。明日必要去拿那秃驴报仇!"岳雷道:"二位将军今日吃苦,且自将息几天。这妖僧厉害,且将'免战牌'挂出,再思良计擒他便了。"牛皋道:"我为叔的,当年跟你老子横冲直撞,杀得那些金兵、湖寇,丧胆亡魂。你们这班小后生做了将官,动不动挂出'免战牌',真正羞杀人!明日仍叫我儿子同弟兄们出去,待我做叔父的压阵,包你就把这秃驴拿了来!"岳雷道:"且待明日再议。"当夜各自归帐歇息。

到了次日,岳雷升帐,聚集众将商议。忽小校来报:"番僧在营外讨战。"牛通、何凤气愤愤的上来,要领令出战。岳雷正要止住,旁边军师诸葛锦道:"元帅可仍听他五人出战,只消牛老将军压阵,万无一失!"岳雷听了,便叫五位将军:"须要小心! 就烦牛叔父压阵!"

五人得令,出营上马;牛皋在后,一同带领军兵,来到阵前。牛通见了普风,也不答话,大吼一声,举起泼风刀,望着普风顶门上便砍。何凤咬着牙齿,骂声:"好秃驴! 敢使什么妖法来伤我老爷们! 不要走,且吃我三百鞭!"双鞭并举,没头没脸的打来。汤英、余雷、吉成亮亦各举兵器,上前助战。那普风看见不搭对,便取出"混元珠",喝一声:"南蛮看宝!"那五个人见头上一片黑打来,正在慌张,不道那牛皋在后看见,说道:"这是什么东西? 且赏他一箭看。"随即取出那枝"穿云箭"来,搭在弓弦上,望着这一团黑气上"搜"的一声射去。那团黑气便随风四散,"扑"的一声响,那颗"混元珠"坠在地下转。牛通见了,便道:"好耍子! 好耍子!"就甩下马来,将那颗珠抢在手中,重复上马,对普风道:"秃驴! 也看看我太岁爷的宝来了!"也是照着样望空中一手。那晓得这个宝贝经着箭,射了窟窿,便不灵了,被普风一手接去。正想再祭起来打宋将,早被余雷赶上去一锤,正中普风肩膀,一交跌下马来。牛通举刀来砍,那普风在地上化作一道金光逃去。众将也不追赶,掌着得胜鼓,回营报功不提。

再说普风借金光逃回营中,将丹药敷了伤痕,一时便不疼痛,进帐来见兀术道:"僧家今日与南蛮交战,被他破了宝珠,故此败回。"兀术道:"似此屡屡失利,何日方能抢得宋室江山!"普风道:"太子放心! 看今晚僧家必将这些南蛮杀一个尽绝,方泄我今日之恨!"兀术道："这些小南蛮十分凶恶，国师怎能杀得他个干净？"普风道："僧家当日投师披剃，吾师曾赐我一件法宝，有五千四百零八条驼龙，能大能小，收在葫芦内，专一吃人精髓。今晚待僧家作起法来，将宋营数十员将官，连那二十万人马，吃他一个干干净净，以报今日之仇。"兀朮听了大喜，吩咐小番："摆设筵宴，与国师预庆大功。"小番领令，遂即搬上酒肴。兀朮与普风对酌，直至天晚。

　　普风辞了兀朮，回到自己营中，摆下香案，桌上供着一个葫芦。普风口中念动真言，将葫芦上盖揭去道："请宝贝出来。"只听得葫芦内"哄"的一声响亮，犹如蚊虫一般，飞将出来，起在空中，霎时间，每条变成数丈长，栲栳大小身躯，眼射金光，口似血盆，牙如利刃。这五千四百零八条驼龙，在空中张牙舞爪，直往宋营中冲来。那宋营军士，看见半天里无数金光，犹如灯火一般，向着营里奔来。有的军士说道："这些灯火，莫非是番兵来劫营么？"有的说道："不要管他，且报进营去再作道理。"遂即进帐报道："启元帅，有无数火光在空中，直往营内冲来，不知是何物。"诸葛锦闻得此报，忙抬头一看，大叫一声："不好了！"吩咐各营各哨人马将官，后队作前队，前队作后队，速速退后逃命。三军一声"得令"，俱各慌慌张张拔寨起行。只听得后军喊声如雷，却被驼龙飞至，将军士乱吃乱咬，也有将腿咬去，也有将头啮破的，也有吃骨髓的，也有吸血吃的。吓得那宋营军士，沸反摇天，慌慌往下奔逃，败下六十余里。已是五更时分，那边普风念动真言，将驼龙收去。宋营中不见了驼龙，军心始定。

　　天明查点人马，已被驼龙伤了一万八千。牛皋问道："这是甚么东西？如此厉害！"岳雷便问诸葛锦道："这乃何物？"诸葛锦道："此阵名为'驼龙阵'。我未曾防备得，被他伤了许多人马。我今略施小计，将他此阵破了，普风易擒耳。"遂吩咐三军，取猪血、狗血、干柴、芦苇、火药等物齐备。又令三千军士，尽换皂衣，各带火器药箭等候。又令五千人马，到旧时扎营之处，掘一濠沟，阔一丈五尺，深一丈二尺，长二十五丈，连夜就要成工，不得有误。三军领了军令，前去挖掘，不消几时，完工交令。诸葛锦又令军士将火炮藏入沟渠之内，接着引火之物；上边盖了干柴芦苇，上面再放些引火之物；又将猪羊狗血放在上面，仍令军士旧处下营。三军得令，一齐呐喊，到原处下营。那诸葛锦传令三千军士，换了皂衣，埋伏营前，专等驼龙落入沟渠，即听放炮为号，齐放火箭。诸事齐备。

看看天色已晚，那金国国师普风又将葫芦盖揭开，放出驼龙；亲自坐马，手执葫芦随后，来到宋营。到得濠边，那些驼龙闻着血腥之气，都落在沟渠中来吃血，你压我，我压你。诸葛锦见了，吩咐放起号炮。那三千伏兵听得炮响，一齐施放火箭鸟枪，登时烧着芦苇，火光冲天；埋在地下的火炮一齐发作，"乒乒乓乓"，打得烟飞灰乱。普风慌忙作法，想要收转驼龙，那晓得经了污秽血腥，飞腾不起，将五千四百零八条驼龙，尽皆烧死于沟渠之内。普风在黑暗之中被乱箭射中了三四箭，逃回本营来，拔出箭头，用药敷好，思想："这场大败，又伤了驼龙，何颜去见兀术！不如且回山去，再炼法宝，来报此仇。"主意定了，也不去通知兀术，连夜回山去了。后人有诗赞那诸葛锦道：

> 玄妙兵机六出奇，胸藏韬略少人知。

不施血污深坑计,怎得驼龙尽斩除?

不知后事如何,且听下回分解。

第七十七回

山狮驼兵阻界山　　杨继周力敌番将

诗曰：

丹心誓补前人事，浩气临戎不顾身。

痛饮黄龙雪旧耻，平吞鸭绿报新君。

话说普风逃走回山之后，自有众小番忙来报知兀朮。兀朮又惊又恼，只得写成奏章，差官回本邦去奏闻，求再添兵遣将，与宋朝决战。

不道到了次日，岳雷升帐发令，命关铃、牛通，领军三千为一队；陆文龙、樊成，领军三千为第二队；吉青、梁兴、赵云、周青、牛皋五员老将，为第三队；吉成亮、狄雷为左队；严成方、伍连为右队；自引一众将官合后。"扑通通"三声炮响，大兵直至番营。兀朮随即带领大小元帅、平章等，出营迎敌。两边也不通名道姓，各持兵器混战。兀朮人马虽多，怎禁得宋军四面八方的杀来，接应不及，却被那些小凶神，逢兵就杀，遇将便砍。但见那：

四下阴云惨惨，八方杀气汹汹。鞭锤闪烁猛如熊，画戟钢刀奋勇。枪刺前心两胁，斧抡头顶当胸。一个个咬牙切齿面皮红，直杀得地府天关摇动。

有诗曰：

杀气横空红日残，征云遍地白云寒。

人头滚滚如瓜瓞，尸骨重重似阜山。

这一阵，杀得那些金兵马仰人翻，寻爷觅子。五十万金兵，倒杀去大半。兀朮大败亏输，带领残兵败将，一路逃回。岳雷亦领大军追出关外来，兀朮已走得远了。岳雷随令三军扎住营盘："候粮草到日，再去追拿兀朮，迎请二圣还朝便了。"昔日岳爷曾有写志诗一首，不道被奸臣陷害，不能遂意，今日岳雷方得继父之志。其诗曰：

雄气堂堂贯斗牛，誓将直节报君仇。

斩除顽恶还车驾，不问登坛万户侯。

且说兀朮败回关外，与众王子、平章等商议："且回本国，再整人马，前来报仇。"主意已定，带领残兵狼狼狈狈而行。这一日，行至界山之下，只见前面一枝人马屯住，打着金邦旗号。兀朮差人查问，却是本邦元帅山狮驼，同一个涵关总兵连儿心善，带领番兵五千，前来助战。兀朮悲中一喜，就命小番报进行营。山狮驼同着连儿心善出来迎接，进了牛皮帐中，见过了礼，便问道："狼主，为什么不杀进中原，反回来做甚？"兀朮道："某家自进中原，一路上势如破竹。不道未到朱仙镇，即遇着岳小南蛮，反兴兵来扫北，某家与他连战几次，那班小蛮子十分厉害，伤我大将二十余员；五十万大兵，丧了大半。故此某家欲回本国去，再调人马，与他决战。"山狮驼道："既如此，待臣等这班南蛮到此，一个个擒来与狼主报仇。狼主可速回本国去，调兵来接应，一直杀上临安便了。"哈迷蚩道："山元帅之言，甚是有理。"遂将败卒尽数留下。山狮驼、连儿心善就在界山下扎住营盘，专等宋兵交战。兀朮同众王子、军师等,自回本国去调人马不提。

且说岳雷率领大军,一路来至界山,早有探军飞报:"启上元帅,界山下有金兵扎营阻住,不能前进,请令定夺。"元帅就令放炮安营。金营中山狮驼听得宋兵已到,随即披挂上马,手提一百二十斤的一杆溜金锏,来至宋营讨战。小校报进大营:"启上元帅,有番将讨战。"岳雷便问:"那位将军出马?"关铃上前,应声:"小将愿往。"岳雷道:"须要小心!"

关铃得令,上马提刀,带领二千兵士,战鼓齐鸣,来至阵前,把马勒住。举眼一瞧,你道那山狮驼怎生模样?但见:

> 黑踢跶,一张瘦脸;狠粗疏,两道黄眉。雷公嘴,浑如怪鸟;波斯鼻,活像油瓶。落腮胡,赛过鸡毛刷帚;蒲扇耳,尽道耙田祖宗。一双鬼眼,白多黑少;两只毛拳,好似铜锤。分明是催命判官,又道是无常恶鬼。

关铃上前,大喝一声:"番将何人,敢阻我大兵的去路?快快通个名来,好取你的头去上功劳簿!"山狮驼呼呼大笑道:"某乃大金国神武大元帅山狮驼是也!尔等不知死活,自己国家残破,君暗臣奸,不日灭亡。正要来取你的江山,你反敢兴兵到我疆界上来送死!可怜你这小孩子,若要性命,可速速回去,换个有年纪有本事的来;若不要性命,也通个名,待某家送你到阎王殿上去勾账!"关铃道:"你这不识起倒的毛贼,那里晓得小爷的厉害!小爷乃义勇武安王之后关铃便是!你且来试试我小爷的刀看。"山狮驼道:"不中抬举的小狗才!不听我的好话,赏你一锏罢!""嗒"的一声,望顶门上盖将下来。关铃叫声"来得好",举青龙偃月刀,望上一架,觉道来得沉重。那山狮驼砰砰硼硼,一连十来锐,关铃招架不住,回马败将下来,被山狮驼冲杀一阵,三千人马,伤了一千。山狮驼掌着得胜鼓,收兵回营去了。

关铃败转本营,来见元帅请罪。元帅道:"初次交兵,未知虚实,罪在本帅。但他得胜,今夜须要防他来劫寨。"遂与诸葛锦计议,暗暗传令,命三军退下二十里安营。命关铃领兵三千,埋伏左边;严成方领兵三千,埋伏右边;陆文龙领兵三千,抄远路转出界山,截他归路;自己领着众军将,于大营两边埋伏。但听炮声为号,四面八方一齐杀来,捉拿番将。安排已定。到得黄昏,果然那连儿心善对山狮驼道:"宋兵今日败阵,必然惊惶无备,元帅何不领兵劫他的营寨?必获全胜。"山狮驼道:"你不知南朝的蛮子诡计极多,故此我家的四狼主,往往吃他的亏苦。我若正经去劫他的寨,倘若有备,岂不反堕了他的算计?我不如使个反宾为主之法,调遣裨将方临、方学,叫他二人领兵一千,虚声劫寨;我和你各分兵两翼,左右抄转,占住他的后路。他进前不敢,退后不得,岂不俱死于我手?"连儿心善拍手道:"元帅神算,众不能及!"当时就令小平章方临、方学带领番兵一千,从大路劫营。山狮驼、连儿心善各领兵从左右两边抄来。

将及三更时分,方临、方学领兵直冲宋寨。宋营中一声炮响,方临、方学拨马就转。那知关铃从左边杀来,正遇山狮驼;严成方从右边杀来,正遇着连儿心善。两边接住厮杀,黑夜混战,各有所伤。山狮驼看来不利,只得收军回营。恰遇陆文龙抄出后边,山狮驼、连儿心善二人正遇个着,又杀了一阵。天已大明,两边各自鸣金收军。山狮驼计点军兵,方学被乱兵杀死,折了一千三四百人马。岳雷那边也伤了千余兵卒,只当扯个直。两家各自休息了一天。

隔了一日,番营内连儿心善带领番兵来到宋营讨战。小校报上帐来:"启元帅,又有一员番将在营门外讨战。"岳雷便问:"那位将军出马?"旁边闪过严成方应声:"愿往。"岳雷便令带兵三千出战。严成方得令,领兵出到阵前,但见那员番将,生得:

> 身长一丈,虬髯红睛。头戴着明晃晃金盔,高飘雉尾;身穿着索郎郎铠甲,细砌龙鳞。狮蛮带,腰间紧束;牛皮靴,脚下双登。坐下乌骓马,追风逐电;手提合扇刀,霹雳飞腾。

连儿心善跃马横刀,出阵来大喝道:"来将通名!"严成方道:"俺乃大宋御前都统制严成方是也!你乃何人?快通名来!"连儿心善道:"某家乃大金国涵关大元帅连儿心善便是!你这南蛮,快快下马受缚,休惹某家动手。"严成方道:"丑贼休得多言,照爷爷的家伙吧!"便舞动双锤打来。连儿心善举起合扇刀劈面交加。好一场厮杀!但见:

> 二将阵前把脸变,催开战马心不善。一个指望直捣黄龙府,一个但愿杀到临安殿。一个合扇刀闪烁似寒冰;一个八楞锤星飞惊紫电。直杀得扬尘播土日光寒,搅海翻江云色变。

二人战到三四十个回合,严成方看看招架不住,恐他冲动大营,虚晃一锤,拨转马头,斜刺里落荒而走。连儿心善在后紧紧追来。严成方败下有十余里路,只见前面树林下拴着两匹马,石上坐着两个好汉,一个面如黑炭,一个脸若黄土,看见严成方败来,便叫声:"将军休要惊慌,我们来帮你!"严成方道:"后面有番将追来。不知二位尊姓大名?"那黑面的道:"我乃董先之子董耀宗,这位是总兵王横之子王彪,俱是来投岳二弟的。"严成方道:"我乃岳元帅麾下严成方,被番将杀败,望二位助我一臂!"说不了,连儿心善已赶到,大叫:"严蛮子,还不下马,待走那里去!"董耀宗提起九股托天叉,甩上马,上前挡住,叫声:"番将休要逞能!董爷在此!"连儿心善大怒道:"那里走出这一个黑小鬼来打我的咤?看刀罢!"提起合扇刀,望顶门上砍来。董耀宗举九股叉迎敌。两马跑开,刀叉并举,二人战有二十余合。董耀宗那里是连儿心善的对手,看看招架不住,王彪上马提棍,上前助战。连儿心善力敌二将,全无惧怯。又战了几合,严成方回马举锤打来。连儿心善虽然勇猛,怎经得三个战一个,又是生力军,那里战得过,只得虚晃一刀,回马败走。三个将众番兵赶杀一阵,连儿心善败回番营。

　　三人也回马来至本营,到帐内来见了岳雷。董耀宗、王彪即将"杨再兴的公子杨继周,要报父仇,先着小弟二人前来报知,他收拾粮草人马,随后便来。今日偶遇严将军,一同杀退连儿心善",细细说了一遍。岳雷大喜,就记了董、王二人之功,然后设宴款待不提。

　　再说连儿心善败回营中,来见山狮驼,说起"追赶严蛮子,将次就擒,不意又遇着两个小南蛮,被他救去。"山狮驼心中好生焦躁。到了次日,提镋上马,来到宋营前,坐名要岳雷出马,岳雷即欲亲自出战。旁边闪过王英出来,说:"这小寇何必元帅亲身出马?待小弟去擒来便了。"岳雷吩咐:"须要小心!"王英道:"我是晓得的。"便提着大砍刀,跳上了马,领兵出营。来到阵前,山狮驼大喝道:"来将何名?"王英道:"小爷行不更名,坐不改姓,绰号'小火神王爷爷'的便是!不要走,吃我一刀!"举起大砍刀,"唿"的一刀砍来。山狮驼把溜金镗架开刀,"唿唿唿"一连几镗,杀得王英浑身是汗,叫声:"好家伙!杀你不过。"拨回马望斜刺里败走。山狮驼大喝一声:"你往哪里走!"就催动坐下马,"唿喇喇"赶将下来。

王英正在危急,恰遇牛皋一路催趱粮草,望着界山而来,正遇着王英败下,便叫声:"贤侄休要心慌,有我在此!"就让过了王英。那山狮驼恰正赶到,大喝道:"呔!你是那里来的毛贼,敢放走我手下的败将?"牛皋道:"我只道你有些本事,是个识货的,原来是个冒失鬼,牛皋爷爷都不认得的!"山狮驼道:"吓!原来你就是牛皋!可晓得我山狮驼的厉害么?"牛皋道:"凭你什么山狮驼,遇了我牛老爷,就打你做个熟柿陀!""耍"的一锏,望山狮驼打来。山狮驼把镗一枭,"花"的一声响,把牛皋的铜枭在半天云里,滴溜溜的落在草地上。牛皋叫声:"不好!果然厉害!须得我的徒弟来拿你。"山狮驼道:"你这黑炭团,这般低武艺,还教什么徒弟?"牛皋道:"你是番国人,不晓我们中国的事。大凡人的气力是天生成的,那些运用,须要拜个师父。若说我那个徒弟,不要说你见了他慌做一团,就说说也惊破了你的胆!他的力气,不知有几千万万斤!凡是上阵,也不消用得兵器,一手就拎过一个来,一脚就踢倒两三个。像你这样瘦鬼,只消喝一声,你就跌下马来了!"山狮驼大怒道:"放你的屁!世上那有人在马上喝得下的?"牛皋道:"你不信?你不要动,待我去唤他来,你试试看。"山狮驼大怒道:"就是说鬼话!也不怕你飞上天去,快去唤他来!"牛皋道:"既然如此,好汉做事,须要名正言顺。我去叫他来,你若杀得过他,也是你的本事。我的粮草是动不得的嗐!"山狮驼道:"你这个粮草是我面袋里的货色,愁他则甚?快去唤你那徒弟来!"

牛皋道:"我去便去,你不要怕吓!"一面说,一面下马来拾了铜,仍复上马,向东而走,心里暗想:"鬼话便说了,如何救得这些粮草回营?"一步懒一步的,走不到一里路,望见前面尘头起处,一簇人马,打着"九龙山勤王"的旗号,飞奔而来。牛皋闪过一旁,看看人马近前,却见王英同着一位英雄,并马而来。牛皋看那将时,打扮得:

浑身粉洁,遍体素丝。头戴一顶二龙戏珠银盔,水磨得电光闪烁;身穿一件双龙滚球白铠,古绣得月色清明。手抡双戟,腰系雕弓。坐着追云逐日白龙驹,四脚奔腾,霏霏长空洒白雪;佩着吹毛截铁青锋剑,七星照耀,飕飕背地起寒风。吕温侯忽然再见,薛仁贵蓦地重生。

牛皋看得亲切,暗暗想道:"是了。我在太行山上,久闻得杨再兴的儿子,仍在九龙山落草。他今日必然闻得岳二侄扫北,前来助战的。"便上前叫一声:"王英贤侄,那来的可是杨再兴的令郎么?"王英道:"正是。"便向杨继周道:"此位就是牛皋老伯。"杨继周忙上前迎住道:"小侄正是杨继周。且请问番将怎么了?"牛皋道:"番将果然厉害。你既是杨再兴的令郎,快些回去罢。"杨继周道:"小侄正来帮助平番,怎么反叫我转去?"牛皋道:"你不晓得,那山狮驼十分厉害。

不独王英侄儿赢他不得,就是我也战他不过,被他把粮草阻住。我说:'若不放我粮草过去,我那徒弟杨继周即日就来勤王,他有万夫不当之勇,必然擒你。'他说:'那杨再兴当初何等英雄,不消我们一阵乱箭,射死在小商河里,何况他的小子?他若来时,只消我一锏就铲下他的头来了。'因此我们不如转别路抄回大寨去,叫几个狠些的侄儿们来杀他。"杨继周听了大怒,叫道:"牛伯伯,休要长他人之志气!看小侄去擒他!"就吩咐三军速趱上前。

看看来到粮车屯处,那山狮驼果然还在等候。牛皋上前一步,叫声:"山狮驼!我的徒弟来了,你来试试手段看。"山狮驼跃马横锏,高叫道:"你就是牛皋的徒弟么?姓甚名谁?"杨继周道:"且先取了你的头来,再和你通名姓!"山狮驼大怒,举起溜金锏,劈头盖来。杨继周右手戟架开锏,左手一戟当胸刺来。锏来戟架,戟去锏迎,真个是棋逢敌手,将遇良才:

> 一个是成都再世,一个是典韦重生。一个双铁戟犹如二龙戏水;一个溜金锏恰像猛虎离林。一个锏发虎吟山,风生万壑;一个戟施龙喷海,浪叠千层。直杀得遍地征云笼宇宙,迷空杀气罩乾坤。

两个战有百余合,并无高下。牛皋叫一声:"山番,我却没工夫等,得罪你,且先暂别了。"就命军士推动粮车,一径冲开番卒,望宋营中去了。山狮驼大喝一声:"老蛮子!鬼头鬼脑,怎肯轻放了你!"撇了杨继周,恰待来赶,杨继周、王英二人一齐上前截住。山狮驼只得回马,又战了几合,敌不住二人,掇转马头,望本营中败去。

王英遂同了杨继周也回到宋营前,同了牛皋,一齐进帐缴令。岳雷同众将出帐迎接。杨继周进帐,各各见礼,叙了些旧话寒温。岳雷传命收明粮草,分隶兵卒,设宴款待。直吃到更深,各回本营安歇。

且说山狮驼败回营中,气愤不过,正在思想如何破得宋兵之计,忽见小番来报:"有国师普风在营外求见。"山狮驼心中暗想:"前日四狼主说他已被宋兵杀败逃去,怎么今日又来?"便叫:"请进来相见。"小番得令,来至营门外传请。不因普风此来,有分教:绿草黄沙地,忽变做尸山血海;青风白日天,霎时间雾惨云愁。正是:

天翻地覆何时定,虎斗龙争甚日休?

不知普风来见山狮驼有何法术,再破宋兵,且听下回分解。

第七十八回

黑风珠吉青丧命　白龙带伍连被擒

诗曰：

衰草青霜鬼火磷，征夫血泪洒荒坟。

为民为国徒自苦，沙场千古泣孤魂。

话说普风进到牛皮帐中，山狮驼同着连儿心善一齐迎接。见礼坐定，山狮驼开口道："前日四狼主败回本国，说是国师宝珠驼龙俱被宋兵破了，也吃了他一亏。不知今日国师从何而来？"普风笑道："谅宋朝这几个小毛虫，何难剿灭？前日僧家贪功，不曾防备得，一时去劫他的寨，中了他的奸计。僧家明日出阵，必要杀尽那些小毛虫，以泄我恨。"山狮驼大喜，当夜安排酒筵款待普风，吃至更深方歇。

次日，普风也不乘骑，带领三千人马，步行来到阵前，大声吆喝："普风佛爷在此！叫那些小毛虫，一窝儿都来受死！"那宋营小校慌忙报入中军："启上元帅，前番那个普风和尚，又在营门外讨战。"岳雷闻报，皱着眉头，闷闷不乐。众将道："元帅自受命出师以来，杀得兀朮望风而逃，何惧一和尚，这等迟疑？"岳雷道："列位不知，大凡行兵，最忌的是和尚道士、尼姑妇女。他们俱是一派阴气，必然倚仗着些妖法。如今这个和尚逃去复来，必有缘故。我所以迟疑也。"诸葛锦道："元帅之言甚是有理。不如且将'免战牌'挂出,再思破敌之计。"话还未毕,左边闪出吉青来,大喝道："胡说！我们堂堂大将,反怕了一个和尚,况是败军之将！你这牛鼻子便这等害怕,还要做什么军师！你看我不带一名兵卒,空手去拿来,羞死你这牛鼻子！"旁边走过梁兴、赵云、周青,三个一齐道："吉哥说得有理,小弟们和你同去。"牛皋道："且慢着！你们要去,须得我来压阵,方保无事。"四人道："牛哥也去,极好的了！"五个人也不由岳雷作主,竟自各拿兵器,出营上马去了。诸葛锦跌脚道："这和尚去而复来,必有妖法。元帅,你乃三军司命,怎不令他转来！"岳雷道："虽如此说,他乃父辈,非比他人,况未见输赢。有牛叔父压阵,料不妨事。只点几位弟兄们去接应便了。"当时就命陆文龙、关铃、狄雷、樊成四员小将,领军到阵前接应不表。

且说吉青等四人来到阵前,牛皋压住阵脚。只见对阵普风站立在门旗之下,高叫："宋将慢来,可叫岳雷出来会我！"吉青冲马上前,大喝道："咄！贼秃驴！杀不尽的狗驴子！前日被你逃脱,好好的去敲梆化缘度日罢了,又到这里来做什么？"普风大怒,骂一声："丑蛮子！待佛爷超度了你罢！"便举起铁禅杖打来。吉青舞动狼牙棒架开禅杖,回棒便打。两人斗了十几合,未分高下。那赵云、梁兴、周青三个熬不住,各举枪叉大刀,三般兵器一齐上。普风那里招架得住,忙向腰边袋中摸出一件东西来,名为"黑风珠",祭起空中,喝声"疾",只见起一阵黑风,那颗珠在半空中一旋,一变十,十变百,一霎时变做整千整万的铁珠,有碗口大小,望着吉青等四人头上打来。牛皋在后看见,连忙取出"穿云箭",一箭射去,那珠纷纷的落下地来,仍变做一颗。那普风是在地下的,等到牛皋要下马,已被普风连箭抢在手里。牛皋连忙上前看时,"阿呀!不好了!"不想吉青等未曾防备,被铁珠打下马来,可怜弟兄四人,俱各死于非命!正叫做:

　　瓦罐不离井上破,将军难免阵前亡。

普风正待招呼军士来取首级,这里牛皋、陆文龙、关铃、狄雷、樊成,各举兵器,一齐向前,将普风围住厮杀。宋营军士,将吉青等四人尸首抢回。牛皋等和普风战了回,普风看来杀不过,又占住双手,用不得法宝,只得就地纵起金光,逃回营去。

　　牛皋等因丧了吉青弟兄,无心恋战,鸣金收军。回到营中,各各痛哭了一场。吉成亮哭得死去复醒。元帅吩咐备办棺木,成殓已毕,祭奠一番。吉成亮换了一身孝服。元帅又命诸葛锦在于山岗边择一高阜去处安葬。

　　过了两日,又见军士来报道:"普风又在营前讨战。"吉成亮听见,便啼啼哭哭,上前来禀,要去与父亲报仇。岳雷道:"贤弟,且宽心!那妖僧的妖法厉害,慢些与他交战。待我与军师想一妙计,方可擒他。"吉成亮道:"父母之仇,不共戴天,如何缓得!"旁边这些小爷们,又一齐叫将起来道:"岂有此理!若是元帅这等畏缩,怎能到得五国城去,迎得二圣还朝!我们一齐出去,且把这妖和尚捉来,与四位叔父报仇!"一片声你争我嚷。岳雷无奈,只得命众人分作左中右三队,自领众军压住阵脚,一齐放炮出营。来到阵前,但见普风手提禅杖,带领三千军士,正在吆吆喝喝。吉成亮大骂:"秃驴!伤我父亲,快快偿还我的命来!"提起开山斧,没头没脸的乱砍。那普风也不及回言,举起禅杖迎战。这里关铃、狄雷、张英、王彪等,叉锤刀棍一齐上。普风那里招架得住,虚晃一杖,跳出圈子外,一手向豹皮袋中摸出一件东西来,却是小小一面黑旗,不上一尺长短,名为"黑风旗",拿在手中,迎风一展,霎时就有五六尺。普风口中念念有词,把旗连摇几摇,忽然平地里刮起一阵恶风,吹得尘土迷天,黄砂扑面,霎时间乌云闭日,黑雾瞒天,伸手不见五指,对面那分南北。那黑雾之中冰牌雹块,如飞蝗般望宋阵中打来,打得宋营将士呼疼叫苦,头破鼻歪。普风招呼众儿郎上前冲杀一阵,杀得宋兵星飞云散,往后逃命不及。普风率领番兵,直赶下十余里,方才天清日朗。普风得胜,收军回营。

这里岳雷直退至三十里安营,计点将士,也有打破了头的,也有打伤了眼的,幸得不曾丧命。手下军兵被杀的、马践的,折了千余人马;带伤者不计其数。岳雷好生烦恼,对军师道:"这妖僧如此厉害,如之奈何!"诸葛锦道:"元帅且免愁烦。小生算来,众将该有此一番磨难,再迟两日,自有高人来破此阵也。"岳雷无可奈何,一面调养将士,一面安排铁菱鹿角,以防妖僧乘胜劫寨。

过了两三日,忽有小校来报:"营门外有一道人,说道牛老将军是他的徒弟,今有事要见元帅。"岳雷听报,喜出望外,连忙同了牛皋出营,迎接进帐。各见礼毕,牛通、何凤谢了救命之恩。鲍方祖先开口道:"贫道方外之人,本不该在于红尘缠扰。但今紫微治世,宋室运合中兴。元帅兴兵扫北,被那妖僧阻住,故特来相助一臂之力。"

岳雷大喜,就取过兵符印信,双手奉与鲍方祖道:"不才碌碌无知,误膺重任,被番僧杀败,诚乃朝廷之罪人!今幸师父降临,实皇上之洪福!就请师父升帐发令。"鲍方祖道:"元帅不必如此。那妖僧本是蠨华江中一个乌鱼,因他头戴七星,朝礼北斗一千余年,已成了气候。近因令尊前身害了乌灵圣母之子,故此命他来掣你之肘。全靠着这些妖法,并无实在本事。元帅可命军士仍于界山前下营,他必来讨战,不论着那位将军出阵,等他放出妖法之时,待贫道收了他的来,就无能为了。"岳雷大喜,一面整备素斋款待,一面传令三军饱餐一顿,连夜拔营,仍向界山前旧处安营。当夜无话。

到了次日,山狮驼、连儿心善正和普风在帐中议论:"宋兵大败而去,数日不见动静,必不敢再来。且等四狼主兵到,杀入中原,稳取宋朝天下。"三人说说笑笑,忽见小番来报:"启上二位元帅,宋兵仍逼界山前下营,旗幡越发兴旺了。"普风道:"不信他们这等不知死活。也罢,待僧家去杀他一个尽绝罢。"两个元帅道:"我二人一同出去助阵,以壮声威。"就点起人马,一同放炮出营。普风大叫一声:"宋营中有不怕死的来会佛爷!"大声吆喝。宋营中一声炮响,一将跃马横刀,大叫:"牛爷爷在此!秃驴快拿头来!"普风大骂:"杀不尽的狗蛮囚!看佛爷爷来超度你。""啪"的就是一禅杖。牛通量起泼风刀架开杖,"耍耍耍"一连七八刀,杀得普风浑身是汗,回身就走。牛通道:"随你这贼秃弄鬼,我太岁爷是不怕的!"拍马追来。普风伸手就在豹皮袋中摸出这颗"黑风珠"来,喝一声:"小南蛮看宝!"便祭起空中。谁想那宝珠被"穿云箭"射坏,便不灵了,"扑"的一声,落在地下,滴溜溜的转。牛通道:"这贼秃耍的什么戏法,敢是要化我的缘么?我太岁爷是没有的嗐!"那普风见宝珠不灵,趁着牛通在那里看,暗暗的就将牛皋的"穿云箭",望着牛通当面门射来。只见门旗下走出一个道人,一手接去。

普风大怒道:"那里来的妖道!敢接我的箭?"就踩开大步,举禅杖来打道人。道人闪过一边,牛通接住普风交战。但见宋营的关铃、狄雷、陆文龙、樊成、严成方、吉成亮、施凤、何凤、郑世宝、伍连、欧阳从善等一班小将齐喊:"今日不要放走了这妖和尚!"一齐出马,来奔普风。普风慌忙向袋中取出"黑风旗"连摇几摇,忽地乌云骤起,黑雾飞来。鲍方祖见了,便向胸前取出一面小小青铜镜子,名为"宝光镜",拿在手中,迎风一晃,那镜中放出万道毫光,照得通天彻地价明朗,那黑风顿息,云开雾绝,兴不起冰雹。普风大怒,就把手中铁禅杖磨了一磨,口中念念有词。那根禅杖蓦然飞在半空,一变十,十变百,一霎时间,成千成万的禅杖,望宋将头上打来。众将正在惊惶,那鲍方祖不慌不忙,将手中的拂尘,望空抛去,喝声"疾",那拂尘在半天里也是这般一变十,十变百,变成千千万万,一柄拂尘抵住一根禅杖,呆呆的悬在空中,不能下来。两边军士倒都看得呆了,齐齐的喝采,却忘了打仗。

普风见禅杖不能打他,正待收回,那鲍方祖左手张开袍袖,右手一招:"来了罢!"那拂尘仍变做一柄,落在手中;这普风的禅杖,变作三寸长的一条泥鳅鱼,"簌"的一声,落在袍袖里去了。普风失了禅杖,就似猢狲没棒弄了,心慌意乱,驾起金光要走,才离不得平地上一二尺,被欧阳从善赶上去一斧,正砍个着,一交跌翻。余雷又赶上前,手起一锤,把普风脑盖打开,现出原身,原来是个无大不大的一个大黑鱼。可惜千年道行,一旦成空。可见嗔怒之心,害人不小!

当时山狮驼按不住心头火起,把马一拎,举起溜金锏,望欧阳从善顶门上盖来。宋阵上杨继周见了,挺双戟跑出阵前,接住山狮驼厮杀。连儿心善摆动合扇刀,跑马出阵;这里陆文龙舞动六沉枪,飞马迎敌。战不上几个回合,杨继周叫一声:"山蛮,你爷战你不过。"回马便走。山狮驼道:"杨南蛮,你待走到那里去?"拍马追来。杨继周听得脑后鸾铃响,晓得山狮驼已近,回转马头,发手中戟,紧对山狮驼心窝里一戟;山狮驼要招架已来不及了,前心直透到后心,跌下马来;再加上一戟,自然不活了。连儿心善见山狮驼被杀,心里着慌,手中刀略松得一松,被陆文龙一枪,正中咽喉,也跌下马来,灵魂儿赶着山狮驼一齐去了。岳雷把令旗招动,大军一齐冲杀过去。这几千番兵,那里够杀,有命的逃了几个,没命的都做了沙场之鬼。有诗曰:

苦争恶战两交加,遍地尸横乱若麻。

只为宋金争社稷,不辨贤愚血染沙。

岳雷大军过了界山,收集人马,放炮安营,计功行赏。鲍方祖对岳雷道:"元帅此去,虽有些小周折,但宋朝气运合当中兴,自有百灵扶助。贫道告别回山去也。"岳雷再三苦留不住。牛皋道:"徒弟本待要跟了师父去,只是熬不得这样清淡,只好再混几时罢。但是这枝箭,求师父还了我,或者还有用处。"鲍方祖笑道:"你不久已功成名就,那里还用着他?你且把那双草鞋休要遗失了。"牛皋道:"徒弟紧紧收好在腰边一个袋里，再不会遗失的。"鲍方祖道："你且取出来看。"牛皋即在腰边摸出那双"破浪履"来，拿在手中道："师父，这不是草鞋？"鲍方祖道："你可再细看着。"牛皋低头一看，那里是草鞋，忽然变作一双飞凫，把口一张，双翅一扑，"呼"的一声，望空飞去。鲍方祖呼呼大笑，驾起祥云，霎时不见。岳雷同牛皋众将，一齐望空拜谢。连夜写本，差官上临安报捷。

这里养兵三日，岳雷就点欧阳从善为头队先锋，余雷、狄雷为副，带领一万人马为第一队；又点牛通为二队先锋，汤英、施凤为副，领兵一万为第二队；自己同众将引大兵在后，望着牧羊城进发。但见：

　　号旗一展三军动，画鼓轻敲万队行。

　　腾腾杀气冲霄汉，簇簇征云盖地来。

不一日，前队先锋已到牧羊城。欧阳从善下令，众军士离城三十里，安下营寨。次日，上马提斧，余雷、狄雷持锤在后，带领兵卒，来到牧羊城下讨战。

那牧羊城内守将，乃是金邦宗室完颜寿，生得虎头豹眼，惯使一口九耳连环刀，有万夫不当之勇。手下有两员副将，一名戚光祖，一名戚继祖。原是戚方之子。那年在临安打擂台逃奔至此，降了金邦，就分拨在完颜寿帐下。是日听得探军报说宋将在城下讨战，就上马提刀，带领了戚家两个弟兄，开关出城，过了吊桥。两边把人马摆列，射住阵脚。完颜寿跃马横刀出阵，大喝："宋将何等之人，敢来犯我城池？"欧阳从善道："我乃大宋扫北大元帅麾下先锋'五方太岁'！奉将令特来取你这牧羊城。我太岁爷这斧下不斩无名之将，快通名来,好上我的功劳簿!"完颜寿道:"某家乃金室宗亲,当今王叔完颜寿的便是!你若好好退兵,各守疆界,容你再活几时;若是恃蛮,只恐你来时有路,退后无门!休得懊悔!"从善大怒道:"我元帅奉命扫北,迎请二圣,一路来势如破竹,何惧你小小一城!若不早献城池,打破之时,鸡犬不留!"完颜寿大怒,喝一声:"南蛮好无礼!看刀罢!"量起九耳连环刀,劈面砍来。从善双斧相迎,一场好杀!

擂鼓喊声扬,二人杀一场。红旗烧烈焰,白帜映冰霜。战马如飞转,将军手臂忙。斧去如龙舞,刀来似虎狼。一个赤胆开疆土,一个忠心保牧羊。真个是大蟒逞威喷毒雾,蛟龙奋勇吐寒光。

两人战到二三十个回合,欧阳从善手略一松,被完颜寿拦腰一刀,斩于马下。余雷、狄雷大吼一声,四锤并举,两马齐奔,敌住完颜寿。众军士抢回尸首。余雷、狄雷与完颜寿斗了几合,无心恋战,虚晃一锤,转马败走。完颜寿也不来追赶,掌着得胜鼓进城。余、狄二人,只得将从善尸首收殓,暂葬于高岗之下。诗曰:

星落长空逐晓霜,捐躯赢得姓名扬。

水流江汉雄心在,莲长蒲塘义骨香。

有死莫愁英杰少,能生堪羡水云瀼。

惟有忠魂千古在,不逐寒流去渺茫。

次日,牛通二队已到,与余、狄二人相见,说知欧阳从善阵亡。牛通大叫起来道:"罢了罢了!我们就去,把他这牢城不踹他做一片白地,也誓不为人!"众人劝道:"牛哥且不要性急,谅这牧羊城也拒不住我大兵。且等元帅到来,然后开兵,方是万稳万当。"牛通道:"等元帅来不打紧,又多气我几日。"

不讲这里五人议论纷纷。且说那边完颜寿,虽然赢了一场,算来终久众寡不敌,就连夜写本,差人星飞往黄龙府去讨救兵。金主接了告急本章,忙请四王叔上殿商议。兀朮道:"今宋兵已至牧羊城,事在危急,可速传旨往鹞关去调元帅西尔达,先领兵去救应。待臣亲往万锦山千花洞,拜请乌灵圣母,他有移山倒海之术,手下有三千鱼鳞军,十分厉害。若得他肯来相助,何惧宋朝百万之众?"金主道:"全仗王叔维持!"当时即降诏书,差番官往鹞关宣调西尔达,星夜往牧羊城救应。兀朮辞驾出朝,自往万锦山去告求乌灵圣母不提。

且说鹞关总兵西尔达,接了金主调兵的旨意,随即同了女儿西云小妹,带领本部人马,离了鹞关,一路滔滔,不一日,到了牧羊城。完颜寿出城迎接,进城相见毕,置酒款待。另在教场旁侧,扎营安歇。

次日,探子来报:"宋朝大兵已到,有将士讨战。"西尔达随即披挂,上马出城,把人马摆开。完颜寿同着戚氏弟兄,上城观战。只见宋营中一声炮响,门旗开处,一员小将出马来到阵前,生得来:

> 千丈凌云豪气,一团仙骨精神。挺枪跃马荡征尘,四海英雄难近。身上白袍古绣,七星银甲龙鳞。岳霆小将显威名,飞马当先出阵。

岳霆大叫一声:"番将!早早投降,饶你一城性命。若有迟延,顷刻即成齑粉,休要懊悔!"西尔达把马一拎,出到阵前,好生威武!但见:

> 一部落腮胡子,两条板刷眉浓;脸如火炭熟虾红,眼射电光炯炯。头上分开雉尾,腰间宝带玲珑。鹚关大将逞威风,叱咤山摇地动。

西尔达大喝一声:"乳臭小蛮!焉敢犯我疆界?快通名来,好找你的驴头!"岳霆笑道:"吾乃大宋天子敕封武穆王第三公子岳霆的便是!我这枪下不挑无名之将,也报个名来。"西尔达道:"某乃金国鹚关大元帅西尔达是也!奉圣旨特来拿你这班小毛虫。不要走,看家伙罢!"量起赤铜刀,拦头便砍,岳霆把手中烂银枪紧一紧,架开刀,当胸刺来。刀来枪架,枪去刀迎,两个战到三四十合,西尔达虽然勇猛,怎当得岳霆少年英武,手中这杆烂银枪,犹如飞云掣电一般。看看招架不住,赤铜刀略松得一松,早被岳霆一枪,刺中肩膀,翻身落马;再一枪,结果了性命。岳霆下马取了首级,宋营众将呐喊一声,冲杀过去。完颜寿在城上见了,慌忙扯起吊桥,擂木炮石,一齐打下。岳雷传令,鸣金收军,记了岳霆功劳。

那金兵只抢得西尔达的没头尸首进城,西云小妹放声大哭。完颜寿即命匠人雕成一个木人头来凑上成殓,把棺木暂停在僧寺。次日,西云小妹全身素白披挂,带领番兵出城,坐名要岳霆出马。小校报进中军,岳雷仍领众将出营,列成阵势。但见金阵上一员女将,生得:

> 娇姿袅娜,慵拈针指好抡刀;玉貌娉婷,懒傍妆台骑马走。白罗包凤髻,雉尾插当头。素带湘裙,窄窄金莲挑宝镫;龙鳞砌甲,弯弯翠黛若含愁。杏脸通红,羞答答怕通名姓;桃腮微恨,娇

怯怯欲报父仇。正是中原漫说多良将,且认金邦一女流。

那西云小妹立马阵前,高叫:"宋营将士知事者,快将岳霆献出,偿我父亲之命。若少迟延,教你合营都死于非命,半个不留!"岳霆听了大怒,飞马出阵,大叫:"贱人休得要逞能,俺岳三爷来也!"拍马抡枪,望小妹当胸直刺。小妹舞动手中绣鸾刀,迎住厮杀。战不上七八个回合,小妹那里是岳霆的对手,便把绣鸾刀一摆,回马败走。岳霆随后赶来。原来那西云小妹曾遇异人传授的阴阳二弹,随手在黄罗袋内摸出一个阴弹来,扭转身躯,望着岳霆打来。只见一道黑光,直射面门,岳霆一个寒噤,坐不住鞍鞒,跌下马来。小妹转马来取首级,宋阵上樊成一马冲出,挺枪挡住小妹,众人将岳霆救回。那西云小妹与樊成战了三四合,又向袋中摸出那个阳弹,劈面打来。但见一块火光,望樊成脸上飞来。樊成叫声:"阿呀!"把头一仰,翻身落马。亏得伍连见了,挺起画杆戟,叫声:"蛮婆休要动手!我伍连来拿你也!"

西云小妹抬头一看,见那伍连:

  紫金冠,紧束发;飞凤额,雉尾插。面如傅粉俏郎君,唇若涂朱可爱杀!狮鸾宝带现玲珑,大红袍罩黄金甲。若不是潘安重出世,必定西天降下活菩萨。

西云小妹一见伍连生得齐整,心下暗想:"我那番邦几曾见这等俊俏郎君!不如活拿这南蛮回城,得与他成其好事,也不枉了我一世。"便舞动绣鸾刀来战伍连。伍连举戟相迎。一来一往,战有十余合,小妹回马又走。伍连道:"别人怕你暗算,我偏要拿你!"拍马追来。小妹暗暗在腰间取出一条白龙带,祭起空中,喝声:"南蛮,看宝来了!"伍连抬头一看,只见空中一条白龙落将下来,将伍连紧紧捆定,被小妹赶上来拦腰一把擒过马去。宋阵上严成方舞动八棱锤,余雷使起双铁锤,韩起龙摇着三尖两刃刀,陆文龙挺一对六沉枪,一齐赶上来救,伍连早被小妹擒在马上,掌着得胜鼓,拽起吊桥,进城去了。岳雷只得鸣金收军,同众将回转大营,闷闷不乐。且按下慢表。

先说那西云小妹,擒了伍连,回到自己营中,解下白龙带,将伍连囚在陷车内,吩咐四名小番:"将他推入后营,好生看守!"却暗暗的差一个心腹侍婢,叫做彩鸿,着他私下去说他,若肯降顺,情愿与他结为夫妇,同享富贵。那伍连初时不肯,被那彩鸿再三撺掇,遂心生一计,不如假意应承,好再图机会。便对那婢女道:"既蒙不杀之恩,但有一事,那欧阳从善与我结义弟兄,誓同生死,今被完颜寿害了。若与我报了此仇,情愿依从,并去说那岳家弟兄,一同到来归降金国。若不杀得完颜寿,宁甘一死,决不从命!"彩鸿将此话回复了小妹。小妹正在心持两端,疑惑不决,忽报:"完颜寿元帅差官持着令箭来,要捉的宋将去斩首号令。"小妹吃了一惊,便叫军士对差官说:"我父亲被岳霆挑死,大仇未报;要捉了岳霆,一同斩首祭我父亲的。"差官回府去缴令,完颜寿大怒道:"这贱婢略胜了一阵,便这般小觑我。待我明日出阵也拿两个宋将来,羞这贱人!"当日过了一夜。

到次日,小校报说:"宋将在城外讨战。"完颜寿听了,便同戚氏弟兄领兵出城,一面着小番:"请西云小妹出城观战,看我擒拿宋将。"西云小妹遂带本部人马,在吊桥边齐齐摆列,看那完颜寿横刀跃马,过了吊桥,大叫:"宋营中有不怕死的快来纳命!"喝声未绝,宋营中一声炮响,飞出一将,坐下红砂马,手挺六沉枪,大叫一声:"陆文龙在此,快快下马受缚!"完颜寿摇刀直砍,陆文龙双枪并举,一场好杀!

  二将交锋在战场,四枝膀臂望空忙。一个丹心扶宋室,一个赤胆助金邦。一个似摆尾狻猊寻虎豹,一个似摇头狮子下山岗。天生一对恶星辰,各人各为各君王。

两个战到四五十个回合,完颜寿招架不住,大叫:"西云小姐!快来助我!"那小妹呆呆的在吊桥边勒马站着,只不动身。又战了三四合,只得回马败走。刚至吊桥边,陆文龙已经赶到,手起一枪,将完颜寿挑下城河,做了个水中之鬼。陆文龙招呼众军抢桥,西云小妹忙忙叫城上军士拽起吊桥,弩箭齐发。可怜戚光祖、戚继祖两个,上不及吊桥,宋军一拥,跌下坐骑,双双被众马践为肉泥。三千番卒不曾留得一个。陆文龙掌着得胜鼓,随着大军回营。岳雷记了陆文龙大功,犒赏军士,暗暗差人打听伍连消息。

  且说西云小妹回转城中,早有完颜寿的女儿瑞仙郡主,一路大哭迎来。小妹见了,连忙下马搀着郡主的手,劝道:"郡主且免悲伤,待小妹明日去拿那南蛮来,与令尊翁报仇便了。"就替他拭了眼泪,又安慰了几句,命随身女将送了郡主回府。小妹自回营中,心下暗喜,便叫彩鸿到后营去与伍连说知:"今日完颜寿已被宋将杀死,小姐坐视不救,与你报了义兄之仇。何不趁着今夜吉辰,成了好事,就将帅印交你掌管,何如?"不因彩鸿去与伍连说出这番说话,有分教:落花

有意,翻成就无意姻缘;流水无情,倒做了有情夫妇。正是:

　　神女有心来楚岫,襄王无梦到阳台。

不知这伍连如何结果,且听下回分解。

第七十九回

施岑收服乌灵母　牛皋气死金兀术

诗曰:
　　娇羞袅娜世无双,愿得风流两颉颃。
　　襄王不入巫山梦,恐劳宋玉赋高唐。

这一首诗,单道那西云小妹看中了伍连风流少年,动了邪念,一心想与他成就好事,竟忘了父母之仇。这伍连是个豪杰汉子,怎肯下气求生?那知小妹一片痴心,反成了他意外姻缘,自己落得一场话靶。

闲话丢开。且说那彩鸿来对伍连说知:"完颜寿战败,我家小姐坐视不救,被宋将挑死,报了你欧阳之仇。何不趁着今晚良时,与俺家小姐完成好事?明日你就是帅爷了!"伍连听了,又喜又愁:喜的是完颜已死,愁的是小妹要他成亲。想了一想,便对彩鸿道:"既与我报了仇,你家小姐就是我的恩人了,敢不从命?但是婚姻大事,岂可草草?无媒无证,岂不被人笑话?须得要我宋营中一个人来说合为媒,方是正理。若不通知,便是苟合了。这断断使不得!"

彩鸿只得回复小妹。小妹细想:"那宋营中人如何肯到此?也罢,待我明日到阵上擒一员宋将来,叫他为媒,不怕他不从。"主意定了,一夜不睡。等到天明,传令军士造饭。吃得饱了,放炮出城,直至宋营讨战。

且说岳雷,那日虽然胜了一阵,杀了完颜寿,但那牧羊城中尚有西云小妹守住,他有异法,一时不能胜他。连差细作爬山过岭,进城去打听伍连生死消息,并无回报。岳霆、樊成被西云小妹打伤,在后营昏迷不醒。心中十分愁闷,正在与军师诸葛锦议论。诸葛锦道:"请元帅放心。小生昨日细卜一卦,伍兄有天喜星相救,性命无妨。又仰观乾象,这金兵气暗,我军正旺,不日自有高人来相助。前日那妖僧如此厉害,尚不能阻我大兵,何况这女人?"二人正在谈论,忽小校来报:"西云小妹在营前讨战。"

岳雷听了,传令排齐队伍,亲到阵前。但见西云小妹坐在马上,娇声吆喝道:"宋将快来受死!"岳雷道:"那位将军与我擒来?"话声未绝,闪出吉成亮应道:"待小将去擒来。"摇动开山斧,拍着青骢马,冲出阵前,大叫:"蛮婆慢来!"就一斧砍去。小妹见来得凶狠,不敢恋战,略战了两三合,随在袋中摸出一个阴弹,望吉成亮面门上打来。只见一道寒光直射,吉成亮浑身发抖,一交翻下马来。罗鸿见了,连忙挺起錾金枪,飞马出阵。众人将吉成亮抢回。小妹见了,也不问名姓,举起绣鸾刀,抵住便战。两个战了七八合,小妹取出阳弹打来,把罗鸿的眉毛都烧个干净,跌下马来。小妹正待举刀砍下,只见牛通大吼一声:"休得动手!太岁爷在此!"摇刀直取小妹,救了罗鸿。小妹道:"不好了!不知是那个庙里十王殿失了锁,走出个丑鬼来了!"牛通道:"你道我丑吓?我家中有个老婆,会将石元宝打人;你这蛮婆也会弄玄虚,不如做了我的小老婆,倒也是一对。"小妹大怒,骂声:

"丑鬼!休得胡言乱道,看刀罢!"一刀砍来。牛通举刀架住。搭上手战了十来合,那小妹那里敌得住牛通,暗暗的在腰间取出白龙带,祭在空中,喝声:"丑鬼看宝!"牛通见那小妹手发白光,抬头一看,只见一条白龙,夭夭矫矫,落将下来,将牛通紧紧捆住。亏得宋阵上抢出施凤、汤英、韩起龙、韩起凤四将,一齐杀出,将牛通连带抢回。岳雷传令众军士,将弩箭火炮一齐施放。西云小妹只得掌着得胜鼓,回城去了。

这里宋营将士仍回大寨。看那牛通身上,一条白带犹如生根一般,将身子捆住,要解也没个头。命将小刀割断,那刀割在带上,犹如铁入红炉,便卷了口,那里割得动半毫。元帅无奈,只得写了榜文挂在营门口,有人能解得捆带者,赏银千两。且按下慢表。

再说那西云小妹,虽然胜了一阵,却不曾拿得半个宋将,回转营中,闷闷不乐。彩鸿道:"若是小姐这般样的厮杀,就打着他的人,也是死的;捆着他的人,他那里人多将多,自然被他抢去了。须得要诈败佯输,引他到无人之处,然后拿倒他,岂不是稳的?"小妹听了大喜,说:"你这小丫头,倒说得有理。待我明日诈败,引他到山坳里,拿他一个来,叫他为媒,怕他还有什么推托?"当夜欢欢喜喜,吃得醉了,且安睡一宵,明日好去行事。

且说伍连,囚在后营,因小妹有意招亲,所以看守的人不十分上紧,反将好酒好食供养着他。伍连是留心的,便问守军:"今日阵上如何?"守军将"连打二将,捆住一人,却被人多抢去了,不曾拿得来,明日还要去出阵哩。"伍连道:"妙阿!若拿得个活的来,就好叫他为媒。成就了亲事,你们都是有赏赐的。我老爷在此,你们酒也该买些来请请我。"军士道:"有有有。我这里牧羊城内出的是上等打辣酥,待小的们去烫几瓶来,请爷吃个快活。明日与我家元帅做了亲,就是帅爷了,须要照顾照顾小的们!"伍连道:"这个自然。最不济,也赏你们做个千总百户。"那四个守军欢欢喜喜的,你去烙胡饼,我去办羊酒,搬到伍连面前;替伍连开了囚车,松了手铐。伍连道:"承你们的好情,大家来吃一杯。"小军道:"这个小的们怎敢?"伍连道:"不妨。我是被掳之人,和你们如弟兄一般,不必拘礼。来来来!"于是四个小军欢天喜地,罗罗唣唣,你一杯,我一碗,高兴起来,吃完了又去添来,竟吃得烂醉,俱东倒西歪的睡了。

伍连想道:"此时不走,更待何时?"悄悄的就走起身来,逃出后营。但是人生路不熟,逃到那里去好? 正在乱闯,听得前面"搁搁"的响,有巡更小番来了。伍连慌了,看见左边一带围墙却不甚高,就踊身一跳,纵入围墙。却原来是一座大花园,四面八方,俱有亭台楼阁。伍连一步步捱进一重屋内,后面放出灯光来。再进一层,摆设得好生齐整。正在东张西望,忽听得门外有人说话进来,伍连吓得无处藏躲,竟向床底下一钻。少停外边来了三个人,却是完颜寿的女儿瑞仙郡主,两个丫环在前面掌着白纱灯。走入房来就坐定了,止不住两泪交流,只因往孝堂中上了晚祭才回来。丫头劝道:"郡主且免悲伤。王爷已死,不能复生,郡主且自保重。小婢打听得都是西云小妹这贱人欺心,他前番捉的那宋将生得十分美貌,心上要他成亲,所以不肯解来,以致王爷气恼出阵,反害了性命。如今哭又哭不活了,且待慢慢的报仇罢!"郡主听了,咬牙恨骂:"待我奏过狼主,将他千刀万剐,不到得饶了这贱人!"那伍连在床底下是黑暗里看明处,看得亲切,但见那郡主生得来好似:

雪里梅开靠粉墙,梨花冷艳露凝香。

腰肢袅娜金莲窄,体态风流玉笋长。

弯弯新月含愁闷,淡淡秋波滴泪霜。

广寒仙子临凡世,月殿嫦娥降下方。

那两个丫环解劝了一番,忙去收拾夜膳送进来。那郡主只是腮边流泪,哭一声"父王",骂一声"西云",那里肯吃什么。丫环再三相劝,只吃了几杯酒,叫丫环将肴馔收拾去吃。又坐了一回,觉得身子困倦,便吩咐侍婢收拾床铺,闭上房门,各各安寝。

好一会,那郡主已是睡着。伍连在床底下爬将出来,轻轻的揭起罗帐,看那瑞仙郡主,犹如酒醉杨妃,露出一身白肉,按不住心头欲火,一时色胆如天,就解衣宽带,挥入锦被,双手将他抱住,上头做了个"吕"字,下边竟狂荡起来。郡主惊醒,那身子却被伍连紧紧压住,施展不得,便叫一声:"有贼!"伍连轻轻叫道:"郡主不必声张!我并不是贼,乃是来杀西云小妹,替你父亲报仇的。你若高声,我只得先杀了你!"郡主道:"你是何人,也须说个明白。如若这等用强,宁死不从!"伍连道:"这也说得是。"就把手一松。郡主慌忙起身,披衣服下床。郡主扯剑在手,便喝问道:"你果是何人?擅敢私入王府,调戏郡主!今日不是你,便是我!"正要将剑砍来,伍连便深深作揖,叫声:"郡主息怒!听小将说明,悉听发落。小将非别,乃宋营大将伍连。前日在阵上被西云小妹用妖法擒来,已拼一死;不意小妹着侍婢来说我成亲,小将因他不把父仇为重,反贪淫欲,故尔不从,托言报了欧阳之仇,方与他成亲。故此前日令尊败阵,小妹故意不救,以致令尊陷死城河。小将今晚幸得逃脱,偶避至此。不意得遇郡主,也是天缘!今郡主已经失身于小将,倘若扬出声名,有甚好处?不如俯就姻缘,和你结为夫妇,杀了西云小妹,同归宋室。一则报了杀父之仇,二来完了终身之事,岂不两全其美?"

郡主听了这一番言语,低着头不做声,细想:"此生之言,果然不差。"再偷眼看他,见那生生得一表非俗,气宇轩昂,后来必作栋梁之器;况今金主荒淫无道,气数已尽,不如嫁了他,也得个终身结局。遂叹了一口气,把剑放下道:"罢罢罢!但须要与我报了父仇,情愿和你一同归宋。倘不杀得西云小妹这淫贱,我就拼却一命,无颜立于人世也!"伍连大喜,便道:"小妹明日必然出城征战。不论输赢,待他回来,郡主可带领家将去迎接他。待小将扮作亲随,跟在后面,觑便将他杀了。将牧羊城献与岳元帅,朝廷必有封赏,岂不是好?"郡主道:"如此甚妙。"当夜两个说得投机,唤起侍婢,与他说明,重新收拾酒筵,吃到半夜,两个解衣上床,重整鸾凤,自不必说。

且说那晚四个守军醒来,不见了伍连,吓得不敢做声,只得逃出营门,投往别处去了。

到了次日,西云小妹得知伍连逃走了,吓了一跳,吩咐军士在合城搜缉,乱了一日,那里有影响。

又过了一日,小妹披挂上马,带了军士,出城到宋营讨战。岳雷吩咐将"免战牌"挂出,再作计较。旁边闪出四公子岳霖,大叫:"不可丧了威风!待小弟去活擒这妖妇来献!"岳雷道:"那妖妇有妖法厉害,须要小心!"岳霖一声"得令",提枪上马,出营来到阵前,喝道:"妖妇慢来,我四公子来取你的首级也!"小妹举眼一看,"妙阿!又是一个标致后生!今番必定要活拿他进城的了。"便叫声:"小南蛮,看你小小年纪,何苦来送死?不如投降了我,封你做个官儿;另换个有本事的来与我厮杀!"岳霖便骂一声:"不识羞耻的贱人!不要走,看枪罢!""耍"的一枪刺来。小妹举刀架住。来来往往,战了七八个回合,小妹叫声:"我战你不过,休得来赶!"回马败走,却不进城,反往左边落荒而走。四公子道:"你这贱人弄什么鬼?我偏不怕你!"拍马追来,"忽喇喇"赶下十多里路来。两边俱是乱山,只中间一条路,小妹想:"此时不下手,更待何时?"就在腰边又取出一条白龙带来,望空抛去,叫声:"小蛮子看宝!"四公子抬头一看,晓得此物厉害,正要回马逃走,忽听得前面山上叫道:"岳霖休要惊慌,有我在此!"岳霖抬头一看,却是一个道人,头戴九梁冠,身穿七星道袍;坐下一匹分水犀牛,手执一把古定剑,生得仙风道骨,慢慢的走下山来,把手一招,那白龙忽然缩做一团,钻入道人袍袖内去了。小妹大骂:"何方妖道,敢收我宝!"举刀望道人劈面砍来。道人举剑相迎,岳霖挺枪助战。小妹谅来战不过,飞起阴弹打来。道人把袖口一张,一道寒光落在袖里去了。小妹慌了,又将阳弹打来。道人将左手接住,也丢入袖内。不好了,这番小妹真个要输了,拨马飞奔,望本城逃走。岳霖同着道人一路赶回,刚到城门边,城上瑞仙郡主忙将吊桥放下,自己走下城来,开了城门迎接。小妹一骑马刚才进得瓮城,城门边闪出伍连,拔出腰刀,拦腰一刀,将小妹斩为两段。

可怜红粉多娇女,化作沙场怨鬼魂!

那时节,岳雷闻报岳霖追杀女将,恐又着他道路,正领大兵来救应,忽见伍连手提小妹首级,又有一位年少佳人,坐在马上叫喊:"我已归顺宋朝,降者免死!"众番兵齐声愿降,有不愿者,逃去十分之二。岳雷见了,便统领大兵一齐进城。伍连引了郡主来见岳雷,接进完颜帅府。

岳霖同道人见了岳雷,诉说道人相救。岳雷下礼拜谢:"请问仙长何方洞府? 那处名山? 高姓尊名? 来救我兄弟之命,且得了牧羊城,其功不小!"道人道:"贫道乃蓬莱散人,姓施名岑。偶见令弟有难,少助一臂。若有将士受伤,贫道亦能医治。"岳雷大喜,就命将岳霆、樊成、吉成亮、罗鸿、牛通五人,一齐抬到大堂上。施岑道:"此乃阴阳弹所伤。"就取出四丸丹药,用水化开,灌入四人口中,霎时平复。牛通大叫道:"我被这牢带子捆得慌了,快来救救我!"施岑用手一指,其带自脱。牛通爬起来道:"好厉害! 骨头都被他捆酥了! 待我来砍他几段。"就向旁边军士手内夺过一把刀来,连砍几刀,那里砍得断。岳雷道:"这是什么东西? 这等厉害?"施岑笑嘻嘻的又在袖中捞出那条带来,说道:"还有一条在此。那里是什么宝贝,这是他炼就的一双裹脚带子。"又摸出两个弹子来与岳雷看,那白弹是铅粉捏成的,红弹是胭脂团就的。众将无不惊异,俱各赞叹仙长法力,各皆下拜,都称为施仙师。岳雷不敢怠慢,着人送至城西涵真道观内安歇。

次日传令，盘查府库，出榜安民，犒赏将士。就与伍连郡主结了花烛，大排庆贺筵席。养军练士，准备扫北。

再说兀朮往万锦山千花洞中来拜请乌灵圣母，扶金灭宋。看官不知，你道那乌灵圣母是何等出身？且听在下说个明白。他却是东晋时长沙贾使君的女儿，被妖精假变作秀才，改名慎郎入赘，成为夫妇。得了妖气，亦变为蛟，连生三子。却被许真君找寻到长沙，将慎郎擒去，锁在铁树上，斩了他两个儿子。贾使君再三哀求，遂饶了他女儿并第三个外孙。这女儿就出家修行，在这万锦山成了正果。那第三个儿子逃在黄河滩边，修成铁背虬龙，不意被岳飞前身啄瞎了眼，因要报仇，所以水泛汤阴，遗害百姓，犯了天条斩了。这乌灵圣母想报儿子之仇，故遣普风去帮助兀朮，不道又被鲍方老祖破了法术，丧了性命。正在懊恨，今见兀朮来请他助阵，就满口应承，带领三千鱼鳞军星夜起身，往牧羊城救应。路上遇着小番，报知牧羊城已失。兀朮大惊，即来见乌灵圣母，商议退兵之策。圣母道："太子放心！待贫道就于靥华江边，摆下一个阵图，看那岳雷过得过不得。"兀朮大喜，当夜同圣母渡过靥华江，背着江扎下大营。一面差官调请六国三川人马速来救应。各营准备不提。

且说岳雷大兵分作四队，一路而来。离靥华江不到五十里，早有探子来报："江边有几十番营扎住。"岳雷便命拣空阔处安营，随命韩起龙、韩起凤、杨继周、董耀宗四人在左，罗鸿、吉成亮、王英、余雷在右，分为两翼；自领众将在中，结成三个大寨。再命张英、王彪率领军士砍伐树木,督造大筏,整备渡江。专等牛皋后队到时开兵。当日分拨已定。

过不得两三日,金邦救兵已到,俱是请来的六国三川共有十万人马。各过蜃华江来,周围扎住营寨。乌灵圣母摆下一阵,名为"乌龙阵",真个是:

营安胜地,寨倚长江。五色旗按金木水火土,相生相克;八卦带分东南西北中,随色随方。密密扎扎围营,伏着弓,架着弩;整整齐齐队伍,刀似雪,剑如霜。鱼鳞军,中央守护;左右营,幡立五方。南排朱雀,北方玄武施威武;东按青龙,西边白虎爪牙张。但见那鞭铜瓜锤光耀日,斧戟长枪豹尾飑。

当时那乌灵圣母排下阵图,即命兀朮打下战书到宋营,约日决战。岳雷即批:"来日准战。"

到了次日,两边放炮出阵。兀朮提斧纵骑,叫岳雷亲自出来打话。岳雷即带了众将来到阵前。两下相见,兀朮叫声:"岳雷,自古道:'赶人不可赶上,英雄不可使尽。'某家当日三进中原,势若破竹,皆因是你宋朝君闇臣奸,以致国家破碎。今尔主既安坐临安,理宜各守疆土。你今反夺我城池,杀我大将,骄横已极!况汝宋君新立,现差枢密使臣何铸、曹勋到本国来讲和。你若不趁此得意之时,退兵自守,安享功名,一味贪功,恐一旦有失,悔之无及也!"岳雷道:"兀朮,汝之言大差了!你无故犯我城池,劫我二圣,杀我人民,掳我宗室,就是三尺童子,也思报仇雪恨!何况我岳氏忠义传家,名震四海?若不踏平尔国,何以报二帝之仇?"兀朮大怒道:"小畜生!某家好意劝你,乐得两邦和好,你反口出大言!不必多讲,放马来罢!"

岳雷方欲上前,旁边闪过关铃,大叫:"元帅请住马,待小将去擒来!"举起青龙偃月刀,跑动赤兔胭脂马,劈面砍来。兀朮把金雀斧架住。一场厮杀,两个战了十余合。兀朮招架不住,拨马逃回本阵。关铃拍马赶来。阵内一声钟响,走出一位老道姑,骑着一匹避水乌牛,手中仗着一对截铁刀,大叫一声:"南蛮!休得眼底无人,我来也!"关铃举眼看那道姑:

> 头上双蟠云髻,身穿避火冰袍。丝绦紧束现光毫,鹤发童颜容貌。坐的水牛猛骑,手持镔铁钢刀。千花洞内久名标,万锦山中得道。

关铃道:"你是那里来的出家人?何苦来管闲事!"圣母道:"胡说!我乃万锦山千花洞乌灵圣母。因尔等侵犯我国,特来拿你!"就舞动双刀,望关铃砍来。关铃摇刀架住迎敌。不上三四合,圣母把双刀一摆,只见阵内飞出三千军马,俱用鲨鱼皮做就的盔甲,头上至脚下,浑身包裹得密密匝匝,只空得两只眼睛,随你刀枪火箭,不能伤他;各执炼就的镔铁枭刀,烟一般的滚来乱砍。关铃抵挡不住,回马败走。兀朮招呼众番兵一齐掩杀,杀得宋兵大败亏输,退走二十余里方定。计点军兵,折了二三千,受伤者不计其数。

岳雷闷闷不乐,正在与众将商议,忽报牛皋等后队已到。不一时,牛皋同众将进营相见。岳雷将昨日战败之事,告诉一遍。施岑道:"元帅放心!待贫道明日出阵,必定擒他。"元帅道:"全仗仙师法力!"当日闲谈议论过了。

到了次日,岳雷传令三军拔寨而进,直至金营对面排下阵势,命牛皋出马讨战。金营内一声鼓响,兀朮亲自出阵,见了牛皋大骂:"你这黑脸贼!某家今日决要取你的命也!"举起金雀斧便砍,牛皋回铜便打。战了十来合,宋营中关铃、陆文龙、狄雷、严成方、樊成、牛通六员小将,各举兵器一齐上。金营中哈同文、哈同武、黎明七、乌利孛、撒里思、撒里虎等亦各出马,接住混战。不防宗良举起乌油铁棍,斜刺里望兀朮一棍,正中左肩,几乎落马。兀朮大叫一声,回马便走。众番将见兀朮受伤,无心恋战。哈同文被关铃砍死,哈同武被狄雷打死,其余大败逃奔。宋将一齐赶至金阵前,只听得一声钟响,阵中走出一位圣母,坐下黑牛,手执双刀,大叫:"宋将休得无礼!可叫岳雷自来破我之阵!"牛皋大怒,也不管三七二十一,举铜乱打。乌灵圣母见来得凶,把手中双刀一摆,阵内滚出三千鱼鳞军,蜂涌而来。宋将俱各回马而走。

宋阵内走出一位道者,身坐分水犀牛,手执松纹古定剑,大叫:"列位将军,休要惊慌!贫道来也!"就一手拿出个葫芦,揭开了盖,"呼"的一声响,飞出一队铁嘴火鸦,起在半空,只望鱼鳞军的眼珠乱啄。那鱼鳞军刀枪俱不怕,只是这铁嘴鸦单啄他的眼睛,赶了左边的去,右边的又来;赶了右边的去,左边的又来,却是无法可施,只得四散逃走。大半被神鸦啄瞎了眼睛的,俱被宋军擒去。道人收了神鸦。圣母大怒,催动乌牛,上前大喝一声:"何方妖道,敢破我阵!"道人笑道:"逆畜!你记得当年在长沙时,我师父原要斩你,我在旁边参赞,饶了汝命,叫你修行学道?怎么今日助纣为虐,抗拒天兵!若不快快回心,献出兀朮,叫你死无葬身之地!"圣母仔细一认,暗叫:"阿呀,不好了!原来是许真君的徒弟施仙师!怎与他做得对头?但是既变了脸,那里就好收拾?"便勉强答道:"施仙师!你不知兀朮乃奉上天玉旨下界,岳飞无故将我小儿之眼啄瞎,以致丧命。今岳雷强违天命,侍蛮扫北,故我岂肯干休?况此事与仙师何涉,反来助他?"施岑喝道:"胡说!那岳飞啄坏汝子之眼,自有报应。汝子水泛汤阴,遗害百姓,自家犯了天条,何得衔怨别人!若再多言,我就飞剑斩汝之首也!"圣母脸涨通红,高叫道:"施道人!你不容我报子之仇,又来欺负于我,我偏不放宋兵过去,看你奈何了我!"

施岑大怒,举起古定剑,望圣母砍来。圣母还刀招架。战上三四合,圣母道:"施岑,自古道:'来者不善。'你敢来破我的阵么?"拨转乌牛,便进阵内去。施岑笑吟吟的道:"你休要慌,我来也!"便把分水犀牛头上一拍,仗剑直入"乌龙阵"中。那圣母上了将台,把黑旗一飐,口中念呪。只见平地上一霎时波涛滚滚,涌出一班虾兵鱼怪,喧喧嚷嚷,使叉的,拿棒的,蜂涌而来。宋将着了忙,一齐逃出阵来。两边番将截杀一阵,各有所伤。且说那施道人见了,把口张开,不知念些什么,忽见半空里一声霹雳,震得水怪潜形,妖魔遁迹。就把犀牛头上一拍,分开水势,仗剑来取圣母。圣母慌了,将身一滚,变做一条无大不大的乌龙,舒开爪来扑道人。那道人趁势一把抓住颈皮,正要将剑砍下,圣母哀求饶命。施岑道:"也罢,我也不斩你,只拿你去见师父,锁在铁树上,叫你永不翻身!"就回头高叫:"宋营众将!烦你们多拜上元帅,贫道擒妖复命去也!"腰间解下丝绦,将圣母缚了,横在犀牛背上,借着水遁,霎时而去。那一班宋将看见破了"乌龙阵",勇气十倍,奋勇杀来。众番兵番将料来不济,俱各逃奔败走。直赶至蜃华江边,乱乱篡篡上船,逃回北岸。有上不及船的,被宋兵杀死无数。

却说牛皋在阵内东寻西寻,只拣人多的地方寻人厮杀。不意兀术正在招集败残军士逃命,劈面遇着牛皋,兀术回马便走。牛皋大叫道:"兀术!今番你待往那里去!"拍马来赶。兀术大怒道:"牛皋!你也来欺负我么?"回马举斧来战牛皋。不上三四合,兀术左臂疼痛,只用右手使斧砍来;牛皋一手接住斧柄,便撇了锏,双手来夺斧,只一扯,兀术身体重,往前一冲,跌下马来。牛皋也是一交跌下,恰恰跌在兀术身上,跌了个头搭尾。番兵正待上前来救,这里宋军接住乱杀。牛皋趁势翻身骑在兀术背上,大笑道:"兀术!你也有被俺擒住之日么?"兀术回转头来看了牛皋,睁圆两眼,大吼一声:"气死我也!"怒气填胸,口中喷出鲜血不止而死。牛皋哈哈大笑,快活极了,一口气不接,竟笑死于兀术身上!这一回便叫做"虎骑龙背,气死金兀术,笑杀牛皋"的故事。那兀术阴灵不愤,一手揪住牛皋的魂灵,吵吵嚷嚷,一直扭到森罗殿上去鸣冤。后人有诗笑兀术曰:

空图大业逞英豪,血战多年赴水漂。

当时破宋威名震,今日时乖一旦抛。

那阎罗天子为他二人之事,自有一番大周折,且听下回分解。

第八十回

表精忠墓顶加封　证因果大鹏归位

诗曰：

世间缺陷甚纷纭，懊恨风波屈不伸。

牛神蛇鬼生花舌，幻将奇语慰忠魂。

上回已说到兀朮被牛皋擒住，愤怒气死，牛皋也大笑而亡。两个魂灵，一同扭结闹入幽冥。那阎罗天子尚费一番大周折，且按下慢表。

先说那岳雷追杀金兵一阵，鸣金收军。陆文龙擒得哈迷蚩来献，关铃擒得金将白眼骨都来献，伍连取得番将乌百禄首级来献。诸将俱来报功，岳雷一一命军政司写了。次后牛通哭上帐来，具言父亲拿住兀朮，双双俱死。岳雷一悲一喜，随传令将牛皋从厚收殓，命牛通扶柩先回乡去。兀朮尸首亦用棺木盛殓，暂葬于山岗之下。将哈迷蚩、白眼骨都斩首号令。一面具表入朝奏捷。

不数日，张英、王彪一齐上帐来禀："船筏俱已完工，特来缴令。"岳雷也命上了功劳簿，择日渡江。不道那金国众兵将因兀朮被伤，各无斗志，一直俱回黄龙府去，隔江并无防守。岳雷引大军过了鼍华江，毫无阻挡，一路闻风瓦解，直望黄龙府进发。不一日已到，离城五十里安下营寨。就打下战书，差人到黄龙府去。吓得那金国君臣，满朝文武，面面相觑，无计可施。当下左丞相萧毅上殿奏道："今本国四太子已亡，无人退得宋兵。不如写下降书降表，将二圣梓宫送还，求和为上。"金主依奏，即着王叔完颜锦哥，亲到岳雷营中求和。岳雷道："若要求和，快快将二圣送出。已后年年进贡，岁岁来朝。若稍有差讹，即起大兵来征，决不轻纵。"完颜锦哥道："二圣久已归天，只有天使张九成还在。待某回去奏闻，即到五国城去，送来便了。"当时完颜锦哥辞了岳雷进城。

不多几日，完颜锦哥和张九成同送徽、钦二帝，并郑皇后、邢皇后梓宫出城。岳雷同众将迎接至营，设厂朝祭已毕，就令张九成与完颜锦哥领兵三千，护送梓宫，先上临安去了；然后大兵一路慢慢的奏凯回朝。有诗曰：

　　虎帅桓桓士气盈，旗开取胜虏尘清。

　　威名远布金人惧，武将高超兀术擒。

　　春意已回枯草绿，秋毫不犯鬼神钦。

　　今朝奏凯梓宫返，碎破山河一坦平。

大军一路回到朱仙镇。镇上父老携男挈女，各顶香花迎接。各各赞叹道："这是岳爷爷的公子，今日平金回来，岳爷爷在九泉之下，不知怎样的快活！那奸臣何苦妒贤误国，落得个子孙灭绝，不知在地狱里如何受罪哩！"

闲话丢开。一日大军已到临安，孝宗即命众大臣出城迎接。岳雷进了城中，率领众将入朝朝见。孝宗赐锦墩坐下道："朕赖元帅大力，报了先帝之耻，迎得梓宫回朝，其功非小！卿且暂居赐第，候朕加封官职。"岳雷谢恩,同众将出朝候旨不表。

且说孝宗命工部将秦桧宅基拆卸,起造王府,与岳雷居住。又于栖霞岭下,营造岳王庙宇,及诸忠臣祠宇。一面择吉安葬帝后梓宫。颁赐金银彩缎,与完颜锦哥回金国而去。着众大臣议定封赏。过了数日,差内监手捧纶音,来至午门外。岳雷率领众将,跪听宣读。诏曰:

"奉天承运皇帝诏曰:朕惟臣子乃国家扬武翊运之栋梁,忠义又臣子立身行己之要领。功施社稷,宜膺茅土之封;净扫边尘,当沐恩荣之典。咨尔故少保岳飞,精忠报国,节义传家;正当功业垂成,忽堕权奸毒手;幽魂久滞,忠节应旌。厥子岳雷,克成父志,迎请梓宫,丰功伟烈,宜铭鼎钟。今特追赠岳飞为鄂国公,加封武穆王,赐谥忠武,配享太祖庙;妻李氏,封鄂国夫人。王祖考岳成,追赠太师魏国公,祖妣杨氏,追赠庆国夫人。王考岳和,追赠太师隋国公;妣姚氏,赠周国夫人。王长子岳云,追赠左武大夫安边将军忠烈侯;妻巩氏,封忠烈夫人。王次子岳雷,封兵马大元帅平北公;妻赵郡主,封慎德夫人。王三子岳霆,封智勇将军;敕赐张信女为配,封恭人。王四子岳霖,封仁勇将军;妻云蛮郡主,封恭人。王五子岳震,封信勇将军;敕赐张九成女为配,封恭人。王孙岳申、岳甫,俱封列侯。王女银瓶,加封为贞烈孝义仙姑。张宪加封成义侯。牛皋追封威烈侯。张保加封龙武将军。王横加封虎卫将军。施全封众安桥土地,加封兴福明王。吉青、梁兴、赵云、周青、欧阳从善,封为五方显圣。其余已故王贵、汤怀、张显、王英、杨再兴、董先、高宠、郑怀、张奎、余化龙、何元庆等,俱封为各方土地正神,俱加侯爵。现在随征将佐宗良、牛通、韩起龙、韩起凤、郑世宝、杨继周、董耀宗、吉成亮、陆文龙、伍连、施凤、汤英、何凤、王英、关铃、狄雷、樊成、严成方、罗鸿、余雷,俱封各路总兵。诸葛锦,封礼部侍郎,兼理钦天监监正。张英、王彪,封为殿前校尉。呜呼!酬功报德,率由典章。光天所复,咸沾湛露之仁;太岳虽高,须竭纤埃之报。凡尔诸臣,其益励忠勋,用安社稷。钦哉!"

当日读罢圣旨,众文武各各山呼,谢恩退朝。

次日,孝宗特旨,拜张九成为大学士,张信为镇国公。又差大臣前往云南一路去,封李述甫为顺义王,统属各洞蛮王;封黑蛮龙为遵义将军。颁赐柴王、潞花王,金珠彩缎。各王亦遣使臣来进贡谢封。岳夫人择日与岳霆、岳震成亲,孝宗又赐彩缎千端,黄金千两,宫娥二对,彩女四人,金莲宝炬。好不荣耀!自此岳氏子孙繁盛,世代簪缨不绝。不能尽述。

却说无上至尊昊天玉皇玄穹高上帝,一日驾坐灵霄宝殿,两傍列着四大天师、文武圣众,阶下一班仙官仙吏,齐齐整整,好不威仪。有诗曰:

万象横天紫极高,龙蛇盘绪动旌旄。

巍峨金阙珠帘卷,绯烟簇拥赭黄袍。

当有传言玉女喝道:"众仙卿有事出班,无事退朝。"言未毕,早有太白金星俯伏玉阶启奏道:"臣李长庚有事奏闻。今有下界阎罗天子,引着赤须火龙魂魄，云系奉玉旨下凡，被牛皋擒获气死，有冤本上告。臣查得中界道君皇帝元旦郊天，误写表文，曾命赤须龙下凡扰乱宋室江山；西天佛祖恐其难制，亦命大鹏下降。随后众星官纷纷下界者不一。今紫微星已临凡治世，宋室合当中兴，所有火龙、大鹏并一众星辰阵亡魂魄，应当作何处置？特此奏闻，候玉旨施行。"玉帝将本章细细看明，即传下玉旨道：

"道君原系九华长眉大仙下降，因他忘却本来，信任奸邪，不敬天地，戏写表文，故令赤须龙下凡扰搅，令其历尽苦楚，窜死沙漠。今既受人累，免其天罚，令其归位潜修。火龙虽奉玉旨下凡，不应私污秦桧之妻，难逃淫乱之罪，罚打铁鞭一百，摘去项下火珠，着南海龙王敖钦锁禁丹霞山下，令他潜修返本。牛皋乃赵玄坛坐下黑虎，仍着赵公明收去。秦桧诸奸臣等，着冥官分拟轻重，俱入地狱受罪。岳飞乃西天护法降凡，即着金星送归莲座，听候佛旨发遣。岳云、张宪本雷部将吏，今加封为雷部赏善罚恶二元帅。张保、王横并授雷部忠勇尉。飞女银瓶封为地府贞孝仙姑。其余一应降凡星官，已亡者，各归原位；未亡者，待其阳寿终时，另行酌处。钦此。"

当时众仙魂山呼谢圣退班。玉帝驾回金阙云宫。

那太白金星同着岳元帅，齐驾祥云，顷刻来到西天大雷音寺。正值我佛如来，端坐莲台，聚集三千诸佛、五百罗汉、八大金刚、阿难揭谛、比丘僧尼等众，讲说三乘妙典、五蕴楞严。正讲得天花乱坠，宝雨缤纷，忽见金星引了岳飞魂魄，稽首皈依，将玉帝牒文呈上。佛爷道：

"善哉善哉！大鹏久证菩提，忽生嗔念，以致堕落尘凡，受诸苦恼。今试回头，英雄何在？"岳飞听了，猛然惊悟，随向佛前打个稽首，就地一滚，变作一只大鹏金翅鸟，"哄"的一声，飞上佛顶。如来用手一指，放出五色毫光，照耀四大部洲，无微不显。佛即合掌而说偈曰：

"一切有为法，如梦幻泡影，如露亦如电，应作如是观。"
大众齐齐合掌，念一声："南无大慈大悲救苦救难过去未来现在三世阿弥陀佛！"各各绕佛三匝，作礼而退。

诗曰：

宋室江山一旦空，天时人事两相蒙。

徽宗失德邀天祸，兀朮乘机得逞雄。

万古共称秦桧恶，千年难没岳飞忠。

因将武穆终身恨，一假牛皋奏大功。

又诗曰：

力图社稷逞豪雄，辛苦当年百战中。

日月同明惟赤胆，天人共鉴在清衷。

一门忠义名犹在，几处烽烟事已空。

奸佞立朝千古恨，元戎谁与立奇功？